2. Pennac-Krimi

A Faint Cold Fear Thrills Through My Veins
William Shakespeare

Zu diesem Buch

In *Belleville*, dem Kreuzberg von Paris, schneidet ein erbarmungsloser Killer armseligen Rentnern die Kehlen durch. Angst macht sich breit, gefolgt von einer kräftigen Paranoia. Denn wie sonst ist es zu erklären, daß jenes harmlos wirkende Mütterchen mitten auf der Straße eine alte deutsche P 38 aus ihrem Korb zieht und einem jungen Zivilpolizisten den Kopf wegpustet?

In *Belleville* wohnt auch Benjamin Malaussène. Der professionelle Sündenbock versieht seinen Dienst mittlerweile unter der pompösen Bezeichnung Literarischer Direktor im Talion Verlag. Er hat die Versäumnisse seiner Vorgesetzten, der göttlichen Königin Zabo, den Autoren gegenüber zu verantworten oder, je nachdem, sein Haupt mit Asche zu überschütten. Momentan jedoch ist Benjamin krankgeschrieben und hat ausnahmsweise das Herz seiner Königin erweichen können. Kein Wunder, denn seine Familie besteht aus einer ewig schwangeren Mutter, einer Horde aufsässiger Geschwister, einem epileptischen Hund namens Julius und nicht zu vergessen vier heroinabhängigen Rentnern.

Weder das für *Belleville* zuständige Rauschgift- noch das Morddezernat ahnt, was in den nächsten Tagen noch alles passieren wird. Das Mütterchen hat mit sicherem Spürsinn einen Le Pen-Anhänger umgelegt, und das wurmt Commissaire divisionnaire Cercaire, ein Anhänger knallharter Ermittlungsmethoden. Um so mehr ärgert es ihn, daß er sich an seinen Kollegen Coudrier wenden muß, um diesen intellektuellen Verhörspezialisten Pastor auszuleihen. Der sieht in seinem weiten selbstgestrickten Pullover wie ein ungekämmtes Wollknäuel aus.

Aber *Belleville* wird sozusagen im kollektiven Alleingang alle Erwartungen übertreffen: Benjamin wird seiner Profession gemäß in alle Verbrechen verwickelt, Cercaire und Coudrier in ratloses Staunen versetzt und schließlich greifen die Rentner zur definitiven Selbsthilfe.

Nur einer blickt durch, und das ist Pastor.

Daniel Pennac, zufällig 1944 in Casablanca geboren, hat sich familienbedingt in Europa, Afrika und Südostasien aufgehalten. Er lebt heute in Paris als Lehrer und Schriftsteller zahlreicher Romane und Kinderbücher. Für den vorliegenden Roman wurde er mit dem ‹Prix Mystère de la critique›, dem ‹Prix de la ville de Grenoble› und der ‹Trophée 813 du meilleur roman policier› ausgezeichnet. In der Reihe rororo thriller erschien bereits «Im Paradies der Ungeheuer» (Nr. 2922), weitere Romane werden folgen.

Daniel Pennac

Wenn nette alte Damen schießen …

Aus dem Französischen
von Wolfgang Rentz

Mit einem Nachwort
von Sigrid Brinkmann

rororo
Rowohlt

rororo thriller
Herausgegeben von Bernd Jost

Deutsche Erstausgabe
Veröffentlicht im Rowohlt Taschenbuch Verlag GmbH,
Reinbek bei Hamburg, Februar 1990
Die Originalausgabe erschien 1987 unter dem Titel
«La fée carabine»
in der Série Noire, Gallimard, Paris
Redaktion Peter M. Hetzel
Umschlagfoto TAKE
Umschlagtypographie Peter Wippermann

Satz Sabon (Linotronic 500)
Gesamtherstellung Clausen & Bosse, Leck
Printed in Germany
980-ISBN 3 499 42921 7

Eine wohlfeile Auswahl
aus den 57 wesentlichen *Hauptpersonen:*

Ben(jamin) Malaussène,	Held, Erzähler und jugendlicher Sündenbock
Clara,	Lieblingsschwester
Louna,	Schwester und Krankenschwester
Thérèse,	weissagende Schwester
Jérémy,	aufsässiger Bruder
Mama,	die ewig Schwangere
Julius,	Hund, Epileptiker
Rognon,	Rentner, Ex-Fleischer, drogenabhängig
Risson,	Rentner, Ex-Buchhändler, drogenabhängig
Merlan,	Rentner, Ex-Friseur, drogenabhängig
Verdun,	Rentner, Kriegsveteran, drogenabhängig
Semelles,	Rentner, Ex-Schuster, drogenabhängig
Stojilkovic,	Ex-Priesterseminarist, Ex-Revolutionär
Julia Corrençon,	kompromißlose Journalistin, Geliebte
Commissaire divisionnaire Cercaire,	brutal
Commissaire divisionnaire Coudrier,	weise
Pastor,	ungekämmter Inspektor, Verhörgenie
Vanini,	kurzrasierter Inspektor, Anti-Krawall-Genie
Van Thian,	Inspektor, Witwe-Hô-Darsteller

Ben Tayeb,	Couscous-Spezialist
Ponthard-Delmaire,	Architekt, Autor, Spekulant
Edith Ponthard-Delmaire,	Tochter, drogenabhängig
Königin Zabo,	Verlagsdirektorin, göttlich
Arnaud Le Capelier,	Seniorensenator, gut gekämmt

und viele andere mehr.

‹Und niemand rettete jemand durch
das Schwert.
Das hat uns verändert, den Hund und mich.›

Robert Soulat
Der Vorfrühling

‹Alt werden, ha!› sagte mein Vater.
‹Aber das ist doch das einzige Mittel,
das ich gefunden habe, um nicht jung zu
sterben.›

Der Sozialversicherung

Für Igor, für André Vers,
Nicole Schneegans, Alain Léger
und Jean-Francois Carrez-Corral.
Und jedes Wort in Erinnerung an
Jean und Germaine.

I
Die Stadt, eine Nacht

Die Stadt ist das Lieblingsfutter der Hunde.

1

Der Winter lag über Belleville, und es gab fünf Figuren. Sechs, wenn man das Glatteis mit hinzurechnet. Sogar sieben mit dem Hund, der den Kleinen zum Bäcker begleitet hatte. Ein epileptischer Hund, dem die Zunge zur Seite heraushing.

Das Glatteis ähnelte einer Karte von Afrika und bedeckte die gesamte Fläche der Straßenkreuzung, zu deren Überquerung sich die alte Dame soeben angeschickt hatte. Ja, auf dem Glatteis befand sich eine sehr alte Frau, die ein wenig wacklig auf den Beinen stand. Mit millimetergenauer Vorsicht ließ sie einen Pantoffel vor den andern gleiten. Sie trug einen Korb, aus dem ein nicht mehr ganz frischer Porreestengel hing, über den Schultern einen alten Schal und hinter dem Ohr ein Hörgerät. Durch mühsames Vorwärtskriechen hatten sie ihre Pantoffeln – sagen wir, bis in die Mitte der Sahara geführt, auf dem Glatteis, mit der Form Afrikas. Sie hatte noch den ganzen Süden vor sich, die Länder der Apartheid und all das. Es sei denn, sie würde abkürzen über Eritrea und Somalia, aber das Rote Meer im Rinnstein war fürchterlich zugefroren. Diese Überlegungen hüpften im Schädel des Blondschopfs im grünen Lodenmantel herum, der die Alte vom Gehsteig aus beobachtete. Im vorliegenden Fall eine recht hübsche Vorstellung – fand der Blondschopf. Plötzlich entfaltete sich der Schal der Alten wie die Flügel einer Fledermaus, und alles blieb stehen. Sie hatte das Gleichgewicht verloren, erlangte es aber schon im nächsten Moment wieder. Enttäuscht fluchte der Blondschopf durch die Zähne. Es hatte ihn schon immer amüsiert, wenn er sah, wie jemand auf die Fresse fiel. Dies war Bestandteil der Unordnung in seinem blonden Kopf. Dennoch sah der kleine Kopf, von außen betrachtet, ganz manierlich aus. Auf der dichten Oberfläche der Bürste stand kein Haar höher als das andere. Aber die Alten mochte er nicht besonders. Er fand sie irgendwie schmuddelig. Er stellte sie sich von *unten her* vor – wenn man das so sagen kann. Er stand also da und fragte sich gerade, ob die Alte auf diesem afrikanischen Packeis gleich hinknallen würde oder nicht, als er auf der anderen Straßenseite zwei weitere Personen bemerkte, die übrigens auch etwas mit Afrika zu tun hatten: Es waren Araber. Zwei Stück. Nordafrikaner oder Maghrébins – je nachdem. Der Blondschopf fragte sich immer, wie man sie denn bloß nennen soll, um nicht gleich als Rassist zu gelten. Für seine eigene Überzeugung war es sehr wichtig, nicht als Rassist zu gelten. Er war frontal national und hielt damit nicht hinterm Berg. Und gerade deshalb wollte er nicht von sich sagen müssen, er sei es, weil er Rassist sei. Nein, nein, wie man es ihm schon damals auf der Schule beigebracht hatte, handelte es sich hier nicht um einen Kausal-, sondern um einen Konsekutivsatz. Er fühlte *so* frontal national, der Blondschloß, *daß* er über die Gefahren der illegalen Einwanderung objektiv nachdenken mußte; und er war guten Gewissens zu dem Schluß gelangt, daß man sie kurzerhand rauswerfen müßte, die ganzen Araber. Zunächst mal in Anbetracht der Reinheit des französischen Viehbestands, dann in Anbetracht der Arbeitslosigkeit und schließlich in Anbetracht der Sicherheit. (Wenn man so viele gute Gründe für eine gesunde Meinung hat, darf man sie sich nicht durch die Anschuldigung, man sei rassistisch, beschmutzen lassen.)

Kurz, die Alte, das Eis mit der Form Afrikas, die beiden Araber auf dem gegenüberliegenden Gehsteig, der Kleine mit seinem epileptischen Hund und der grübelnde Blondschopf... Er hieß Vanini, war Polizeiinspektor, und es waren vor allem die Probleme der Sicherheit, die ihn beschäftigten. Deshalb seine Anwesenheit hier und auch die der anderen Inspektoren in Zivil, die über ganz Belleville verstreut waren. Deshalb das Paar Handschellen, das über seiner rechten Arschbacke baumelte. Deshalb seine Dienstwaffe, die in das Halfter unter der Achselhöhle gezwängt war. Deshalb der amerikanische Schlagring in der Tasche und die Nervengasbombe im Ärmel – seine persönliche Ergänzung des regulären Arsenals. Zuerst das eine benutzen und dann in Ruhe mit dem andern nachhaken. Sein Trick. Hat sich bewährt. Weil es vor allem das Problem der Unsicherheit gab! Die vier alten Damen, die in weniger als einem Monat in Belleville ermordet worden waren, hatten sich ja nicht selbst die Kehle durchgeschnitten!

Gewalt...

O ja! Die Gewalt...

Blondschopf Vanini warf einen nachdenklichen Blick zu den Arabern hinüber. Man mußte doch auf jeden Fall verhindern, daß sie unsere Alten genauso ausbluten lassen wie ihre Ziegen, nicht wahr? Plötzlich empfand der Blondschopf ein wahres Samaritergefühl. Da drüben, auf der andern Straßenseite, standen die zwei Araber, taten als wär nichts, redeten ihren Kauderwelsch, und er, Inspecteur Vanini, stand auf dieser Seite mit hellblondem Kopf und diesem edlen Gefühl im Herzen, das man genau dann empfindet, wenn man sich in die Seine stürzt, um der winkenden Hand zu Hilfe zu eilen. Vor den beiden die Alte erreichen. Abschreckungswaffe. Sofortige Anwendung. Und schon jetzt setzt der junge Inspecteur einen Fuß nach Afrika. (Wenn man ihm gesagt hätte, daß er eines Tages eine solche Reise machen würde...) Er bewegt sich mit festen Schritten auf die Alte zu. Er rutscht nicht auf dem Glatteis. Er trägt an den Füßen stollenbesetzte Schnürstiefel, immer noch dieselben, die er seit seiner Ausbildungszeit auf der Militärschule nicht mehr ausgezogen hat. Da läuft er nun auf dem Eis, der Retter der Rentner und Greise, ohne dabei die Araber da drüben, auf der anderen Seite, aus den Augen zu lassen. Güte. Alles in ihm ist jetzt nur noch Güte. Denn die zierlichen Schultern der alten Dame erinnern ihn plötzlich an die seiner eigenen Großmutter, die er, Vanini, so sehr geliebt hatte. Nach ihrem Tod geliebt, ha! Ja, die Alten sterben oft zu schnell; sie warten nicht auf die Ankunft unserer Liebe. Vanini hat es seiner Großmutter sehr übelgenommen, daß sie ihm nicht die Zeit gelassen hatte, sie lebend zu lieben. Aber immerhin ist es noch besser, einen Toten zu lieben, als überhaupt nicht zu lieben. Das in etwa dachte Vanini, als er sich der wackligen, kleinen Alten näherte. Sogar ihr Korb wackelte. Und ihr Hörgerät... Vaninis Großmutter war während ihrer letzten Lebensjahre auch taub gewesen und hatte die gleiche Bewegung wie jetzt diese alte Dame gemacht. Sie veränderte immerzu die Lautstärke ihres Apparats, indem sie an dem kleinen Rädchen zwischen dem Ohr und den wenigen Haaren dieser Schädelpartie drehte. Diese vertraute Bewegung, ja, das war ganz und gar Vaninis Großmutter. Der Blondschopf schmolz beinahe dahin vor Liebe. Um ein Haar hätte er die Araber vergessen. Er hatte seinen Satz auch schon parat: ‹Erlauben Sie mir, Ihnen behilflich zu sein, Mütterchen› – würde er mit der Sanftheit eines Enkels aussprechen, fast ein Flüstern, damit kein schroffer Laut im Verstärker die alte Dame erschrecken ließ. Er war zu diesem Zeitpunkt nur kaum mehr einen Schritt weit von ihr entfernt und ganz von Liebe erfüllt, als sie sich umdrehte. Mit einem Schwung. Ausgestreckter Arm. Als wollte sie mit dem Finger auf ihn zeigen. Nur daß die alte Dame an Stelle des Zeigefingers eine alte deutsche P 38 schwenkte. Eine Waffe, die das Jahrhundert überdauert hat, ohne auch nur ein bißchen altmodisch zu werden. Eine immer noch moderne Antiquität, ein traditionelles Mordwerkzeug mit hypnotischer Mündung.

Und sie drückte ab.

Alle Ideen des Blondschopfs zerstreuten sich im Wind. Sie bildeten eine hübsche Blume am Abendhimmel. Ehe auch nur das erste Blütenblättchen wieder heruntergefallen war, hatte die Alte ihre Waffe wieder im Korb verstaut und ging weiter ihres Weges. Durch den Rückstoß hatte sie übrigens bestimmt einen Meter auf dem Glatteis gutgemacht.

2

Ein Mord also und drei Zeugen. Bloß: Wenn die Araber nichts sehen wollen, dann sehen sie auch nichts. Das ist eben eine komische Angewohnheit von ihnen. Das muß zu ihrer Kultur gehören. Oder zu etwas, das sie vielleicht bei unserer nur zu gut verstanden haben. Sie haben also nichts gesehen, die Araber. Wahrscheinlich haben sie noch nicht einmal gehört, daß es ‹peng!› gemacht hat.

Bleiben der Junge und der Hund. Aber was der Kleine durch seine rosarote Brille gesehen hat, war nur die Metamorphose des Blondschopfs in eine himmlische Blume. Und das hat ihn so ergriffen, daß er die Beine in die Hand genommen hat und nach Hause gerannt ist, um uns diese Geschichte zu erzählen, mir, Benjamin Malaussène, meinen Brüdern und meinen Schwestern, den vier Großvätern, meiner Mutter und meinem alten Kumpel Stojilkovic, der gerade dabei ist, mich beim Schach fertigzumachen.

Die Tür des ehemaligen Haushaltswarenladens, der uns als Wohnung dient, fliegt mit einem Schwung auf, und der Kleine fängt an zu schreien:

«He! Ich hab eine Fee gesehen!»

Deswegen hält natürlich nicht gleich das ganze Karussell an. Meine Schwester Clara, die gerade eine Hammelschulter à la Montalbán zubereitet, fragt mit ihrer samtigen Stimme nur:

«Ach ja, Kleiner? Erzähl mal...»

Julius der Hund bewegt sich direkt in Richtung Freßnapf.

«Eine richtige Fee, ganz alt und sehr nett!»

Mein Bruder Jérémy nutzt die Gelegenheit, um seine Arbeit zu unterbrechen:

«Hat sie dir die Schulaufgaben gemacht?»

«Nein», sagte der Kleine, «sie hat 'nen Typen in 'ne Blume verzaubert!»

Da sonst keiner weiter darauf reagiert, kommt der Kleine zu Stojilkovic und mir.

«Es ist wahr, Onkel Stojil, ich habe eine Fee gesehen, die 'nen Typen in 'ne Blume verzaubert hat.»

«Das ist besser als umgekehrt», antwortete Stojil, ohne vom Schachbrett aufzuschauen.

«Warum?»

«Wenn die Feen anfangen würden, die Blumen in Typen zu verzaubern, bräuchten wir bald nicht mehr aufs Land zu fahren.»

Stojils Stimme klingt wie Big Ben im Nebel eines Londoner Films. So tief, daß man meinen könnte, die Luft um uns herum zitterte.

«Schachmatt, Benjamin, das war abzusehen. Ich finde, du bist heute abend nicht sehr konzentriert...»

Das liegt nicht an mangelnder Konzentration, ich bin beunruhigt. Meine Augen sind nicht wirklich beim Schach. Sie beobachten die Großväter. Kritische Stunde für sie, der Sonnenuntergang. Wenn die Nacht anbricht, fängt der Dämon Dope an zu jucken. Die Gehirnzellen fordern den dreckigen Schuß. Sie brauchen ihre Dosis. Man darf sie zu diesem Zeitpunkt nicht aus den Augen lassen. Die Kinder haben die Situation ebensogut wie ich begriffen, und jeder tut sein Bestes, um seinen Lieblingsopa zu beschäftigen. Clara verlangt von Opa Rognon (Exfleischer aus Tlemsen) mehr Präzision bei der Hammelschulter à la Montalbán. Jérémy, der gerade die fünfte Klasse wiederholt, behauptet, mehr über Molière wissen zu wollen. Und der alte Risson, sein Opa (ein pensionierter Buchhändler), überschlägt sich mit biographischen Indiskretionen. Mama sitzt unbeweglich in ihrem Schwangerensessel und läßt sich von Opa Merlan, einem ehemaligen Friseur, immer wieder umfrisieren, während der Kleine Verdun (der Vorsitzende des Ältestenrats, 92 Jahre!) anfleht, ihm die Seiten für seine Schreibübungen vollzuschreiben.

Jeden Abend das gleiche Ritual: Verduns Hand zittert wie Espenlaub, aber die Hand des Kleinen, die er fest umschlossen hält, stabilisiert ihn. Und der Großvater glaubt felsenfest, daß er seine Schnörkel so schön zieht wie vor dem Ersten Weltkrieg. Dennoch ist Verdun traurig. Er läßt den Kleinen immer nur einen einzigen Vornamen in sein Heft schreiben: Camille, Camille, Camille, Camille... sämtliche Linien voll. Es ist der Vorname seiner Tochter, die vor 67 Jahren im Alter von sechs Jahren starb, als der Krieg in den letzten Zügen lag. Sie wurde vom letzten Ansturm dahingerafft, von der Spanischen Grippe. Mit zittriger Hand hatte Verdun Camilles Bild in der Hand gehalten und angefangen, sich Schüsse zu setzen. Er hatte davon geträumt, aus dem Schützengraben hochzufahren, im Zickzack zwischen den Kugeln hindurchzulaufen, den Stacheldraht zu durchtrennen, die Minen zu überspringen und zu seiner Camille zu laufen, ohne Gewehr, mit offenen Armen. So machte er den ganzen großen Krieg mit und fand am Ende seine kleine Camille tot, mumifiziert, mit ihren sechs Jahren stärker verschrumpelt als er heute. Doppelte Dosis in die Spritze.

Seitdem ich ihn bei uns untergebracht habe, fixt Verdun nicht mehr. Wenn ihm die Vergangenheit wieder an die Gurgel will, sieht er nur den Kleinen mit wäßrigen Augen an und flüstert: «Warum bist du nicht meine kleine Camille?» Manchmal fällt eine Träne aufs Schreibheft, und der Kleine sagt:

«Du hast schon wieder gekleckst, Verdun...»

Das ist so rührend, daß der Expriesterseminarist Stojilkovic, der

Exrevolutionär, Exbesieger der Wlassow-Armeen und der Nazi-Hydra, daß Stojil, im Augenblick Busfahrer für Sowjettouristen und ältere Damen – für letztere nur am Wochenende –, daß dieser Stojil sich räuspert und grummelt:

«Wenn es einen Gott gibt, dann hoffe ich, daß er eine gute Entschuldigung parat hat.»

Aber den härtesten Job zu dieser kritischen Stunde hat meine Schwester Thérèse.

Sie sitzt gerade in ihrer Hexenecke und päppelt Opa Semelles Moral wieder hoch. Der alte Semelle wohnt nicht bei uns im Haus. Er war früher Schuster in der Rue de la Folie Régnault. Sein Zuhause ist nur ein paar Meter weiter. Er war noch nie drauf. Bei ihm geht es um Präventivmaßnahmen. Er ist alt, Witwer, kinderlos, das Rentnerdasein macht ihn kaputt. Er ist eine willkommene Beute für die Fixer. Einen Moment Unaufmerksamkeit, und der alte Semelle wäre so durchlöchert wie eine Dartscheibe. Nach fünfzig Jahren Schlappenflicken und von allen vergessen, lief Semelle im Käfig seiner Depressionen auf und ab. Glücklicherweise hatte Jérémy Alarm geblasen. Er schickte sofort einen Schrieb an den Bürgermeister der Bürgermeister (und imitierte dabei perfekt Semelles zittrige Handschrift), in dem er ihn bat, ihm die Ehrenmedaille der Stadt als Auszeichnung für fünfzig Jahre Arbeit in derselben Bude zu verleihen. (Ja, dafür bekommt man in Paris einen Orden.) Große Freude bei Semelle, als der Bürgermeister der Bürgermeister O. K. funkte! Der Bürgermeister der Bürgermeister persönlich erinnerte sich an den alten Semelle! Semelle hatte eine Bude im Gedächtnis des Bürgermeisters der Bürgermeister. Semelle war einer der heiligen Honoratioren von Paris. O Ruhm! O Glück!

Trotzdem geht Semelle heute, am Vorabend des großen Ereignisses, ganz schön die Muffe. Er befürchtet, während der Feierlichkeiten nicht voll auf der Höhe zu sein.

«Alles wird gutgehen», versichert Thérèse und liest in der offenen Hand des Alten.

«Bist du sicher, daß ich keine Dummheiten machen werde?»

«Wenn ich es Ihnen doch sage! Habe ich mich denn jemals geirrt?»

Meine Schwester Thérèse trägt den Stein des Weisen in sich. Sie hat trockene Haut, einen langen, knochigen Körper und eine pädagogische Stimme. Ihr Charme liegt bei etwa null Grad. Sie hat was mit einer Magie am Hut, die mir nicht sonderlich gefällt, aber es reizt mich immer wieder, ihr bei der Arbeit zuzusehen. Jedesmal, wenn ein Alter bei uns landet, innerlich zerrüttet und überzeugt davon, daß er außer dem Tod nichts mehr zu erwarten hat, zieht ihn Thérèse beiseite, legt autoritär die Hand in ihre, faltet die eingerollten Finger einen nach dem andern auseinander und streicht lange die Handfläche glatt, wie man es mit zerknülltem Papier macht. Und wenn sie dann merkt, daß die Hand vollkommen entspannt ist (Hände, die schon seit Jahren nicht mehr richtig offen waren), fängt Thérèse an zu sprechen. Sie lächelt nicht, sie schmeichelt nicht, sie beschränkt sich darauf, ihnen von der *Zukunft* zu erzählen. Was natürlich das Unglaublichste ist, das sie sich vorstellen können: die ZUKUNFT! Thérèses Sterntruppen schreiten voran: Saturn, Apollo, Venus, Jupiter und Merkur veranstalten fröhliche Runden, brüten in letzter Minute Erfolge aus, eröffnen Perspektiven, kurz: rappeln die alten Gerippe wieder hoch und beweisen ihnen, daß es für die Rädchen noch was zu drehen gibt. Jedesmal entläßt Thérèse aus ihren Händen einen Jüngling. Clara schnappt sich sofort den Fotoapparat und hält die Metamorphose fest. Und die Fotos dieser Neugeborenen zieren die Wände unserer Wohnung. Ja, meine alterslose Thérèse ist ein Jungbrunnen.

«Eine Frau? Bist du sicher?» entfährt es dem alten Semelle.

«Jung, braune Haare, blaue Augen», präzisiert Thérèse.

Semelle dreht sich zu uns um und hat ein 3000-Watt-Lächeln im Gesicht.

«Habt ihr gehört? Thérèse sagt, morgen bei der Medaillenverleihung würde ich ein junges Ding treffen, die mein ganzes Leben verändern wird!»

«Nicht nur Ihr Leben», korrigiert Thérèse, «sie wird das Leben von uns allen verändern!»

Ich hätte mich gern noch der Unruhe, die in Thérèses Stimme schwang, hingegeben, wenn nicht das Telefon läuten würde und am andern Ende der Strippe Louna hinge, meine dritte Schwester.

«Wie weit ist es?»

Seit Mama zum siebtenmal schwanger ist (zum siebtenmal vom zum siebtenmal unbekannten Vater), sagt Louna nicht mehr ‹Wie geht's?›, sondern ‹Wie weit ist es?›.

«Wie weit ist es?»

Ich werfe einen flüchtigen Blick auf Mama. Sie sitzt im Sessel über ihrem Bauch, unbeweglich und heiter.

«Dauert noch.»

«Wie lange will denn dieser Balg noch warten, verdammt!»

«Du bist doch examinierte Krankenschwester, Louna, nicht ich!»

«Aber das sind doch jetzt schon fast zehn Monate, Ben!»

Stimmt, der Kleine ist längst überfällig.

«Vielleicht hat er 'ne kleine Glotze drinnen und kann die Welt so sehen, wie sie ist; dann hat er's nicht eilig aufzutauchen.»

Louna muß lachen und fragt dann:

«Und die Opas?»

«Sieht gerade mau aus.»

«Laurent sagt, du könntest notfalls das Valium verdoppeln.»

(Laurent ist Doktor und der Gatte meines Krankenschwesterchens. Jeden Abend klingeln sie mal bei uns durch. Seelenwetterbericht.)

«Louna, ich hab zu Laurent schon gesagt, daß *wir* von jetzt an ihr Valium sind.»

«Wie du willst, Ben, du steuerst den Kahn.»

Kaum hab ich aufgelegt, als es – wie war das mit dem Postmann? (oder Milchmann) – ein zweites Mal klingelt.

«Wollen Sie mich auf den Arm nehmen, Malaussène?»

Auweia! Dieses wütende Kreischen kommt mir bekannt vor. Das ist die Königin Zabo, Hohepriesterin im Talion Verlag, meine Chefin.

«Sie sollten seit zwei Tagen wieder arbeiten!»

Stimmt haargenau. Wegen dieser Geschichte mit den fixenden Opas habe ich der Königin zwei Monate Krankschreibung unter dem Vorwand einer Hepatitis abgenötigt.

«Gut, daß Sie anrufen, Majestät, ich wollte Sie gerade um eine einmonatige Verlängerung bitten.»

«Kommt überhaupt nicht in Frage! Ich erwarte Sie morgen früh, Punkt acht.»

«Acht Uhr morgens? So früh wollen Sie aufstehen, wenn Sie noch einen Monat Zeit haben?»

«Ich werde keinen Monat warten. Wenn Sie morgen früh um acht nicht hier sind, sind Sie arbeitslos.»

«Das bringen Sie nicht fertig!»

«Ach nein? Sie halten sich wohl für unersetzlich, Malaussène?»

«Absolut nicht. Die einzige Person im Verlag, die unersetzlich ist, sind Sie, Majestät! Aber wenn Sie mich rauswerfen, bin ich gezwungen, meine Schwestern auf den Strich zu schicken und meinen jüngsten Bruder ebenfalls, ein goldiges Kind mit rosaroter Brille. Das wäre ein moralischer Fehltritt, den Sie sich niemals verzeihen würden.»

Sie bricht in schallendes Gelächter aus. (Ein Lachen, das so bedrohlich ist wie ein Leck in der Gasleitung.) Dann, übergangslos:

«Malaussène, ich habe Sie als Sündenbock engagiert. Sie werden dafür bezahlt, daß Sie für mich den Kopf hinhalten. Sie fehlen mir fürchterlich.»

(Sündenbock – genau das ist mein Job. Offizielle Bezeichnung: ‹Literarischer Direktor›, aber in Wirklichkeit: Sündenbock) Sie fährt rasch und brutal fort:

«Warum wollen Sie den Nachschlag?»

Ich werfe schnell einen Blick in die Runde, zwinkere Clara am Herd zu, sehe den Kleinen an der Hand von Verdun, Jérémy, Thérèse, die Großväter und Mama, die über allem schwebt, leuchtend und phosphoreszierend wie die wohlgenährten Jungfrauen italienischer Meister.

«Nehmen wir an, daß mich meine Familie im Moment dringend braucht.»

«Was haben Sie denn für eine Familie, Malaussène?»

Julius der Hund liegt mit hängender Zunge zu Mamas Füßen und macht sich gut als Ochs oder Esel. Auf den eingerahmten Fotos deuten die Großväter in die Zukunft: Die Heiligen Drei Könige!

«So eine Art Heilige Familie, Majestät...»

Ein kurzes Schweigen am anderen Ende, dann knistert die Stimme wieder los.

«Ich gestehe Ihnen noch vierzehn Tage zu, keine Minute länger.»

Pause.

«Aber hören Sie mir mal gut zu, Malaussène! Glauben Sie bloß nicht, daß Sie kein Sündenbock mehr sind, weil Sie frei haben! Sündenbock sind Sie bis ins Mark. Selbst wenn man in diesem Augenblick in der Stadt einen Verantwortlichen für eine große Dummheit sucht, haben Sie alle Chancen, dafür in Frage zu kommen!»

3

Von zwölf nächtlichen Minusgraden erstarrt, stand er in seinem Ledermantel gerade und aufrecht wie eine Statue über der Stadt. Die Augen auf Vaninis Leichte geheftet, suchte Commissaire divisionnaire Cercaire nach einem Verantwortlichen.

«Den mach ich kalt, der das getan hat!»

Blasser Schmerz um seinen schwarzen Schnauzer – er war genau der Typ Bulle, der solche Sätze aussprach.

«Der das getan hat, den mach ich kalt!»

(Er drehte den Satz um, wiederholte ihn und starrte auf sein Spiegelbild im dunklen Glatteis.)

Zu seinen Füßen zeichnete ein Beamter in Uniform mit Kreide die Silhouette Vaninis mitten auf die Kreuzung und jammerte wie ein Kind:

«Scheiße, Cercaire, das ist vielleicht glatt auf dem Eis!»

Cercaire war außerdem der Typ Bulle, der sich mit seinem Namen anreden ließ. Kein ‹Chef›. Noch weniger ‹Monsieur Commissaire divisionnaire›. Direkt beim Namen: ‹Cercaire›. Cercaire liebte seinen Namen.

«Nimm das!»

Er reichte ihm ein Springmesser, das der Beamte als Eispickel benutzte, während er Vanini einen Anzug in den Asphalt zeichnete. Der Kopf des Blondschopfs ähnelte tatsächlich einer explodierten Blume: Ein rotes Inneres, gelbe Blütenblätter und noch eine gewisse zinnoberrote Unordnung am Rand. Der Beamte zögerte etwas.

«Zeichne so breit wie möglich!» befahl Cercaire.

Von einem blauen Polizeikordon auf Distanz gehalten, verfolgten alle Augen des Viertels die Arbeit des Kreidezeichners. Man hätte meinen können, daß es Beweisstücke nur so hageln würde.

«Und kein einziger Zeuge, stimmt's?»

Divisionnaire Cercaire hatte die Frage mit monotoner Stimme gestellt.

«Nur Zuschauer?»

Schweigen. Nur ein kleines fröstelndes Etwas mit Watteatem. Ein kälteempfindliches Wollknäuel aus den Pyrenäen, das sich nur für die Kamera ein wenig öffnete.

«Der Junge ist für Sie gestorben, Madame!»

Cercaire hatte sich an eine Vietnamesin in der ersten Reihe gewendet, eine winzig kleine Alte mit einem ganz gerade geschnittenem Thaikleid und dicken Wollsocken, die in Holzsandalen steckten. Die Alte warf ihm einen skeptischen Blick zu und begriff dann erst, daß er offensichtlich das Wort an sie gerichtet hatte. Sie stellte bedauernd fest:

«Sehl jung!»

«Jawohl, wir nehmen ganz junge Leute, um Sie zu beschützen.»

Cercaire spürte, wie das televisierende Auge ihm übers Gesicht schleckte. Aber er war Bulle genug, um zu wissen, wie man ein Objektiv ignoriert.

«Beschützen?» fragte die Alte.

In einer Viertelstunde würde im Telejournal ihr längliches, waches und skeptisches Gesicht die ehrenwertesten Fernsehzuschauer an das Ho Chi Minhs erinnern.

«Darum geht es: Sie zu beschützen! Alle, ohne Ausnahme, die alten Damen des Viertels. Damit Sie in Sicherheit leben können. Die SICHERHEIT, verstehen Sie?!»

Und plötzlich erklärt Commissaire divisionnaire Cercaire mit einem unterdrückten Schluchzen in die Kamera:

«Er war mein bester Mann.»

Dann wurde der Kameramann blitzschnell vom Regiewagen verschluckt, der mit durchdrehenden Reifen davonbrauste. Die Menge ging wieder dorthin zurück, wo sie hergekommen war, und in der Stadt herrschte wieder die Einsamkeit der Bullen. Nur die Vietnamesin stand noch da wie angewurzelt, sah nachdenklich auf die Leiche Vaninis, die man in einen Krankenwagen schob.

«Was ist?» fragte Cercaire. «Gehen Sie nicht nach Hause, um sich im Fernsehen anzuschauen, wie die andern auch? Die Nachrichten kommen in zehn Minuten!»

Sie schüttelte den Kopf.

«Isch fahle nach Palis.»

Sie sagte ‹nach Paris fahren› – im Gegensatz zu Belleville, genau wie die ältesten Bewohner des Viertels.

«Die Familie», erklärte sie mit einem verzerrten Lächeln.

Cercaire ließ schnell von ihr ab. Er schnippte mit den Fingern, weil er das Messer wiederhaben wollte, das der kleine uniformierte Bulle eingesackt hatte. Dann bellte er:

«Bertholet! Du kümmerst dich um das 10., 11. und 20. Arondissement. Soviel wie möglich durchkämmen und alles ranschleppen, was in Frage kommt!»

Von oben sah das durchgefrorene Gerippe des Inspecteur Bertholet eine Nacht auf sich zukommen, in der es eine ganze Armee verdächtiger Gestalten wird aufwecken müssen.

«Das sind 'n Haufen Leute...»

Cercaire steckte sein Messer in die Tasche und fegte den Einwand vom Tisch:

«Das ist jedesmal ein Haufen, bis man auf den richtigen trifft.»

Er wendete seinen Blick nicht ab von dem Blaulicht des Krankenwagens, der Vanini abtransportierte. Der große Bertholet pfiff auf dem Finger.

«Wir müssen auch noch das Verhör mit Chabralle hinter uns bringen...»

An der Stelle, an der Vanini gestorben war, stand Cercaire in seinem Ledermantel, unbeweglich wie ein Denkmal.

«Ich will das Schwein, das das gemacht hat.»

Er unterdrückte die steinernen Tränen. Er redete mit dem ruhigen Schmerz eines Chefs.

«Verdammt, Cercaire, der Haftbefehl von Chabralle läuft um zwanzig Uhr ab. Willst du, daß er sich verdünnisiert?»

Die Stimme des großen Bertholet war einen Halbton hochgeklettert. Seitdem die Mannschaft Chabralle bearbeitete, vermieste ihm die Vorstellung, daß sich dieser Mörder im Morgengrauen auf die Socken machen könnte, ganz schön die Laune. Chabralle tunkt sein Buttercroissant in einen Café au lait – nein!

«Chabralle führt uns seit fast vierzig Stunden an der Nase rum», sagte Cercaire, ohne sich umzudrehen. «Er wird nicht im letzten Moment auspacken. Man kann ihn genausogut sofort freilassen.»

Nichts zu machen. Es lag so was wie Rache in der Luft. Bertholet kapitulierte. Trotzdem machte er noch einen Vorschlag.

«Und wenn man Pastor kommen ließe, um Chabralle weichzukochen?»

«Der Pastor von Divisionnaire Coudrier?»

Diesmal hatte sich Cercaire mit einem Schwung herumgedreht. Plötzlich konnte er sich eine Konfrontation Chabralle – Pastor genau vorstellen: der Killer in seiner Krokodilshaut und der engelhafte Pastor, Divisionnaire Coudriers kleiner Marquis, der immer in viel zu weiten Pullovern rumlief, die ihm seine Mami gestrickt hatte. Chabralle versus Pastor! Bertholets Vorschlag war eine klasse Idee! Gut versteckt hinter seinem Schmerz, lachte sich Cercaire schief. Das ging jetzt schon ein volles Jahr, daß die Divisionnaires Cercaire und Coudrier ihre Hähne Pastor und Vanini gegeneinander ausspielten. Vanini war das kleine Anti-Krawall-Genie und Pastor der hochbegabte Verhörspezialist... Wenm man Coudrier glaubte, würde Pastor ein Mausoleum zum Geständnis bringen! Vanini war aus gehärtetem Stahl, und Vanini war tot. Es war an der Zeit, Pastor zu eliminieren, Coudriers kleinen Prinzen – zumindest symbolisch.

«Keine schlechte Idee, Bertholet. Wenn dieses Wollknäuel Chabralle zum Singen bringt, freß ich 'nen Besen.»

◆

Dreihundert Meter weiter unten, an der Ecke Faubourg du Temple und der Avenue Parmentier, klimperte eine winzige Vietnamesin im offenen Maul eines Geldautomaten. Sie trug Wollsocken und Holzsandalen und stand auf den Zehenspitzen. Es war 20 Uhr 15; ihr Bild war gerade über alle Bildschirme Frankreichs geflimmert. Den Ohren eines jeden Haushalts stellte sie die beängstigende Frage zum Ende dieses Jahrhunderts:

«Beschützen?»

Und dabei ließ sie selbst mitten in der Nacht der Städte die Geldmaschine bis zum Anschlag ausspucken, ohne dabei auch nur ein bißchen vorsichtig zu sein.

Sie hörte nicht, wie der große Schwarze und der kleine rothaarige, reinrassige Kabyle näher kamen. Sie roch gerade noch den Zimtgeruch des ersten und den Pfefferminzatem des zweiten. Es gab einen kleinen Wirbel im Maul der Maschine. Und dann noch einen dritten Geruch: den ungeduldigen Geruch der Jugend. Heftiger Schweiß trotz der Kälte. Vom Rennen. Sie drehte sich nicht um. Die Scheine stapelten sich vor ihr. Bei zwotausendachthundert entschuldigte sich die Maschine dafür, daß sie nicht mehr hergeben könne. Die Vietnamesin griff mit der Hand voll in die Scheine und schob sie bündelweise durch den Schlitz in ihr Thaikleid. Einer von ihnen nutzte die Gelegenheit, um sich auf und davon zu machen und flatterte an der Nase des Rothaarigen vorbei. Doch der rechte Fuß des großen Schwarzen trat trocken auf den Gehsteig. Ende des Ausbruchs. Die Alte hatte in der Zwischenzeit ihre Scheckkarte wieder rausgezogen und begab sich in Richtung Metro Goncourt. Die jungen Leute hatte sie sanft zur Seite geschoben. Alle Armbrustpfeile der indochinesischen Bergstämme wären an den Bauchmuskeln des Schwarzen zersplittert, und der Kabyle war breiter als hoch. Aber die Alte hatte sich furchtlos zwischen den beiden Jugendlichen hindurchgeschlängelt und ging ganz friedlich zur Metro.

«He! Oma!»

Mit zwei Sätzen hatte der Schwarze sie eingeholt.

«Dir is ’n Lappen weggeflattert, Oma!»

Er war ein großer Mossi aus der dritten Generation Bellevilles. Er hielt ihr ihre zweihundert Francs unter die Nase. Sie steckte sie ohne Hast ein, bedankte sich höflich und ging weiter ihres Weges.

«Hast wohl keine Muffe, so’n Haufen Kohle abzuziehen, wenn wir dabei sind?»

Der Rothaarige hatte sich jetzt auch zu ihnen gesellt. Zwei auseinanderstehende Schneidezähne lachten ihn unverhohlen an.

«Liest du keine Zeitung? Weißt du nicht, was wir Junkies mit euch Schrottkarren machen?»

Durch ihre auseinanderstehenden Schneidezähne pfiff der Wind des Propheten.

«Schlottkallen? ... nicht velstehen Schlottkallen ...»

«Alte Knacker», übersetzte der große Schwarze.

«Was wir uns alles ausdenken, um euern Schotter abzugreifen, noch nix davon gehört?»

«Allein in Belleville haben wir im letzten Monat dreimal zugeschlagen!»

«Wir grillen euch die Arschbacken wie in ’ner Marlboro-Werbung, wir nehmen euch ins Schwitzkästchen, wir knacken eure Finger einen nach dem andern, bis ihr eure kleinen Geheimzahlen ausspuckt, und hinterher machen wir kurzen Prozeß mit euch.»

Der Daumen des Rothaarigen machte eine schnelle horizontale Bewegung am Hals entlang.

«Wir haben einen Spezialisten», präzisierte der große Mossi.

Jetzt stiegen sie die Stufen zur Metro hinab.

«Fährst du nach Paris?» fragte der Rothaarige.

«Hab mein Belleville», antwortete die Alte.

Der rechte Arm des Rothaarigen hatte sich wie ein Schal über die Schultern der Alten gelegt.

«Gelade kleines Baby gebolen», erklärte sie plötzlich strahlend, «viele Geschenke!»

Im selben Moment, als sie auf dem Bahnsteig ankamen, fuhr ein Zug in die naturalistische Höhe der Gebrüder Goncourt.

«Wir begleiten dich», entschied der große Mossi.

Ein harter Schlag gegen den Griff ließ die Tür zischend aufspringen.

«Man trifft eben manchmal die falschen Leute.»

Der Wagen war leer. Sie stiegen zu dritt ein.

4

‹Unterdessen bei den Malaussènes...› – wie es in den belgischen Comics meines Bruders Jérémy heißt – haben die Großväter und Kinder zu Abend gegessen, den Abwasch gemacht, Zähne geputzt, die Schlafanzüge angezogen und sitzen jetzt in ihren Doppelbetten. Die Pantoffeln fliegen irgendwo in der Gegend rum, und alle Augen sind weit aufgerissen. Denn das kleine sphärische Ding, das böse pfeifend im Affenzahn unter der Zimmerdecke umherschwirrt, läßt ihnen buchstäblich das Blut in den Adern gefrieren. Es ist schwarz, kompakt und schwer, dreht sich schwindelerregend um die eigene Achse und zischt wie ein Knäuel Nattern. Mir ist klar, daß die ganze Familie mit in die Luft fliegen wird, wenn das Ding explodiert. Man wird Fleisch- und Metallstücke vom Place de la Nation bis zum Park Buttes Chaumont finden.

Mich faszinieren weder das runde Ding noch das eingefrorene

Entsetzen der Kinder und Alten; was mich umhaut, ist das Gesicht des alten Risson, dem Erzähler mit starrem Blick, verhaltener Stimme und ohne die geringste Mimik. Er ist stärker konzentriert als die geballte Ladung dieses teuflischen Kreisels. Der alte Risson erzählt seine Geschichten jeden Abend zur selben Zeit, und sobald er den Mund aufmacht, wird alles wahrer als wahr. Genau in dem Moment, wo er sich mit funkelnden Augen in die Mitte des Zimmers auf seinen Hocker setzt und vom Heiligenschein seines unglaublich weißen Schädels eingerahmt wird, werden Betten, Pantoffeln, Schlafanzüge und die Wände der Bude absolut unwirklich. Nichts mehr ist existent, außer dem, was er den Kindern und Großvätern erzählt: Und das ist jetzt diese schwarze Masse, die zwischen ihren Füßen umherschwirrt und einen blutspritzenden Tod verheißt. Es handelt sich hierbei um eine französische Granate, die am 7. September 1812 in der Schlacht von Borodino abgefeuert wurde (es war eine verdammte Abschlachterei; da haben Bataillone von Feen die Typen in Blumen verwandelt). Die Granate fällt zu Füßen des Prinzen Andrej Bolkonskij, der aufrecht und unerschütterlich stehen bleibt und seinen Männern mit gutem Beispiel vorangehen will, während sein Adjutant die Nasenspitze in einen Kuhfladen steckt. Prinz Andrej fragt sich, ob das der Tod ist, was sich da unter seinen Augen dreht, und der alte Risson, der *Krieg und Frieden* bis zum Ende gelesen hat, weiß sehr wohl, daß dies der Tod ist. Doch er verlängert das Vergnügen noch ein wenig im Halbschatten des Zimmers, wo nur noch ein kleines Nachttischlämpchen brennt, über dem Claras Schal liegt, so daß nur ein schwaches, goldbraunes Licht über den Boden huscht.

◆

Bevor Risson zu uns gehörte, war ich es, Benjamin Malaussène, der unverzichtbare ältere Bruder, der den Kindern ihre Scheibe abendlicher Schauermärchen servierte. So lange ich zurückdenken kann, hieß es jeden Abend: «Benjamin, erzähl uns eine Geschichte!» Ich dachte, ich wäre die beste Besetzung für diese Rolle. Immerhin war ich stärker als die Glotze – und das zu einer Zeit, als die Glotze stärker war als alles andere. Doch dann kam Risson. (Er punktet immer – ob früh oder spät, er ist der Star...) Er benötigte nur eine einzige Runde, um mir die rote Laterne anzuhängen und für sich die Cinemascope-Breitwand-Quatrosound-Dimension in Anspruch zu nehmen. Und was er den Kleinen erzählt, sind keine Mickymausgeschichten! Nur die Highlights der Literatur. Riesige Romane, die sich im Gehirn des leidenschaftlichen Buchhändlers frisch gehalten haben. Er läßt sie bis ins kleinste Detail vor einem Auditorium wieder aufleben, das zu einem einzigen, riesigen Ohr metamorphosiert ist.

Ich bin nicht enttäuscht darüber, daß ich von Risson abgehängt wurde. Am Anfang wurde mein Mund trocken, und ich schielte ab und zu in die Glotze, aber letztendlich haben diese verrückten Geschichten Risson ja endgültig von der Droge befreit. Er hat seine Hirnzellen wiederentdeckt, seine Jugend, seine Begeisterung, seinen einzigen Daseinsgrund.

◆

Es ist tatsächlich wie ein Wunder! Meine Seelenhärchen stellen sich immer noch senkrecht auf, wenn ich an den Tag zurückdenke, als er zum erstenmal bei uns aufkreuzte.

Es war an einem Abend vor knapp einem Monat. Ich wartete auf Julia, die uns einen weiteren Großvater versprochen hatte. Wir saßen alle zusammen bei Tisch. Clara und Opa Rognon hatten uns Wachteln gebrachten, die so rundlich wie Gilles de Rays'* Knirpse waren. Messer und Gabel in der Hand, waren wir bereit, sie uns einzuverleiben, als es plötzlich bimmelte.

«Das ist Julia!» rief ich.

Und mein Herz sprang fast allein zur Tür.

Und ob es meine Corrençon war! Ihre üppige Mähne, ihr Lächeln und alles. Aber hinter ihr... Hinter ihr stand der demolierteste Greis, den sie jemals angeschleppt hatte. Er sollte eigentlich groß sein, aber er war so übel zugerichtet, daß von Größe nichts mehr zu erkennen war. Vielleicht hat er mal gut ausgesehen, aber die Toten

* Gilles de Rays lebte im 15. Jahrhundert in Frankreich und war zunächst Weggefährte von Johanna v. Orléans. Er zog sich später als sehr reicher Mann auf seine Besitztümer zurück und verfiel der Schwarzen Magie. Unter anderem hatte er kleine Kinder angelockt und an ihnen seine Satanismen ausgelebt.

haben so eine Farbe... Die Haut des Typen hatte exakt diese Farbe. Eine labberige Haut, in der ein überdürres Skelett klapperte. Bei jeder Bewegung dachte man, daß die spitzen Knochen die Haut aufreißen könnten. Haare, Zähne, Fingernägel und das Weiße der Augen waren gelb. Keine Lippen mehr. Aber beeindruckend war, daß man im Innern dieses Rippengestells und in der Tiefe seines Blicks eine wahnsinnige Vitalität spürte, irgendwas, das nicht totzukriegen war. Es war das Bild des lebendigen Todes, das den harten Fixern auf Turkey vom Heißhunger nach ihrem Heroin ins Gesicht geschrieben steht. Dracula höchstpersönlich.

Julius der Hund hatte sich knurrend schleunigst unter das nächstbeste Bett verkrochen. Messer und Gabel waren uns aus den Händen gefallen, und die Wachteln in unseren Tellern hatten Gänsehaut bekommen.

Schließlich war es Thérèse, die die Situation gerettet hatte. Sie stand auf, nahm die lebende Leiche an der Hand, führte Risson an den kleinen, runden Tisch, wo sie sofort anfing, ihm eine Zukunft zu prophezeien, wie sie es auch schon bei den anderen drei Großvätern gemacht hatte.

Ich zog Julie in mein Zimmer und spielte die Szene mit der geflüsterten Wut vor.

«Tickst du noch richtig?! Uns so ’nen abgewrackten Typen ins Haus zu schleppen! Du willst wohl, daß er hier krepiert? Findest du, daß mein Leben zu einfach ist?»

Aber Julie hat so eine Gabe. Die Gabe, Fragen zu stellen, die mich sprachlos machen.

«Kennst du den nicht?»

«Muß ich ihn etwa kennen?»

«Das ist Risson.»

«Risson?»

«Ja, Risson, der frühere Buchverkäufer aus dem Kaufhaus.»

Das Kaufhaus war der Laden, der mich beschäftigt hatte, bevor ich zum Talion Verlag ging. Ich spielte dort ebenfalls den Sündenbock und flog raus, nachdem ein Artikel von Julie über meinen Job in der Illustrierten erschienen war. Es hatte tatsächlich einen alten Buchhändler dort gegeben; er war groß, hatte einen hellen, leuchtenden Kopf und war verrückt nach Literatur, hatte aber eine wilde Nazivergangenheit. Risson? Ich strich das Bild des kleinen, vollkommen ruinierten Alten, den sie uns angeschleppt hatte, wieder glatt und verglich die beiden... Risson? Vielleicht. Dann sagte ich:

«Risson ist ein altes Stück Dreck mit Scheiße im Hirn. Das Bild kann ich nicht einrahmen.»

«Und die andern Opas?» fragte Julie, ohne sich aus der Fassung bringen zu lassen.

«Wie, die andern?»

«Was weißt du denn von deren Vergangenheit, von dem, was sie vor vierzig Jahren gemacht haben? Merlan zum Beispiel, vielleicht war er Gestapospitzel? Ein Friseur hört so manches, oder? Und redet auch so manches... Und Verdun? Heil aus der letzten Schlacht gekommen... hat sich womöglich hinter seinen Kameraden versteckt, rein zufällig. Und Rognon war Fleischer in Algerien, verstehst du? ‹Der Fleischer von Tlemsen› – das hört sich doch eher nach einem Massaker an...»

Sie hatte mir das ganz ruhig gesagt und dabei meine obersten Knöpfe aufgefummelt. Ihr Fauchen der Savanne drang direkt in mein Trommelfell.

«Nein, glaub mir, Benjamin, es ist besser, nicht darin rumzuwühlen; Verjährung ist etwas Gutes.»

«Verjährung? Meine Fresse! Ich entsinne mich Wort für Wort an das letzte Gespräch mit Risson: An Stelle seines Herzens hat er ein Hakenkreuz.»

«Und?»

(Als ich Julie zum erstenmal gesehen hatte, klaute sie gerade einen Shetlandpulli im Kaufhaus. Ihre Finger rollten sich automatisch ein, und ihre Hand sog den Pulli regelrecht auf. Ruck, zuck hatte ich beschlossen, Julies Shetlandpulli zu werden.)

«Benjamin, es ist unwichtig zu wissen, wie Risson gedacht hat, als sein Hirn funktionsfähig war. Wichtiger ist, die Schweine zu bekämpfen, die dieses Gehirn in Altöl verwandelt haben.»

Ich weiß nicht, wie sie es angestellt hatte, aber diese beiden letzten Sätze wurden bereits unter der Bettdecke gesprochen, und es schien mir so zu sein, als gäbe es nicht mehr das kleinste Kleidungsstück in dieser Gegend. Dennoch ließ sie immer noch nicht vom Thema ab.

«Weißt du, warum er so fertig ist?»

«Ist mir scheißegal!»

Das stimmte auch. War mir echt egal. Nicht aus Gründen einer antirissonischen Ethik, sondern weil Julies Brüste das Bett meines Herzens sind. Dennoch ließ sie nicht locker, während ich mich bediente. Sämtliche Finger in meinen Haaren, erzählte sie mir Rissons Abenteuer.

TRAGÖDIE IN FÜNF AKTEN

AKT 1: Als ich nach Julies Artikel im letzten Jahr aus dem Kaufhaus flog, stieß die Arbeitsaufsicht bei der Geschäftsleitung in ein Wespennest. Sie wollten nachsehen, wie es in einem Laden aussieht, der sich einen Sündenbock hält. Einer, der die ganze Scheiße ausbadet und vor den Kunden heult, wenn diese wütend ihre Beschwerden vorbringen. Und die Madame von der Aufsicht fand allerhand Sachen. Unter anderem einen Risson, der in der Bücherabteilung schwarz arbeitete und schon seit mindestens zehn Jahren auf Rente sein müßte. Aus für Risson. Ende des ersten Aktes.

AKT 2: Geschaßt und einsam in der Welt seiner kleinen Zweizimmerwohnung in der Rue Broca, legt sich Risson hin und wird depressiv. Eine Art Vorbereitung auf das Leichendasein. Irgendwann findet man den verdorbenen Kompott in seinem Federbett, sechs Monate später, als die Nachbarn so einen komischen Geruch riechen. Doch eines Morgens...

AKT 3: Meine Güte! Bei Risson kreuzt ein ganz junges Mädchen auf, Pflege- und Haushaltshilfe, sozusagen gratis und frei Haus von der Stadt. Eine kleine Dunkelblonde mit blauen Augen, quicklebendig und so sanft wie ein Traum. Welch eine Freude! Oh, welch letzte Idylle! Das junge Ding hätschelt dich, Risson, wickelt dich ein und stopft dich voll mit widerlichen Medikamenten gegen deine Lethargie.

AKT 4: Risson gibt seine letzten Kröten aus, um immer mehr Happy-pills zu kaufen, steigt natürlich um von der Pille zur Spritze, kommt drauf und wird blitzartig senil. Eines Morgens ist er nach einem ordentlichen Schuß in die Vene so euphorisch, daß er sich mitten auf dem Markt von Port Royal auszieht. Die Marktschreier kriegen beim Anblick des strippenden Methusalems das Maul nicht mehr zu!

AKT 5: Polizei, Einweisung in die Klapse – das wäre eigentlich das logische Ende dieser Scheißstory gewesen. Aber Julie war seit geraumer Zeit schon hinter der Dunkelblonden her und fest entschlossen, Risson aus ihren Klauen in Drogenform zu befreien. So kam es, daß Julie dem Alten, als er sein Happening zwischen Obst und Gemüse veranstaltete, ihren Mantel überwarf (ein schöner schwarzer Skunk, der wie das Verdeck eines Cadillacs schimmerte) und ihn in ein Taxi verfrachtete. Nach zwei Tagen und zwei Nächten Dauerschlaf brachte sie ihn dann zu uns, ins Haus Malaussène, wie sie es schon mit den drei anderen Opas gemacht hatte, zwecks Entgiftung. Voilà. Der Rest muß noch geschrieben werden. Das ist das Thema von Julies Artikel, den sie für ihre Zeitung in der Absicht schreibt, die Bande der dunkelblonden Anpiekserin hochgehen zu lassen.

◆

Risson erzählt *Krieg und Frieden*, und im giftigen Pfeifen der kleinen Bombe kann man die Namen von Natascha Rostov, Pierre Bezuchov, Andrej, Helena, Napoleon, Kutusov und so weiter kreisen hören.

Meine Gedanken fliegen hinüber zu Julie, zu meiner Corrençon, zu meiner Ethik-Journalistin… Seit drei Wochen haben wir uns nicht mehr gesehen. Vorsicht! Die Bande darf nicht rauskriegen, wo sich die Alten aufhalten. Sie würde keine Sekunde zögern, die lästigen Zeugen umzunieten. Und ihre Umgebung gleich mit…

Wo bist du, Julie? Ich flehe dich an, sei vorsichtig! Flipp nicht aus, meine Julia! Nimm dich in acht vor der Stadt! Nimm dich in acht vor der Nacht! Nimm dich in acht vor den tödlichen Wahrheiten!

Während mich diese Gedanken beschäftigen, zwinkere ich diskret Julius dem Hund zu, der sofort aufsteht, um mit mir durch Belleville zu spazieren: allabendliches Frische-Luft-Schnappen.

5

Während Prinz Andrej Bolkonskij seinem umherschwirrenden Tod in einem zweckentfremdeten Belleviller Haushaltswarenladen ins Auge sah, spielte ein unbekanntes junges Mädchen auf der Ile de la Cité, am Quai de la Mégisserie hinter geschlossenen Fenstern Geige. Ganz in Schwarz gekleidet, stand sie vor der Stadt und quälte die Sonate Nr. 7 von Georg Friedrich Händel.

Zum tausendstenmal sah es die Bilder aus den Abendnachrichten vor sich: der junge, blonde Polizist im grünen Mantel, der mit offenem Kopf auf dem Asphalt von Belleville lag, und die kleine, uralte Vietnamesin, die so zerbrechlich und hilflos wirkte. Ganz groß im Bild, fragte sie:

«Beschützen?»

Der grüne Mantel und der blonde Kopf des Jungen wirkten wie eine große blutende Blume auf ihrem Stengel.

«Wie schrecklich!» hatte Mama gesagt.

«Sie hat Ähnlichkeit mit Ho Chi Minh, diese Vietnamesin, findest du nicht?» hatte Papa gefragt.

◆

Das junge Mädchen hatte diskret den Familienkreis verlassen und sich in sein Zimmer eingeschlossen. Sie hatte kein Licht angemacht. Sie hatte ihre Geige genommen, sich vor das geschlossene Doppelfenster gestellt und begonnen, alle Stücke ihres Repertoires zu spielen. Mittlerweile spielte sie seit vier Stunden. Mit kleinen, scharfen Bogenstößen zerschnitt sie die Musik in der Nacht. Wenn die Bogenhaare über die Saiten strichen, lockerten sich die Finger der linken Hand so schnell, daß jegliche Nachschwingung erstickt wurde. Immer genau einen Ton – so glatt und sauber wie eine Klinge. Man hätte meinen können, sie spielte mit einer Rasierklinge. Als durchtrennte sie damit ihre schönsten Kleider... Jetzt war Georg Friedrich Händel an der Reihe.

Die Stadt schnitt den alten Damen die Kehle durch...

Die Stadt ließ junge, blonde Köpfe explodieren...

«Beschützen?» fragte eine einsame Vietnamesin in der Stadt... «Beschützen?...»

«Es gibt keine Liebe», sagte das junge Mädchen leise.

Dann sah sie das Auto. Es war ein langes, schwarzes Auto, dessen Karosserie schwach schimmerte. Es hatte soeben mitten auf der Pont-Neuf angehalten, majestätisch über der Seine – wie ein Schiff, das anlegt. Die hintere Tür ging auf. Das junge Mädchen sah, wie ein Mann ausstieg. Er stützte eine schwankende Frau.

‹Betrunken›, lautete die Diagnose des jungen Mädchens.

(Und der Bogen, der über die Saiten strich, erzeugte einen dieser flackernden Töne, deren schreckliches Geheimnis allein die Violine besitzt.)

Der Mann und die Frau taumelten in Richtung Brückengeländer. Das junge Mädchen konnte spüren, wie schwer der rothaarige Kopf der Frau auf den Schultern ihres Begleiters lag.

‹Es sei denn, sie ist schwanger›, sagte sich das junge Mädchen, ‹... es gibt so viele Gründe zu kotzen...›

Aber nein! Die Frau versuchte gar nicht, auf Teufel komm raus ihr angefülltes Inneres der Seine zu übergeben. Im Gegenteil: Das Paar schien zu träumen. Der Kopf der Frau lehnte gegen die Schulter des Mannes, und er drückte seine Wange in ihr Haar. Ihr Pelzmantel schimmerte wie die Karosserie des Wagens.

‹Nein, das ist Liebe›, sagte sich das junge Mädchen.

(Eine erste Zärtlichkeit an diesem Abend für Georg Friedrich Händel.)

‹Sie hat die gleichen Haare wie Mama.›

Eine unglaublich rote Mähne, vielleicht ein venetianisches Blond, in dem sich der Schein der Straßenlaterne verfing und dem Paar einen goldenen Heiligenschien verlieh.

‹Ist das nicht wunderbare Liebe?›

Geduldig ließ das Auto kleine, weiße, schweigende Rauchwölkchen verpuffen. Georg Friedrich Händel verband seine Wunden.

‹Liebe›, wiederholte das Mädchen.

Genau in diesem Moment hörte das Mädchen das Heulen. Es drang sogar durch die doppelt verglasten Fenster. Ein langes, metallisches Heulen, das vom Motor des stehenden Wagens kam, dessen Vordertür plötzlich aufsprang. Dann sah das Mädchen, wie der Mann hinter dem Brückengeländer verschwand und die Frau die Brücke hinunterstürzte. Es sah aus, als ob sie fliegen würde. Sie flog noch durch die Luft, als sich der Mann schon in den Wagen stürzte, der dann mit vier quietschenden Reifen davonpreschte. Da war der weiße Frauenkörper in der Nacht und die Kehrtwendung des Autos, das mit dem hinteren Kotflügel gegen einen Pfahl knallte und dann kreischend im Höllentempo den Quai hinunter flüchtete. Das junge Mädchen schloß die Augen.

Als es den Mut fand, sie wieder zu öffnen – sie war nur ein paar Sekunden lang ohnmächtig –, war die Brücke leer. Aber zwischen den schwach erleuchteten Ufermauern schob sich die dunkle Masse eines Lastkahns vorbei. Und dort, in einem Tal zwischen zwei Kohlebergen, lag die Frau. Wie ein toter Vogel fuhr der nackte Körper unter den Augen des jungen Mädchens vorüber.

‹Er hat nicht alles verloren›, dachte das junge Mädchen, ‹er hat noch ihren Mantel behalten.›

Dann erkannte sie zum zweitenmal den goldenen Heiligenschein über ihrem so weißen Gesicht.

«Mama», flüsterte sie.

Sie ließ den Bogen und die Geige fallen, machte das Fenster weit auf und schrie hinaus in die Nacht.

6

Wir haben mindestens zwölf Grad minus, und trotzdem brodelt Belleville wie der Kochkessel des Teufels. Man könnte glauben, alle Bullen von Paris seien im Einsatz. Sie kommen von dem Place Voltaire hoch und schießen hinunter zur Gambetta, sie kreuzen von der Nation bis zur Goutte d'Or überall auf. Es heult, blitzt blau und zirpt an allen Ecken. Die Nacht erlebt ein Wetterleuchten. Belleville pulsiert. Aber Julius dem Hund ist das Wurscht. Im Dämmerlicht, das so günstig für hündische Leckerbissen ist, schleckt Julius der Hund an einem Stück Eis, das die Form Afrikas hat. Seine raushängende Zunge hat etwas Köstliches gefunden. Die Stadt ist eben das Lieblingsfutter aller Hunde.

Man hat den Eindruck, in dieser eisigen Nacht würden in Belleville alle offenen Rechnungen mit dem Gesetz beglichen. Gummiknüppel dreschen in Sackgassen. Straßen und Bullenautos spielen kommunizierende Röhren. Man spielt Dealerwalzer, Araberrazzia – die Schnurrbartbullen grillen den dicken Spieß.

Ansonsten ist das Viertel dasselbe, das heißt: Es verändert sich laufend. Es wird sauber, es wird glatt, es wird teuer. Die Wohnblocks, die man dem alten Belleville eingepflanzt hat, sehen aus wie Zahnstummel in einem hollywoodschen Gebiß. Aus Belleville wird was.

◆

Zufällig kenne ich, Benjamin Malaussène, den großen Planer dieser Belleviller Zukunft. Er ist Architekt und heißt Ponthard-Delmaire. Er wohnt in einem Haus, das nur aus Holz und Glas besteht und ins Grünzeug im oberen Teil der Rue de la Mare eingebuddelt ist. Ein paradiesischer Flecken für die Ateliers des lieben Gottes. Normal. Ponthard-Delmaire ist ein berühmter Architekt. Ihm verdankt man unter anderem den Wiederaufbau von Brest (architektonisch gesehen Frankreichs Ost-Berlin). Demnächst wird er bei uns (im Talion Verlag) einen dicken Wälzer über seine Pariser Projekte veröffentlichen, eine Art Megabuch im Hochglanzdruck mit Farbfotos, Faltplan und so weiter. Prestigeobjekt. Mit schönen Architektensätzen – solche, die in lyrischen Abstraktionen davonschweben, um dann als Betonklötze wieder runterzufallen. Weil mich die Königin Zabo losgeschickt hatte, um seine Manuskripte abzuholen, hatte mir Ponthard-Delmaire seine Ehre erwiesen – der Totengräber von Belleville.

«Warum ich, Majestät?»

«Wenn irgend etwas mit der Publikation seines Buches Scheiße läuft, Malaussène, dann sind Sie dran. Außerdem lernt Ponthard-Delmaire bei der Gelegenheit Ihr hübsches Sündenbockgesicht kennen.»

Ponthard-Delmaire ist ein dicker Typ, der sich mit ‹für seine Korpulenz erstaunlicher Leichtigkeit› bewegt. Ein Dicker, der sich wie ein Dicker bewegt: schwergewichtig. Im übrigen bewegt er sich nur wenig. Nachdem er mir sein Buch in die Hand gedrückt hatte, stand er nicht einmal auf, um mich hinauszubegleiten. Er sagte nur:

«Ich hoffe für Sie, daß es keine Probleme geben wird.»

Und er ließ mich nicht aus den Augen, bis der Lakai im Bienenjäckchen die Bürotür hinter mir zugemacht hatte.

◆

«Komm endlich, Julius!»

Man denkt, man würde seinen Hund mittags und abends Gassi führen. Schwerer Irrtum: Es sind die Hunde, die uns zweimal am Tag zur Meditation einladen.

Julius reißt sich von seinem vereisten Afrika los, und wir gehen weiter spazieren in Richtung *Koutoubia*, dem Restaurant meines Freundes Hadouch und seines Vaters Amar. Auch wenn sich Belleville noch so sehr der Magen umdreht – der Weg des Denkers und seines Köters ist unveränderlich. Im Augenblick denkt der Denker an die Frau, die er liebt. ‹Julie, meine Corrençon, wo bist du?› Vor genau einem Jahr (damals nannte ich sie Julia) trat Julie diskret in mein Leben. Sie, die Nomadenfrau, fragte mich damals, ob ich damit einverstanden wäre, ihr Flugzeugträger zu sein. ‹Lande nur, meine Schöne, und flieg los, so oft du willst, ich werde mich in deinen Gewässern tummeln.› So was in der Art hatte ich ihr geantwortet. (Oh, war das schön...) Seitdem verbringe ich mein Leben damit, auf sie zu warten. Die Genies unter den Journalisten vögeln mit dir nur zwischen zwei Artikeln – das ist der Haken an der Sache. Wenn sie wenigstens noch bei einer Tageszeitung ackern würde... aber nein, Corrençon muß in einer Monatszeitschrift publizieren. Und sie schreibt nur alle drei Monate einen Artikel. Jawohl, vierteljährliche Liebe, das ist mein Los. ‹Was kümmerst du dich denn um diese alten Fixer, Julie? Weil ein fixender Opi der Reißer des Jahres ist?› Ich müßte mich schämen, mir solche Fragen zu stellen, aber dazu finde ich keine Zeit mehr. Eine Hand, die aus der Nacht hervorschnellt, packt mich am Kragen und zerrt mich fort. Ich hebe ab, lande aber sogleich wieder.

«Salut, Ben!»

Der Hausflur ist dunkel, aber ich kenne das Lächeln: ganz weiß, mit einem schwarzen Loch zwischen den beiden Schneidezähnen. Gäb es hier eine Funzel, würde man die roten Locken über den fahlgelben Augen erkennen. Simon der Kabyle. Ich rieche außerdem seinen Mentholatem.

«Salut, Simon! Seit wann greifst du nach mir wie ein Bulle?»

«Seit uns die Bullen daran hindern, in der Straße auf und ab zu gehen.»

Das ist eine andere Stimme, aber die kenne ich auch. Eine weiche

Stimme, die jetzt einen Schritt vorwärts macht. Es wird sofort Nacht. Mo der Mossi ist wie der riesige Schatten des Kabylen.

«Was ist los, Jungs? Hat man schon wieder einer Alten die Kehle durchgeschnitten?»

«Nein, diesmal hat eine Alte einen Bullen kaltgemacht.»

Zimt und Pfefferminz. Mo der Mossi und Simon der Kabyle sind von der Rue Roquette bis zum Park Buttes Chaumont das stärkste Pärchen in der Schwarzen Lotterie. Sie sind die Leutnants meines Kumpels Hadouch, Amars Sohn. Er ging mit mir zusammen aufs Voltaire-Gymnasium (meines Wissens der einzige, der sich nach dem Abi für die Zockerlaufbahn entschieden hat).

«Ein Bulle wurde von einer Alten umgebracht?»

(Das Schöne an Belleville sind die Überraschungen.)

«Hat's dir der Kleine nicht erzählt? Er und der Hund waren doch dabei. Auf der Kreuzung Timbaud ist es passiert. Hadouch und ich haben alles von der anderen Straßenseite aus sehen können.»

Gefrierendes Flüstern, verpißter Flur, aber breites Grinsen von Simon.

«Die Alte könnte direkt von euch stammen, Ben: Korb, Holzschuhe und so. Sie hat ihn mit einer P 38 umgenietet. Ich schwör's dir bei meiner eigenen Mutter!»

(Es stimmt also, daß die Feen die Typen in Blumen verzaubern... Die Alte tickt wohl nicht richtig: vor den Augen meines Kleinen mit seiner rosaroten Brille einen Mord zu begehen...)

«Ben, Hadouch bittet dich um einen Gefallen.»

Simon öffnet unsere beiden Jacken, und ein dicker Briefumschlag wandert diskret von seiner warmen Brust zu meiner.

«Das sind Fotos von dem umgelegten Bullen, Ben. Wenn du sie siehst, verstehst du, warum Hadouch sie im Moment nicht bei sich aufheben kann. Bei dir zu Hause wird es wenigstens keine Hausdurchsuchung geben.»

◆

«Was ist, Julius?»

Die Nacht wird immer eisiger.

«Kommst du vielleicht bald mal?»

Tapp, tapp, tapp, er kommt anmarschiert. Dieser Hund stinkt

dermaßen, daß sein Gestank sich weigert, ihm zu folgen: Er eilt ihm voraus.

«Kürzen wir ab über die Rue Spinoza, oder machen wir die Runde durch die Rue Roquette?» ‹Warum bist du nicht bei mir, Julie? Warum muß ich mich mit Julius begnügen und mit Belleville?› ‹Für den Journalismus, wie ich ihn betreibe, habe ich Gründe. Und diese Gründe sind meine einzige Daseinsberechtigung.›

Ich weiß, ich weiß, aber paß auf, daß du nicht dafür stirbst...»

Plötzlich werden Julius und ich von den Scheinwerfern eines Autos geblendet. Am Ende der Straße hört man einen Motor aufheulen. Der Kerl muß mit über 120 Sachen auf uns zuschießen. (Eigentlich sollte ich es genauso machen: Führerschein, dickes Auto kaufen, und wenn ich allzu großes Verlangen nach meiner Corrençon habe, mir eine Spritztour im Affenzahn über den Stadtring genehmigen.) Fasziniert von der Karre, läßt sich Julius auf seinen dicken Hintern fallen. Er glotzt in die Scheinwerfer, als hoffe er, den Drachen zu hypnotisieren. Hundert zu eins bei diesem Glatteis, daß die Karre gleich breit am Eingangstor vom Père Lachaise klebt.

«Wetten wir, Julius?»

Wette verloren. Gequietsche und Geheul, dann eine satte Verzögerung, er schleudert mit dem Arsch in die Kurve, fängt sich wieder beim Ausgang und schießt dann volles Rohr in Richtung Rue Ménilmontant. Allerdings ging in der Kurve eine Tür auf, und eine Art dunkler Vogel flog aus dem schwarzen Wagen. Zuerst dachte ich, es sei ein Körper, aber es fiel wie eine leere Hülle auf die Erde. Vielleicht ein Mantel oder eine Decke. Ich habe den Fuß schon in den Rinnstein gesetzt, um nachzusehen, was los ist, als mir ein langer Frauenschrei das Blut in den Adern gerinnen läßt. Dann wirft mich ein Polizeiauto, das den Wagen verfolgt, zurück auf den Gehsteig. Die unsichtbare Frau schreit weiter. Ich drehe mich um. Doch es ist keine Frau. Es ist Julius.

«Julius, Scheiße! Mach nicht so was!»

Aber er hat seinen Kopf zu dem verschwundenen Auto gedreht und das Maul wie im Comic verzogen. Seine Augen leuchten vor Entsetzen, und er schreit weiter. Ein langer weiblicher Klagelaut, unterbrochen von kurzen Schluchzern. Ein anschwellendes Jammern dringt durch das gesamte Viertel, bis in einem Fenster das

Licht angeht, dann im nächsten, und ich muß mich zusammengekrümmt wie ein Kinderdieb in die Rue de la Folie Régnault flüchten. In den Armen halte ich meinen Hund, der mir die Hand vollsabbert, mit der ich ihm das Maul zuhalte. Er rollt mit den Augen in der nächtlichen Bullenstadt. Mein Hund hat einen schweren epileptischen Anfall.

◆

Im Augenblick liegt er auf der Seite in meinem Zimmer, aber immer noch in Sitzposition! Sein Kopf ist verdreht, die Augen starren zur Decke. Er ist so leicht und borstig wie eine leere Kokosnuß. Er schweigt in einer Weise, daß man glauben könnte, er sei tot. Dabei stinkt er so sehr aus dem Maul, als befände er sich auf einer Reise zum Innern der Hölle – doch Julius der Hund lebt. Epilepsie. Das wird noch eine ganze Weile andauern. Vielleicht mehrere Tage. Genauso lange, wie sich diese Vision, die den Anfall herbeigeführt hat, auf seiner Netzhaut festsetzen wird. Ich kenne das bereits.

«Na, Dostojewskij, was hast du denn diesmal gesehen?»

Was ich hingegen sehe, nachdem ich Hadouchs Umschlag aufgemacht habe, stimmt mich total nachdenklich, und mein Abendessen – obwohl es schon längere Zeit zurückliegt – steigt mir dezent die Speiseröhre hoch. Auf dem Umschlag steht geschrieben: INSPECTEUR VANINI. Und auf den Fotos, die vor mir auf dem Tisch liegen, sieht man einen jungen Typen mit blonden Haaren im grünen Lodenmantel, wie er gerade ein paar Dunkelhäutigen mit dem Schlagring die Fresse poliert. Einer der Köpfe ist explodiert, und ein Auge ist aus seiner Höhle gequollen. Nicht die geringste Freude im Gesicht des Blondschopfs. Offensichtlich nur eine kleine Routineangelegenheit. Ich verstehe, warum Hadouch nicht unbedingt will, daß man die Sachen bei ihm findet. Nach dem Tod des Bullen Vanini hat der Maghreb ein berechtigtes Interesse daran, nicht groß aufzufallen.

Mit einemmal macht mich die Welt müde, doch ich kann nicht schlafen. Scheiß auf Sicherheitsvorschriften! Ich nehme den Hörer ab und rufe Julie an. Ich brauche ihre Stimme. Julies Stimme, bitte... Keine Reaktion, es klingelt leer hinaus in die Nacht.

7

«Tot?» fragte Pastor.

Der Arzt kniete in den Kohlen und beugte sich über den Frauenkörper. Er sah zu dem jungen Inspektor im Wollpullover hoch, der ihm mit seiner Taschenlampe leuchtete.

«Kaum Hoffnung.»

Das Blaulicht des Polizeiboots huschte über den Körper, dann ein gelbes, dann kohlrabenschwarze Nacht, und wieder das Blitzlicht des Fotografen. Ein Bein der Frau war gebrochen und bildete einen schrecklichen Winkel. Man hatte ihr zwei schwere Bleigewichte an die Handgelenke gebunden.

«Sie wäre so schnell nicht wieder aufgetaucht.»

«Sehen Sie nur!»

Der Arzt hatte den Ellenbogen mit äußerster Vorsicht angehoben. Er deutete auf einen Bluterguß in der Armbeuge.

«Zerstochen», sagte Pastor.

Sie unterhielten sich in knappen, gefrorenen Worten. Zwischen diesen Bruchstücken hörte man das tiefe Schnauben des Motors. Der Lastkahn roch nach Diesel und fettigem Blech.

«Haben Sie genug gesehen?»

Pastor leuchtete ein letztes Mal den Frauenkörper ab. Einstich- und Schlagspuren, verschiedene Verbrennungen. Einen Moment lang sah er sich noch das Gesicht an, das von der Kälte und den Blutergüssen blau angelaufen war. Sie hatte eine breite Stirn, vorspringende Backenknochen, einen energischen und fleischigen Mund. Und diese goldene Mähne. Das Gesicht paßte zu dem Körper: kräftig. Besänftigt durch eine Art weiche Vollkommenheit. Pastor wandte sich an den Fotografen.

«Können Sie dieses Massaker im Gesicht abschwächen?»

«Ich habe einen Freund im Labor, der wird Ihnen einen Spezialabzug machen. Das Schlimmste wird verschwinden.»

«Schönes Mädchen», sagte der Arzt und deckte es wieder mit der Decke zu.

Pastors Lampe beschrieb einen Halbkreis in der Nacht.

«Sanitäter!»

Er hörte sie über die Kohle laufen wie über einen Berg Muscheln.

«Mehrere Brüche», konstatierte der Arzt, «verschiedene Verbrennungen, undefinierbare Menge an Scheißkram in den Venen, ganz zu schweigen von den Folgen für die Lunge. Sie ist hinüber.»

«Sie ist kräftig», sagte Pastor.

«Sie ist hinüber», wiederholte der Arzt.

«Wollen wir wetten?»

Etwas Fröhliches lag in der Stimme des jungen Inspektors.

«Sind Sie um diese Zeit und angesichts einer solchen Schweinerei immer so guter Dinge?» fragte der Arzt.

«Ich hatte Bereitschaft», antwortete Pastor, «Sie sind derjenige, den man aus dem Bett geworfen hat.»

Pastor, der Arzt und der Fotograf kletterten hinter den Sanitätern die Kohlenberge hinauf. Blaulicht des Polizeibootes, Blaulicht des Krankenwagens, Pastors Taschenlampe, Positionsleuchten des Lastkahns – die Nacht blinkte. Genau wie die Stimme des Schiffers; seine Zähne klapperten beim Reden.

«Ausgerechnet mir muß das passieren! Es langt doch schon, daß mein Kahn laufend Risse bekommt, ohne daß ich's merke.»

Wie alle Schiffer hatte auch er einen Schädel für den Jahrmarkt, der vom Ärger und Kartenspielen verwüstet war.

«Wenn es anfängt, Mädchen zu regnen», sagte Pastor im Vorbeigehen, «dann sollten Sie sich vielleicht eine Bordleuchte zulegen.»

Allgemeines Gelächter.

«Ist sie tot?» fragte der Schiffer.

«Auf dem besten Weg dahin», antwortete einer der Sanitäter.

«Wo ist das junge Mädchen mit der Geige?» fragte Pastor.

«Im Wagen», antwortete einer der Bullen. «Sie ist vollkommen weggetreten, die Kleine, sie dachte, es wäre ihre Mutter, in den Kohlen.»

Pastor machte einen Schritt in Richtung Wagen, hielt dann aber inne.

«Oh, ich hab was vergessen...»

Er wandte sich wieder dem Schiffer zu.

«Morgen, nachdem Sie gelöscht haben, gehen Sie doch bestimmt in Ihre Stammkneipe einen trinken, oder?»

«Eher zwei», sagte der Schiffer und hüpfte auf der Stelle.

«Kein Wort von alldem», sagte Pastor.

Er lächelte immer noch. Aber es war ein absolut unbewegliches Lächeln.

«Was?»

«Nicht die geringste Andeutung. Sie werden mit niemand darüber reden. Nicht mal mit sich selbst. Es ist nichts passiert.»

Der Schiffer kapierte nicht recht. Zwei Sekunden zuvor sah der Bulle in seinem weiten Wollpullover noch aus wie ein lustiger kleiner Junge, und jetzt...

«Und zehn Tage lang keinen Alkohol», fügte Pastor hinzu, als verordnete er ein Rezept.

«Hä?»

«Ein Säufer erzählt alles mögliche, vor allem die Wahrheit.»

Pastors Augen saßen tief in ihren Höhlen. Sie waren weit entfernt von seinem Lächeln.

«Strikte Abstinenz. Verstanden?»

Er fühlte sich plötzlich müde.

«Sind Sie etwa das Gesetz?» maulte der Schiffer, der auf einen Schlag seinen Sprit und *das* Gesprächsthema seines Lebens dahinschwinden sah.

«Ich danke Ihnen», sagte Pastor bedächtig.

Und fügte hinzu:

«Übrigens: Hüsche Mädchen fallen nicht vom Himmel.»

«Ziemlich selten», bestätigte der Schiffer.

«Niemals», sagte Pastor.

◆

Im Funkwagen sah Pastor als erstes den Polizisten in Uniform. Zusammengekauert saß er am äußersten Ende der Bank und hatte ein jungfräuliches Notizbuch auf seinen geschlossenen Knien aufgeschlagen. So weit wie möglich von dem jungen Mädchen mit der Geige entfernt. Das junge Mädchen war sehr dunkelhaarig, sehr blaß und schrecklich teenagerhaft. Sie war ganz schwarz gekleidet und trug abgeschnittene Nezthandschuhe, so daß von ihren Händen nur die Fingerenden zu sehen waren. ‹Ich trage die Trauer der Welt. Versuchen Sie nicht, mich zum Lächeln zu bringen.› – Das sollte diese Verkleidung als sizilianische Witwe wahrscheinlich bedeuten. Der kleine uniformierte Bulle empfing Pastor mit einem Blick wie ein Hund, den man gleich losbindet. Pastor ergriff die Hand des jungen Mädchens.

«Es ist vorbei, Mademoiselle, ich werde Sie nach Hause begleiten.»

Das Mädchen saß neben Pastor im Streifenwagen und begann zu reden. Sie erzählte zuerst vom Gesicht einer sehr alten Vietnamesin, das sie in den Abendnachrichten so sehr erschüttert hatte. «‹Beschützen?› fragte die alte Dame, «und man spürte, wie die Bedrohung der ganzen Welt auf ihren Schultern lastete», erläuterte das junge Mädchen mit der Geige. Pastor fuhr ruhig. Ohne Blaulicht. Ohne Sirene. Er in einem Pullover und das junge Mädchen in seinen Gedanken – man hätte glauben können, sie wären Geschwister. Das junge Mädchen hatte Vertrauen gefaßt. Sie erzählte ein weiteres Mal, was sie durch ihr Fenster gesehen hatte. Sie erzählte alles haargenau: das Aufheulen des Motors, die nackte Frau in der Luft...

Aber das Schlimmste für sie war, daß sie geglaubt hatte, es würde sich bei dem Körper, der auf den Katafalk aus Kohlen gefallen war, um ihre Mutter handeln. Offensichtlich hatte die Tatsache, daß die fragliche Mama friedlich nebenan in ihrem Zimmer schlief, nichts daran geändert.

«Es war exakt so, als hätte ich Mama getötet, Monsieur Inspecteur! Ich versuchte es schon Ihrem Kollegen zu erklären, aber er wollte mich nicht verstehen.»

Klar. Pastor versuchte sich den Kopf des jungen Polypen vorzustellen und hätte dabei beinahe eine rote Ampel überfahren.

◆

Nachdem er das junge Mädchen zu Hause abgesetzt hatte, fand er das Revier in hellem Aufruhr: Die Korridore waren proppenvoll mit Arabern, die auf der Erde oder zusammengequetscht auf den Bänken saßen. Türenschlagen, Gebrüll, Telefongebimmel, Schreibmaschinengeratter. Aufgescheuchte Bullen schleppten hastig Akten hin und her... Hommage des Commissaire divisionnaire Cercaire an Inspecteur Vanini, der heute nacht ein Opfer der Stadt war. Lodernde Trauer des Divisionnaire Cercaire. Zellen und Kammern füllten sich.

Pastor flüchtete sich in den Fahrstuhl und dankte Gott dafür, daß er nicht einer von Cercaires Männern war, sondern zu denen des Divisionnaire Coudrier gehörte. Coudrier behandelte seine Fälle diskret in seinem abgedunkelten, komfortablen Büro. Divisionnaire Coudrier bot Kaffee in kaiserlichen Tassen an, auf denen ein großes ‹N› prangte. Divisionnaire Coudrier zeigte sich nicht häufig. Coudrier war kein Polizist für die Straße. Wenn jemand Pastor umgebracht hätte, hätte Coudrier zurückhaltend Trauer geübt. Vielleicht hätte er ein paar Tage lang seinen Kaffee ohne Zucker getrunken.

◆

Als Pastor die Tür zu seinem eigenen Büro öffnete, fand er dort eine winzige Vietnamesin in Holzsandalen vor, die gerade dabei war, mit einem Zyankalilächeln einen Zahnbecher voll milchiger Flüssigkeit runterzuschlucken.

8

Mit einer Seelenruhe machte Pastor die Tür hinter sich zu.

«Bringst du dich um, Thian? Dabei habe ich mir sagen lassen, daß du im Fernsehen heute abend einen beachtlichen Erfolg hattest.»

Den Kopf nach hinten gebeugt, hob die Vietnamesin eine Hand und forderte Ruhe. Das Büro war ein Büro für Polizisten mit kleiner Brieftasche. Zwei Tische, zwei Schreibmaschinen, ein Telefon und ein paar Metallschränke. Pastor hatte noch ein Feldbett dazugestellt. Er schlief darauf, wenn er nicht mehr die Kraft hatte, nach Hause zu gehen. Pastor war ein Sprößling vom Boulevard Maillot. Ein großes Haus am Rande des Bois de Boulogne. Ein großes, leeres Haus. Seit dem Tod des Regierungsrates und Gabrielles schlief Pastor im Büro.

Nachdem sie den Becher abgesetzt und sich mit dem Handrücken die Lippen abgewischt hatte, sagte die Vietnamesin:

«Fang keinen Streit mit mir an, Junge; heute abend hasse ich die Jugend.»

Sie hatte nicht mehr im geringsten den Akzent der weiten Ebene der Schilfgräser. Sie hatte eine Stimme wie Gabin: so etwas wie das Rollen von Kieselsteinen, verstärkt durch den unverwechselbaren Slang des zwölften Arrondissements.

«Hat dich Vaninis Tod in diesen Zustand versetzt?» fragte Pastor.

Mit einer müden Handbewegung zog die Vietnamesin ihre Glatthaarperücke ab, und zum Vorschein kam die Oberfläche eines alten Schädels, auf dem eine graue und schüttere Bürste wuchs; borstig wie ein Besen.

«Vanini war ein kleiner Idiot, der's glaub ich ein bißchen zu weit getrieben hat und sich 'ne Kugel eingefing. Friede seiner Seele.»

Die Vietnamesin drehte Pastor den Rücken zu, damit er ihr das Thaikleid aufhakte. Mit einem Rutsch glitt die Seide bis zum Poansatz. Die menschliche Gestalt, die aus dem Kleid trat, war vollkommen männlich und milchig blaß. Pastor hielt die Luft an.

«Was benutzt du denn für ein Parfum?»

«Tausend Blüten Asiens, gefällt's dir?»

Pastor atmete aus wie ein geplatzter Autoreifen.

«Unglaublich, daß Cercaire dich nicht erkannt hat!»

«Ich würde mich selbst nicht wiedererkennen», grummelte Inspecteur Van Thian und schnallte seine Dienstwaffe ab, die er sich um seinen mageren Schenkel gebunden hatte.

Er fügte hinzu:

«Mein Wort, Junge, mir ist, als sei ich meine eigene Witwe geworden.»

Ohne die Attribute der Witwe Hô (er trieb die Gewissenhaftigkeit so weit, daß er zwei Latexbrüste trug, die so platt waren wie mürbe geklopfte Steaks) war Inspecteur Van Thian ein magerer Bulle. Er war alt und chronisch depressiv. Er öffnete eine rosafarbene Schachtel Tranquilizer, schüttete zwei Kapseln in die Hand und schluckte sie mit Hilfe eines Glases Whisky hinunter, das Pastor ihm hinhielt.

«Meine ganzen Magengeschwüre sind mit einem Schlag wieder aufgebrochen.»

Inspecteur Van Thian ließ sich gegenüber von seinem jungen Kollegen Pastor auf einen Stuhl fallen. Pastor nahm das Glas wieder an sich, füllte es mit Wasser, warf zwei Aspirin-Brausetabletten hinein, stellte es in die Mitte des Schreibtischs und setzte sich hin. Die beiden Männer legten ihr Kinn auf die gefalteten Hände und betrachteten schweigend den sprudelnden Walzer. Nachdem sich der alte Thian das Aspirin einverleibt hatte, sagte er:

«Ich war mir heute abend sicher, zwei zu verhaften.»

«Zwei Jungs?» fragte Pastor.

«Wenn du so willst. Simon den Kabylen und Mo den Mossi. Sie

zocken ab im Auftrag von Hadouch Ben Tayeb. Sie werden zusammen nicht mehr als vierzig Jahre auf dem Buckel haben. Im Vergleich zu mir sind das Kinder, aber was das Leben angeht, da wissen die ziemlich genau, wie's läuft, das kannst du mir glauben!»

Pastor liebte diese nächtliche Stunde, wenn Inspecteur Van Thian aus den Höhen Bellevilles hinunterstieg, um seine Berichte in die Maschine zu hämmern. Obwohl Pastor dafür keine Erklärung hatte, erinnerte ihn die Anwesenheit des alten Thian an die des Regierungsrates. Vielleicht, weil Thian ihm Geschichten erzählte (die Mißgeschicke der Witwe Hô) – genau wie der Regierungsrat, als Pastor klein war. Oder weil er mit den Jahren dem ‹hohen Alter› ganz einfach ein Stück näher kam.

«Hör gut zu, Junge, sie haben mich am Geldautomaten an der Ecke Rue Faubourg du Temple/Aveneu Parmentier in die Zange genommen. Verstehst du? Ein Mossi aus Stahl und ein Kabyle aus Beton gegen eine kleine Witwe Hô. Ich habe ihnen fast dreitausend Piepen unter die Nase gehalten. Ich hab sogar einen Lappen fallen lassen. Und weißt du was? Mo der Mossi rennt hinter mir her, um ihn mir *zurückzugeben*! Okay, dachte ich, dann wollen sie mir eben später alles klauen, ohne Risiko, in einer ruhigen Ecke, z. B. in der Metro. Also ab in die Metro. Sie laufen mit mir die Gänge entlang und flüstern mir die ganze Zeit Horrorgeschichten ins Ohr. Dabei lachen sie so blöd, als wollten sie mich gleich am Arsch packen oder die Titten kneten, du verstehst schon ... Sie zwingen mich, in einen leeren Wagen zu steigen, setzen sich rechts und links neben mich, aber anstatt mir den Batzen Kohle abzunehmen, erzählen sie mir weiter ihre Schauermärchen. Am Place de la République steigen wir um in Richtung Place d'Italie. Ich hatte ihnen gesagt, ich würde zu meiner Schwiegertochter fahren, die gerade ein Baby bekommen hätte. Das zieht noch mehr, dachte ich. Die wollen dir nicht nur an den Kragen. Obendrauf vergewaltigen sie noch deine Schwiegertochter und machen mir dann im Bett die Rechnung. Ergebnis: Null! Sie haben mich zum Eingang meiner angeblichen Schwiegertochter begleitet und sich in dem Moment, als ich den Aufzug betrat, aus dem Staub gemacht, einfach so, ohne einen Ton zu sagen.»

«Schlußfolgerung?»

«Deprimierend, Junge. Diese Kinder wollten die Witwe nicht bestehlen. Ich würde sogar noch weitergehen: Sie haben sie *beschützt!*

Sie haben ihr als Leibwächter gedient! Nicht nur, daß sie sie nicht angefaßt haben, vielmehr diente der ganze Sado-Salat, den sie verzapft haben, nur dazu, ihr Schiß zu machen, damit sie es gefälligst bleiben läßt, nachts vollgestopft wie ein libanesisches Bankkonto durch die Gegend zu laufen. Und siehst du, Junge, das beunruhigt mich mehr als alles andere.»

«Willst du damit sagen, daß sich Cercaire der Jugend Bellevilles gegenüber im Irrtum befindet?»

«Das heißt in jedem Fall, daß sich alle möglichen Leute in die Geschichte mit den alten Damen einmischen. Ich genauso wie dieser rauchende Büffel Cercaire.»

Nachdenkliches Schweigen. Wenn Thian die Augenbrauen zusammenzog und einen nachdenklichen Gesichtsausdruck machte, hatte er auch etwas von Gabrielle, der Frau des Regierungsrates. Der Regierungsrat pflegte immer zu Pastor zu sagen: ‹Gabrielle denkt, Jean-Baptiste. In ein paar Sekunden sind wir weniger dumm.› Alle beide waren jetzt tot, Gabrielle und der Regierungsrat.

«Weißt du was, Junge? In den vier Wochen, in denen ich in Belleville den Travesti spiele, habe ich zumindest eines gelernt: Die alten Knacker können sehr wohl nachts spazierengehen, ob mit Diamanten am Bauchnabel oder dem Familiensilber um den Hals – kein einziger Junkie würde sie auch nur mit dem kleinen Finger berühren. Das ist wie eine Anweisung: Selbst einer, der schon jenseits von Gut und Böse war, würde sich eher die Fresse vollhauen lassen, als eine Alte in Belleville zu überfallen. Nicht etwa, weil die Jugend des Viertels so tugendhaft geworden wäre, nein, sie hat nur ihre Erfahrungen gemacht. Die Straßen sind überfüllt mit diskreten Bullen wie Vanini. Das wissen die Kids und geben keinen Mucks von sich. Das ist alles. Im Gegenteil, es würde mich nicht wundern, wenn sie sogar den Bekloppten mit der Rasierklinge schnappen würden. Du siehst also, Junge...»

Thian sah Pastor mit einem matten, weisen Blick an.

«Du siehst also: So ist das Leben! Ich hatte mir vorgenommen, diesen Messerstecher von Cercaires Mannschaft hochzunehmen und mich dann in Ruhe zurückzuziehen – ein letztes Geschenk an unseren Coudrier. Und jetzt muß ich gegen eine Bande von Knirpsen antreten.»

Inspecteur Van Thian hob vorsichtig seine neunundddreißig

Dienstjahre auf und setzte sie hinter seinen Schreibtisch. Er stellte ein reichhaltiges Sandwich aus weißen Blättern und Kohlepapier zusammen, mit dem er dann seine Schreibmaschine fütterte.

«Und du, Junge, bist du auf irgendwas gestoßen heute nacht?»

In diesem Augenblick ging die Tür auf, und ein Bote aus dem Labor brachte die Antwort.

«Darauf bin ich gestoßen», antwortete Pastor und dankte dem Bullen. Dann warf er Thian eine Handvoll noch feuchter Fotos hin.

Thian betrachtete lange den vom Blitzlicht erhellten Körper im Kontrast zu der schwarzen Kohle.

«Die Kerle, die sie in die Seine geworfen haben, haben den Motor des Wagens laut aufheulen lassen, um das Platschgeräusch zu übertönen. Dabei haben sie natürlich nicht gehört, daß der Lastkahn vorbeifuhr», sagte Pastor.

«Idioten...»

«Und beim Davonschleudern haben sie eine Stoßstange verloren. Ich habe sie hinterher mitgenommen. Ein BMW, den wir bestimmt finden werden.»

«Hatten sie Schiß gekriegt?»

«Vielleicht waren es Amateure. Oder die Typen waren total drauf. Das Mädchen war nämlich bis obenhin vollgepumpt.»

«Hast du Zeugen?»

«Ein junges Mädchen, das zwei Stockwerke drüber Violine spielte und in die Nacht hinaussah. Ach, sie hat dich übrigens im Fernsehen gesehen. Das hat ihr endgültig die Laune verdorben. Deshalb die Geige...»

Thian kapierte nicht. Er ließ verträumt ein Foto nach dem andern durch die Finger gleiten.

«Was meinst du?» sagte Pastor. «Eine Nutte, die ein bißchen zu viel Schläge bekommen hat?»

«Nein, das ist keine Nutte.»

Inspecteur Van Thian war kategorisch. Und hatte immer noch diesen Ausdruck von asiatisch-depressiver Weisheit.

«Wieso bist du dir so sicher?»

«Ich habe zwei meiner Schwäger und drei ihrer Cousins wegen Zuhälterei eingesperrt. Vor unserer Hochzeit ging meine Frau in Toulon anschaffen, und meine Tochter arbeitet in Nanterre als Krankenschwester in einem Zentrum für Strichmädchen, die nach einem neuen Anfang suchen. Unsere Familie kennt sich aus mit Nutten.»

Dann schüttelte er erneut den Kopf:

«Nein, das ist keine Nutte.»

«Wir werden das trotzdem mal überprüfen», sagte Pastor und spannte Papier in seine Maschine.

Neben anderen Qualitäten schätzte Thian an Pastor, daß er schnell und präzise arbeitete und daß er alles nachprüfte. Ansonsten hatte er mit der Jugend nicht viel am Hut. Und noch weniger mit den Söhnen aus besserem Hause. Pastors Vater war Regierungsrat gewesen und seinerzeit Mitbegründer der Sozialversicherung – Van Thians Ansicht nach ein großer Medikamentenkonsument, der etwas von der Unnahbarkeit eines Erzbischofs der päpstlichen Kurie ausstrahlte. Die Familie hatte dem Jungen feine Manieren, die Pullover, den Konjunktiv und die Untauglichkeit der Umgangssprache weitervererbt, was nicht unbedingt nach Thians Geschmack war. Dennoch mochte Thian Pastor, keine Frage, er liebte ihn wie ein altes Indianerweib ohne Nachkommen den Sohn des Gouverneurs. Und er sagte es ihm immer wieder, ungefähr immer zu dieser nächtlichen Stunde, als ihre beiden Schreibmaschinen klimperten.

«Ich mag dich, Junge, das macht mich depressiv, aber ich mag dich wirklich.»

Woraufhin das Telefon läutete, jemand ins Büro drang, sich eine der beiden Maschinen verklemmte oder sonst irgendwas passierte, um das Blutvergießen einzudämmen. Das war auch in dieser Nacht wieder der Fall.

«Ja, hallo! Inspecteur Van Thian, Kriminalpolizei.»

Dann:

«Ja, er ist da ... Ja, ich schick ihn sofort rüber, sofort.»

Und:

«Hör auf mit deinem Schlaflied, Junge. Coudrier will, daß du vorbeikommst.»

9

Selbst an einem hellichten Sommertag herrscht im Büro des Divisionnaire Coudrier eine nächtliche Stimmung. Um so stärker inmitten einer Winternacht. Eine Lampe mit Dimmer verstreute nur das nötigste Licht. Die fürstlichen Folianten, die die Bibliothek schmückten, stammten aus grauer Vorzeit, und durch das doppelt verglaste Fenster sah man hinaus in die städtische Nacht. Sobald der Tag anbrach, wurden die Vorhänge zugezogen. Ob tags oder nachts, es lag ein Kaffeegeruch in der Luft, der zum Nachdenken anregte und dafür sorgte, daß man leise sprach.

COUDRIER: Eigentlich hätten Sie heute doch gar keinen Bereitschaftsdienst, Pastor. Für wen sind Sie eingesprungen?
PASTOR: Für Inspecteur Caregga, Monsieur, er hat sich verliebt.
COUDRIER: Kaffee?
PASTOR: Gern.
COUDRIER: Um diese Zeit koche ich ihn selbst, deswegen schmeckt er nicht so gut wie der von Elisabeth. Also, Caregga ist verliebt?
PASTOR: In eine Kosmetikerin, Monsieur.
COUDRIER: Für wie viele Kollegen sind Sie in dieser Woche schon eingesprungen, Pastor?
PASTOR: Für drei, Monsieur.
COUDRIER: Wann schlafen Sie?
PASTOR: Mal hier, mal da, mal ein Stündchen.
COUDRIER: Das ist auch eine Methode.
PASTOR: Die Ihre, Monsieur, ich habe sie übernommen.
COUDRIER: Sie sind so schmeichelnd und zurückhaltend wie eine britische Verordnung.
PASTOR: Ihr Kaffee ist ausgezeichnet, Monsieur.
COUDRIER: Ist heute nacht etwas Besonderes vorgefallen?
PASTOR: Versuchter Mord durch Ertränken, am Quai de la Mégisserie, genau gegenüber von hier.
COUDRIER: Mißglückter Versuch?
PASTOR: Der Körper fiel in einen Lastkahn, der genau in diesem Moment unter der Brücke hindurchfuhr.
COUDRIER: Gegenüber von uns. Hat Sie das nicht erstaunt?
PASTOR: Doch, Monsieur.

COUDRIER: Das braucht Sie nicht weiter zu wundern. Würde man die Seine um die Pont-Neuf ausbaggern, käme die Hälfte aller Vermißten zum Vorschein.

PASTOR: Wieso das, Monsieur?

COUDRIER: Provokation, Geschmack am Risiko, den Bullen die Leiche vor die Füße werfen – das ‹bringt's›, wie die jungen Leute Ihrer Generation sagen würden. Die Eitelkeit der Mörder...

PASTOR: Darf ich Sie um einen Gefallen bitten?

COUDRIER: Nur zu.

PASTOR: Ich würde gern die Untersuchung weiterführen und sie nicht Caregga überlassen.

COUDRIER: Womit sind Sie momentan beschäftigt?

PASTOR: Ich bin gerade dabei, den Fall der Firma SKAM abzuschließen.

COUDRIER: Die Brandstiftung? War es denn der Eigentümer selbst, der Feuer gelegt hat, um die Versicherungssumme zu kassieren?

PASTOR: Nein, Monsieur, es war der Versicherungsmakler höchstpersönlich.

COUDRIER: Originell.

PASTOR: In der Absicht, die Summe mit dem Eigentümer zu teilen.

COUDRIER: Weniger originell. Haben Sie Beweise?

PASTOR: Geständnisse.

COUDRIER: Geständnisse... Noch ein wenig Kaffee?

PASTOR: Gern, Monsieur.

COUDRIER: Ihr ‹Monsieur› schätze ich wirklich sehr.

PASTOR: Ich schreibe es auch immer groß, Monsieur.

COUDRIER: Ja, das hört man. Apropos Geständnis, Pastor, kennen Sie die Akte des Crédit Industriel in der Avenue Foch?

PASTOR: Drei Tote, 40 Millionen Francs und die Verhaftung von Paul Chabralle durch Cercaires Leute. Van Thian hat zum Teil an der Untersuchung mitgearbeitet.

COUDRIER: Gerade hat mich mein Kollege Cercaire angerufen.

PASTOR: ...

COUDRIER: Cercaire ist vollkommen mitgenommen von Vaninis Tod. Und Chabralles Haftbefehl läuft um acht Uhr morgen früh aus. Er beteuert hartnäckig seine Unschuld.

PASTOR: Er ist im Unrecht.

COUDRIER: Weshalb?

PASTOR: Er lügt.
COUDRIER: Verlieren Sie keine Zeit, Pastor.
PASTOR: Gut, Monsieur. Keine greifbaren Beweise?
COUDRIER: Eine Menge Verdachtsmomente.
PASTOR: Nicht genügend, um ihn vor Gericht zu stellen?
COUDRIER: Mehr als genug, aber Chabralle ist der Meister der Einstellungen.
PASTOR: Ich verstehe.
COUDRIER: Nun, mir reicht es mit Chabralle, mein Junge. Er hat mindestens drei Dutzend Leute auf dem Gewissen.
PASTOR: Von denen vielleicht einige unter der Pont-Neuf treiben.
COUDRIER: Vielleicht. Also habe ich Cercaire vorgeschlagen, daß Sie sich um den Fall kümmern.
PASTOR: Gut, Monsieur.
COUDRIER: Pastor, Ihnen bleiben fünf Stunden, um Chabralle weichzukochen. Wenn er bis um acht Uhr kein Geständnis unterzeichnet hat, werden Sie wohl auch noch die Morde an den Kassierern und dem Begleitschutz untersuchen müssen.
PASTOR: Ich denke, daß er unterschreiben wird.
COUDRIER: Wollen wir es hoffen!
PASTOR: Ich gehe sofort hin, Monsieur. Danke für den Kaffee.
COUDRIER: Pastor?
PASTOR: Monsieur?
COUDRIER: Ich habe das Gefühl, daß mein Kollege Cercaire vor allem Ihre Fähigkeiten beim Verhör testen will.
PASTOR: Kann er haben, Monsieur.

◆

«Thian, erzähl mir was über Chabralle, ein paar Einzelheiten, etwas Lebendiges. Laß dir ruhig Zeit!»

«Jung, das ‹Lebendige›, wie du es nennst, kommt in Chabralles Umgebung eher selten vor.»

Aber Inspecteur Van Thian erzählte sehr gerne. Er erinnerte sich an eine Untersuchung vor elf Jahren, bei der es um einen Doppelmord ging, der Chabralle angelastet wurde: ein Steuerberater und seine kleine Freundin. Thian war der erste gewesen, der die Wohnung der Opfer betreten hatte.

«Eine stinkvornehme Bude in einem renovierten Fabrikgebäude in der Nähe der Hallen. Sie war so groß wie ein Flugzeughangar und so hoch wie eine Kathedrale. Wände mit Rauhputz, altrosa, weißlackierte Möbel, Mattglas und Metallgitter mit großen, runden Nieten. In den Siebzigern machte Ponthard-Delmaire viel in der Art.»

Das erste, was Thian damals aufgefallen war, nachdem er die Tür aufgebrochen hatte, war ein Kronleuchter ganz neuen Stils.

«Mann und Frau hingen an den beiden Enden desselben Stricks, der wiederum über dem Hauptträger des Appartements hing. Da aber die Frau zwölf Kilo leichter war als der Mann und dies exakt dem Gewicht des Hundes entsprach, hatte man ihn einfach an das Fußgelenk der Frau geknüpft. Balance.»

Vierzehn Tage später begab sich Van Thian zur Wohnung Chabralles, zusammen mit Commissaire Coudrier, der damals noch nicht Divisionnaire war.

«Und weißt du, was wir entdecken, mitten auf dem Nachttisch in Chabralles Schlafzimmer? Eine kleine Plastik aus Gold. Dasselbe Motiv: Mann, Frau und Hund. Natürlich ist das kein Beweis, aber...»

«Kannst du mir jetzt kurz den Fall des Crédit Industriel schildern?»

◆

Gegen vier Uhr früh empfing Divisionnaire Cercaire Pastor völlig aufgelöst.

«Heute abend haben sie in Belleville einen meiner Jungen umgelegt, ich hab keinen Mann mehr zur Verfügung. Die Masse an Hinweisen, du weißt schon, was ich meine... Chabralle ist in Bertholets Büro, dritte rechts.»

Die Kaffeeautomaten waren leer, die Aschenbecher voll, die Finger gelb, die Augen übernächtigt und die Hemden um die Hüften herum zerknittert. Es wurde gebrüllt, und das Licht klatschte gegen die Wände. Pastor war das Gesprächsthema in dieser Runde. Als er den Korridor entlangging, konnte er hören, was seine Kollegen dachten. Ist er es, Pastor? Der Geburtshelfer des Geständnisses, der Gynäkologe des Verbrechens, der Torquemada von Coudrier? Ein

Edelbulle ist das, ein Protegierter, der versucht, nach oben zu kommen, während wir, die Männer von Cercaire, die Brückenköpfe des Rauschgiftdezernats, während wir uns die dicken Brocken reinziehen müssen. Nur noch wenige Schritte, und besagter Pastor wird dem Bürger Chabralle gegenübersitzen. Und diesen Chabralle kennen Cercaires Männer, und wie! Er hat sie gerade vierzig Stunden am Stück geschlaucht! Alle der Reihe nach – und es waren nicht die Schlechtesten. Pastor wußte, daß keiner dieser Typen mit Goldkettchen und Jäckchen auch nur einen Pfennig auf seinen alten selbstgestrickten Pullover gesetzt hätte, angesichts des unerschütterlichen Grinsens von Paul Chabralle.

Pastor betrat das Büro und forderte den Polizisten, der Chabralle bewachte, höflich zum Gehen auf. Dann schloß er sorgfältig die Tür auf.

«Kommst du, um den Abwasch zu machen, Kleiner?» fragte Chabralle.

◆

Zwanzig Minuten später hörte ein vorbeihuschendes Ohr durch die verschlossene Tür hindurch das gleichmäßige Klappern einer Schreibmaschine. Es gab einem andern Ohr ein Zeichen, das sich daraufhin ebenfalls an der Tür festsaugte. Im Zimmer brummte eine Stimme im Rhythmus der Maschine. Weitere Ohren gesellten sich hinzu. Dann entstand eine Pause.

Und schließlich ging die Tür auf. Chabralle hatte unterschrieben. Und nicht nur, daß er den Überfall auf den Crédit Industriel zugab, sondern auch noch sechs weitere Fälle, die bereits mangels Beweisen eingestellt worden waren.

Nachdem der erste Überraschungsmoment vorbei war, hätten die Ledermänner des Divisionnaire Cercaire Pastor gerne einen Triumphzug erwiesen. Aber es stand etwas im Gesicht des jungen Inspektors geschrieben, was sie davon abhielt. Es sah fast so aus, als wäre er soeben von einer tödlichen Krankheit infiziert worden. Sein alter Pullover hing an ihm wie eine tote Hülle. Er ging an ihnen vorbei, ohne sie anzuschauen.

«Noch 'ne lustige Geschichte, Junge?»

Inspektor Van Thian war mit diesem Zustand seines jungen Kollegen bestens vertraut. Verhöre hinterließen bei ihm immer dieselben Spuren. Pastor bekam sein Geständnis. Immer. Aber jedesmal kam Van Thian der Junge mehr tot als lebendig vor. Das kindliche Gesicht war um dreißig Jahre gealtert. Der dahindämmernde Schatten seiner selbst. Man mußte ihn wiedererwecken. Van Thian erzählte seine komische Geschichte.

«Es gibt ein taoistisches Sprichwort, Junge. Sehr gut gegen deine Bescheidenheit nach diesem Erfolg, den du gerade errungen hast.»

Thian setzte Pastor auf einen Hocker. Dann hockte er sich ihm gegenüber und suchte die Augen des jungen Polizisten, die in ihren Höhlen verschwunden waren. Schließlich erhaschte er seinen Blick. Und erzählte. Er redete nicht lange um den heißen Brei herum. Er kam direkt auf den Punkt.

«Taoistisches Sprichwort, Junge: ‹Wenn du dich am Morgen nach dem Sieg nackt im Spiegel betrachtest und ein zweites Paar Eier entdeckst, dann schwillt dein Herz nur deshalb nicht an vor Stolz, mein Sohn, weil du nämlich gerade in den Arsch gefickt wirst.»

Nach jeder Geschichte huschte etwas über Pastors Gesicht, das Thian als ein Anflug von Lächeln interpretierte. Dann setzten sich die Züge des jungen Inspektors Stück für Stück wieder zusammen. Er entspannte sich. Er nahm wieder eine menschliche Gestalt an.

II
Der Sündenbock

> Heulen Sie, Malaussène! Heulen Sie überzeugend: Seien Sie ein guter Sündenbock!

10

Im Rathaus des elften Arrondissements ehrt die Stadt Paris am darauffolgenden Samstag unseren alten Semelle, weil er sich fünfzig Jahre lang um das Wohl der Belleviller Quanten gekümmert hat. Ein kleiner Dicker im blau-weiß-rot Quergestreiften verkündet offiziell, daß das sehr gut ist. Semelle bedauert ein wenig, daß die Rede nicht vom Bürgermeister der Bürgermeister persönlich gehalten wird, aber der Bürgermeister der Bürgermeister verharrt gerade in stiller Andacht über den sterblichen Überresten eines jungen Inspektors, der am Vorabend im selben Viertel gefallen ist, ein paar hundert Meter weiter von Semelles ehemaligem Laden entfernt.

«Dieser junge Held hat sein Leben den ehrwürdigen Männern und Frauen Ihrer Generation geopfert, Monsieur...»

Doch der alte Semelle denkt nicht an den jungen Inspektor. Der alte Semelle hat nur noch Augen für die versprochene Medaille. Die Medaille funkelt in ihrem samtenen Sarg, der auf einem langen Tisch steht, hinter den man einen würfelförmigen Abgeordneten und einen aalglatten Bürohengst gesetzt hat, den Staatssekretär für ältere Menschen. Was das Publikum betrifft, so hat mein Kumpel Stojilkovic durch mehrere Fuhren mit seinem legendären Autobus den Saal überbevölkert. Als Semelle eintrat, fühlte er sich angesichts der unbeschreiblichen Menge an sensiblen Füßen als Kaiser des

Gehsteigs, als Schlappenkönig – wenn nicht sogar als Großwesir aller Latschen! Und jetzt läßt die dicke Trikolore hinter dem langen Tisch ihre Komplimente los:

«Ich kenne Sie gut, Monsieur…»
(Lüge)
«Ich habe Sie immer bewundert…»
(Doppellüge)
«Und wenn ich an Sie denke…»
(Unglaublich…)

Woraufhin der Bezirksverordnete (kantiger Unterkiefer, zähe Ausdauer) die Ansprache fortführt und noch eins draufsetzt:

«Männer wie ich haben die schwierige Ehre, die Nachfolge der Männer Ihres Schlages anzutreten…»

Dann läßt er einfließen, daß der Staat den Ehrwürdigen seine Verehrung zu erweisen hat, um gleich einen Schlenker zu machen zur früheren Regierung, die natürlich nicht ehrfürchtig genug war. Aber Geduld, meine Freunde, wir sind wieder am Drücker, wir haben die Zügel fest in der Hand, und in ein paar Monaten werden alle Rentner, die unser Land verschönt haben, gratis auf den Balearen sommerfrischeln – so wie sie es verdient haben, ‹wie die Nation es ihnen schuldig ist.›

(So ungefähr.) Bravorufe, zustimmendes Kopfnicken, rosa Bakken bei unserem alten Semelle; man entkommt mit knapper Not einem Da Capo, da ergreift auch schon der Staatssekretär für ältere Menschen das Wort. Es handelt sich um einen blonden jungen Mann mit Eigentumswohnung und mit einem Mittelscheitel, der ihn sauber in zwei Hälften teilt. Er hechelt nicht so nach Luft wie der Abgeordnete und drückt sich weniger lyrisch, dafür mehr in Ziffern aus. Er heißt Arnaud Le Capelier. Vom ersten Wort an kapiert jeder, daß Arnauds Steckenpferd nicht die Politik, sondern die Verwaltung ist; vom Windelalter an war er programmiert für den Weg durch die Institutionen. Der Mann ist ein Sohlengänger, einer, der für die Stufenleiter wie geschaffen ist. In Arnaud Le Capeliers Füßen müssen Spuren von all denjenigen sein, über die er vom Kindergarten bis zu seinem jetzigen Posten hinweggeklettert ist. Er beginnt seine Ansprache mit einem Glückwunsch für die ‹schöne Selbständigkeit des Geehrten› (was soviel heißt wie: Wenn unser Semelle nicht mehr in der Lage ist, Schuhe zu reparieren, dann muß er seine eigenen auch gefälligst selbst zubinden). Er ist ‹erfreut darüber, daß er sich in einer so netten Umgebung befindet› (Bravo, Stojilkovic!) und ‹bedauert für seinen Teil, daß dieses Bild der Freude nicht weiter verbreitet ist›.

«Aber Staat und Verwaltung sind ja dazu da, die menschlichen Schwächen aufzufangen und sich um die ältesten Mitbürger zu kümmern, die durch unglückliche Lebensumstände in eine verzweifelte, ja manchmal entwürdigende Einsamkeit getrieben wurden.»

Er gehört nicht gerade zur Lachbrigade, dieser Arnaud Le Capelier. Und er hat eine seltsame Art zu reden. Eine sorgfältige Vortragsart, würde ich sagen. Ja, das ist es, er spricht wie man hört. Er will hören, wie die Worte, die aus seinem Mund kommen, in die Gehirnzellen des Auditoriums dringen. Und was sagt er den hier anwesenden Greisen? Er sagt folgendes: «Wenn Sie spüren, daß Ihre Beine nicht mehr mitmachen oder Ihnen beim Treppensteigen die Luft wegbleibt, meine lieben älteren Herrschaften, dann warten Sie nicht, bis Sie von Ihren Kindern abgeschoben werden, kommen Sie direkt zu mir, damit ich Sie aufpäppele. Und sollten Sie Ihren ‹Grad an Selbständigkeit› (er hält entschieden an dieser Formalinformel fest!) nicht selbst bestimmen können, haben Sie Vertrauen in die Diagnose der Besuchsschwestern, die der Staat und die Stadtverwaltung kostenlos älteren Menschen zur Seite stellen. Sie werden dafür sorgen, daß Sie in einem SSH versorgt werden, das Ihren jeweiligen Bedürfnissen am meisten entgegenkommt.»

Hat man erst einmal kapiert, daß die Initialen SSH für ‹Städtisches Seniorenheim› stehen, dann hat man auch den Kern der Rede des schönen Arnaud Le Capeliers verstanden: Er rührt die Trommel für die Sterbeheime – nichts anderes macht er gerade. Zufällig kreuzen sich unsere Blicke. (‹Wenn du glaubst, daß wir unsere Opas zu dir schicken, mein lieber Arnaud, dann hast du dich aber geschnitten ...›) Und ich spüre, wie seine Augen hören, was ich denke. Selten habe ich solch einen aufmerksamen Blick gesehen. Ein komischer Geselle, der Junge. Sein Scheitel teilt ihn wirklich wie einen Butterklumpen. Die Verlängerung dieses Scheitels ist eine scharfe Nase, der es gelingt, das Gesicht in zwei Hälften zu teilen und dabei wie ein Ausrufezeichen in die Furche eines eher fetten Kinns zu fallen. Das alles ergibt eine eigenartige Mischung. Unaufhaltsam schlaffe

Züge. Eine mollige Schwarte schützt die Muskulatur eines mondänen Sportsmannes. Bestimmt ist er ein guter Tennisspieler. Und Bridgespieler. Spezialist für schmierige Ansprachen. Ich mag Arnaud Le Capelier nicht. Und es erschaudert mich ein wenig, wenn ich daran denke, daß er der ‹Seniorensenator› ist. Ich mag nur noch eines: meine Alten so schnell wie möglich hier rausschaffen. Ich bin das Huhn. Ich wittere den Fuchs. Arnaud, mein hübscher Arnaud, du wirst niemals meinen Hühnerstall besichtigen dürfen. Meine Alten gehören mir, verstanden? Die einzig zugelassene Krankenschwester bin ich. Kapiert?

◆

Während ich mich in meine Paranoia ergebe, hat der kleine, kugelrunde Bürgermeister wieder das Wort ergriffen. Er heftet die Medaille zum Fünfzigjährigen an Semelles klopfende Brust. Blitze zukken aus der Kamera meiner kleinen Schwester Clara, die wie eine MP Semelle, die freudestrahlende Menge und die offiziellen Ministranten ablichtet, in rambohaftem Tempo bei ihrer Leica den Film wechselt und überglücklich ist, daß sie ihrer Leidenschaft, der Fotografie, freien Lauf lassen kann. Küßchen, Pfotenschütteln, Tränen von Semelle (seine Gefühle setzen ihm richtig zu), Glückwünsche…

Jérémy, mein kleiner Filou von einem Bruder, hat sich aus dem Gewühl ein wenig zurückgezogen, obwohl er eigentlich der Urheber dieser ganzen hübschen Zeremonie war. Er meditiert in Ruhe über Macht und Ruhm.

11

Witwen und Witwer, Belleviller und Malaussènier – Stojilkovic hat uns alle in seinen Autobus geladen und zu Amar gefahren, unserem Familienrestaurant, zu den blonden Dünen des Couscous und dem Roten Meer des Sidi-Brahim *. Kaum haben wir den verrauchten Raum betreten, da nimmt mich mein Schulfreund Hadouch, Amars Sohn, auch schon in die Arme.

* Algerischer Rotwein

«Wie geht's, mein Bruder Benjamin? Geht's dir gut?»

Er drückt sein Vogelgesicht an mein Ohr.

«Es geht so, Hadouch, und dir?»

«So lala, Bruder. Hast du die Fotos, die dir der Kabyle zugesteckt hat, gut versteckt?»

«Unter dem Strohsack von Julius. Wer war dieser Bulle?»

«Vanini, einer vom Rauschgiftdezernat, ein ziemlich rechtes Schwein. Er hat gerne Ausländer niedergeknüppelt. Er hat einige von uns umgebracht, darunter auch meinen Cousin. Wir werden diese Fotos noch brauchen. Paß gut auf sie auf, Benjamin...»

Nachdem er mir das zugeflüstert hat, geht Hadouch wieder seinen Verpflichtungen nach. Am Tischende ist die Unterhaltung bereits voll im Gange.

«Ich, ich war fünfundzwanzig Jahre lang Friseur im selben Viertel», vertraut Opi Merlan seiner verwitweten Tischnachbarin an, «aber am liebsten habe ich rasiert – mit dem Messer natürlich, dem Säbel!»

Die Witwe wirft ihm einen anerkennenden Blick zu und lächelt wie ein Sahnetörtchen.

«Als die Gewerkschaft beschlossen hatte, daß Bärte unrentabel seien und man nicht mehr rasieren solle, ließ ich's bleiben. Der Beruf hatte für mich seinen Sinn verloren.»

Merlan kommt in Schwung und erklärt:

«Jeden Morgen ein Rasiermesser – das zeichnet ein Gesicht wieder neu, verstehen Sie?»

Die Witwe nickt mit dem Kopf. Sie hat's kapiert.

«Daraufhin wurde ich Leichenfriseur.»

«Leichenfriseur?»

«Im siebten, im achten und im sechzehnten Arrondissement. Ich hab nur die oberen Zehntausend rasiert. Die Haare und der Bart wachsen nach dem Tod immer weiter. Man könnte eine ganze Ewigkeit lang rasieren.»

«Apropos Haare», unterbricht Opi Rognon, der Metzger von Tlemsen, «ich hab demnächst zweiundsiebzig Jährchen auf dem Buckel, und wenn du mich ansiehst, merkst du, daß meine Kopfhaare schwarz und die Barthaare weiß sind. Hast du eine Erklärung dafür, Merlan?»

«Ich schon», erwidert Stojil mit seinem tiefen Organ, «es ist genau wie überall, Rognon, der Mensch verbraucht das, was er benutzt. Du hast dein ganzes Leben lang für vier gegessen, und dein Bart sprießt weiß. Und wenn du dir jetzt mal deine Hirnzellen ansiehst... Jedenfalls sind deine Haare schwarz geblieben. Du hast dich eben für die Weisheit entscheiden, Rognon.»

Simultanübersetzung auf Arabisch und allgemeines Gelächter. Das schönste Lachen hat die Witwe Dolgorouki. Sie sitzt neben Stojil. Sie ist Claras und Mamas Lieblingswitwe.

«Es ist traurig, aber wahr», sagt Risson schwermütig, «daß es kein Handwerk mehr gibt; das Handwerk geht verloren, wir alle hier sind ehemalige Handwerker.»

Jérémy ist nicht einverstanden.

«Ein ehemaliger Buchhändler, ein ehemaliger Metzger, ein ehemaliger Friseur – das heißt doch nichts! Wenn man irgendwas Ehemaliges ist, dann bedeutet das, daß man zwangsläufig irgendein Neuer wird!»

«Ach so? Und was für ein Ehemaliger bist du, junger Mann?»

«Genauso wie du ein ehemaliger Friseur bist», kontert der Junge, «bin ich ein ehemaliger Realschüler. Stimmt's, Benjamin?»

(Stimmt haargenau. Im letzten Jahr hat dieser kleine Idiot seine Schule in Brand gesteckt und war ehemaliger Schüler, noch bevor die Asche wieder erkaltet war.) Aber klingelingeling – Verduns Gabel bittet um allgemeine Aufmerksamkeit. Diejenigen, die schon wissen, was jetzt kommt, stecken die Nase in den Teller. Man entrollt den Teppich des Schweigens.

«Semelle», erklärt Verdun mit würdevoller Stimme, «Semelle, ich werde dir zu Ehren eine Flasche entkorken.»

Woraufhin er ihm feierlich einen halben Liter vollkommen klarer Flüssigkeit auf den Tisch stellt.

«Sommer 1976», verkündet er und zieht sein Messer aus der Tasche.

Genau das stand zu befürchten. Nichts als Wasser gammelt seit Jahren in diesem Knast aus Rauchglas vor sich hin. Regenwasser. Jawohl, Verdun sammelt Flaschen mit Regenwasser. Seit dem Sommer 1915 hat er diese Manie. Als Verduns kleine Tochter Camille auf Bildern gesehen hatte, wie sehr unsere armen Landser in den Schützengräben Wasser benötigten, fing sie an, Flaschen mit Regenwasser zu füllen, ‹damit Papa niemals Durst hat›. Und Verdun machte weiter damit, nachdem sein Kind der Spanischen Grippe zum Opfer gefallen war. Zur Erinnerung an Camille. Von allem, was er besaß, wollte Verdun, als wir ihn zu uns nach Hause holten, nur seine Flaschensammlung mitnehmen. Insgesamt 284 Flaschen! Vier Stück pro Jahr seit dem Sommer 1915! Sehr poetisch ist das alles... Leider ehrt uns Verdun in letzter Zeit ein bißchen viel. Thérèses Geburtstag, der erste ausgefallene Milchzahn des Kleinen, hier ein Fest und da 'ne Ehrung – alles ist Grund genug, eine Flasche zu köpfen... eine Überdosis an faulem Wasser.

«Sommer '76», sagt die Witwe Dolgorouki freundlich, «der muß besonders trocken sein, nicht wahr?»

«O ja, ein großer Jahrgang», bestätigt Rognon und schielt dabei auf den Sidi-Brahim.

In diesem Moment stellt Amar das Couscous vor die schweigenden Gäste und beugt sich in seinem alten Schafsfell über mich.

«Wie geht's, mein Sohn?»

«Es haut schon hin, Amar, danke, ganz gut.»

Die Frage ist natürlich, ob es tatsächlich hinhaut. Eigentlich müßte es hinhauen. Wir bilden um den Tisch einen Familienkreis mit Enkelkindern und Großvätern, die mit reinem Wasser die Kommunion empfangen. (Selbstverständlich sind die Großväter keine leiblichen und die Väter unauffindbar – aber nichts ist vollkommen.) Doch, es müßte hinhauen. Trotzdem, Malaussène, was paßt dir denn nicht? Julius der Hund hat einen epileptischen Anfall, das paßt mir nicht. Und diese Geschichte mit den alten Fixern, die sich jetzt schon so lange hinzieht, daß ich allmählich Schiß bekomme. Sag, Julie, bist du wenigstens vorsichtig? Machst du auch keine Dummheiten? Dealer sind keine lustigen Leute, das weißt du... Paß auf, Julia, paß auf!

Aus der Musikbox dröhnt ein Lied von Oum Kalsoum.

Das heiße Couscous und die Kräuter duften bereits köstlich.

«Habt ihr gesehen? Der ist nicht aus Bronze, das ist vergoldetes Silber!» schreit Semelle plötzlich und schwingt seinen Orden. «Sie haben mir eine vergoldete Medaille geschenkt!»

«Wie die alten Teelöffel in Algier», fügt Hadouch ironisch hinzu und stellt die Fleischspieße auf den Tisch.

«Und sie haben mir noch einen Schuh als Aschenbecher geschenkt.»

Der Kippensammler in Latschenform macht die Runde. Der Absatz trägt das Stadtwappen. Sehr hübsch.

«Und noch Tabletten gegen die Depression!»

«Was?»

Semelle reicht mir ein Plastiksäckchen voller bunter Kapseln.

«Die Krankenschwester hat gesagt, immer wenn ich mir finstere Gedanken mache, soll ich eine nehmen.»

«Welche Krankenschwester?»

«Die kleine Brünette. Sieht genauso aus, wie es Thérèse aus meiner Hand gelesen hat.»

(Lose Tabletten, ohne Beschreibung und ohne Rezept.)

«Schlucken Sie sie mit einem Glas Pastis runter! Das hat sie gesagt.»

«Zeig mal her!»

Hadouchs dunkle Finger haben sich um das Päckchen gerollt und schätzen es eine Sekunde lang ab.

«Sie hat gesagt, daß sie mir neue bringt, wenn ich keine mehr habe.»

Hadouch öffnet das Päckchen, zerbeißt eine Kapsel, verzieht das Gesicht und spuckt das Zeug aus:

«Amphetamine, Ben. Das zusammen mit 'nem Pastis, und du zischst garantiert ab wie 'ne Rakete. Was für ein Spiel treiben die dort im Rathaus?»

Ich habe keine Zeit, auf diese interessante Frage zu antworten, denn die Tür wird aufgerissen, und das kleine Restaurant ist schlagartig von Bullen bevölkert – mindestens zwei pro Gast.

«Keiner rührt sich vom Fleck! Alles durchsuchen! Keiner bewegt sich!»

Der so rumbrüllt, ist ein Großer mit Schnauzbart und Ledermantel. Seinem Lächeln nach zu urteilen, hätte er gerne, daß sich einer bewegt – um ihn dann genüßlich fertigzumachen. Die Alten verziehen entsetzt ihr Gesicht. Die Kinder starren mich an und sind mucksmäuschenstill. Hadouch schiebt mit einer Reflexbewegung den Pillenbeutel unter einen Brotkorb, aber da ist noch jemand schneller.

«He, Cercaire! Sieh dir das mal an!»

Der Mantel mit Schnauzbart fängt das Päckchen aus der Luft. In der Musikbox am andern Ende des Raumes begleitet Oum Kalsoums Stimme seinen eigenen Sarg hin zu den Gärten Allahs. Die Menge teilt sich und macht ihm den Weg frei.

«Mach den Kasten aus!»

Irgendeiner reißt das Kabel aus dem Apparat, und in die plötzliche Ruhe dringt die Stimme des Schnauzbärtigen:

«Na, Ben Tayeb, machen wir jetzt in Medikamenten?»

Ich will etwas sagen, aber der Blick, den mir Hadouch zuwirft, erstickt bereits den Gedanken an das Wort.

Schweigen.

12

Sie haben zwei Messer beschlagnahmt, eine Rasierklinge, einen Beutel, haben Hadouch und noch zwei Araber mitgenommen. Ein junger, zarter Bulle mit Sozialtouch hat den Kindern sanft, aber entschieden nahegelegt, nicht mehr in diesen Kreisen zu verkehren. Trotz aller Proteste Amars war das Abendessen zu Ende, noch bevor es richtig angefangen hatte. Denn der Schnauzbärtige hat die Schließung für den Rest des Abends angeordnet: Durchsuchung. Stojil ist mit den alten Damen in seinem Autobus spazierengefahren. Die restliche Sippschaft ist mit hängendem Kopf wieder nach Hause getrottet. Ich verweile einen Augenblick in der Gesellschaft des kräftigen Mannes mit dem Schnurrbart.

Wir quatschen.

In einer blauen Bullenwanne.

Nette Unterhaltung.

Damit ja keine Verwirrung aufkommt, erklärt mir der Lederschnurrbart zu Beginn des Spiels, daß er nicht etwa Hilfssheriff beim Rauschgiftdezernat sei, sondern Knüppler in vorderster Front: Commissaire divisionnaire Cercaire (soso!) persönlich, Anti-Dope-Feldmarschall. An der Art, wie er mir das verkündet, kann ich ablesen, daß ich eigentlich den Kopf anheben müßte, als stünde ich vor der Kamera. Tut mir leid, Cercaire, ich habe keinen Fernseher.

«Wie war Ihr Name noch mal?»

(So ist das Leben: Es gibt Bekannte und Unbekannte. Die Bekannten sehen zu, daß man sie immer wiedererkennt, und die Unbekannten blieben es gerne – das kann auch schiefgehen.)

«Malaussène», sagte ich, «Benjamin Malaussène.»

«Aus Nizza?»

«Zumindest dem Namen nach.»

«Hab Verwandte dort unten, schöne Gegend.»

(Stimmt, es riecht nach Mimosen, klingt auch so ähnlich.)

«Eines kannst du mir glauben, Malaussène, wenn ich schon samstags nach Belleville komme, dann bestimmt nicht, um hier ein paar Knöllchen zu verteilen.»

(‹Du, du› – Cercaire sucht den Kontakt. ‹Du, du› – unter dem Vorwand, daß er eine entfernte Cousine in Nizza hat.)

«Seit wann wohnst du schon in diesem Viertel?»

(Er ist schon gut über fünfzig, sein Ledermantel ist an den richtigen Stellen ausgebeult, Siegelring und Armbändchen mit eingraviertem Namen sind aus demselben Gold, die Schuhe spiegelblank geputzt und – wahrscheinlich – alle Pokale vom Wettschießen nebeneinander in einem Regal seines Büros aufgereiht.)

«Seit meiner Kindheit.»

«Du kennst dich also gut aus?»

(Und schon befinde ich mich auf der abschüssigen Bahn.)

«Besser als in Nizza.»

«Gehst du oft zu Ben Tayeb essen?»

«Zwei- oder dreimal die Woche mit meiner Familie.»

«Die am Tisch, waren das deine Kinder?»

«Meine Geschwister.»

«Und was arbeitest du?»

«Literarischer Direktor des Talion Verlags.»

«Und das gefällt Ihnen?»

(Da haben wir's: das Du-Aussehen und den Sie-Beruf. Cercaire ist ein einfacher Mann. Was habe ich denn bloß für einen Kopf, wenn der Titel dem Bild widerspricht? Klempner? Sozi? Strizzi? Süffel?)

«Ich meine natürlich, ob Ihnen das literarische Milieu gefällt? Bestimmt begegnet Ihnen eine Menge leidenschaftlicher Leute!»

(Im wesentlichen, um mich anzuschnauzen, das ja. Unser mannhafter Schnurrbart würde ganz schön blöd gucken, wenn er wüßte, daß sich hinter dem wohlklingenden Namen ‹Literarischer Direktor› der Kriecherjob des Sündenbocks verbirgt!)

«Selbstverständlich, ganz wunderbare Leute.»

«Ich habe auch vor zu schreiben...»

(Wird man sehen.)

«Wenn man bei der Polizei in der ersten Reihe sitzt, bekommt man eine Menge mit.»

(Literarische Direktoren mit einem Halunkengesicht zum Beispiel.)

«Aber ich werde erst zur Feder greifen, wenn ich in Pension bin.»

(Irrtum. Auf Rente kann man mit einer Feder weniger anfangen als mit einem Rasenmäher.)

Dann plötzlich:

«Ihr Freund Ben Tayeb wird wohl ziemlichen Ärger bekommen.»

«Er ist nicht mein Freund.»

(Das könnte man als eine kleine Schandtat auffassen, aber es ist nur ein Reflex aus Vorsicht. Wenn ich Hadouch gegen dieses Monster schützen will, muß ich mich jetzt freischwimmen.)

«Das gefällt mir besser. So können wir leichter zusammenarbeiten. Er hat Ihnen die kleinen Pillen angedreht, als wir das Lokal betraten?»

«Nein, er stellte gerade die Fleischspieße auf den Tisch.»

«Mit diesem großen Beutel in der Hand?»

«Bevor Sie ankamen, habe ich ihn nicht bemerkt.»

Es folgt ein Schweigen, das mir gestattet, den intimen Duft des Wageninneren zu analysieren: eine Mischung aus Leder, Käsequanten und kaltem Tabak. Unmengen verstrichener fingertrommelnder Bullenstunden, bevor man dann richtig drauflosschlug. Cercaire fährt vertrauensvoll fort:

«Wissen Sie, warum ich im Rauschgiftdezernat den Cowboy spiele?»

(Was soll man darauf antworten?)

«Weil auch Sie Geschwister haben, Malaussène, und weil mich die Vorstellung quält, daß sich eine Nadel in diese jungen Venen bohrt, das ist alles.»

Er hat in diesen Satz eine solche Überzeugung gelegt, daß ich plötzlich denke: ‹Wäre das schön, wenn es so wäre!› Ohne Witz. Eine Sekunde lang wollte ich ihm fast glauben. Vor mir sah ich ein soziales Paradies, in dem die Polypen als Glücksbringer fungierten, eine hübsche Welt, in der die Alten nur auf ihren ausdrücklichen Wunsch eine Spritze erhielten, in der die Feen nicht mitten auf der Straße die Blondschöpfe umballerten und die Blondschöpfe nicht die farbigen Köpfe einschlügen – eine Gesellschaft, die keine Sozialarbeiter bräuchte, eine Gesellschaft, in der Julia die Gründe für ihre Schreiberei ersetzen könnte durch die Gelegenheiten, mit mir zu vögeln. Mein Gott, wär das schön!

«Und ich respektiere Intellektuelle wie Sie, Malaussène, aber ich werde nicht zulassen, daß sie sich mir in den Weg stellen, wenn es darum geht, einen dreckigen Araber einzulochen, der mit Dope dealt.»

(So stirbt ein Traum.)

«Darum geht es schließlich, falls Sie das noch nicht kapiert haben sollten. Was Hadouch Ben Tayeb Ihnen anbot oder gerade anbieten wollte, sind Scheißamphetamine, die unsere Leute in den Müll geworfen haben, aber die er sich jederzeit mit Leichtigkeit in einer algerischen Apotheke wiederbeschaffen und hier auf den Markt bringen kann.»

(Wenn man sie da unten kaufen kann, dann doch wohl nur, weil wir sie dorthin exportieren! Aber diese letzte Bemerkung behalte ich für mich.) Ich sage:

«Vielleicht waren es die Medikamente des alten Amar. Ich weiß, daß er Rheuma hat.»

«Am Arsch!»

Na schön. Wenn er das nicht glaubt, wie sollte ich ihm dann erst erklären, daß das Rathaus selbst Semelle diese Pillen untergejubelt hat. Ich verstehe immer besser, warum Hadouch die Klappe hält.

«Wir werden jetzt unsere kleine Unterhaltung beenden, Malaussène.»

(Nichts dagegen.) Also stehe ich auf, doch seine Hand greift im Vorübergehen nach mir. Hart wie Stahl.

«Man hat gestern einen meiner Männer umgelegt, in diesem beschissenen Viertel. Ein braver Junge, dem das Wohlergehen der alten Damen über alles ging, es sind die, denen die Fixer die Kehle durchschneiden. Für dieses Leben werden sie mir teuer bezahlen müssen. Machen Sie also keinen Blödsinn, Malaussène! Wenn Sie irgendwas hören, zögern Sie nicht, rufen Sie mich auf der Stelle an!

Ich respektiere Ihre Vorliebe für nordafrikanische Exotik, aber nur bis zu einem gewissen Punkt. Kapiert?»

◆

Ich mache mich auf den Rückweg und bin so sehr in meinen Gedanken verloren, daß mich beinahe ein roter Autobus überfahren hätte, der rappelvoll ist mit verrückten alten Damen. Stojil hupt zur Begrüßung, was ich mit einem Pustekuß erwidere. Die einen erdrosseln die alten Damen, Stojil erweckt sie wieder zum Leben.

Auf der Kreuzung Belleville/Timbaud taucht plötzlich wieder das auf, was mir letzte Nacht entwischt war: die Silhouette eines Körpers, die mit Kreide mitten auf die Kreuzung gezeichnet ist. Ein kleines Mädchen von der anderen Seite des Mittelmeers, das in ein Dutzend Wollschals eingewickelt ist, spielt dort ganz allein Kästchen-Hüpfen. Sie steht mit beiden Füßen genau auf den Füßen des Toten. Der erweiterte Kreis des Kopfes auf der anderen Seite wird wohl die Tür zum Paradies sein.

13

Stojilkovic hatte die Witwe Dolgorouki an der Ecke Boulevard de Belleville/Rue de Pali-Kao abgesetzt. Der Autobus mit den lachenden alten Damen fuhr weiter, und die Witwe Dolgorouki schlenderte jetzt wie ein Teenager die Rue de Tourtille entlang. Sie war alt. Sie war Witwe. Sie war in Rußland geboren. Sie trug eine kleine Handtasche aus Krokoleder – das einzige Überbleibsel aus ihrer Jugendzeit. Aber sie lächelte. Vor ihr schien sich der Himmel aufzuheitern. Ein junger Polizist in Lederjacke sah ihr nach. Er fand, es war unvorsichtig von ihr, in der Abenddämmerung so gedankenverloren durch Belleville zu laufen, aber eines wußte er: Man würde sie nicht umbringen. Er paßte auf sie auf. Er fand sie übrigens hübsch. Er war ein artiger Junge. Er behielt Belleville im Visier.

Die Witwe Dolgorouki träumte vom ‹göttlichen Stojilkovic›. Sie nannte ihn nie anders: ‹der göttliche Stojilkovic›. Dabei lächelte sie immer. Dieser Mann mit seinem Autobus hatte ihre Einsamkeit wie ein Wirbel hinweggepustet. (‹Wie ein Wirbel›, sagte sie gerne und rollte dabei ein wenig das ‹r›.) Der göttliche Stojilkovic fuhr die alten Damen im Autobus spazieren. Es gab sogenannte Samstagsspritztouren, wo sie und ihre Freundinnen ihre Einkäufe für die Woche tätigten. Stojilkovic war ein perfekter Führer. Er kannte alle Geschäfte, in denen es ‹wie damals› war. Dann gab es die großen Sonntagsausflüge, wo Stojil sie fröhlich durch Paris kutschierte. Durch ein vergessenes Paris, das ihre Stiefeletten wieder hüpfen ließ. Letzte Woche waren sie in der Rue de Lappe tanzen, Foxtrott, Charleston und ruhigere Sachen. Die Köpfe der Tänzer zeichneten ein Labyrinth in den Qualm, der zum Schneiden dick war.

Heute konnte der göttliche Stojilkovic auf dem Flohmarkt von Montreuil für die Witwe Dolgorouki einen kleinen Fächer im Kiew-Stil erhandeln. Mit seiner tiefen Popenstimme hatte er den jungen Trödler eingeschüchtert.

«Du hast einen häßlichen Beruf, mein Junge. Trödler sind Seelenplünderer. Dieser Fächer gehört zur Erinnerung dieser Dame, einer alten Russin. Wenn du nicht ein solcher Halunke werden willst wie ich glaube, dann gibst du ihr einen ordentlichen Rabatt.»

Ja, es war ein schöner Tag für die Witwe Dolgorouki. Auch wenn ein Viertel ihrer dritteljährlichen Rente, die sie am Morgen abgeholt hatte, mit einem Fächerschlag hinweggewedelt worden war. Und morgen wieder die Sonntagsfahrt... Dann würde der ‹göttliche Stojilkovic› mit seiner Truppe von alten Damen wieder in die Tiefen der Katakomben abtauchen, wo sie sich lachend, im Staub der Gebeine etwas hingeben, was sie ‹den aktiven Widerstand gegen die Ewigkeit› nennen. (Aber sie haben fest geschworen, von diesen Spielchen keiner Menschenseele etwas zu erzählen, und die Witwe Dolgorouki würde lieber tot umfallen, als dieses Geheimnis zu verraten.)

Nach der Zeremonie in den Katakomben würde man zum Tee zu dieser Familie fahren, den Malaussènes. Sind die Spazierfahrten nur ‹für Mädchen›, dann trifft man dort die ‹Herren›. Die Mutter, seit nunmehr zehn Monaten schwanger, würde strahlen. Sie schien nicht beunruhigt zu sein. Ihre Tochter Clara würde den Tee servieren und ab und zu ein paar Fotos machen. Mutter und Tochter hatten richtige Ikonengesichter. Im hinteren Teil des zur Wohnung umgewandelten Haushaltswarenladens saß noch ein Mädchen, ein sehr mageres, das die Zukunft voraussagte. Ein kleiner Junge mit einer rosaroten Brille erzählte wundersame Geschichten. Die Ruhe dieses Hauses machte die Witwe Dolgorouki zufrieden.

Plötzlich kam der Witwe Dolgorouki ihre Nachbarin vom gleichen Stockwerk in den Sinn, die Witwe Hô. Die Witwe Hô war Vietnamesin. Jawohl, sie hatte beschlossen, die Witwe Hô am kommenden Samstag zur Autobusfahrt einzuladen. Man würde sich ein wenig näherkommen, voilà!

◆

Daran dachte die Witwe Dolgorouki, als sie durch die Rue de Tourtille nach Hause ging. Der kleine Polizist mit der Lederjacke folgte ihr. Das einzig Unangenehme an diesem Tag würde die Treppe werden. Es war eine dunkle Treppe (Lichtschalter von den Stadtwerken abgeklemmt), und jeder Treppenabsatz war vollgestellt mit Abfall und Gerümpel. Fünf Stockwerke! Zwanzig Meter vor der Haustür mußte die Witwe Dolgorouki bereits tief durchatmen, so als würde sie gleich tauchen. Die Birne der letzten Straßenlaterne war kaputt (wahrscheinlich die Schleuder des kleinen Nourdine). Sie ging nach Hause. Sie tauchte in ihre Nacht. Der kleine Polyp folgte ihr nicht bis ins Haus. Er hatte vorher alle Etagen inspiziert. Zwei Witwen wohnten im Haus: die Witwe Hô, die gestern abend im Fernsehen zu sehen war, und die Witwe Dolgorouki. Der kleine Polyp war der unsichtbare Engel dieser beiden Witwen. Die Witwe Dolgorouki hatte soeben unbeschadet ihr Haus erreicht. Der kleine Polyp machte kehrt. Er wollte Belleville nicht aus den Augen lassen.

◆

Die Witwe Dolgorouki hatte kaum das Haus betreten, da spürte sie auch schon die Gefahr. Hier war jemand. Unter dem zweiten Treppenaufgang versteckt. Einen Meter links von ihr. Sie spürte die Wärme dieses Körpers. Und die Nervenanspannung. Vorsichtig öffnete sie ihre Handtasche. Ihre Hand glitt hinein, und die Finger legten sich um den mit Haselnußholz beschlagenen Kolben. Der Revolver war eine kurze und wuchtige Waffe, die speziell für den Nahkampf ausgelegt war. Eine Llama Modell 27. Sie schob die Handtasche aus der rechten Hüfte vor ihren Bauch. Jetzt zielte die

Waffe in die Richtung der Gefahr. Sie spannte den Hahn so leise wie möglich und fühlte, wie sich die Trommel in ihrer Hand drehte. Sie blieb ganz ruhig stehen. Sie drehte den Kopf in das dunkle Loch des Treppenhauses und fragte:

«Wer ist da?»

Keine Antwort. Gleich würde er sich auf sie stürzen. Sie hatte sich vorgenommen, erst im allerletzten Moment zu schießen, wenn sie die Rasierklinge sieht – ohne die Waffe aus der Tasche zu ziehen.

«Wer ist denn da?»

Ihr Herz schlug vor Erregung schneller. Sie erweckte den Eindruck, als preßte sie ihre kleine Tasche ängstlich an sich.

«Ich habe heute meine Rente bekommen, sie ist hier in meiner Handtasche.»

Schweigen.

«Sonst nur noch ein Fächer aus Kiew und meine Wohnungsschlüssel.»

Noch immer gab der Schatten keinen Mucks von sich.

«Fünfter Stock rechts», fügte sie hinzu.

Nichts.

«Gut, dann werde ich jetzt um Hilfe rufen. Die Polizei steht draußen.»

«Machen Sie keinen Unsinn, Madame Dolgo, ich bin in Lauerstellung!»

Sie erkannte die Stimme sofort. Sie ließ den Revolver los, als hätte sie sich die Finger verbrannt.

«Was treibst du denn hier, mein kleiner Nourdine?»

«Ich warte auf Leila», flüsterte der Junge. «Ich will ihr ein wenig Angst machen.»

(Leila war eine der Töchter des alten Amar Ben Tayeb, dem Restaurantbesitzer. Jeden Abend brachte Leila den Witwen Dolgorouki und Hô das Abendessen nach oben.)

«Damit ihr wieder die Teller aus der Hand fallen wie letzte Woche?»

«Nein, Madame Dolgo, nur um sie ein bißchen zu erschrecken.»

«In Ordnung, mein kleiner Nourdine, aber erst wenn sie wieder runterkommt.»

«Komm rein, Leila, die Tür ist offen.»

Sie hatte gerade ihre Handtasche abgestellt und den Mantel aufgehängt. Sie war noch ganz außer Atem.

«Es ist nicht Leila, Madama Dolgorouki», antwortete die Stimme, «ich bin's nur.»

Sie drehte sich um und lächelte überrascht. Sie fand keine Zeit mehr, um ihre Kehle zu schützen. Die Rasierklinge pfiff richtig. Sie wußte, daß die Wunde tief und sauber war. Sie spürte, wie sie in sich zusammensackte. Es war nicht einmal ein unangenehmer Tod, es war eine Art sprudelnder Rausch.

14

Die junge Frau, die man im Lastkahn gefunden hatte, schlief seit nunmehr vier Tagen tief und fest.

«Wenn Sie keine Hure sind, schöne Frau, was sind Sie dann?»

Pastor kniete an ihrem Bett. In der Ruhe des Krankenzimmers redete er leise und hoffte, daß sie den Widerhall dieses Flüsterns in einem Schlupfwinkel ihres Komas wahrnehmen würde.

«Und wer hat Ihnen das angetan?»

Sie war weder eine eingetragene Prostituierte, noch hatte sie jemand vermißt gemeldet. Es schien, daß niemand nach diesem üppigen Körper verlangte; und auch niemand kümmerte sich um diese schwankende Existenz. Pastor hatte alle Informationsquellen ausgeschöpft und sämtliche Karteien durchforstet.

«Ich werde sie finden. Sie waren mindestens zu zweit.»

Sie war mit Schläuchen gespickt und ruhte in einem krankenhäuslichen Konservengeruch.

«Das Auto haben wir bereits gefunden, einen schwarzen BMW, in der Nähe des Place Gambetta.»

Pastor hatte sich über sie gebeugt und verkündete ihr gute Nachrichten. Solche, die sie wieder an die Oberfläche brachten.

«Durch die Analyse der Fingerabdrücke werden wir eine ganze Menge rauskriegen.»

Das rote Fiepen eines Metallkastens zeigte an, daß sie dachte, aber ganz weit weg. Das Herz schlug unregelmäßig, wie wenn man liebt. Man hatte ihr eine tödliche Dosis Drogen verpaßt.

«Selbst Thian mit all seinen Tabletten hätte eine derartige Menge Scheißkram in seinem Organismus nicht verkraftet. Aber Sie sind ein kräftiges Mädchen, Sie werden es schaffen.»

Die Untersuchung des Kiefers hatte ebenfalls keine weiteren Erkenntnisse gebracht. Ein Backenzahn war überkront, ein Weisheitszahn gezogen, aber kein Zahnarzt in Frankreich besaß Röntgenaufnahmen oder einen Abdruck von diesem Gebiß.

«Und Ihr Blinddarm? Der Arzt sagt, die Narbe sei noch ganz frisch. Höchstens zwei Jahre alt. Wer hat Ihnen den Blinddarm rausgenommen? Mit Sicherheit kein französischer Chirurg. Ihr Foto ist durch sämtliche OPs gewandert. Ein Bewunderer?»

Pastor lächelte im Halbschatten des Zimmers. Er nahm sich einen Stuhl, stellte ihn ans Bett und setzte sich bedächtig hin.

«Gut. Fassen wir zusammen.»

Er flüsterte jetzt direkt ins Ohr der Schlafenden.

«Sie lassen sich im Ausland den Bauch öffnen und die Zähne behandeln. Mit ein wenig Glück wird uns die Zusammensetzung Ihrer Zahnkrone einen Hinweis auf das Land liefern. Zwei Hypothesen also.»

(Egal, wem man Fragen stellt, und egal, in welchem Staat: Es sind selten die Antworten, die die Wahrheit ans Licht bringen, sondern der Zusammenhang zwischen den einzelnen Fragen. Das hatte der Regierungsrat Pastor beigebracht, als der kleine Jean-Baptiste noch zur Schule ging.)

«Oder Sie sind eine schöne Ausländerin, die auf französischem Territorium ermordet werden sollte, eine Spionin vielleicht. Immerhin hat man Sie gefoltert. Wenn es so wäre, würde man mir den Fall aus der Hand nehmen, weshalb ich diese Hypothese auf der Stelle fallenlasse.»

«Oder Sie reisen aus beruflichen Gründen.»

Pastor wartete, bis das metallische Kreischen eines Wagens auf dem Flur vorüber war. Dann fragte er:

«Vielleicht Lehrerin beim Entwicklungsdienst?» (Er verzog skeptisch den Mund.) Nein, dieser Körper ist nicht einer, der unterrichtet. Botschaftsangehörige? Geschäftsfrau?

Die üppigen Formen, die straffen Muskeln und das energische Gesicht deuteten sehr stark auf letzteres.

«Auch das nicht: Ihre Leute hätten bereits Alarm geschlagen.»

Pastor hatte einige dieser Einwegspritzen über Kreuz gelegt. Es ist schon verwunderlich, wie die Menschen auseinanderfallen, wenn es sie nicht gäbe.

«Tourismus? Sie arbeiten in der Tourismusbranche? Etwa als geduldiger Reiseleiter für ängstliche Herden?»

Nein. Pastor wußte zwar nicht genau weshalb, jedenfalls kam das nicht in Frage. Das war nicht der Kopf von jemand, der Hinweisschildern folgt.

«Journalistin also?»

Er spielte jetzt mit diesem Gedanken. Journalistin... Reporter, Fotograf... irgendwas in der Art...

«Aber warum würde Ihre Zeitung sich nicht melden, wenn eine solch schöne Schreiberin verschwindet?»

Er ließ seinen Blick noch einmal über den ganzen Körper wandern. Hübsches Mädchen. Gut gebaut. Schöner Kopf. Weiche und sehnige Finger. Naturmähne.

«Weil Sie weder eine schlechtbezahlte Stofflieferantin sind noch ein Palastreporter, der vorfabrizierte Texte durchs Telefon schickt, während er seinen Aperitif zur Brust nimmt.»

Nein, er konnte sie sich eher als Enthüllungsjournalistin vorstellen, die richtig eintaucht in ihr Sujet, dafür wochenlang von der Bildfläche verschwindet und erst dann wieder auftaucht, wenn die Recherchen abgeschlossen sind. Eine Gegenwartshistorikerin oder Hier-und-Jetzt-Ethnologin – exakt der Typ Frau, der Dinge ans Licht bringt, die im Dunkeln hätten bleiben sollen. Und der die Dinge auch beim Namen nennen will. Sie forderte eine Ethik der Transparenz.

«Ist es das?»

Die Tür ging auf, ohne daß Pastor es hörte. Thians froschhalsige Stimme spöttelte ihm ins Ohr.

«Das oder eine Tippse auf Urlaub. Oder eine lästige Erbin...»

«Die Tippsen lassen sich nicht im Ausland behandeln, und Erben foltert man nicht, Thian, man gießt sie direkt in Beton. Du bist ein begriffsstutziger Vietnamese, ein seltener Fall.»

«Genau, so was Ähnliches wie 'n Franzose. Komm, Junge, wir verschwinden hier, in Krankenhäusern verschlechtert sich mein Zustand zusehends.»

◆

Inspecteur Van Thian war niedergeschlagen. Die Tage verstrichen, und es gelang ihm nicht, den Mörder der Witwe Dolgorouki zu entlarven.

«Sie war meine Nachbarin, Junge. Sie wohnte genau in der Wohnung gegenüber.»

Durch Belleville spazierte ein Typ mit einer Rasierklinge. Vor der Nase des Inspecteur Van Thian schnitt er die alten Damen entzwei, und Inspecteur Van Thian schaffte es nicht, ihn dingfest zu machen.

«Denkst du vielleicht, dieser Scheißkerl wäre zu mir gekommen? Nein, er hat sich gegenüber bedient.»

Im Innern des Inspecteur Van Thian rebellierte die Witwe Hô. Die Witwe Hô hatte nämlich mehr Schotter als die Witwe Dolgorouki. Die Witwe Hô lief kreuz und quer durch Belleville und wedelte bündelweise mit Scheinen vor den Augen der armen Leute, aber es waren die andern Witwen, die sich umbringen ließen. Die Witwe Hô schlief auf einer Matratze voller Geldscheine, während die andern Witwen in ihren kleinen Fäusten krampfhaft ihre mageren Renten festhielten. Die Renten waren vergiftet, und die Witwen starben daran. Inspecteur Van Thian und die Witwe Hô kamen nicht mehr klar miteinander.

«Junge, ich hab die Schnauze voll, den Trottel zu spielen, der sich als altes Weib verkleidet!»

Pastor stellte die Gläser mit Bourbon in einer Reihe auf und warf die Anti-Depri-Pillen hinein. Es blieb ihm nichts anderes übrig.

«Mein Gott, Tag und Nacht hab ich mich abgerackert...»

Das stimmte. Inspecteur Van Thian hatte alles versucht. In Zivil befragte er sämtliche Leute, die vielleicht etwas wußten. Und in seiner Witwentracht lockte er alle möglichen Fixer an. Man hatte die Witwe Hô in Begleitung von Junkies gesehen, die so vollgedröhnt waren, daß sie nicht mal mehr ihre Pisse bei sich halten konnten. Sie klapperten mit den Zähnen, schwitzten aus allen Poren, aber sie ließen die Witwe Hô laufen. Die Witwe Hô war wie ein dicker, verbotener Knochen für ausgehungerte Hunde. Mein Gott, wieviel Kohle! Allah! Diese ganzen Flocken, die sich niemals in Schnee verwandeln! Die Witwe Hô war wie der Baum der Erkenntnis, den man ins Gehirn von Belleville gepflanzt hatte: nicht anrühren! Bei ihrem Anblick fielen manche Junkies vor Frust in Ohnmacht. Die

Witwe Hô hatte den Glauben an sich selbst verloren, und sie mochte auch nicht ihren Akzent.

«Ich hab keine Lust mehr, alles, was ich sage, mit Sojasoße zu würzen.»

Stimmt, die Witwe Hô redete nicht wie eine Vietnamesin. Ihr Akzent war eine Imitation. Ihre Methoden ebenso.

«Ich hab keine Lust mehr, mit meinem dicken Franzosenhirn den spitzfindigen Asiaten zu mimen.»

Jeden Abend beim Rapport im Büro ließ Thian vollkommen mutlos das schwarzschimmernde Thaikleid fallen. Das Parfum ‹Tausend Blüten Asiens› strömte scharf aus dem Kleid und erstickte Pastor. Wenn die Witwe Hô deprimiert war, schüttete Inspecteur Van Thian sein Herz aus. Auch er war Witwer. Seine Frau Janine war tot, vor fünfzehn Jahren gestorben. Janine die Riesige. Sie hatte ihm eine Tochter zur Welt gebracht, Gervaise, aber Gervaise hatte sich mit Gott vermählt. («Ich bete für dich, Thianou, aber ich habe wirklich keine Zeit, dich zu besuchen.») Inspecteur Van Thian fühlte sich einsam. Genauer gesagt, fühlte überhaupt nicht.

«Meine Mutter war Lehrerin in Tonkin, in den zwanziger Jahren. Ich habe den ersten und einzigen Brief, den sie je an ihre Familie geschrieben hat, aufbewahrt. Er ist abgestempelt in Monkai, wo man sie hinbeordert hatte. Willst du ihn lesen, Junge?»

Pastor las diesen Brief:

> *Liebe Eltern,*
> *es ist zwecklos, wir werden nicht länger als zwanzig Jahre in diesem Land bleiben. Wir sind für sie zu gefräßig, und sie sind für uns zu gewitzt. Was mich betrifft – als gute Plünderin –, so schnappe ich mir das Wertvollste, was mir in die Finger kommt, und fahre mit dem nächsten Schiff wieder nach Hause. Wartet auf mich, ich komme.*

«Und was ist ihr in die Finger gekommen?» fragte Pastor.

«Mein Vater. Der kleinste Tonkinese von Tonkin. Sie war ein großes Mädchen aus dem Zwölften Arrondissement. Aus Tolbiac, verstehst du? Die Lagerhallen von Bercy. Dort bin ich groß geworden.»

«Wenn man das so nennen kann.»

«Im Rotwein, Junge. Ein fabelhafter kleiner ‹Gamay›.»

Pastors Ermittlungen kamen auch nicht besonders voran. Die Untersuchung der Fingerabdrücke an der Karosserie des BMW hatte nichts ergeben. Der Wagen gehörte einem pingeligen und ledigen Zahnarzt, der seit dem AIDS-Schreck seine Handschuhe nicht mehr auszog. Und da die beiden Mörder ebenso gewissenhaft waren wie er, war dieses Auto das einzige in ganz Paris, das nicht die Spur eines einzigen Fingerabdrucks trug. Sogar der Mechaniker, der den Wagen pflegte, hatte seine abgewischt.

Auf Thians Rat hin hatte Pastor sämtliche Notrufe abgehört, die in den Kommissariaten in der Nacht eingegangen waren, als das Mädchen in den Lastkahn geworfen wurde.

«Vielleicht hat sie sich gewehrt, als man sie ins Auto gezerrt hatte. Vielleicht hat sie geschrien, und jemand hat es gehört und die Bullen verständigt.»

«Vielleicht», hatte Pastor bemerkt.

Dreihundertundzwei Frauen hatten in jener Nacht in Paris und Umgebung geschrien. Die Polizei war zweihundertundachtmal ausgerückt. Frühgeburten, Blinddarmentzündungen, Liebesschreie. Schlägereien, die sich beim Anblick der Uniformierten sofort in Wohlgefallen auflösten – nichts Ernsthaftes. Pastor hatte sich vorgenommen, den Rest zu überprüfen.

Das Foto der schönen Schlafenden hatte nichts nirgendwo ausgelöst. Wenn gewisse Geschäftsfrauen von der Bildfläche verschwinden, dann oft nur, um bei ihrem erfolgreichen Abschluß um so präsenter zu sein. Pastor klapperte auch all diejenigen Zeitungen ab, die sich Reporter für diese Gelegenheiten leisten konnten. Davon gab es mehr, als er jemals geglaubt hätte. Es nahm mehrere Tage in Anspruch, allen einen Besuch abzustatten.

Und es geschah eines Abends, daß Inspecteur Caregga, ein untersetzter Mann mit Stiernacken, der Sommer wie Winter eine Fliegerjacke mit gefüttertem Kragen trägt, keine Büroklammern mehr hatte. Caregga war langsam, methodisch und verliebt in eine blutjunge Kosmetikerin. Er war gerade dabei, einen Bericht über einen Taschendiebstahl in Verbindung mit Exhibitionismus zu tippen. Den Taschendiebstahl hätte er ja gerne verziehen, aber den Exhibitionismus verabscheute er, seit er der Liebe in ihrer reinsten Form begegnet war. Gut eine Minute lang fragte sich Caregga, wen er um die zum Abheften seiner Akte notwendige Büroklammer bitten sollte. Er entschied sich für seinen Kollegen Pastor. Pastor war ein braver Typ und immer zurückhaltend freundlich. Er tat einer Menge Leute eine Menge Gefallen, ohne auch nur die geringste Gegenleistung zu verlangen. Pastor stand immer zur Verfügung. Er schlief in seinem Büro. Weil Pastor ihn bei einer Bereitschaft ersetzt hatte, verdankte er ihm auch, daß er seine erste Nacht mit Carolle verbringen konnte. (Ehrlich gesagt, war in dieser Nacht zwischen ihnen nichts passiert. Carolle und Caregga hatten sich damit begnügt, über die Zukunft zu reden. Erst am nächsten Morgen um halb sieben hatten sie sich an die Arbeit gemacht.) Pastor teilte sein Büro mit einem winzigen Vietnamesen, dessen Mutter Französin war und der seine Zeit damit verbrachte, Rentenmarken zu kleben. Das Büro von Van Thian und Pastor lag neben dem Careggas. Die eben erwähnten Gründe (berufsmäßige, gefühlsmäßige und topographische) trugen dazu bei, daß Inspecteur Caregga an jenem Abend die Höhle Thian-Pastor betrat. Den Rücken zur Tür gewandt, standen die beiden Inspektoren nebeneinander und schauten hinaus in die Winternacht, die im Neon der Nacht zerstob. Sie drehten sich nicht um. Doch um nichts in der Welt hätte sich Caregga eine Büroklammer geborgt, ohne zuvor um Erlaubnis gefragt zu haben. Andererseits verabscheute er es, einfach einzutreten und direkt zur Sache zu kommen (wie etwa: «Pastor, gib mir mal 'ne Büroklammer!»). Also versuchte Caregga, seine Anwesenheit zu manifestieren, doch dann entdeckte er ein Foto auf Pastors Schreibtisch. Das Foto, das aus ihrem Labor stammte, zeigte ein schönes nacktes Mädchen in einem Kohlehaufen. Übel zugerichtet, aber schön. Was ein Breiterwerden seines Gesichts bestätigte. In der schroffen Art eines wortkargen Gewichthebers sagte Inspecteur Caregga:

«Das Mädchen kenne ich.»

Pastor drehte sich langsam um. Seine Züge zogen sich zusammen.

«Was sagst du da?»
Inspecteur Caregga wiederholte, daß er das Mädchen kannte.
«Sie heißt Julie Corrençon und ist Journalistin bei *Actuel.*»
Eine Kaskade rosaroter Pillen kullerte auf den Boden. Als Van Thian sein Tablettenröhrchen wieder hinstellte, war es leer.
Das Telefon klingelte.
«Pastor?»
Am andern Ende der Leitung tönte eine Bullenstimme mit professioneller Begeisterung:
«Alles klar, wir wissen, wer das Mädchen ist!»
«Ich auch», sagte Pastor.
Dann legte er auf.

15

Ich hab mir inzwischen so meine Gedanken gemacht. Eine Krankenschwester, die bei der Stadtverwaltung des Elften Arrondissements angestellt ist, hat versucht, unserm alten Semelle Drogen zu verpassen, und Hadouch wurde mit einer Handvoll Pillen von den Bullen hopsgenommen. Weil er davon überzeugt war, daß man mir keinen Glauben schenken würde, hat Hadouch mich daran gehindert, ihn zu entlasten. Es war ihm lieber, die Sache allein zu erledigen. Aber nach einer Woche war Hadouch immer noch nicht wieder aufgetaucht. Schlußfolgerung: Ich muß ihm helfen.
Ich habe die einzig mögliche Entscheidung gefällt: Ich muß mir die Dope-Schwester vorknöpfen und sie dazu bringen, auszupakken. Also habe ich meinen alten Semelle losgeschickt, damit er ein Date mit der besagten Dopefrau macht und behauptet, seine Ration an Träumen sei alle. Er hinterließ eine Nachricht, woraufhin man ihm versicherte, die Krankenschwester würde heute um sechzehn Uhr dreißig bei ihm aufkreuzen. Ich habe mich im Kleiderschrank von Semelle verschanzt. Hinterhalt. Total aufgeregt bei dem Gedanken an ein Wiedersehen, ist Semelle die ganze Zeit über in seiner Bude auf und ab gelaufen.
«Eine reizende Brünette, Benjamin, mehr will ich dir nicht sagen!»
«Sei ruhig, Semelle! Wenn sie aufkreuzt, kann sie uns hören.»

Sag ich so und hocke zusammengekrümmt zwischen seinen alten Anzügen und den handgemachten Latschen. Semelles Schrank riecht nach purer Vergangenheit.

«Ein strahlendes Lächeln und leuchtende Augen, du wirst schon sehen!»

«Ich werde überhaupt nichts sehen, wenn du nicht endlich dein Maul hältst! Wenn sie merkt, daß du nicht alleine bist, macht sie sofort die Fliege!»

«Sie ist mir nicht mehr aus dem Kopf gegangen, seit ich sie zum erstenmal gesehen habe.»

Ich kann Semelle nicht sehen, aber ich höre, wie er im Kreis läuft. Er tut so, als sei er wieder zwanzig. Aber seine Schuhe klagen, daß sie aus den Fünfzigern sind.

«Und fröhlich, verstehst du! Sie hat mir die Hand gestreichelt, als sie mir meine Tabletten gab...»

Genauer betrachtet ist er so nervös, als hätte er tatsächlich ein ganzes Röhrchen Speed eingeworfen. Ich fürchte das Schlimmste für die nachfolgenden Operationen.

‹Tock, tock, tock› – die Fortsetzung.

Semelles Sohlen schweigen.

Und wieder ‹tock, tock, tock›. Semelle erstarrt zur Salzsäule. Wütendes Flüstern meinerseits:

«Mach endlich auf, verdammt!»

Nichts zu machen. Versteinert. Ein zaghafter Verehrer. Zusammengekrümmt im Schrank, verstehe ich plötzlich, warum Semelle das Zölibat geheiratet hat.

‹TOCK, TOCK, TOCK!› diesmal.

Wenn ich nicht schnellstens handele, wird sich die kleine Brünette vom Acker machen, wie es alle Frauen in Semelles Leben gemacht haben, weil er sie bis zu einer bestimmten Tür lockte, die er ihnen niemals öffnete. Also schoß ich aus dem Schrank, dann quer durch die Bude und riß die Tür auf.

«Reichlich spät.» Vor mir steht eine riesige Blonde, die mich wegschubst wie bei einer Schlägerei und sich dann vor dem völlig verstörten Semelle aufbaut.

«Na, wo hapert's denn, Opa?»

Semelle schweigt. Der Koloß wendet sich an mich.

«Was ist mit dem Alten? Ich hab heute noch mehr zu tun!»

«Er hat jemand anderes erwartet», sage ich, «er ist ein wenig überrascht.»

«Jemand anderes? Er hat doch wohl nach der Krankenschwester des Arrondissements verlangt?»

«Ganz genau, er hatte die andere erwartet, die mit den braunen Haaren.»

«Es gibt keine mit braunen Haaren. Wir sind nur zu zweit hier im Viertel. Die zweite ist rothaarig. Und viel häßlicher als ich. Keine falschen Hoffnungen.»

«Aber beim letztenmal hat ihm doch eine lustige kleine Brünette seine Medikamente gegeben. Und weil sie ihm so gutgetan haben, hat er nachgefragt, ob er wieder auftanken dürfte.»

«Haben Sie das Rezept?»

«Welches Rezept?»

Das große vollfettige Gesicht gefriert plötzlich. Sie kneift die Augen zusammen:

«Mach kein Scheiß mit mir, Jüngelchen! Wenn Medikamente verabreicht wurden, dann in jedem Fall auf Rezept.»

«Überhaupt nichts. Die Pillen waren lose in einem Plastiktütchen, solche Dinger gegen die Angst...»

«Wollen Sie, daß ich die Polizei rufe?»

An dieser Stelle erfährt der Dialog eine Zäsur. Die Riesige hat mir das vorgeschlagen wie eine Einladung, einen trinken zu gehen.

«Ihr seid wirklich zu blöd in diesem Viertel! Das ist schon das dritte Mal in dieser Woche, daß man versucht, mir ein falsches Rezept aus der Tasche zu ziehen. Erstens: Ich bin dagegen, zweitens: Das ist nicht meine Art.»

Und plötzlich, verschärfte Faltung der Visage – lächelnderweise wohlbemerkt. Sie deutet auf Semelle.

«Das Dope ist doch nicht für dieses Wrack, he? Das ist doch für Sie...»

(Da hammer den Salat.) Nun fängt sie an zu gurren.

«Drogen sind keine Lösung, kleiner Mann, ich weiß was Besseres.»

Als sie das sagte, kam sie näher an mich ran. Wie groß wird sie wohl sein? Wenn ich nicht reflexartig einen Schritt rückwärts gemacht hätte, wäre mein Kopf jetzt zwischen ihren Brüsten eingeklemmt. Ohne sich zu Semelle umzudrehen, befiehlt sie:

«Gehen Sie in die Küche, und warten Sie dort auf uns, Opa!»

Und schon sind wir alleine. Sie hält ihren Kannibalenkopf über meinen, und ihre Granitbrust quetscht mich an die Wand, während ihre Hafenarbeiterhände nach unten kriechen (zu mir nach unten). Dann diktiert ihre Vergewaltigerstimme das Rezept:

«Ich habe jetzt keine Zeit, mein kleiner Schatz, aber du mußt dich von mir kurieren lassen, heute abend oder später – wenn du nicht willst, daß ich dich bei den Bullen verpfeife. Hier, meine Adresse!»

Und tatsächlich haben ihre Finger – mittlerweile auf der anderen Seite meines Gürtels angelangt – mir eine kalte Visitenkarte reingeschoben, die meine intime Briefwaage sofort als Reliefdruck identifiziert. Sehr chic.

◆

Anders ausgedrückt, war Semelles Wohltäterin ebenso Krankenschwester wie ich Bischof bin. Offensichtlich hat sie mit der Stadtverwaltung nichts zu tun. Die hat ihre eigenen Schwestern – die den Bürger nicht mit Drogen vollpumpen, sondern ihn vergewaltigen.

Wenn nun also die Brünette nicht in der Liste der städtischen Angestellten auftaucht, heißt das, daß sie auf eigene Rechnung arbeitet oder auf Rechnung einer Bande, die regelmäßig die Altenversammlungen besucht. (Sie hat schon dreimal in der Gegend zugeschlagen.) Na klar, aber hallo! Mir fällt die kleine Braunhaarige wieder ein, die Risson angefixt hat und hinter der Julia her war... Und wenn es dieselbe ist? Ganz einfach dieselbe?

◆

Die Fortsetzung der Malaussèneschen Untersuchung spielt in einer Dunkelkammer, unter den Fotografenfingern meiner kleinen Schwester Clara. Über unseren Köpfen brennt eine rote Lampe. (Wie sanft Claras Gesicht in diesem Licht ist... Sag, meine Clarinette, wer wird dich lieben und wann? Und wie wird er deinen großen Bruder ertragen?)

Wir haben uns entschlossen, von allen Fotos, die Clara während der Medaillenverleihung geschossen hat, einen Abzug zu machen. Mit ein wenig Glück ist die Brünette auf dem Film.

«Sieh mal den Abgeordneten, Ben, witzig...»

Der Volksvertreter kommt tatsächlich in der Tiefe der Wanne mit der chemischen Brühe zum Vorschein.

«Der Kiefer kommt zuerst. Siehst du, es ist ein energisches Gesicht!»

Clara lächelt sanft. Clara ist eine Fotografin. Seit sie vor sechzehn Jahren ihre Mandelaugen zum erstenmal geöffnet hat, ist sie Fotografin. Julie hat sich übrigens nicht in ihr getäuscht, als ich die beiden damals bekannt gemacht hatte. (‹Du kannst dir nicht vorstellen, mit welchen Augen dieses Kind die Welt betrachtet, Benjamin. Sie sieht gleichzeitig den Vorder- und den Hintergrund.›)

«Jetzt der Staatssekretär für ältere Menschen...»

Bei Arnaud le Capelier erkennt man zuerst den Scheitel, dann das Nasenbein und die Furche, die das Kinn teilt. Das Gesicht auf beiden Seiten dieser vertikalen Linie ist sauber, glatt und ausdruckslos wie ein Helm. Ein etwas weicher Helm, gewiß, aber undurchdringlich, mit dem aufmerksamen Schlitz der Augen. (Ouh! Der da gefällt mir gar nicht!) Arnaud le Capelier beugt sich über die Bühne. Er schüttelt einem dekorierten und strahlenden Semelle die Hand. In Wirklichkeit reicht er ihm nur die Fingerspitzen. Man könnte sagen, beinahe widerwillig. Meiner Ansicht nach macht dieser Arnaud dort die Alten allergisch. (Und so einer wird Staatssekretär für ältere Menschen... Schicksal, oh, là, là, das Schicksal!)

So arbeiten wir gut zwei Stunden, und Claras Parfum kämpft gegen die mefitischen Dünste des Entwicklers. Bis Clara schließlich sagt:

«Die normalen Abzüge bringen uns nicht weiter, Benjamin. Das Mädchen war bestimmt vorsichtig, wir müssen sie in der Menge suchen. Ich werde Vergrößerungen machen.»

«Wir haben genügend Zeit.»

«Du nicht, Ben, Onkel Stojil hat gesagt, daß er heute abend vorbeikommen will.»

(Stojil, ich flehe dich an, laß mich in dieser roten Nacht bei meiner Lieblingsschwester!)

«Er braucht dich, Ben. Er hat die Ermordung von Madame Dolgorouki noch nicht überwunden. Geh nur! Wenn ich etwas finde, rufe ich dich.»

◆

Stojil ist da. Er hat sich einen Stuhl genommen und sich alleine mitten ins Zimmer gesetzt, in dem die Kinder und Großväter schlafen. Es ist für uns fast schon zur Gewohnheit geworden, den Alten und den Kindern beim Schlafen zuzuhören. Die Kinder liegen im oberen Teil der Doppelbetten und die dazugehörigen Großväter darunter. (Es war Thérèses Idee, begrüßt von Clara, durch Volksentscheid von den Kindern gebilligt und von meiner Wenigkeit abgesegnet. Als die Alten zu uns gekommen waren, wußten sie nicht mehr, wo oben und unten war und hatten ihren Schlaf verloren. ‹Der Atem der Kleinen wird ihnen den Frieden wiedergeben›, hatte Thérèse verkündet. Der Atem der Kleinen oder der Duft der jungen Mädchen? Seit diesem Beschluß pennen die Großväter wie die Glöckner. Und wir beide, Stojil und ich, verbringen lange Stunden mit Schachspielen und unterhalten uns dabei leise inmitten dieser gemischten Schlafgesellschaft.)

«Heute», sagte Stojil, «habe ich Russen durch die Stadt kutschiert.»

Jérémy dreht sich im Bett um. Opa Merlan unter ihm tut es ihm gleich.

«Gute Kommunisten, mit Ausgeherlaubnis und Befehl zur Wachsamkeit.»

Der Kleine stöhnt. Thérèse hustet.

«Im Reisebüro hat man mich aufgefordert, mich gut um sie zu kümmern. Ein Apparatschik war dabei, so ein heiterer Ukrainer. Er lachte und sagte zu mir: ‹Und keine Propaganda, Kamerad, wir kennen eure Lügen ganz genau.› Immer dasselbe mit ihnen: Viele Dinge werden im Scherz gesagt, aber es gibt ein Lächeln, das tödlich ist. Wie ein fröhlicher Schlangenbiß.»

«Ich erinnere mich an Chruschtschow. Ja, er lachte sehr viel.»

«Der war doch Spezialist dafür, jedenfalls bis zu dem Tag, an dem ein anderer an seiner Stelle gelacht hat.»

Der Atemrhythmus der Großväter hat sich immer mehr dem der Kinder angepaßt.

«Na ja, dann habe ich ihnen ein Paris gezeigt, das ihnen vertraut war: Place du Colonel Fabien, Gewerkschaftshaus, das CGT-Gebäude – sonst haben sie nichts zu sehen gekriegt. Als der Apparatschik zu einer Metzgerei rüberschielte, sagte ich zu ihm: ‹Propaganda! Alles nur Attrappen, lauter Pappwürste! Wenn Sie das anschauen, Alexej Trofimowitsch, bin ich gezwungen, eine Meldung zu machen!»

Risson gab ein freudiges Glucksen von sich, als würde er im Innern seines Schlafs lachen.

«Zum Mittagessen», fährt Stojil fort, «habe ich sie in die Werkskantine von Renault gebracht, und am Nachmittag wollten sie Versailles besichtigen. Ich hatte keine Lust, schon wieder dorthin zu kutschieren, also fuhr ich sie zum Bahnhof Saint-Lazare und sagte zu ihnen: ‹Das ist Versailles, der Palast des Tyrannen, den die Revolution für die Massen zugänglich gemacht hat!› Einmütiges Blitzlichtgeprassel.»

Schmunzeln. Synchronatmung der Schlafenden. Nur ein einziger Atemzug... Ich sage:

«Sie müssen dir jetzt eigentlich 'ne Reise nach Moskau spendieren.»

Aber Stojil ist bereits woanders.

«Meine Witwe Dolgorouki kannte sich perfekt aus bei den vorrevolutionären Schriftstellern. Mit zwanzig war sie Kommunist, genau wie ich beim Austritt aus der Klosterschule. Sie war hier in der Résistance organisiert, während ich mich durchs kroatische Maquis schlug. Sie kannte die Gedichte Majakowskis auswendig. Wir haben ganze Szenen aus dem Revisor aufgesagt, und sie kannte sogar Bielij. Ja, so war's.»

«Ich entsinne mich an die alte Dame. Sie sagte zu Mama: ‹Das Gesicht Ihrer Clara ist so rein wie eine Ikone.›»

«Früher waren die Dolgoroukis Fürsten. Manche von ihnen haben sich für die Revolution entschieden.»

Stojil steht auf. Er schiebt den Arm des Kleinen, der rausgerutscht war, wieder unter die Decke zurück.

«Was hat Risson ihnen heute abend erzählt?»

«August 1914. Solschenizyn. Weil Jérémy alles über die Uniformen der Landser wissen wollte, ist Verdun Risson zu Hilfe geeilt. Es schien so, als hätte die Armee pro Monat 700000 Meter Flanell à 3,50 Francs verbraucht, dazu 2550000 Paar Schuhe, 250000 Wollschals, 10000 Kopfschützer, 2400000 Meter Uniformstoff, 1 Meter 40 breit, was 77000 Tonnen Schweißwolle entsprach. In diesen Sachen kannte sich Risson genau aus, bis auf den Centime. Er war nämlich Schneider zu der Zeit. Als die Kinder von dieser Sintflut hörten, waren sie noch faszinierter als von den Taxis in der Marneschlacht*.»

«Ja», sagte Stojil verträumt, «die Jungen lieben den Tod.»

«Was sagst du?»

«Die Jungen lieben den Tod. Mit zwölf Jahren schlafen sie bei den Kriegsgeschichten ein, mit zwanzig ziehen sie selber in den Krieg – wie die Witwe Dolgorouki und ich auch. Sie träumen entweder davon, einen gerechten Tod zu bringen oder einen ehrenvollen Tod zu sterben, aber in jedem Fall lieben sie den Tod. Hier in Belleville schneiden sie einer alten Frau die Kehle durch und schießen sich ihre Ersparnisse in die Vene, um einen schillernden Tod zu erleben. Genausogut hätte sie irgendein Halbstarker mit seinem Sportwagen überfahren können – der Tod wäre der gleiche gewesen. So ist es nun mal…»

Ruhe. Gleichmäßiger Atem der Schlafenden. Dann:

«Sieh mal, Claras Bett ist leer!»

«Nicht mehr lange, Onkel Stojil», antwortete die Stimme Claras ganz aus der Nähe. (Selbst aus der Ferne klingt ihre samtige Stimme ganz nah.) «Ich bin hier.»

Und nachdem sie Stojil einen zärtlichen Kuß gegeben hat:

«Ich glaube, ich habe eure Krankenschwester gefunden, Ben.»

Licht. Tatsächlich, eine kleine Brünette. Ihre Augen beherrschen das ganze Gesicht (‹strahlende Augen›, hatte Semelle gesagt). Ganz dunkle Haare rahmen ein ganz weißes Gesicht ein. Auf einem der Fotos steht ihre Handtasche offen, und sie zieht einen kleinen Beutel heraus, der gut derjenige mit den Kapseln sein könnte. Was in der nächsten Vergrößerung bestätigt wird. Ja, das ist es vielleicht…

«Bravo, mein Schatz, wir werden uns das morgen von Julie bestätigen lassen.»

* Im September 1914 beschlagnahmte GALLIENI die Pariser Taxis, um damit Verstärkung an die Front zu transportieren.

16

Inspecteur Caregga brauchte keine zwei Sekunden, um Pastor das mitzuteilen, wonach er seit über einer Woche gesucht hat. Die schöne Schlafende aus dem Lastkahn hieß Julie Corrençon und war Reporterin bei *Actuel.* Man hatte sie im vergangenen Jahr in der Sache mit dem Bomben verhört, die in dem großen Laden hochgegangen waren, im Kaufhaus.

«Als Verdächtige?» fragte Pastor.

«Nein, einfach nur als Zeugin. Sie war dabei, als eine der Bomben explodiert ist.» *

◆

Pastor konnte bei der Zeitung nichts Besonderes in Erfahrung bringen. Niemand in der Redaktion wußte, wo sich Julie Corrençon aufhielt, und niemand kümmerte sich darum. Sie verschwand manchmal monatelang von der Bildfläche und kehrte mit einem Artikel zurück, den sie in den Antipoden oder in den Tiefen der nächsten Vorstadt zusammengestellt hatte. Sie tauchte nie in regelmäßigen Abständen auf. Mit ihren Kollegen hatte sie nicht viel am Hut und noch weniger mit der Journalistenwelt im allgemeinen. In diesem Milieu von überschwenglichen Introvertierten wirkte sie wie ein großes Mädchen, nicht hochnäsig, aber zurückhaltend, ohne besonderen Seelenzustand, ohne Psycho-Wehwehchen und ohne feste Bindung. Wesentlich für ihr Leben war, daß sie Artikel schrieb, die einschlugen, und daß sie mit niemandem vorher darüber sprach. Sie wurden alle gedruckt. ‹Das ist ein verdammt gutes Mädchen, über die wird man eines Tages noch reden.› Sie war im Prinzip gar nicht mehr so jung, sie ging auf die sechsunddreißig zu. Sie sniffte nicht und becherte auch nicht. Ihre Kollegen waren sich alle einig, daß sie tierisch gut aussah, ‹spitzenmäßig›, aber nicht zu knacken. Was ihre Typen anging, so hatte man nie mitgekriegt, daß sie mit irgendeinem was hatte. Da sie die Frage, ob sie Hetero, Homo, Onano, Sportlerin oder Briefmarkensammlerin war, als altmodisch empfand (Pastor hatte das zu spät kapiert), gab sie darauf niemals

* siehe: Daniel Pennac, ‹Im Paradies der Ungeheuer› (rororo-Thriller Nr. 2922)

eine präzise Antwort. Trotzdem, eins war gewiß: Julie Corrençon konnte eine verzehrende Leidenschaft verursachen, das schon, aber von da bis hin zu einem Verrückten, der sie verschlingt, ist es ein weiter Weg.

◆

Während der darauffolgenden Abende lag Pastor ausgestreckt auf seinem Feldbett und zog sich das Gesamtwerk der Journalistin rein. Was ihm auf Anhieb in die Augen sprang, war die sittsame Schrift im Gegensatz zum explosiven Charakter des Inhalts. Eine exakte, feinsäuberliche Schrift im neutralen Stil, Subjekt, Prädikat, Objekt, die zu sagen schien: ‹Laßt die Tatsachen sprechen, laßt uns nicht allzuviel hinzufügen, sie kommen ganz gut alleine zurecht.› Dies paßte überhaupt nicht zum allgemeinen Ton der Zeitung und auch nicht zum Zeitgeist.

Julie Corrençon hatte ihre Neugierde in alle Himmelsrichtungen entfaltet. Sie arbeitete genauso, wie Pastor es sich vorgestellt hatte. Sie tauchte ein in ihr Thema, durchlebte mit jedem Artikel ein ganzes Leben und fing beim nächsten wieder bei Null an, setzte ihre Existenz fortlaufend aufs Spiel. Als sie einmal über einen Koksdeal recherchierte, ließ sie sich freiwillig in ein Gefängnis in Thailand sperren, in ein Frauengefängnis, aus dem sie dann wieder entkam, in dem sie sich unter einem Berg von Choleraleichen versteckte. Sie mußte eine Zeitlang die nicht weniger gefährliche Intimität eines türkischen Innenministers ertragen, so lange, bis sie die ultrageheimen Kanäle ausgekundschaftet hatte, durch die der örtliche Mohn bis in die Marseiller Labore fließt, wo in unserem Fin de siècle die Morphinbasis zu Heroin wird. Sie hatte viel über Drogen geschrieben. Pastor speicherte es sich im Gedächtnis. Aber sie hatte sich auch an andere Themen gemacht. Sie reiste einmal um den Erdball in Sachen Liebe. Am Ende dieser Reise kam sie zu dem Schluß, daß die letzten primitiven Völker und die Revolutionäre am Vorabend des Sieges (am nächsten Tag war dann alles versaut) die einzigen waren, die eine Liebe praktizieren konnten, die der Liebe auch würdig war. An dieser Stelle träumte Pastor einen Augenblick lang im Halbdunkel seines Büros vor sich hin. Er dachte an seinen Vater, den Regierungsrat, und an Gabrielle. Wenn Gabrielle diesen Artikel gelesen hätte, hätte sie Julie Corrençon bestimmt eingeladen, ihr und ihrem phantastischen Glatzkopf beim Liebemachen zuzusehen – trotz ihres fortgeschrittenen Alters. Pastor hatte sie einmal dabei überrascht: Man hätte glauben können, es sei die Stunde aller Rendezvous inmitten eines eruptierenden Dschungels.

◆

Der letzte Artikel der Corrençon präsentierte sich in Form einer Fotoreportage, die sie vor sechs Monaten in Paris gemacht hatte. Sie berichtete von einem Kaufhausangestellten in einer Zeit, als dieser riesige Laden regelmäßig von Bombenexplosionen durchgerüttelt wurde. Der besagte Angestellte war ein Typ ohne Alter und sonderbar durchsichtig. Er hörte auf den Namen Benjamin Malaussène. Er wurde vom Kaufhaus dafür bezahlt, daß er die Funktion eines Sündenbocks ausübte. Sein Job bestand darin, daß er alles, was in der Firma schieflief, auf seine Kappe nahm, und wenn die Kunden sich beschwerten, setzte er ein solch schmerzhaft tragisches Gesicht auf, daß die Wut dem Mitleid wich und die geschädigten Kunden wieder abzogen, ohne auch nur die geringste Entschädigung zu verlangen. Manche Fotos zeigten einen Malaussène und einen Personalchef, der absolut entzückt darüber war, die Kundschaft reingelegt zu haben. Anschließend wurde genau aufgelistet, wieviel Geld das Kaufhaus auf diese Weise gespart hatte. (Der Mann war sein Geld wert.) Julie Corrençon berichtete auch über das Gehalt, das Malaussène bezog. (Mehr als genug.) Die andere Seite der Reportage zeigte Malaussène im Kreise seiner Familie. Dort erschien er sehr viel jünger und hatte deutlich mehr Konturen. Man sah ihn als ältesten Sohn einer kinderreichen Familie. Um ihn herum standen die Doppelbetten seiner Geschwister, und er erzählte Geschichten, die die Augen der Kinder buchstäblich zum Leuchten brachten.

Wie in allen andern Artikeln von Julie Corrençon enthielt sich die Verfasserin jeglichen Werturteils und setzte keinerlei Ausrufezeichen. Subjekt, Prädikat, Objekt.

◆

Durch das Standesamt erfuhr Pastor, daß Julie Corrençon die einzige Tochter des Jacques Emile Corrençon war. Geboren am 2. Januar 1901 in einem kleinen Dorf im Dauphiné, in der Nähe von Villard-de-Lans, das den gleichen Namen trug (Corrençon). Die Mutter hieß Emilia Mellini, war italienischer Abstammung und am 17. Februar 1923 in Bologna geboren. Trotz des Altersunterschieds starb die Mutter zuerst, im Jahre 1951 (als Julie zwei Jahre alt war), der Vater 1969.

Inspecteur Van Thian kannte den Namen Jacques Emile Corrençon.

«Er war ein Typ wie meine Mutter: Er nahm kein Blatt vor den Mund.»

(Der alte Thian liebte es, den jungen Pastor zu verblüffen. Hin und wieder gelang es ihm.)

«Ist er auch im Rotwein groß geworden?» fragte Pastor.

«Nein, er war ein Kolonialgouverneur, der nicht an die Kolonialisierung glaubte.»

Thian erklärte, daß der Name Corrençon zum erstenmal 1954 in Verbindung mit Mendès France erwähnt wurde, im Zuge der Verhandlungen mit dem Vietminh *. Außerdem hatte er eine wichtige Rolle gespielt bei der Durchsetzung des Unabhängigkeitsstatus für Tunesien. Unter de Gaulle hatte Corrençon weiter in diese Richtung gearbeitet und dabei seine Kontakte zu allen afrikanischen Untergrundbewegungen vervielfältigt, die die Unabhängigkeit forderten.

«Und diesen Artikel der Corrençon, hast du den gelesen?» fragte Pastor Van Thian.

Pastor mochte es nicht, sich von Thian überraschen zu lassen, ohne zu kontern. Er schob dem alten Inspektor einen Artikel hin, der mit Fotos ausgeschmückt war, die den gelben Thian ganz grün machten.

Der Artikel berichtete, wie Julie Corrençon während der Recherchen über die Boat-people im Chinesischen Meer auf einem Bötchen, das kaum mehr taugte als die der Flüchtlinge (Foto), eine gefährliche Blinddarmentzündung erlitt. Man mußte sie an Ort und Stelle ohne Betäubung operieren (Foto). Da aber all ihre Freunde einer nach dem andern in Ohnmacht fielen (Foto), führte sie selbst

* 1941 von Ho Chi Minh gegründete Unabhängigkeitsbewegung

zu Ende, was die andern begonnen hatten, wobei sie in der einen Hand das Skalpell und in der andern einen Spiegel hielt (Foto).

«Das sagt uns zumindest eines», sagte Pastor, während Thian sich einen Tranquilizer verabreichte, «daß die Jungs, die sie durch die Mangel gedreht hatten, bevor sie sie in den Kahn warfen, sicherlich nichts aus ihr rausgekriegt haben.»

◆

Am Nachmittag desselben Tages versuchte Inspecteur Pastor zum zehntenmal, schneller zu ziehen als sein Kollege Van Thian. Seine Dienstwaffe verfing sich in einer Masche seines Pullovers und rutschte ihm aus der Hand. Der Schuß löste sich, als sie den Boden berührte. Eine normale Kugel vom Kaliber 7,65 streifte Thian an der Schulter, prallte von der Decke zurück, riß ein Stück schalldichtes Polyester aus der Wand und beruhigte sich dann.

«Noch mal», sagte Thian.

«Nicht noch mal», sagte Pastor.

Am Ende ergaben vier der acht Kugeln Pastors ein ganz beachtliches Ergebnis – auf der Zielscheibe Van Thians. Pastors Zielscheibe (es war ein Pappkamerad in Angriffshaltung) hingegen war jungfräulich geblieben.

«Wie stellst du es bloß an, daß du so miserabel schießt?» fragte Thian mit einem Ausdruck von Bewunderung.

«Ich denke, wenn es dazu kommt, daß man schießen muß, ist sowieso schon alles zu spät», antwortete Pastor philosophisch.

◆

Woraufhin Pastor ins Büro des Commissaire divisionnaire Coudrier, seines Chefs, gerufen wurde. Wie gewöhnlich waren die Vorhänge zugezogen, und das Büro badete im grünen, kaiserlichen Halbdunkel. Eine Sekretärin, die so lang war wie ein Tag ohne Frühstück und auf den Vornamen Elisabeth leise reagierte, servierte Pastor eine Tasse Kaffee. Elisabeth empfand für den Divisionnaire Coudrier eine stille Verehrung, die dieser nicht mißbrauchte. Sie betrat und verließ den Raum ohne das geringste Geräusch. Die Kaffeekanne hielt sie immer hinter ihrem Rücken.

17

COUDRIER: Danke, Elisabeth. Sagen Sie, Pastor...

PASTOR: Monsieur?

COUDRIER: Wie denken Sie über Divisionnaire Cercaire?

PASTOR: Den Chef des Rauschgiftdezernats? Na ja, Monsieur...

COUDRIER: Ja?

PASTOR: Sagen wir, ich finde ihn ziemlich erstaunlich.

COUDRIER: Ein oder zwei Stücke Zucker?

PASTOR: Eineinhalb, Monsieur, vielen Dank.

COUDRIER: Weswegen?

PASTOR: Wie meinen Sie das, Monsieur?

COUDRIER: Weswegen finden Sie Cercaire erstaunlich?

PASTOR: Er ist ein Archetyp, Monsieur, der Archetyp des Bullen vor Ort. Archetypen sind sehr selten, sie sind so etwas wie ein Mysterium.

COUDRIER: Das müssen Sie mir erklären.

PASTOR: Na schön. Wenn so viele Offensichtlichkeiten in einer Person zusammentreffen, führt das zum Realitätsverlust, und sie wird so rätselhaft wie ein Bild.

COUDRIER: Interessant.

PASTOR: Die Frau, mit deren Fall ich mich gerade beschäftige, ist ebenfalls ein Archetyp: ein idealistischer Haudegenreporter. Selbst im Kino fände man ein solches Bild nicht glaubhaft.

COUDRIER: Sie ist also ‹verschärft› – wie meine Enkel sagen würden.

PASTOR: Sie sind Großvater, Monsieur?

COUDRIER: Zweifacher, es ist fast schon so etwas wie mein zweiter Beruf. Gehen Ihre Ermittlungen voran?

PASTOR: Ich habe die Identität des Opfers herausgefunden, Monsieur.

COUDRIER: Wie haben Sie das gemacht?

PASTOR: Caregga kannte sie.

COUDRIER: Perfekt.

PASTOR: Sie ist die Tochter von Jacques Emile Corrençon.

COUDRIER: Mendès' Mann? Eine sympathische Figur. Er selbst hatte Ähnlichkeit mit Conrad. Abgesehen davon, daß er Entkolonialisierung betrieb.

PASTOR: Ein Abenteuer in die umgekehrte Richtung.
COUDRIER: Wenn Sie so wollen. Noch ein wenig Kaffee?
PASTOR: Danke, Monsieur.
COUDRIER: Pastor, ich fürchte, daß mein Kollege Cercaire ein weiteres Mal auf Ihre Mitarbeit angewiesen ist.
PASTOR: Selbstverständlich, Monsieur.
COUDRIER: Um nicht zu sagen auf Ihre Hilfe.
PASTOR: ...
COUDRIER: Im Rahmen des Möglichen.
PASTOR: Das versteht sich von selbst, Monsieur.
COUDRIER: Im Zusammenhang mit dem Fall Vanini hat Cercaire einen gewissen Hadouch Ben Tayeb festgenommen, den er auf frischer Tat ertappte. Besagter Ben Tayeb hatte versucht, im Restaurant seines Vaters Gästen Amphetamine anzudrehen.
PASTOR: In Belleville?
COUDRIER: In Belleville. Im Verlaufe des Verhörs ähnelte das Verhalten Cercaires, sagen wir...
PASTOR: Dem eines muskelbepackten Archetypen?
COUDRIER: So ist es. Er ist davon überzeugt, daß Ben Tayeb an der Ermordung Vaninis beteiligt war, oder zumindest, daß er jemanden deckt.
PASTOR: Und Ben Tayeb gibt nichts zu?
COUDRIER: Nein. Aber viel schlimmer ist, daß er gerade eine Woche auf der Krankenstation verbracht hat.
PASTOR: Ich verstehe.
COUDRIER: Ein kleiner Schönheitsfehler, nichts weiter. Pastor, Sie müssen das wieder in Ordnung bringen, bevor die Presse Wind davon bekommt.
PASTOR: Gut, Monsieur.
COUDRIER: Können Sie Ben Tayeb noch heute verhören?
PASTOR: Sofort.

◆

Unmittelbar nachdem Pastor das hell erleuchtete Büro Cercaires betreten hatte, stand der schnurrbärtige Koloß auf, lächelte kollegial und legte seinen Arm um Pastors Schulter, den er um einen guten Kopf überragte.

«Ich hab noch gar keine Gelegenheit gehabt, dir wegen Chabralle zu gratulieren, Kleiner, aber ich bin immer noch baff.»

Er zog Pastor ein Stück beiseite.

«Was Ben Tayeb angeht, erklär ich dir mal schnell das Gröbste. Dieser Nuttenjunge...»

Cercaires Büro war viel größer und heller als das seines Kollegen Coudrier. Überall Glas und Alu. Der Wandschmuck bestand aus einer Reihe von Diplomen, die Cercaire seit seinem Entschluß, Polizist zu werden, errungen hatte. Dazwischen hingen Fotos von Schulklassen, Pfadfindergruppen und Umzügen der Jurastudenten. Des weiteren sah man den Divisionnaire in Begleitung der ein oder anderen Berühmtheit aus der Anwaltschaft, dem Showpissiness oder der Politik. Auf Glasregalen waren nebeneinander die Pokale aufgereiht, die er bei diversen Schießwettbewerben gewonnen hatte. Und die gegenüberliegende Wand durfte sich durch eine hübsche Sammlung von Faustfeuerwaffen geehrt fühlen; darunter befand sich auch eine kleine Pistole mit vier Läufen, die Pastors Augenmerk eine Sekunde lang auf sich zog.

«Eine Remington-Elliot Derringer, Kaliber 32 mit ringförmiger Perkussion», erläuterte Cercaire, «die Waffe für wachsame Spieler.»

Und als sie an dem kleinen Kühlschrank vorbeikamen, der maßgerecht zwischen zwei Aktenschränken stand:

«Auch 'ne Dose?»

«Von mir aus.»

Pastor hatte sich mit den handfesten Kerlen immer schon gut verstanden. Sein zierlicher Körper versperrte ihnen nicht die Sicht, und wegen seines lebhaften Geistes verehrten sie ihn sofort. Bereits im Kindergarten hatten Gabrielle und der Regierungsrat Jean-Baptiste beigebracht, keine Angst vor Muskeln zu haben. Auf dem Gymnasium hatte Pastor oft die Rolle des Pilotfisches unter den großen Haien gespielt, die alle unter Kurzsichtigkeit ihrer Seele litten.

«Ich hab dir ja schon gesagt, daß dieses Schwein von Ben Tayeb mich ein wenig genervt hat.»

Als Bulle hat sich Cercaire echt bewährt, sei es auf der Straße (mehrfach verletzt) oder in den Wutanfällen in seinem Büro. (Jede Menge Gangster mußten seine schlagkräftigen Argumente entgegennehmen.)

«Ich lege meine Hand dafür ins Feuer, daß Tayeb Vanini umgelegt hat.»

Wenn sich Cercaire so sicher war, war Pastor nahe dran, es ihm zu glauben. Trotzdem fragte er:

«Beweise?»

«Nein, ein Motiv.»

Pastor ließ Cercaire die Zeit, die notwendig war, um die passenden Worte zu finden.

«Vanini hat diesen dreckigen Arabern immer ordentlich auf die Finger geklopft und einen von ihnen, einen Cousin von Tayeb, bei einer Demo kaltgemacht. Der Bursche war gefährlich.»

«Verstehe.»

«Die Sache hat leider einen Haken, Kleiner. Hadouch Ben Tayeb hat ein paar Fotos, die Vanini bei der Arbeit zeigen. Keine Chance, an die Dinger ranzukommen. Wenn wir Tayeb nun anklagen, sind die morgen in der Presse.»

«Logo. Und wie lautet die Lösung?»

«Das ist der Punkt, an dem du eingreifst, Kleiner. Zunächst mal muß Tayeb den Mord an Vanini zugeben. Aber dann, ganz wichtig, müssen wir ihm den Maßanzug schneidern, daß seine kleinen Kumpels gar nicht erst auf die Idee kommen, ihn zu verteidigen und die Fotos von Vanini an die Öffentlichkeit bringen.»

«Kapiert.»

«Ist das drin?»

«Klar doch.»

18

Hadouch Ben Tayeb befand sich in einem ganz ähnlichen Zustand wie Julie Corrençon, als Pastor sie im Lastkahn gefunden hatte.

«Sie sind wohl ziemlich unglücklich die Treppe runtergefallen», sagte Pastor, nachdem er die Tür hinter sich zugemacht hatte.

«Sieht ganz danach aus.»

Aber Ben Tayeb war weit davon entfernt, im Koma zu liegen. Im Gegenteil, die Schläge schienen ihn beflügelt zu haben.

«Sie wissen, was man Ihnen vorwirft? Ich brauche Ihnen die Geschichte nicht noch mal zu erzählen?»

«Nein, nicht nötig, man hat's mir schon eingehämmert.»

Pastor hatte wie immer darauf bestanden, mit dem Verhafteten alleine zu sein. Sein Blick irrte nachdenklich durch den Raum (ein großes Gemeinschaftsbüro, das vollgestopft war mit Schreibmaschinen und Telefonen). Pastor ging auf und ab und streichelte die Einrichtungsgegenstände. Sein Gesicht lag in Falten.

«Also, ich mache Ihnen jetzt einen Vorschlag, der uns viel Zeit ersparen wird.»

Pastor entdeckte ein Telefon, dessen Hörer daneben lag. Er schüttelte den Kopf, gab Ben Tayeb ein Zeichen, daß er schweigen solle, zog den Telefonstecker aus der Anschlußbuchse und legte den Hörer wieder auf.

«Jetzt sind wir unter uns.»

Cercaire, am andern Ende der Leitung, konnte diesen letzten Satz nicht mehr verstehen. Er legte auf und nickte bewundernd mit dem Kopf.

◆

Wie immer saugten sich die Ohren an der Tür fest. Wie immer hörten die Ohren bald ein undeutliches Flüstern, das vom Klappern einer Schreibmaschine begleitet wurde.

Eine Dreiviertelstunde später betrat Pastor erneut Cercaires Büro und hielt vier maschinengeschriebene Seiten in der Hand.

«Entschuldige das mit dem Telefon, Kleiner», sagte Cercaire und grinste, «...berufsbedingte Neugier.»

«Wär nicht das erste Mal, daß ihr euch einmischt», antwortete Pastor.

Er sah sehr müde aus, aber auf keinen Fall so fertig wie nach dem Verhör von Paul Chabralle.

Cercaire kümmerte sich nicht darum, wie es Pastor ging. Er hatte nur Augen für die Unterschrift von Ben Tayeb.

«Er hat unterschrieben? Du machst deinem Ruf wirklich alle Ehre, Pastor! Hol dir noch 'n Bier, du hast es dir redlich verdient.»

In diesem Moment schien der große Bulle den kleinen Bullen zu vergöttern. Dann schob sich Cercaire die Brille ins Gesicht und begann mit der Lektüre des Dokuments. Das Grinsen, das in seinem Gesicht umherschwamm, wurde von Absatz zu Absatz breiter. In der Mitte des dritten Absatzes hob er langsam den Kopf. Pastor hielt sein Bier in der Hand und sah ihm ruhig in die Augen.

«Was soll denn diese Scheiße?»

«Vielleicht die Wahrheit», antwortete Pastor.

«Vanini von einer kleinen Alten umgenietet? Willst du mich verarschen?»

«Das hat Hadouch Ben Tayeb gesehen.»

«Und du hast ihm das geglaubt?»

«Das war jedenfalls seine Antwort auf meine Frage...», sagte Pastor ruhig.

«Sag bloß, das ist deine famose Methode?»

«Sie sollten es bis zum Ende lesen.»

Cercaire sah Pastor einen Augenblick lang wortlos an und vertiefte sich dann wieder in seine Lektüre. Der junge Inspektor, der langsam wieder Farbe ins Gesicht bekam, trank höflich sein Bier aus. Auf Seite drei angelangt, hob Cercaire wieder den Blick. Er hatte einen Ausdruck, den Pastor schon bei anderen Riesen beobachtet hatte: ein Ausdruck von verstörter Brutalität.

«Und diese Geschichte mit der Stadtverwaltung, was soll das denn bedeuten?»

«Na ja, Ben Tayeb sagt, daß die Amphetamine, die er in der Hand hielt, als ihr ihn verhaftet habt, von einer städtischen Krankenschwester stammen, die die Dinger einem kleinen Alten bei einer Ordensverleihung zugesteckt hatte.»

«O. K., Pastor. Ich nehme an, daß ich das Ganze schlucken muß wie Valium, mit einem Glas Wasser hinterher?»

«Das überlasse ich Ihnen. Aber Tatsache ist, daß Ben Tayeb mit Drogen nichts am Hut hat.»

Cercaire fing an, Pastor mit anderen Augen zu betrachten. Ein junger Wolf, der sich durch Coudriers Gänge schlich und vorhatte, das ganze Haus zu verschlingen. Er erteilte sogar schon Ratschläge.

«Und was ist nun Ben Tayebs ‹Gebiet›?»

«Das Spiel. Er macht die Lotterie in Belleville vor dem *Goutte d'Or*. Wenn Sie ihn ausheben wollen, dann darüber. Ich habe die Namen seiner beiden Hauptgeschäftsführer auf Seite vier. Ein Rothaariger, der sich Simon der Kabyle nennt und ein großer Schwarzer: Mo der Mossi. An dem Abend, als Vanini umgebracht wurde, hatten der Kabyle und Ben Tayeb gerade die Zockereinnahmen vom

Père Lachaise abgerechnet. Und auf dem Nachhauseweg haben sie dann auf der anderen Straßenseite den Mord gesehen.»

«Rein zufällig.»

«Ein Zufall, der ihnen natürlich kein Alibi verschafft.»

Cercaire stellte die Lauscher auf. War dieser Satz etwa ein kleines Geschenk? Eine Suggestion? Auf einmal gefiel ihm der höfliche kleine Junge wieder. Man sollte sich überlegen, wie man ihn bei Gelegenheit von Coudrier abzieht. Cercaire schwieg einen Augenblick, dann fragte er:

«Bist du scharf drauf, meine Meinung zu dem Zeugs zu hören?»

«Selbstverständlich.»

«Damit das klar ist: Du bist ein guter Bulle, Pastor, und du wirst es weit bringen.»

«Danke.»

«Und du nimmst die Komplimente deiner Vorgesetzten mit aller Bescheidenheit entgegen.»

Pastor konnte exakt genauso lachen wie Cercaire.

«Und jetzt sag ich dir mal, was ich persönlich davon halte.»

Ein kleines autoritäres Lächeln in der Stimme deutete an, daß jetzt der Chef das Wort ergriff.

«Was ich glaube, ist, daß Ben Tayeb dich mit seiner Story von der ballernden Oma geleimt hat. Im übrigen ist mir nicht klar, bis zu welchem Punkt du ihm geglaubt hast», fügte er hinzu und warf einen entschlossenen Blick auf Pastor. «Jedenfalls, wenn eine Oma aus Belleville mitten auf der Straße einen jungen Bullen abknallt, der zu ihrer Sicherheit da ist – entschuldige bitte, aber nicht mit mir! Wenn Ben Tayeb dir diesen Salat aufgetischt hat, dann doch nur deshalb, weil's nur allzu schön klingt. Deshalb konntest du ihn nicht verdächtigen, kapiert? Eine Inflation von Lügen, um den Schein der Wahrheit zu erwecken – das machen doch alle Jungs, wenn sie nicht ganz doof sind. Und die Arabersäcke noch besser als alle andern. Aber an der Stelle, wo unser Ben Tayeb ausgeklinkt ist, da gibt er doch immerhin schwarz auf weiß zu, daß er sich ZUM ZEITPUNKT DES VERBRECHENS AM SELBEN ORT aufhielt. Nur das zählt. Und sonst nichts. Und daß er es eigenhändig unterschrieben hat. Im Grunde hast du ihn trotzdem aus seiner Ecke gelockt. Aus seiner blutigen. Und was die Geschichte von der Großmutter mit der P 38 angeht (die Waffe war nämlich eine P 38, hast du das gewußt?), die wird vor Gericht nicht viel wert sein.»

Pause.

«Soll ich dir sagen, was ich mache? Erstens werde ich Ben Tayeb wegen Mordes an einem Polizisten vor Gericht bringen, und zweitens werde ich seinen beiden ‹Geschäftsführern›, Simon dem Kabylen und Mo dem Mossi, einen Maßanzug schneidern, daß sie nicht mal mehr den kleinen Finger heben werden, um ihn zu verteidigen; die Fotos von diesem Dreckskerl Tayeb werden niemals an die Öffentlichkeit gelangen. Wie findest du das?»

«Ben Tayeb ist Ihr Gefangener, nicht meiner.»

«Richtig. Und ich glaube auch, daß du auf dem Holzweg bist, was seine Drogengeschichte angeht. Ben Tayeb steckt bis zum Hals im Dope mit drin. Aber zu diesem Punkt brauche ich noch weitere Informationen. Jetzt muß ich mich mal um einen gewissen Malaussène kümmern.»

Pastor hatte wieder den Artikel von Julie Corrençon vor Augen und den strahlenden Kopf Malaussènes, aber er registrierte den Namen, ohne mit der Wimper zu zucken.

Cercaire beugte sich über ihn. Einen Halbton tiefer, mit beinahe väterlicher Stimme:

«Du bist doch jetzt nicht etwa eingeschnappt?»

«Überhaupt nicht.»

«Gibst du zu, daß du dich auch mal irren kannst?»

«Kann vorkommen.»

«Na siehste, so was zeichnet einen guten Bullen aus, wenn du weißt, was ich meine!»

◆

Im Dienstwagen erzählte Pastor der Witwe Hô von seinem Gespräch mit Cercaire. Inspecteur Van Thian in seiner Witwenkleidung fing an, unruhig zu werden.

«Was ist los, Thian, irgendwas nicht in Ordnung?»

«Nichts. Ein Bilharziose-Rückfall, glaub ich. Es ist immer das gleiche, wenn ich den Namen Cercaire höre.»

Eine dicke Wolkenschicht lag über dem Himmel der Stadt. Ein bedrohlicher Himmel wie in den Tropen, mitten im Winter.

«Weißt du, was das ist, ein ‹Cercaire›, Junge?»
Thian kratzte sich heftig am Unterarm.
«Außer dem Bullen kenne ich keinen.»
«Das ist eine kleine, gemeine Larve mit Schwanz, die in den Reisfeldern lebt. Sie dringt ein durch deine Haut und frißt dich dann von innen her auf, bis du Blut pißt. Bilharziose. Genau dieses Gefühl habe ich bei Cercaire.»
«Dein Vater, der Tokinese, hatte nicht zufällig darunter zu leiden?»
«Wir Südostasiaten haben eine andere Medizin, Junge. Apropos, wo fahren wir überhaupt hin?»
«Zu Julie Corrençon.»
«Ins Krankenhaus?»
«Nein, zu ihr nach Hause, Rue du Temple 85–87.»

19

«Julia?»
Als ich mit den Fotos von der Pseudokrankenschwester unterm Arm auf Julias Treppenabsatz ankomme, steht die Tür halb offen. Noch vom Flur aus rufe ich leise:
«Julia?»
Zaghaft. Mit einem doppelten Herzklopfen: ein Schlag aus Leidenschaft, einer aus Beunruhigung.
«Julia...»
Und dann muß ich leider Gottes etwas entdecken, was ich lieber nicht gesehen hätte: Das Schloß ist aufgebrochen worden.
«JULIA!»
Ich reiße die Tür auf. Verdun. (Die Stadt.) Besser gesagt das, was davon übriggeblieben ist. Man hat sogar Mühe zu glauben, daß das eines Tages wieder hergerichtet werden kann. Jemand hat die Tapeten und den Teppichboden weggerissen, das Federbett, das Sofa und alle Kissen aufgeschlitzt. Die Möbel wurden Brett für Brett auseinandergenommen, bevor man sie zu Kleinholz verarbeitet hat. Alle Bücher der Bibliothek liegen verstreut inmitten dieses Massakers. Bündelweise hat man die Seiten herausgerissen. Fernseher und Radio sind leer – ohne ihre elektronischen Eingeweide, und die beiden Hälf-

ten des Telefons hat offensichtlich ein Machetenschlag durch die Luft gewirbelt. Das Klobecken steht neben dem Sockel, der Kühlschrank liegt wie eine Schildkröte auf dem Rücken, die Wasserrohre sind freigelegt und der Länge nach aufgeschnitten. Der Fußboden ist systematisch Brett für Brett rausgerissen, Fußleisten inklusive.

Keine Julia.

Keine Julia?

Oder keine Julia MEHR?

In meiner Brust schlägt es seltsam. Ein Klopfen, das mir unbekannt ist. Es schlägt langsam. Es hallt in der großen Leere. Es schlägt wie ein Ruf, der nie mehr gehört werden wird. Man hat mir soeben ein neues Herz eingepflanzt. Das Herz eines Witwers. Denn solche Typen, die in der Lage sind, eine Wohnung so zu demolieren, erlauben sich alles, wenn sie eine Julia in den Fingern haben. Sie haben sie umgebracht. Sie haben meine Julia umgebracht. Sie haben sie getötet!

◆

Es gibt diejenigen, die durch das Unglück zusammenbrechen. Diejenigen, die anfangen zu träumen. Diejenigen, die am Grab über alles und nichts reden, dann im Auto weiterreden, über alles und nichts, nicht einmal über den Toten, nur belanglosen Alltagskram. Es gibt diejenigen, die sich hinterher selbst umbringen, ohne daß man es ihnen am Gesicht hätte ablesen können; diejenigen, die viel weinen und schnell darüber hinweg sind, diejenigen, in ihren vergossenen Tränen ertrinken, diejenigen, die zufrieden sind, weil sie jemanden los sind. Es gibt diejenigen, die nicht mehr wissen, wie der Tote aussieht; sie versuchen, sich an ihn zu erinnern, aber es gelingt ihnen nicht. Der Tote hat sein Bild mit ins Grab genommen. Da sind diejenigen, die den Toten überall sehen; sie möchten ihn wegwischen, verkaufen seine Klamotten, verbrennen seine Fotos, ziehen um, wechseln den Kontinent, versuchen es mit einem neuen Lebendigen – aber nichts zu machen, der Tote ist immer anwesend, im Rückspiegel. Es gibt diejenigen, die auf dem Friedhof Picknick machen, und diejenigen, die ihn meiden, weil sie ein Grab in ihrem Kopf ausgehoben haben. Es gibt diejenigen, die nicht mehr essen, diejenigen, die trinken, diejenigen, die sich fragen, ob ihr Kummer echt oder künstlich ist, diejenigen, die sich in die Arbeit stürzen, und diejenigen, die Urlaub nehmen. Es gibt diejenigen, die den Tod als furchtbar und diejenigen, die ihn als natürlich empfinden ab einem gewissen Alter oder wegen der Umstände: dem Krieg, einer Krankheit, Motorrad, Auto, der Zeit, dem Leben. Es gibt diejenigen, die der Ansicht sind, der Tod sei das Leben.

Und es gibt diejenigen, die irgendwas machen. Die zum Beispiel anfangen zu rennen. Zu rennen, als dürften sie niemals mehr anhalten. So geht es mir. Ich stürze die Treppe hinunter. Nein, es ist keine Flucht, ich fliehe vor nichts, vielleicht versuche ich sogar, etwas zu erwischen, etwas, das so ähnlich ist wie Julias Tod... aber das einzige, was mir im Treppenhaus begegnet, ist eine winzige Vietnamesin, die mir im dritten Stock den Weg versperrt. Ich pralle mit ihr zusammen, und sie segelt förmlich davon, wobei ein bunter Strauß von Tabletten, Röhrchen, Fläschchen und Kapseln durch die Luft fliegt. Man könnte meinen, eine Apotheke sei explodiert. Dazu kommt das Album, denn mir sind vor lauter Schreck die Fotos mit der Dope-Krankenschwester aus der Hand gefallen. Glücklicherweise fällt die Vietnamesin vier Stufen tiefer einem ungekämmten Jungen in einem unförmigen Pullover in die Arme. Ich bin schon ein gutes Stück weiter unten und entschuldige mich gar nicht erst. Ich renne weiter und schieße aus dem Haus, wo mich gleich eine eiskalte Dusche erwischt, denn der Himmel hat die Gelegenheit beim Schopf gepackt und sich mit einem einzigen Guß über die Stadt entleert. Ich laufe durchs Wasser, springe wie ein Kieselstein die Rue du Temple entlang, überquere diagonal die 33 677 Quadratmeter des Place de la République, springe über Motorhauben, die Hecken der Grünanlagen, über pissende Hunde und laufe die 2850 Meter im Hochwasser der Avenue gleichen Namens. Ich renne gegen den Strom, aber nichts kann einen Mann aufhalten, der läuft, ohne ein Ziel zu haben, denn ich laufe in Richtung Friedhof Père Lachaise, und das kann man nicht gerade ein Ziel nennen, denn mein Ziel war Julia, mein hübsches, heimliches Ziel, tief unten unter einem Berg von Verpflichtungen versteckt, das war Julia, aber ich laufe und denke nicht, ich laufe und leide nicht, der Regen verleiht mir die schillernden Flügel des fliegenden Fisches, ich laufe Tausende von Metern, wo mich doch die Vorstellung von einem Hundert-Meter-Lauf immer schon fertiggemacht hat, ich laufe und werde nie mehr aufhören zu laufen, ich laufe in meinen Schuhen wie in einer Badewanne, in der meine Ideen ertrinken, ich laufe, und in diesem neuen Leben eines Unterwasserläufers, dem meinen – es ist verrückt, wie man sich daran gewöhnt! –, tauchen die Bilder auf, denn man kann immer schneller laufen als die Ideen, aber die Bilder, sie werden geboren aus dem Rhythmus des Laufes: verwüstete Wohnung, Julias breites Gesicht, geköpftes Telefon, Julias plötzlicher Aufschrei (ist es etwa das, was du gesehen hast, Julius?), auch ein Heulen von Julius, ein langes gequältes Heulen, rausgerissene Fußleisten, Julia auf dem Fußboden, ich laufe, und jede Pfütze, in die ich springe, klingt wie eine Ohrfeige, Spritzer aus Schreien, aber nicht nur das, ein weiter Sprung aus dem Rinnstein, und mein allererstes Bild von Julia taucht wieder auf, das Wehen ihrer Mähne und das Wiegen ihrer Hüften, herumliegende Bücher, aber Julies schwere Brüste, Schläge, Ohrfeigen und Schläge, doch ein kräftiges Lächeln von Julia über mir: ‹Auf Spanisch heißt lieben ESSEN›, rennen, um mich von Julia aufessen zu lassen, knochenloser Kühlschrank, was wollten sie wissen? Und der Gedanke, der trotz der Last seines Schrekkens alle Bilder einholt: in Erfahrung zu bringen, was Julia wußte, DAS wollten sie nämlich: ‹Je weniger du darüber weißt, Ben, um so besser ist das für die Sicherheit aller›. Stimmt, Julia, diesmal würden sie nicht die armen Alten abmurksen, ‹Ruf mich nicht an, Ben, und besuch mich nicht, ich werde übrigens für eine Zeitlang verschwinden›, aber WENN SIE KOMMEN, ZU MIR, während ich wie ein Idiot durch die Gegend laufe, und wenn es genau DAS wäre, was sie rauskriegen wollten, den Schlupfwinkel für die Großväter, und jetzt wissen sie's, und wenn SIE jetzt in die andere Richtung gelaufen und in unsere Wohnung eingedrungen sind, während Mama mit den Kindern und Großvätern alleine ist? Pfützen, Ohrfeigen, Rinnsteine, Terror. Ich laufe in Höhe des Voltaire-Gymnasiums über die Straße. Es hupt, flucht, schleudert, Blech zerknautscht, aber ich bin schon wie eine betrunkene Möwe in die Rue Pichon eingetaucht, habe den Chemin-Vert überquert und bin soeben an der Eingangstür des Haushaltswarenladens zerschellt. Die Sportchampions sind terrorisiert, eine andere Erklärung gibt es nicht. Die Champions rasen umher und haben den Terror im Nakken, der alle Rekorde zu Staub zerfallen läßt.

Eine der Milchglasscheiben ist durch den Druck zersprungen, und als ich die Tür aufreiße, läuft ein warmes, blutiges Rinnsal über mein Gesicht und vermischt sich mit der kalten Suppe, die vom Himmel gefallen ist. Der Haushaltswarenladen ist leer. Aber nicht irgendwie leer. Eine überhastete Leere. Die Leere des Abschieds. Die Leere der letzten Sekunde. Die unvorhergesehene Leere, die alles so läßt, wie es ist. Die Leere, die eigentlich voll sein müßte. Niemand. Niemand, außer Mama, die unbeweglich in ihrem Sessel sitzt. Mama, die ein tränenverschmiertes Gesicht hat und mich anschaut, als würde sie mich nicht wiedererkennen.

20

«Alles in Ordnung, Thian?»

Pastor hatte sich geweigert, alle Medikamente wieder aufzusammeln. Manche Pillen waren bis ins Erdgeschoß gesprungen, Stufe für Stufe, wobei sie vorsichtig die Kurven nahmen. Völlig geknickt in ihrem strengen Thaikleid, saß die Witwe Hô auf dem Treppenabsatz der dritten Etage und miaute ihrem Atem hinterher.

«Geht's wieder?» fragte Pastor noch mal.

«Ich fühle mich wie jemand, der gerade umgebracht wurde.»

«Schaffst du's bis nach oben?»

«Die Toten steigen alleine auf, so scheint's jedenfalls.»

Pastor schob seinen Arm unter die Achseln der Witwe Hô und stützte sie bis zur Tür von Julie Corrençon.

«Na bitte.»

Thian hätte nicht genau sagen können, ob dieses ‹Na bitte› sich auf die Anstrengung bezog, die er gerade hinter sich hatte, oder auf das Schauspiel, das ihnen die offene Wohnungstür bot. Da Pastor kein Echo von sich gab, drehte sich Thian zu ihm um. Und war erschreckt vom Gesicht des Jungen. Pastor sah sich das Schlachtfeld an, als wäre es seine eigene Wohnung. Er war so durcheinander, daß er sich schräg gegen den Türpfosten fallen ließ. Kreidebleich im Gesicht. Starrer Blick. Mund halboffen.

«Was ist denn los, Junge, hast du noch nie einen Einbruch gesehen?»

Pastor hob seine Hand, die schwer war wie Stein.

«Ja, natürlich. Kümmere dich nicht um mich, Thian, das läßt gleich nach.»

Sie blieben lange Zeit in der Tür stehen, als hätten sie Angst, die Unordnung noch zu verschlimmern.

«Man hat alles durchwühlt, was hohl war», sagte Thian.

Schließlich stand Pastor wieder auf. Aber sein Gesichtsausdruck war immer noch derselbe.

«Das war unmöglich Malaussène alleine», sagt er.

«Malaussène?»

«So heißt der Typ, der dich gerade im Treppenhaus umgerempelt hat.»

«Hat er dir im Vorübergehen seine Visitenkarte zugesteckt?»

«Julie Corrençon hat über ihn einen Artikel geschrieben, eine Fotoreportage.»

Pastor sprach von ganz weit her, eher wie zu sich selbst.

«Wie? Malaussène? Das werd ich mir merken!» sagte Thian.

Jetzt gingen sie durch das Zimmer und hoben dabei die Füße so hoch, als würden sie durch Schutt waten, mit einem vorsichtigen Zögern.

«Sie waren mindestens zu zweit oder zu dritt, glaubst du nicht?»

«Doch», sagte Pastor. «Spezialisten. Baufachleute. Das steht fest.»

In dieser verträumten Stimme konnte man so etwas wie Wut feststellen.

«Hier», fügte er hinzu, «sie haben die Abwasserrohre freigelegt und sogar die Elektroleitungen untersucht.»

«Glaubst du, daß sie was gefunden haben?»

«Nein, sie haben nichts gefunden.»

«Woher willst du das wissen?»

«Sie mußten einfach alles zerstören.»

Thian hob vorsichtig die Scherben auf.

«Wonach haben sie deiner Meinung nach gesucht?»

«Wonach kann man bei einer Journalistin wohl suchen?»

Pastor beugte sich nach unten und befreite ein Foto von den Splittern eines zerstörten Bilderrahmens.

«Sieh dir das an!»

Das Foto zeigte einen Mann, der in einer weißen Uniform schlakkerte und krampfhaft ein mit Eichenblättern verziertes Käppi unter den Arm geklemmt hatte. Der Mann schien Thian und Pastor einen ironischen Blick zuzuwerfen. Um ihn herum standen lauter Rosenstöcke, die höher als er waren. Seine Uniform war so weit, daß man hätte meinen können, sie gehörte einem anderen.

«Das ist Vater Corrençon», erklärte Thian. «Er trägt die Uniform der Kolonialgouverneure.»

«Krank, nicht wahr?» fragte Pastor.

«Opium», antwortete Thian.

Pastor verstand zum erstenmal den Sinn jener Äußerung von Gabrielle und dem Regierungsrat, als sie von einem ihrer alten Freunde, der krank war, sagten: ‹Er ist abgehoben.› Auf diesem Foto wirkte Vater Corrençon ziemlich ‹abgehoben›. Irgend etwas in ihm hatte die Leinen gekappt. Haut und Knochen paßten nicht mehr zusammen. Und dieses Feuer in den Augen verkündete den Rausch der letzten Höhen. Pastor erinnerte sich wieder an den Satz des Regierungsrates, den er bezüglich Gabrielles Krankheit gesagt hatte: ‹Ich will nicht sehen, wie sie abhebt.› Pastor machte eine übermenschliche Anstrengung, um das doppelte Bild von Gabrielle und dem Regierungsrat aus seinem Kopf zu vertreiben.

«Ich frage mich eins.»

Thian, der sich am Kopf kratzte, erinnerte an die Silhouette der Bäuerin, die nach dem Durchzug des Taifuns in den Trümmern stand.

«Dieser Malaussène...»

Pastor bemühte sich um Fröhlichkeit:

«Schlechtes Andenken, was?»

«Für meine Rippen ist es noch kein Andenken. Er ist doch vorhin bestimmt hier gewesen, oder?»

«Wahrscheinlich.»

«Ich meine fast sogar, er hätte Fotos in der Hand gehabt, als er mich umgerempelt hat. Fotos oder ein Bündel Papiere.»

«Fotos», sagte Pastor. «Er hat sie beim Zusammenprall fallen lassen. Ich hab sie hier.»

«Was meinst du, hat er sie hier gefunden?»

«Wir werden ihn fragen.»

◆

Julie Corrençon wohnte über einem einigermaßen ehrbaren Schneiderbetrieb. Der einzige im Viertel, der seine türkischen Arbeiter nicht zwei Stunden nach der gewerkschaftlichen Mindestzeit wieder entließ. Niemand in der Firma konnte sich erinnern, in der darunterliegenden Wohnung auch nur den geringsten Lärm gehört zu haben.

«Das einzige, was man manchmal hört», erklärte der Chef (ein braver Typ aus massivem Gold), «ist das Klappern einer Schreibmaschine.»

«Seit wann haben Sie es nicht mehr gehört?»

«Weiß auch nicht, vielleicht seit vierzehn Tagen...»

«Und die Mieterin, haben Sie die schon länger nicht mehr gesehen?»

«Die sieht man selten. Schade übrigens, ein verdammt hübsches Biest!»

◆

Es hatte zu regnen begonnen. Eine wahre Frühjahrssintflut mitten im Winter. Ein brutaler und eisiger Regen. Pastor fuhr schweigend.

Thian fragte:

«Hast du vielleicht in den Trümmern das Wrack einer Schreibmaschine entdeckt?»

«Nein.»

«Vielleicht hat sie sie immer zum Arbeiten dabei?»

«Möglich.»

Dieser Regen... Es war der gleiche Regen wie damals, als Pastor seine letzte Begegnung mit Gabrielle und dem Regierungsrat hatte. ‹Gib mir drei Tage›, hatte ihn der Regierungsrat gebeten, ‹in drei Tagen wird alles geregelt sein.›

«Was hältst du davon, wenn wir im Kaufhaus vorbeifahren?» schlug Pastor plötzlich vor.

«Im Kaufhaus?»

«Der Ort, von dem der letzte Artikel der Corrençon handelt. Malaussène hat dort als Sündenbock gearbeitet.»

«Sündenbock? Was soll denn der Quatsch schon wieder?»

«Ich werd's dir unterwegs erklären.»

◆

Der junge, wie aus dem Ei gepellte Personalchef des Kaufhauses, der auf den mittelalterlichen Namen Sinclair hörte, erzählte ihnen nichts Besonderes.

«Das ist nicht korrekt! Ich mußte mich in dieser Sache bereits ihren Kollegen gegenüber äußern. Wir haben diesen Malaussène NIEMALS als Sündenbock benutzt. Er war bei uns zuständig für die technische Kontrolle, und man konnte diese scheußliche Manie, vor der Kundschaft zu weinen, nur seinem Charakter zuschreiben.»

«Dennoch haben Sie Malaussène aufgrund dieses Artikels von Julie Corrençon entlassen, nicht wahr?» fragte Thian.

Der junge Personalchef war überrascht. Er hätte nicht erwartet, daß diese Vietnamesin ihm eine Frage stellen würde. Und noch weniger, daß sie das mit der Stimme Gabins tun würde.

Der Regen trommelte über ihren Köpfen auf das große Glasdach des Kaufhauses. Ein Winterregen mit tropischer Hartnäckigkeit. ‹Ich hätte nie Geschäftsmann werden können›, dachte Pastor, ‹man muß auf alles eine Antwort haben.› Ihm fiel ein Satz von Gabrielle ein: ‹Dieses Kind gibt niemals eine Antwort. Es kann nur Fragen stellen?› ‹Eines Tages wird er am Stück antworten›, hatte der Regierungsrat prophezeit.

«Könnten Sie sich vorstellen, daß Malaussène sich an dieser Journalistin gerächt hat, nachdem er gefeuert worden war?» fragte Pastor.

«Das könnte zu seinem Charakter passen, ja», antwortete der junge Personalchef.

◆

Pastor wirkte erschöpft. Thian hatte darauf bestanden, das Steuer zu übernehmen.

«Was ist denn das bloß für ein Regen, verdammt noch mal, das ist ja wie in Vietnam!»

Pastor schwieg.

«Noch 'ne lustige Geschichte, Junge?»

«Nein danke, schon gut.»

«Ich laß dich am Büro raus und fahre dann wieder auf meinen Berg. Ich muß noch ein paar Sachen überprüfen. Wir treffen uns dann heute abend wieder zum Bericht, O.K.?»

Es war das klingelnde Telefon, das Pastor in seinem Büro empfing.

«Hallo, Pastor?»

«Pastor.»

«Cercaire hier, kennst du schon den neuesten?»

«Bin ganz Ohr.»

«Gleich nachdem du weg warst, hab ich einen Anruf von der Stadtverwaltung im Elften bekommen.»

«Und?»

«Gesundheitsamt. Die städtischen Krankenschwestern. Stell dir vor, Malaussène benutzt die Alten, um sich auf Kosten der Stadt Amphetamine zu verschaffen.»

«Malaussène?» fragte Pastor, als hätte er diesen Namen zum erstenmal gehört.

«Jawoll, der Typ, dem Ben Tayeb seine Apotheke zuschieben wollte, als ich ihn hopsgenommen habe. Der heißt Melaussène.»

«Und was werden Sie unternehmen?»

«Die Leine locker lassen, Kleiner, es ist noch zu früh, um zuzuschlagen.»

«...»

«Pastor?»

«Ja?»

«Glaub mir, du bist zwar noch nicht richtig groß, aber du bist schon ein verdammter Bulle!»

Pastor legte langsam den Hörer auf, als wäre er sehr zerbrechlich.

21

Kochendes Wasser auf dem Herd, das Abendessen im Backofen, aber keine Clara, kein Rognon. Jérémys Geschichtsbuch liegt aufgeschlagen auf dem Tisch, ohne Jérémy. Daneben das Schreibheft des Kleinen mit einem schönen Fleck mitten auf der Seite, aber wo ist der Kleine? Auf Thérèses einbeinigem Tisch die Tarotkarten, der ausgebreitete Fächer der Zukunft, und Thérèse? Und Merlan? Und Semelle? Und Risson?

Mama, die mich schließlich doch wiedererkennt, sagt:

«Ach du bist es, mein Großer, hast du schon gehört? Wer hat dir Bescheid gesagt?»

Sie wischt sich die Tränen so langsam wie ein Sonnenuntergang ab.

«Weshalb Bescheid gesagt, Mama? Herrgott noch mal, was ist denn passiert?»

Sie deutet mit dem Kinn auf den großen Tisch und murmelt:

«Verdun.»

Ich Idiot, in meinem Zustand, einer Mischung aus Blut und Regen, denke natürlich zuerst an die Schlacht. Für mich ist schon seit einiger Zeit Verdun.

«Er war gerade dabei, dem Kleinen seine Seite zu schreiben, und dann ist er vornüber mit der Stirn aufs Heft gefallen.»

Die Tür hinter mir steht immer noch offen. Ein feuchter Luftzug weht genau eine Seite des Heftes hoch, die wieder zurückfällt, als hätte sie keine Kraft mehr.

Verdun... Verdammt... Verdun... Dieses Scheißwort macht keinen Sinn für mich. ‹Das muß auch für Ausländer ein großes Problem sein...›

«Komm mal her, mein Großer, du hast dich geschnitten, ich werde dir ein Pflaster draufkleben. Aber mach doch bitte die Tür zu!»

Der Sohn gehorcht und macht die Tür zu, die nichtsdestotrotz offenbleibt, weil ich ja die Scheibe kaputtgemacht habe. Mitten im Heft ist ein Klecks. Wie eine blaue Explosion über Verdun.

«Verdun hatte einen Kollaps?»

Schon gut, ich habe verstanden.

«Verdun liegt im Sterben.»

Ich nehme es zur Kenntnis. Ja, ich nehme das zur Kenntnis, und – wir haben immer noch heute – ich spüre eine Erleichterung in meiner Stimme, als ich frage:

«Ist das alles? Sonst ist nichts passiert?»

Dann sehe ich wieder Mamas Blick. Kein empörter Blick, nein, nicht einer, der sagen will: ‹Großer Gott, mein Ältester ist ein Monster!›, aber ein Blick, der mir bedeutet, ich sei es, der im Sterben liegt. Sie hat sich erhoben mit diesem eigenartigen Schweregefühl, das sie vor allem hat, wenn sie schwanger ist. Sie wirkt dann wie eine Erscheinung (eine Handbewegung von ihr genügt, und alles im Haus begibt sich schweigend auf den Platz, an den es hingehört). Sie hat ein riesiges Handtuch aufgetrieben und trocknet mich von oben bis unten ab, während meine durchnäßten Kleider von mir abfallen. Nackt steht der Sohn vor seiner Mutter.

«Sie haben dich ganz allein zurückgelassen?»

Was für ein Eigenleben ein Heftpflaster doch hat, das einem die Stirn verklebt!

«Sie haben ihn ins Krankenhaus Saint-Louis gebracht.»

Meine Kleider hat sie wie Pappmaché zu einer Kugel geformt und kommt mit warmen und trockenen Sachen zurück.

«Sie haben darauf bestanden, ihn zu begleiten, und du solltest hinterherfahren, sie brauchen dich bestimmt da unten. Trink das! Bist du gerannt?»

Rinderbrühe. Ausgekochte zerkleinerte Knochen. Das Leben. Und es ist kochend heiß.

◆

Verdun, mein alter Verdun, es ist leider wahr: Keine Nachricht auf der ganzen Welt wird mich mehr erleichtern als die von deinem bevorstehenden Tod. Ich sage es dir offen und ehrlich, im Taxi, das mich ins Krankenhaus kutschiert. Wenn du erst einmal dort oben bist, wirst du dich sofort für meine Sache einsetzen. Du, du wirst mir doch nicht nachtragend sein, weil mir dein Tod lieber ist als ein anderer. Du, du weißt doch viel zuviel darüber, du kennst die Uniformen, die es zerrissen hat und die nicht deine waren. Aber der andere da oben, die gigantische Anschwellung, Er kennt es nicht. Er war nicht im Krieg, Er hat nur zugeschaut, von ganz oben hinab zu den beherzten Seelen hier unten. Und Liebe hat Er auch keine gemacht, aber angeblich doch ALLE LIEBE – folglich kannte Er nicht die ‹gemeine Hierarchie der Liebe›, die dazu führt, daß man den Tod eines Verdun dem von Julia vorzieht...

Nun, dank Deiner weiß ich es jetzt: Julia ist unsterblich! Wenn sie sich über ihre Wohnung hergemacht haben, heißt das, daß sie sie nicht geschnappt haben; wenn sie ihre Möbel gefoltert haben, dann deshalb, weil sie ihnen entwischt ist – was übrigens nicht weiter erstaunlich ist, bei ihrem Stammbaum aus lauter Abenteurern, die nie greifbar waren. Selbst ich schaffte es nicht, sie unter der Decke festzuhalten. Richte IHM das bitte aus, Verdun, von mir, und daß IHN diese Erleichterung teuer zu stehen kommt, am Tage der Abrechnung! Und sobald du da bist, sag IHM auch, daß ER für die Spanische Grippe deiner kleinen Camille bezahlen muß, dafür, daß ER dir geholfen hat, fünf Jahre Stahlhagel lebendig zu überstehen, um dann diese letzte Garbe auf dich zu entleeren (oh, der erhabene Genießer!): die Spanische Grippe, die deine Kleine tötete, deine Kleine, das Mädchen, für das du dich so angestrengt hast, am Leben zu bleiben!

Ich grübele heftig im Taxi auf dem Weg zu Verdun und wende mich an IHN, der, wenn ER existiert, beweist, daß der Mist gut ist für die Entstehung der Welt – wie man sich denken konnte –, und der, wenn er nicht existiert, noch wichtiger ist, als Bock nämlich, als Sündenbock wie ich, der an keiner Entstehung schuld hat, aber für alles verantwortlich ist. Die Wischer auf der Windschutzscheibe durchschneiden das Unwetter. Man könnte glauben, sie seien unser einziger Antrieb. Der Fahrer ist auf DEN da oben genauso sauer wie ich. Es scheint, daß diese Pisse nicht aus dieser Jahreszeit stammt und daß ER seiner Meinung nach, ER da oben gerade wie bekloppt an etwas anderem arbeitet, der ANDERE mit seinen Engeln!

«Halten Sie an!»

Ich habe so laut geschrien, daß der Taxifahrer voll in die Bremsen geht und der Wagen bei dem Wirbelsturm hübsch geschleudert ist.

«Was ist denn in Sie gefahren, Gott noch mal!»

«Warten Sie eine Sekunde auf mich!»

Ich springe hinaus in den Regen und gehe auf die kleine Gestalt zu, die wie zum Gebet in sich versunken unter einer Dachrinne steht, aus der sturzbachartig das Wasser schießt.

«Jérémy, was machst du denn hier?»

Er steht bis zu den Knien in der reißenden Strömung, ist bis zu den Augen vom Wasser vollgespritzt, das wie aus einer zerbombten Pipeline schießt. Der Junge dreht sich zu mir um und sagt:

«Siehst du doch, ich fülle eine Flasche mit Wasser.»

Mit einer Ruhe, als wären wir unter diesem Schlauch verabredet gewesen.

«Das ist Verduns letzte Flasche, Ben, 87er. Den muß er mitnehmen.»

Der Taxifahrer ist stinkig und hupt.

«Los doch, Jérémy, du holst dir noch den Tod!»

Seine Hände sind schon ganz blau, und die Flasche gerade mal erst halb voll.

«Gegenüber der Vollidiot ist dran schuld. Ich mußte 'ne volle Flasche kaufen und wegschütten. Und er hat mir noch nicht mal 'nen Trichter gepumpt, der Penner!»

Der ‹Vollidiot› ist der Milchhändler auf der anderen Straßenseite. Er, seine Frau, die Kassiererin, und seine paar Kunden stehen in der Tür und grinsen dreckig. Da sich mein Taxifahrer ein wenig einsam vorkommt, kurbelt er die Scheibe runter und mischt sich ein:

«'tschuldigung, aber das Krankenhaus da vorn, ist das das Saint-Louis oder das Sainte-Anne?»

Immer die gleiche Story: Wenn's einen schon trifft, dann doppelt und dreifach. Also latsche ich, mittlerweile patschnaß, um das Taxi herum und stopfe einen Hunderter in das breite, grinsende Maul des Fahrers.

◆

Die Schwestern an der Aufnahme glauben an die Invasion der Froschmänner.

«So können Sie hier aber nicht rein!»

Sollen sie uns doch ruhig verfolgen! Wir sind hier die Verfolger!

«Sie machen doch alles dreckig!»

«Was soll das?» antwortet Jérémy. «Wir haben doch unsere Flossen ausgezogen!» Dann:

«Hier lang, Ben, komm, beweg deinen dicken Arsch!»

Abgehängt. Die Mädchen haben aufgegeben. Sie haben den Wischlappen-Alptraum vor Augen.

«Wir biegen hier ab, und dann ist es am Ende des Flurs», erklärt Jérémy.

Wir biegen ab, aber in der Mitte des Flurs stoßen wir auf ein regelrechtes Meeting. Am lautesten brüllt ein kleiner Typ im weißen Hemd, dessen Stimme mir vertraut ist: eine professionelle Stimme, die leise schreit.

«Wenn Sie dieses Mädchen weiterhin so mit Drogen vollpumpen wie in den letzten zehn Tagen, Berthold, dann wird sich ihr Gehirn in eine weiße Soße verwandeln, das sag ich Ihnen!»

Einer seiner Finger zeigt auf eine riesig lange Bohnenstange mit hochrotem Kopf. Dann deutet er in das Innere des Zimmers, wo regungslos eine Gestalt in einem weißen Bett liegt, gespickt mit durchsichtigen Fangarmen.

«Und ich, ich wiederhole nochmals: Wenn wir sie mit einem Schlag aufwecken, kratzt sie uns ab. Das Risiko geh ich nicht ein, Marty.»

(Marty! Das ist doch der kleine Doktor, der letztes Jahr Jérémys Finger wieder angeklebt hat, den er beim Abfackeln seiner Penne verloren hatte.)

«Ihre Vorsichtsmaßnahmen sind für den Arsch, Berthold, oder für das goldene Kissen, das Sie sich drunterschieben können! Aber wenn dieses Mädchen eines Tages aufwacht mit dem ganzen Scheißkram, den Sie ihr in die Venen geknallt haben, dann wird ihr Kopf nicht mehr wert sein als Ihr Arsch!»

Medizinerzank über die Dosierung von Medikamenten. Die andern Weißhemden sind sicherlich Studenten oder kleine Würstchen. Die Spannung ist so groß, daß sie sich nicht mal trauen, innerlich zu lachen.

«Machen Sie, daß Sie wegkommen, Marty. Soviel ich weiß, ist das nicht Ihre Station.»

«Aber eins weiß ich genau, mein lieber Berthold. Wenn das meine Station wäre, dann würde ich Ihnen nicht mal das Klo anvertrauen.»

Man befindet sich gerade an diesem Punkt des therapeutischen Wortwechsels, als Jérémy, der immer noch mit der Flasche in der Hand in seiner Pfütze steht, urplötzlich zu brüllen anfängt:

«Heiß und fettig, verdammte Scheiße, wir haben was Wichtigeres zu tun!»

Allgemeines Schweigen. Marty dreht sich um.

«Ach, du bist's!»

Er nimmt die Hand des Jungen, als hätte er ihn gestern abend erst entlassen, wirft flugs einen Blick auf den Finger und sagt:

«Man kann sagen, daß du wieder angeklebt bist, tatsächlich. Und welchen Blödsinn hast du jetzt wieder für uns auf Lager? Eine doppelte Lungenentzündung?»

Komischerweise hält Jérémy ihm seine Flasche hin.

«Ich brauche ein Etikett für diese Flasche, Doktor.»

Dann:

«Ein alter Freund von uns liegt im Sterben, am Ende des Flurs. Möchten Sie nicht mit uns kommen?»

◆

Louna, Laurent, der Kleine, Clara, die Großväter – alle sind sie da, und Thérèse sitzt am Fußende und hält Verduns Hand in der ihren. Verdun. Man hat ihm ein weißes Hemd übergezogen. Der erste Fangarm des Krankenhauses wächst bereits aus seinem linken Arm und ist an einen Tropf angeschlossen, der über seinem Kopf hängt. Man kann nicht sagen, daß er liegt, und man kann auch nicht sagen, daß er sitzt. Sardanapallos, träge ausgestreckt in seinen drei Wolken aus Federn, die Louna ihm unter den Rücken geschoben hat. Ich flüstere Louna zu, sie soll schleunigst nach Hause gehen, damit Mama nicht alleine ist, woraufhin sie sich diskret aus dem Staub macht und den Kleinen mitnimmt. Jérémy hat das Etikett beschriftet und auf die Flasche geklebt, klettert jetzt aufs Bett und klemmt sie Verdun unter den Arm. ‹Regenwasser 1987. Winter.› Ohne ein Wort zu sagen.

«Zieh deine Kleider im Bad aus, trockne dich ab und kämm dich. Im Schrank ist ein Kamm.»

Jérémy befolgt Martys Anordnung ohne Widerworte. Jetzt gibt es nur noch die starre Anwesenheit aller und Thérèses Stimme an Verduns Krankenbett. Thérèses vertraute Bewegung, mit der sie die alte Hand glattstreicht, ihre zusammengezogenen Augenbrauen, während sie durch die Furchen fährt, die das Leben ausgewaschen hat. Verdun hält mit einer Hand seine Flasche fest und läßt die andere locker. Verdun sieht Thérèse an. Ja, an der Schwelle zum Tod, wie man sagt, sieht Verdun Thérèse mit Augen an, die voller Leidenschaft in die Zukunft blicken. Schon als sie ganz klein war, konnte die Hexe in meiner Schwester diese Leidenschaft in jedem Blick entfachen. Und plötzlich verstehe ich den Gedankengang, den sie mir entgegengehalten hatte, als ich mir ein einziges Mal, auf dem Gipfel meines brüderlich-pädagogischen Rationalismus, die Indiskretion erlaubt hatte, sie zu fragen: ‹Aber Scheiße noch mal, Thérèse, sag bloß, du glaubst an den ganzen Quatsch?› Sie blickte mich daraufhin mit Augen an, die nicht die geringsten Zweifel aufkommen ließen und die dennoch nicht diesen schweinischen Flächenbrand der

Überzeugung in mir entfachten. ‹Es geht nicht darum zu glauben oder nicht zu glauben, Ben, es geht darum zu wissen, was man will. Nun, wir wollen nichts weiter als die Ewigkeit.› Und ich sagte mir daraufhin: ‹Alles klar, das Ding war ein Bumerang, hätt ich doch lieber mein Maul gehalten!› Aber sie fuhr fort mit ihrer armen, knochigen Stimme: ‹Aber was wir nicht wissen, ist, daß wir die Ewigkeit in uns tragen und daß wir genau auf diesem Gebiet das haben, was wir wollen.› Und ich in meinen geheimen Gehirnwindungen: ‹Auch das noch!› Doch sie, die nie bemerkt, wenn das Auge lächelt, sie, die so ungemein ungeeignet für Ironie ist: ‹Wenn wir im Leben von ‹Möglichkeiten› sprechen, sieh mal, in den Jahren, den Monaten, den Sekunden, die uns zu leben bleiben, machen wir nichts anderes, als unseren Glauben an die Ewigkeit auszudrücken.› ‹Ach ja?› ‹Ja, denn wenn ich hier anwesend bin und ohne große Mühe die Möglichkeiten des Lebens zusammenrechne, die dir, Benjamin, bleiben, wenn ich in jeder Sekunde deines Lebens die Sekunden ausrechne, die dir verbleiben, und wenn ich immer noch da bin im Herzen deiner ‹letzten› Sekunde und zähle die Zehntel, die dir noch bleiben, dann die Hundertstel, dann die Tausendstel, und wenn ich bei dir bin im Unendlichsten und für dich ausrechne, was dir trotz allem noch bleibt, heißt das, daß es immer noch ‹Lebensmöglichkeiten› auszurechnen gibt, Ben, und die Ewigkeit ist nichts anderes als dieses wachsame Bewußtsein.› Am nächsten Morgen im Kaufhaus hatte ich das meinem Freund Théo erzählt, der die Heimwerkerabteilung unter sich hatte. Théo hatte den Kopf geschüttelt und geantwortet, daß mein Schwesterchen eine Gefahr für die Öffentlichkeit wäre: ‹Denn es sind genau solche Überlegungen, die dazu führen, daß die kleinen Scheißer mit ihren dicken Schlitten mit 140 über die Kreuzung brettern, weil sie sich sagen, daß die Chance sehr viel geringer ist, bei einer solchen Geschwindigkeit einen zu treffen, als wenn sie mit 20 durch die Gegend schleichen.› Wir haben uns gebogen vor Lachen, auf Kosten von Thérèse, und seitdem hab ich nie mehr mit ihr darüber geredet.

Jetzt sind es immerhin schon zwei Stunden, daß wir uns alle dort auf den Beinen halten und zuhören, wie Thérèse Verdun die Zukunft voraussagt. In dieser Zeit, in der wir die Augen nicht von Verduns begeistertem Blick abwenden können, in der die ruhige Gewißheit seines Lächelns jegliche Dauer aufgehoben hat, so daß wir keinerlei Müdigkeit mehr verspüren, wenn wir hierbleiben und uns nicht rühren – ungeachtet unserer jugendlichen Ungeduld oder unserer wurmstichigen Knochen –, in dieser Zeit habe ich, Benjamin, der ältere Bruder, mich allmählich dazu durchgerungen, Thérèses Theorie Glauben zu schenken.

«Was ich jetzt in deiner Hand sehe, Opi Verdun, ist ein kleines Mädchen, das dir so ähnlich sieht, als seist du es selbst, und das du gleich wiedersehen wirst, denn es gibt eine gute Nachricht, Opi Verdun, und diese Nachricht muß ich dir sofort verkünden, denn du wartest schon viel zu lange auf sie, und auch das kleine Mädchen wartet schon lange auf dich, um die Freude über diese Nachricht mit dir zu teilen. Opi Verdun, hör gut zu: DIE SPANISCHE GRIPPE IST NICHT MEHR TÖDLICH!»

Genau in diesem Augenblick tippt mir Marty unauffällig auf die Schulter. In Verduns Gesicht leuchtet noch immer sein Lächeln, aber Verdun, er ist schon nicht mehr. Clara tritt näher, zieht Thérèse sanft hoch, und ich höre, wie Marty mir ins Ohr haucht:

«Das ist das erste Mal, daß ich einen Patienten sterben sehe, der seine Zukunft noch vor sich sieht.»

Irgend jemand sagt:

«Wir müssen Mama anrufen.»

Aber das Telefon klingelt, noch bevor es jemand anrührt.

«Was?»

Und dann:

«Ohne Witz?»

Er dreht sich zu uns um:

«Mama hat uns gerade eine kleine Schwester produziert.»

Und ohne jemand um Rat zu fragen:

«Wir nennen sie Verdun.»

(Ist ein praktischer Name für ein Mädchen: Verdun Malausséne!)

«Und noch was, Ben.»

«Was denn?»

«Julius ist wieder gesund.»

22

Es goß immer noch wie aus Kübeln. Die Hände hinter dem Kopf verschränkt, lag Pastor ausgestreckt auf seinem Feldbett und hörte, wie der Regen gegen die Scheibe prasselte. Er versuchte, das Bild der verwüsteten Wohnung zu verdrängen. Seit wie langer Zeit war er schon nicht mehr zu Hause gewesen, am Boulevard Maillot? Und wenn er ein Fenster offengelassen hätte? Zum Beispiel das Fenster der Bibliothek... Morgen werde ich hingehen. Aber morgen würde er doch nicht hingehen, das wußte er schon. Seit dem letzten Mal hatte er nicht wieder den Mut gefunden, zurückzukehren. Und da hatte er sich auch nur fünf Minuten dort aufgehalten, genau so lange, wie er brauchte, um eine Tasche mit ein paar Kleidern zum Wechseln zusammenzupacken, die jetzt in einem zweckentfremdeten Metallschrank lagen. Im Büro übernachten – ganz genau wie der Divisionnaire Coudrier. Ein junger Mann, der weiß, wo er hingehört. Pastor ist allzeit bereit, im Dienste der Republik! Und die Kollegen hielten sich zurück, schließlich waren sie nur zu glücklich darüber, daß sie ihre nächtlichen Bereitschaftsdienste der Omnipräsenz des Wollknäuels überlassen konnten. Möge der Ehrgeiz der einen den andern wenigstens ermöglichen, zum Bumsen zu gehen... Pastor dachte an die Bibliothek. Bücher waren die zweite Leidenschaft des Regierungsrates, nach Gabrielle. Ihre gemeinsame zweite Leidenschaft. Originalausgaben, in Eisen gebunden und vom Autor am Erscheinungstag signiert. Ledergeruch, altes Wachs mit Honigduft, das Schillern der goldenen Blätter im Dämmerlicht. Und vor allem: keine Musik! Keine Musiktruhe, keine Hi-Fi-Anlage. ‹Für Musik sind die Grünanlagen da›, verkündete der Regierungsrat. Nichts als die Ruhe der Bücher, die in Pastors Gedächtnis jetzt mit dem Hämmern des Regens harmonierte. Man würde diese schweigenden Bände nur selten aufschlagen. Der Keller unter dem Haus war eine exakte Nachbildung der Bibliothek. Die gleichen Regale, dieselben Autoren, dieselben Titel in der genauen Vertikalen der Originalausgaben, die sich darüber befand, allerdings in einer geläufigen Ausgabe. Es waren jene, die sie lasen, die Bücher aus dem Keller. ‹Jean-Baptiste, geh doch in den Keller und hol uns ein gutes Buch.› Pastor war seiner Verpflichtung immer nachgekommen – er hatte freie Wahl – und empfand eher Stolz bei seiner Mission.

«Eine Überraschung für dich, Junge!»

Grelles Licht. Thian war soeben in Erscheinung getreten. Nicht als Witwe Hô, sondern als Inspecteur Van Thian in seinem Dienstanzug, ein Teil aus altem Jersey, der schon seit längerem seine Form verloren hatte. Das Ergebnis war das gleiche. Zwei Sekunden später stand er wieder da als dürres Hölzchen. Den durchnäßten Anzug hatte er zusammengeknüllt und in die Ecke geworfen.

«Hier, das ist für dich.»

Nachlässig warf Pastor ein dickes, weiches Paket hin, das in Zeitungspapier eingewickelt war.

«Ein Geschenk?» fragte Pastor.

«Noch aus der Zeit, als ich Lust hatte, mir 'ne Tänzerin anzulachen...»

Pastor entknotete bereits die Schnur. Thian hob die Hand.

«Warte noch eine Sekunde, ich muß dir zuerst noch etwas gestehen.»

Er machte ein ziemlich reumütiges Gesicht. So, wie er in seinen weißen Unterhosen dastand, hätte man meinen können, er sei ein Kind, das seit fünfzig Jahren im Schlafsaal in der Ecke stehen müßte.

«Ich schäme mich für meine Geheimniskrämerei, Junge.»

«Macht nichts, Van Thian, das ist eben die perfide Natur des Asiaten. Ich habe das in einem Buch gelesen, das stärker war als ihr.»

«Wir haben noch einen Fehler, Junge: das Gedächtnis des Gelben. Das hängt mit unserer Geduld zusammen.»

Daraufhin zerriß ihn ein schmerzverzerrtes Gesicht diagonal.

«Scheißregen. Der hat meine Lenden wieder wachgerüttelt.»

Mit einem kurzen Ruck zog er seine Schreibtischschublade auf und begab sich in die Fürsorge seiner Schmerztabletten. Pastor hielt ihm ein Glas Whisky hin.

«Danke. Alles nur wegen deines Malaussène. Ich habe ein wenig geschwindelt. Bewußt. Genauer gesagt habe ich ihn noch nicht zu Gesicht gekriegt, aber seinen Namen kannte ich bereits.»

Pastor fragte sich nebenbei, ob es in Paris auch nur einen einzigen Bullen gab, der nicht den Namen Malaussène kannte.

«Er war ein Freund meiner Witwe Dolgorouki.»

«Das jüngste Opfer?»

«Ja, meine Nachbarin. Sie war oft bei ihm zu Hause, jeden Sonntag.»

«Und weiter? Belleville ist ein Dorf, stimmt's?»

«Ja, aber zufällig haust Malaussène in der Rue de la Folie-Régnault.»

«Ist das von besonderer Bedeutung?»

Thian stellte sein Glas ab und warf seinem jungen Kollegen einen angewiderten Blick zu.

«Rue de la Folie-Régnault, sagt dir das nichts?»

«Doch. Man traf sich dort zur Jagd, bis ins 18. Jahrhundert. Ist das etwa wichtig für unsere derzeitigen Ermittlungen?»

Thian schüttelte verzweifelt den Kopf und sagte dann:

«Ich muß dir sagen, es freut mich wirklich sehr, daß du von mir noch etwas lernen kannst. Mit deinem gestelzten Geschwafel gehst du mir schon seit längerem auf den Sack. Mach mir 'nen Grog und dann hör gut zu!»

Ein altes autarkes Pärchen. Pastor stellte den Kochtopf auf die elektrische Herdplatte.

«Erinnerst du dich wenigstens an die Auswertung der Telefonate aus den Kommissariaten? Die Hilferufe von Frauen, in der Nacht, als du das halbtote Mädchen auf dem Lastkahn gefunden hast?»

«Wenn ich mich anstrenge, müßte es mir eigentlich wieder einfallen.»

«Na schön. Beim Kommissariat im Elften haben wir einen Treffer gelandet, Junge.»

«Ja?»

«Ja. Ein ewig langer Schrei in Höhe der Rue de la Roquette Nr. 4. Genau an der Kreuzung Folie-Régnault.»

«Und das wurde überprüft?»

«Per Telefon. Sie haben die alte Schachtel angerufen, die sie alarmiert hatte, und die hatte ihnen gesagt, es sei eigentlich nichts gewesen, es hätte sich wieder gelegt. Das machen sie oft: zuerst anrufen, bevor sie ausrücken. In neun von zehn Fällen hat es sich danach erübrigt.»

«Und diesmal war's der zehnte Fall?»

«Gut erkannt, Junge, ich hab den Eindruck, du wirst wieder wach. Ich habe die ehrenwerte Hausfrau besucht und sie gebeten, mir genau zu beschreiben, was sie und ihr Alter gehört hätten. ‹Den

Schrei einer Frau, quietschende Reifen, Türenschlagen, sonst nichts›, sagte sie. ‹Sind Sie runtergegangen, nachsehen?› hab ich gefragt. ‹Nö, wir ham nur aus'm Fenster geguckt!› ‹Und was haben Sie da gesehen?› ‹Überhaupt nichts!› sagten sie, verstehst du, alle beide, genau mit demselben Ausrufezeichen. Höchst suspekter Einklang. Na ja, du kennst mich ja, Junge, ich hab mein grünstes Knollenblätterpilzgesicht aufgesetzt und sie gefragt, ob ihr Magen stark genug wäre, das Ganze vor Gericht zu wiederholen. (Hör mal, Junge, willst du den Kochtopf weichkochen, oder was?)»

Drei Teile Rum auf ein Teil heißes Wasser, ein Stück Zitrone und eine kleine Valium – und schon ist der Grog für Thian fertig.

«Und?»

«Na, dann haben sie angefangen, ihren Arsch mit Ohren hin und her zu winden – wenn du weißt, was ich meine. Jedenfalls hat der Mann als erster ausgepackt. In solchen Fällen sind es immer die Männer, die als erste die Beine wegstrecken, nie die Weiber. Ist dir das schon aufgefallen? ‹Was meinst du, Mama, solln wir's dem Inspektor nicht lieber sagen, vielleicht hilft's ihm weiter?› ‹Was hilft ihm weiter?› fragte sie, als wollte sie sich verteidigen. ‹Na, das mit dem Kerl, der abgehauen is...› ‹Ach so, der Kerl, der in die Folie-Régnault gelaufen is, den hätt ich glatt vergessen.› ‹Jemand ist davongelaufen?› hab ich ganz höflich gefragt. ‹Ja, ein Kerl, ganz gebückt isser gelaufen, als müßt er was schleppen.› ‹Und das haben Sie nicht dem Kommissariat gemeldet?› Jetzt haben sie rumgedruckst. ‹Na ja, das heißt, daran ham wir gar nich mehr gedacht.› ‹Ach so, Löcher im Gehirn! Sie kannten ihn also, den Kerl, der weggerannt ist, wie?› Nein, um Gottes willen, sie haben ihn natürlich überhaupt nicht gekannt! ‹Und warum haben Sie dann versucht, ihn zu dekken?› ‹Warum sollten wir jemand decken, den wir gar nicht kennen?› ‹Genau das will ich von Ihnen wissen.› Exakt an dieser Stelle kam dann das Schweigen, das bei jedem gut geführten Verhör eintritt, mein Kleiner. Und ich als alter Viet wurde mehr und mehr zum Minh und säuselte: ‹Sie haben nicht zufällig noch etwas anderes gesehen?› Und unmittelbar bevor sie mir einen neuen Salat auftischen wollen: ‹WAS HABEN SIE AUSSERDEM NOCH GESEHEN, VERDAMMT NOCH MAL?›»

Lange Pause der Zufriedenheit.

«Perfekt, der Grog. Du hast recht gehabt, dich hier einzunisten.»

«Also, was haben sie gesehen?»

Thian deutet mit dem Daumen auf das in Zeitungspapier eingewickelte Paket.

«Jetzt kannst du's aufmachen.»

Das Paket enthielt einen Mantel aus einem Pelz, den Pastor beim besten Willen nicht identifizieren konnte.

«Ein Skunk, mein kleiner Freund. Da drin hat man für dreißig oder vierzig Mille kleine Tierchen verarbeitet. Ein Alptraum für jeden Öko-Freak. Das war's, was sie von ihrem Wachturm aus erspäht hat, die Alte. Ihr war sogar sofort klar, wieviel das Ding wert war. Und glaub bloß nicht, daß sie auf die Idee gekommen wäre, das Schmuckstück bei den Streifenbullen im Elften abzugeben oder den Typ zu erwähnen, der getürmt ist. Wenn die Bullen rechtzeitig aufgekreuzt wären, hätten sie sich hinterher darum gestritten, wer den Mantel bekommt, damit der dann seine Schachtel zu Hause neu einskunken kann. Sie hat kurz zum lieben Gott gebetet, es möge kein Auto vorbeikommen, dann hat sie gewartet, daß der Sprinter in die Nacht abtaucht, ist in ihre kleinen Pantoffeln geschlüpft, schnellstens nach unten gerannt, nichts gesehen, nichts gehört – und schon war sie für den kommenden Winter eingekleidet, der sich übrigens immer heftiger ankündigt.»

«Und sie hat ihn dir einfach so gegeben? Ohne zu maulen?»

«Das Gesetz, Junge. Aber sie war darüber so traurig, daß ich sie trösten mußte. Ich hab ihr gesagt, daß hinter diesem Mantel sämtliche Mafias der Welt her seien, und daß er für sie, wenn sie ihn behalten würde, wie eine Zielscheibe wäre, die sie sich über die Schulter hängen würde.»

«Du bist gut, Thian.»

«Nein, aber ich will dir offen sagen, was ich denke: Die Alte, die einfach scharf ist auf einen Mantel, ist mir hundertmal lieber als dieser kleine Drecksarsch, den wir heute nachmittag im Kaufhaus interviewt haben, deinen komischen Personalchef da.»

«Ihm gegenüber warst du auch sehr gut.»

◆

Später am Abend durfte Pastor einige Hypothesen bezüglich der Herkunft des Mantels erfahren. Thian redete und tippte dabei seinen eigenen Tagesbericht, der nichts mit der Frage zu tun hatte. Sein Getippe war von einschläfernder Monotonie.

«Ich rede mit dir und tippe dabei. Das hindert mich am Einschlafen. Wenn das der Mantel der Corrençon sein sollte, dann hat dein Malaussène wohl eher schlechte Karten, oder?»

«Eher schlechte», gab Pastor zu.

Später, als alle beide ihre Berichte beendet hatten:

«Und du, Junge, womit hast du dich denn am frühen Abend beschäftigt, als ich mich für dich abgerackert hab?»

«Ich habe für dich auch noch was auf Lager.»

«Wir könnten wohl nicht zusammen leben, ohne uns gegenseitig Überraschungen zu servieren. Man könnte sagen, wir sind ein fürsorgliches Paar, stimmt's?»

«Das Mädchen auf den Fotos, die Malaussène runtergefallen sind – ihr Gesicht kam mir bekannt vor.»

«Schulfreundin? Kommunionsunterricht? Erste Liebe? Leidenschaft für eine Nacht?»

«Nein, eine Drogengeschichte, ganz einfach. Ihr Foto war mir irgendwo schon mal aufgefallen… Ich habe Caregga gebeten, das unauffällig für mich rauszufinden.»

«Unauffällig?»

«Ich arbeite nicht für Cercaire.»

«Ergebnis?»

«Bestätigung. Eine Dealerin, die vor fünf Jahren vor dem Gymnasium Henri IV. geschnappt wurde. Sie heißt Edith Ponthard-Delmaire und ist die Tochter des Architekten. Kannst du mir in der Sache behilflich sein, Thian? Man müßte sie ausfindig machen und ihr in den nächsten Tagen auf den Fersen bleiben. Könntest du das machen – wenn du nichts anderes vorhast?»

«Selbstverständlich. 'ne Fixerin, he? Die's auf Kinder abgesehen hat. Eins steht fest: Malaussène verkehrt in netten Kreisen…»

«O ja. Wir müssen ihm einen Besuch abstatten. Da bräuchte ich auch deine Hilfe, Thian. Du wirst unten die Familie in Schach halten, während ich oben sein Zimmer durchsuche. Er hat dort gewisse Fotos versteckt, die ich gut gebrauchen könnte.»

«Woher weißt du das, Junge?»

«Von Hadouch Ben Tayeb, der Junge, den ich heute nachmittag verhört habe.»

◆

Dann kam die Stunde, in der Inspecteur Van Thian seine Marken in die Sozialversicherungshefte einklebte. Seit dem Tod seiner Frau Janine praktizierte er dieses Ritual zweimal wöchentlich. Seit zwölf Jahren. ‹Gott sei Dank, daß dein Regierungsrat die Sozialversicherung erfunden hat!›

◆

‹Überhaupt nichts erfunden›, grummelte der Regierungsrat, als er in den Zeitungen diesen Satz las, ‹lediglich nach dem Krieg die Kassen zusammengeführt, die schon vorher existierten.› Aber die Sozialversicherung war DAS Werk seines Lebens, und das konnte der Regierungsrat nicht leugnen. Pastor hatte ihn einmal gefragt, woher diese Aufopferung für den öffentlichen Dienst käme. Warum er sich nicht damit begnügt hätte, im Schutze seines Vermögens und der Leidenschaft Gabrielles zu leben. ‹Weil man für die Liebe eine Steuer entrichten muß, mein Junge. Das individuelle Glück ist es sich schuldig, kollektive Auswirkungen herbeizuführen, sonst ist die Gesellschaft nichts weiter als der Traum eines Räubers.› Und ein andermal: ‹Es gefällt mir zu glauben, daß ein Kranker jedesmal die Kosten zurückerstattet bekommt, wenn ich Gabrielle küsse.› ‹Nur ein einziger?› hatte Pastor gefragt. Pastor hatte sich oft gefragt, ob seine Adoptierung durch dieses alte fehlerfreie Paar nicht selbst eine ‹Liebessteuer› war. Aber dann, als er älter wurde, hatte er begriffen, daß es etwas anderes gewesen war: Er war ihr ZEUGE, der Freitag auf ihrer kleinen Privatinsel. Wer würde sonst jemals erfahren, daß sich ein Mann und eine Frau auf dieser niederen Welt geliebt hätten? ‹Und du›, fragte Gabrielle, ‹wann wirst du dich verlieben?› ‹Wenn ich eine Erscheinung treffe›, antwortete Pastor.

◆

Lange nachdem Thian bereits gegangen war, kurz vor Sonnenaufgang – der Regen hatte inzwischen aufgehört: Telefon. Coudrier.

«Pastor?»

«Monsieur?»

«Sie sind noch wach?»

«Ja, Monsieur.»

«Was würden Sie davon halten, am Sonntagmorgen mit mir zu frühstücken, zwecks Lagebesprechung?»

«Gerne, Monsieur.»

«In diesem Fall sollten wir uns um neun Uhr im Café des *Drugstore Saint-Germain* treffen.»

«Gegenüber dem *Deux Magots*?»

«Ja, dort frühstücke ich jeden Sonntag.»

«Einverstanden, Monsieur.»

«Dann bis Sonntag! So bleiben Ihnen noch ein paar Tage Zeit, um Ihrem Bericht den letzten Schliff zu geben.»

23

Mademoiselle Verdun Malaussène – Porträt eines Säuglings. Schon drei Tage alt!

Es ist so groß wie ein Braten für eine kinderreiche Familie. Rotes Fleisch, fast fix und fertig zubereitet, sorgfältig eingewickelt in eine dicke Windelschwarte, es hat eine durchschimmernde Haut, ist überall rundlich, es ist ein Baby. Es ist die Unschuld. Aber Vorsicht: Wenn es pennt, Lider und Fäuste geschlossen hat, dann spürt man, daß dahinter nur eine Absicht steckt: aufwachen und das auch mitzuteilen. Und wenn es aufwacht, dann ist es Verdun! Plötzlich sind alle Geschütze im Einsatz, ein Getöse wie ein Schrapnell. Die Luft ist nur noch von einem Ton erfüllt. Die Welt erzittert in ihren Fundamenten, der Mensch im Menschen taumelt, bereit zu jeder Heldentat oder zu jeder Gemeinheit, bloß damit es aufhört, damit es bloß wieder einschläft, und wenn es auch nur für eine Viertelstunde ist. Damit es wieder zu dieser Riesenroulade wird, die zwar so bedrohlich ist wie eine Granate, gewiß, aber wenigstens ruhig. Und nicht dran zu denken, daß man selbst einschläft, wenn sie wieder schläft. Man ist viel zu sehr damit beschäftigt, sich darauf einzustellen, wenn sie wieder wach wird; aber immerhin entspannen sich die Nerven ein wenig. Windstille, Feuerpause... das Luftholen des Krieges. Man macht im Schlaf nur ein Auge und ein Ohr zu. Der Späher in unerem intimen Schützengraben hält Wache. Und sofort beim ersten Pfeifen der Leuchtrakete heißt es: in Stellung, verdammt noch mal! Alle Mann an die Nuckelflaschen! Drängt diese Offensive zurück! Windeln her, Krankenschwestern, Windeln, beeilt euch! Denn was auf der einen Seite eingeschlungen wurde, schwappt quasi prompt auf der andern wieder raus, und die Schreie der verhöhnten Sauberkeit sind noch viel entsetzlicher als die der Hungersnot. Fläschchen! Windeln!

Geschafft. Verdun ist wieder eingeschlafen. Sie läßt uns dastehen wie benommen. Wir taumeln, und unsere leeren Augen starren auf das breite Grinsen ihrer Verdauung. Dieses Lächeln ist die Sanduhr ihres Gesichts. Es wird unmerklich enger und enger, die Mundwinkel kommen sich näher, und wenn der rosarote Mund nur noch ein knotiges Klümpchen ist, bläst das Horn zum Wecken der frischen Truppen. Und wieder gellt der lange gefräßige Schrei aus den Schützengräben, um den Himmel zu umzingeln. Und der Himmel antwortet mit einem Trommelfeuer aus allen Geschützen: Nachbarn, die an die Decke klopfen, an die Tür hämmern, Flüche, die im Hof explodieren... Kriege sind wie Steppenbrände: Wenn man sie nicht in Schach hält, breiten sie sich weltweit aus. Zuerst ist es kaum der Rede wert, eine kleine Explosion im Schädel eines Herzogs in Sarajewo, und fünf Minuten später haut sich die ganze Welt gegenseitig auf die Fresse.

Und das dauert...

Verdun hört nicht auf.

Seit drei Tagen.

Was Jérémy, mit zusammengezogenen Augenbrauen über der Wiege hängend, zu dieser resümierenden, aufreibenden Frage veranlaßt:

«Aber wird die denn überhaupt nicht größer?»

◆

Die einzige, die von den Unruhen unbehelligt bleibt, ist Mama. Mama schläft. Die unzähligen Legionen, die Verdun auf unser Familienterritorium entsandt hat, verschonen sie! Genfer Konvention. Mama schläft. So weit ich zurückdenken kann, hat Mama nach jeder Geburt immer geschlafen. Nach der Geburt von Jérémy hat sie sechs Tage geschlafen. Ihr Rekord. Ganz im Gegensatz zum lieben Gott ist sie am siebten Tag aufgewacht. Und sie hat mich gefragt:

«Sag mal, mein Großer, wem ähnelt diese Kleine?»

Wiewohl auch – wie man in den schönen Büchern zu sagen pflegt – keines der Malaussène-Kinder sich damit brüsten kann, mit Mamas Brüsten Bekanntschaft gemacht zu haben. Julia führt meine Verehrung für ihre Brüste darauf zurück. ‹Julie, leih mir deinen Busen!› Ein Lachen, dann sprudeln ihre weißen Hügel aus der Öffnung ihres zweireihigen Kleides hervor: ‹Komm her, mein süßer Schatz, fühl dich wie zu Hause.› (‹Mein süßer Schatz›... ja, das bin ich. Wo versteckst du dich, Julie?)

Nun, die kleine Verdun schickt also ihre verhungerten Divisionen zum Angriff los, und Mama schläft. Es wäre durchaus legitim, ihr Vorwürfe zu machen. Es gab Truppen, die schon aus harmloseren Gründen gemeutert haben. Aber nein, wenn wir Verdun beruhigen, ist unsere einzige Sorge, Mama dabei nicht aufzuwecken. Und wenn wir wirklich am Ende sind, brauchen wir nur Mama im Schlaf anzuschauen, um wieder zu Kräften zu kommen. Mama gibt sich nicht damit zufrieden, nur zu schlafen. Mama ‹wird wieder›. Gegen den Türrahmen gelehnt, kann jeder erschöpfte Krieger der energischen Rückkehr der friedlichen Schönheit beiwohnen.

«Sie ist so schön wie eine Colaflasche voll mit Milch.»

Das hat Jérémy mit Tränen in den Augen geflüstert. Risson hat seine alten Augenbrauen unter beachtlicher Anstrengung zusammengezogen, um diesem Bild Gewicht zu verleihen. Clara hat ein Foto gemacht. Ja, Jérémy, sie ist schön wie eine Colaflasche voll mit Milch. Ich kenne sie gut, jene Schönheit! Unwiderstehlich. Wie ein Märchenwald, Venus verläßt Shell, unsagbare Treuherzigkeit, für die Liebe geboren. Kennt ihr die Fortsetzung, Kinder? Der edle Prinz, wir haben ihn noch vor Augen. Sobald Mama wieder wach ist, wird sie nurmehr Treuherzigkeit der Leidenschaft gegenüber empfinden. Und wenn unglücklicherweise in diesem Moment ein schöner Zigeuner vorbeikommt (oder ein netter Buchhalter – spielt keine große Rolle)...

Jérémy, der mit mir auf der gleichen Wellenlänge liegt, murmelt plötzlich:

«O nein, Scheiße, Ben! Man wird sie uns doch nicht schon wieder entführen?»

Und mit einem ängstlichen Blick auf die Wiege der Kleinen, die vorläufig eingeschlafen ist:

«Verdun ist jetzt endgültig das letzte, oder?»

Wer weiß... Genau das ist es, was die Lieben mit den Kriegen gemeinsam haben...

◆

Kurz: drei Tage und Nächte die Hölle auf Erden. Man kann noch so sehr versuchen, die Tage zu planen, die Kinder, die Mädchen und die Großväter sind restlos erledigt. Vor allem Clara, die sich die meiste Arbeit aufhalst. Allgemeine Depression. Baby-Blues oder so ähnlich. Es scheint, daß so was öfter vorkommt. Merlan hat sogar damit gedroht, sich wieder an die Infusion zu hängen:

«Ich schwör's dir, Benjamin, wenn das so weitergeht, greife ich wieder zur Nadel!»

Risson, dem man nicht nachsagen kann, er würde Kinder verabscheuen, beugt sich über die Wiege und schüttelt unentwegt den Kopf:

«Ich frage mich, ob mir die Version von 14/18 nicht lieber wäre.»

Was Rognon angeht, so habe ich den Eindruck, daß er mit wildem Blick zu den Fleischermessern rüberschielt. Er begreift nicht die Evolution der Sitten. Für Rognon hat ein Braten niemals das Recht auf eine eigene Meinung gehabt.

Am wenigsten mitgenommen sind Thérèse, Julius und der Kleine. Seit dem Tod von Verdun (dem anderen, dem friedlichen) hat Thérèse damit begonnen, ein richtiges Horoskop für die Alten zusammenzustellen. Eine Sache für die Zeitungen. Die Alten würden persönliche Ereignisse erfahren, die gleich am nächsten Morgen eintreten würden. Thérèse schuftet wie eine Wahnsinnige. Die Hütte könnte über ihr zusammenstürzen – sie ist für niemanden zu sprechen. Julius der Hund hat seine Augen von früh bis spät auf die Wiege gerichtet und ist abgetaucht in ein tiefes Erstaunen. Aber das ist nur der äußere Eindruck. Dieser Kopf, der zur Seite hängt (die

Zunge hängt zur andern), ist eine Nachwirkung seines letzten Anfalls. Laurent, von Louna vergötterter Doktor, behauptet, er wird sein Leben lang diesen intensiven Ausdruck von totaler Verblüffung behalten. In Wirklichkeit aber ist Julius, wie jeder Köter, der sich seiner Verantwortung bewußt ist, schlicht und einfach darüber begeistert, noch einen Balg mehr im Haus zu haben. Der Kleine reagiert wie Julius, was die Verantwortung angeht. Er hat sich vorgenommen, Verdun zu wiegen, sie zu beruhigen – koste es, was es wolle. Er erzählt Verdun der Neuen die Geschichten, die er von Verdun dem Alten geerbt hat. Sobald seine kleine Schwester auch nur ein Auge öffnet, macht er dort weiter, wo er aufgehört hat, und erzählt die unendliche Litanei der Meter Stoff, die das letzte Gefecht verschlungen hatte. Und je mehr sie schreit, um so lauter redet er, denn er weigert sich ganz heroisch, seine Stimme vom Heidenlärm des Schlachtfeldes übertönen zu lassen...

Aber nichts in der Welt kann Verdun beruhigen. Bis zu dem Tag, an dem das eintritt, was man gemeinhin als Wunder bezeichnet.

◆

In diesem Moment passierte es. Verdun war gerade aufgewacht. Sieben Uhr. (19 Uhr.) Die Stunde ihres soundsovielten Fläschchens. Weil es ihrer Ansicht nach nicht schnell genug ging, tat sie dies mit noch ein wenig mehr Deutlichkeit kund als gewöhnlich. Jérémy, der Wache schob, warf einen Topf aufs Feuer und nahm die Sirene auf den Arm. Der Kleine legte sofort wieder seine Platte auf:

«250000 Wollschals zu 1,65 Francs und 10000 Kopfschützer, über 2400000 Meter Uniformstoff, 1,40 Meter breit...»

In diesem Moment klopfte es an die Tür. Zuerst dachten wir, es wären die Nachbarn, und haben weiter unser friedliches, kleines Familienleben geführt, aber es klopfte immer noch. Jérémy schrie «Scheiße!» und ging zur Tür, während Verdun in seinem Arm immer noch protestierte. Schließlich standen Verdun und Jérémy einer winzigen Vietnamesin in Holzsandalen gegenüber, die skeptisch lächelte. Die Vietnamesin fragte:

«Malotzène?»

Wegen Verdun fragte Jérémy:

«Was?»

Die Vietnamesin wiederholte lauter:
«Malotzène?»
Jérémy brüllte:
«Was, Malaussène?»
Die Vietnamesin fragte:
«Wohnt hier Malotzène?»
«Ja, hier sind Sie beim Volksstamm der Malaussènes, jawohl», sagte Jérémy und schüttelte Verdun wie einen Shaker.
«Gan isch mit Bendjamin Malotzène schpläschen?»
«Was?»
Verdun schrie immer lauter. Mit wahrhaft mythischer Geduld versuchte die Vietnamesin, ihre Frage erneut zu stellen:
«Gan isch mit...»
Und die Milch hinten auf dem Herd fing an überzulaufen.
«Scheiße!» sagte Jérémy. «Halten Sie das mal bitte 'ne Sekunde!»
Er drückte die äußerst lebhafte Verdun der Vietnamesin in die Arme. Und da geschah das Wunder. Verdun wurde auf der Stelle ruhig. Das ganze Haus fuhr aufgeschreckt hoch. Jérémy ließ den Topf mit der Milch auf den Küchenboden fallen. Zunächst hatten wir alle denselben Gedanken: Die Vietnamesin hat unauffällig Verduns Kopf gegen die Wand am Eingang geknallt. Aber nein. Verdun lächelte wie ein Engel in den Armen der alten Frau, die sie mit zärtlichem Finger am Halsansatz kraulte. Verdun gab die Gluckslaute eines lachenden Säuglings von sich. Im Gegenzug schenkte ihr die Vietnamesin ihr ganz kleines Lächeln von ‹dort unten›: ‹Hihihi...› Und dann wieder:
«Gan isch mit Bendjamin Malotzène schpläschen?»
«Das bin ich», sagte ich, «kommen Sie rein, Madame!»
Sie machte die Tür hinter sich zu und kam näher. Verdun zwitscherte immer noch in ihren Armen. Sie war in ein langes Thaikleid aus schwarzer Seide mit Maokragen gekleidet und trug dicke Wollsocken. Durch die Ruhe des Waffenstillstands aus ihrer Schlaffheit gerissen, standen Clara und Risson zusammen auf, um genauer nachzusehen, womit unser Retter Ähnlichkeit hat. In ihrem Gang lag etwas Fantomasisches; es hatte etwas von der Auferstehung der lebenden Toten. Das hatte die alte Dame offensichtlich ein wenig beunruhigt, denn sie zog die Augenbrauen zusammen und blieb mitten im Raum unentschlossen stehen. Ich glaube, wir hatten in

dem Augenblick alle die gleiche Befürchtung: daß sie sich zurückzieht und uns mit Verdun wieder alleine läßt. Clara, Risson und ich stellten ihr einen Stuhl hin. Das machte drei Stühle. Vor lauter Verzweiflung blieb sie stehen. Man spürte, daß sie von einer Sekunde auf die andere den Rückzug antreten konnte. Ich fuhr mir mit der Hand übers Kinn: seit drei Tagen nicht rasiert. Ich sah Risson an: ein behaarter Alter, der vor Erschöpfung dastand wie eine Statue. Ich sah zu Clara hinüber: fertig. Jérémy kippte die Hälfte der Milch aus, so sehr zitterten ihm die Hände. Ein hübsches Schauspiel. Nur Verdun war frisch und rosig und furzte kerngesund in den Armen unserer Besucherin.

«Clara», sagte ich, «geh und ruh dich wieder aus, du hast es nötig, und Sie auch, Monsieur Risson!»

Aber Risson antwortete ‹nein›, es ginge ihm gut, ‹vielen Dank›. Tatsächlich, sein Gesicht hatte auf einmal etwas Leuchtendes. Er sah die kleine Alte mit zärtlichen Blicken und echter Bewunderung an.

«Ja?» sagte ich schließlich, «Sie wollten mich sprechen, Madame?»

Was sie wollte, war, mit Stojilkovic Bekanntschaft machen. Sie hieß Madame Hô. Sie war die Nachbarin der Witwe Dolgorouki – die Tür gegenüber, präzisierte sie, auf dem gleichen Stockwerk. Seit dem Tod ihrer Freundin fühlte sie sich zu einsam und wünschte sich, bei den Ausfahrten mitmachen zu dürfen, die Stojil in seinem Autobus organisierte. Auch sie war Witwe.

«Nichts leichter als das», sagte ich. «Ich werde es ihm sagen, und er wird Sie am Sonntagmorgen abholen. Sie müssen um neun Uhr an der Kreuzung Boulevard de Belleville/Rue de Pali-Kao stehen.»

Sie nickte ganz begeistert mit dem Kopf. Dann zog sie ein Bündel Geldscheine aus der Tasche und wedelte damit vor meiner Nase herum, wobei sie wieder ihr kleines Lachen made in ‹dort unten› auflegte.

«Isch gan bedsahlen! Hihihi! Isch hab viel Geld!»

Risson und ich waren vollkommen baff. Das waren bestimmt drei- oder viertausend Äpfel, was sie da hatte.

«Das ist nicht nötig, Madame Hô, Stojilkovic läßt sich nicht bezahlen; er macht es umsonst.»

◆

Dann laufen drei Ereignisse parallel ab. Jérémy kommt endlich mit dem fertigen Fläschchen und schiebt es in den Schnabel von Verdun, bevor sie es bedauern könnte, nicht mehr im Arm der Vietnamesin zu liegen; Thérèse, die wir total vergessen hatten, kommt aus ihrem Winkel gekrochen, nimmt die Alte vorsichtig an der Hand und führt sie an den kleinen, runden Tisch, wo sie damit beginnt, ihr völlig nüchtern die Zukunft zu deuten; währenddessen klingelt das Telefon im Präsens.

«Malaussène?»

Diese Rassel kommt mir bekannt vor. Die Königin Zabo vom Talion Verlag, meine heilige Chefin der schönen Künste. Die hat gerade noch gefehlt, um das Bild abzurunden.

«Ja, Majestät, ich bin's persönlich.»

«Genug gefaulenzt, Malaussène, Sie müssen wieder anfangen zu arbeiten, und zwar hart, das kann ich Ihnen gleich sagen!»

«Ist es denn so schlimm?» frag ich einfach mal so.

«Katastrophal! Der Jahrhundertschlag ins Kontor! Wir stecken bis zum Hals in der Scheiße, und wir brauchen Ihr Talent als Sündenbock jetzt sofort oder nie!»

«Was ist passiert?»

«Ponthard-Delmaire, erinnern Sie sich?»

«Ponthard-Delmaire, der Architekt? Der König der hübschen in Beton gegossenen Worte? Als wär's gestern gewesen.»

«Genau der. Mit dem Buch von ihm, das wir herausgeben, ist was schiefgelaufen.»

(Ach so sieht's aus, langsam kapier ich. Jetzt soll ich zu diesem Fettkloß gehen und mir einen Anschiß für den Mist holen, den ich nicht verzapft habe.)

«Der Fahrer, der das Layout zur Druckerei bringen sollte, hatte einen Unfall. Sein Wagen ist verbrannt und das Buch mit dazu.»

«Und der Fahrer?»

«Sind Sie ein Liebhaber von Tatsachen, Malaussène? Er ist tot, natürlich. Die Autopsie hat ergeben, daß er mit was weiß ich für einer Droge bis unter die Schädeldecke voll war. Ein junger Kretin.»

«Und was genau erwarten Sie jetzt von mir, Majestät? Daß ich zu Ponthard-Delmaire gehe und ihm gestehe, daß unsere Boten am Steuer an einer Überdosis krepieren und daß ich folglich schuld habe, wenn sein wertvoller Ramsch hinüber ist, ich ganz allein?»

«Ich hoffe für Sie, daß Sie sich irgendwas Intelligenteres ausdenken.»

(Das andere Ende der Leitung klingt alles andere als witzig. Und damit mir die Sache auch richtig bewußt wird, schneidet man das Kapitel Geld an.)

«Haben Sie die geringste Vorstellung von der Geldmenge, die in dieses Buch investiert wurde?»

«Wahrscheinlich zehnmal mehr, als es Ihnen einbringen wird.»

«Irrtum, mein Junge. Alles, was wir an diesem Buch verdienen können, ist bereits in unserer Kasse. Kolossale Subventionen der Stadt Paris, um DAS Architekturbuch zu promoten, das unzweideutig verkündet, wie das Paris von morgen aussehen wird. Kräftige Finanzspritze vom Bauministerium, das auf diesem Gebiet eine Politik der Transparenz predigt.»

«Was du nicht sagst...»

«Schweigen Sie, Sie Dummkopf! Machen Sie es lieber wie ich: rechnen Sie! Ich fahre fort: gigantisches Budget für die Veröffentlichung vom Architekturbüro Ponthard persönlich! Vorabverkauf der internationalen Rechte an bereits fünfzehn Länder, die darauf bedacht sind, nicht einem Menschenfreund zu mißfallen, der sie mit Baustellen überschwemmt.»

«Et cetera, et cetera.»

«Gut erkannt, Malaussène. (Dann abrupte Veränderung des Tonfalls, hin zum allertiefsten Erbarmen): Ich habe mir sagen lassen, daß Sie einen epileptischen Hund haben, mein Junge?»

Das haut mich doch glatt um. Ich schweige besser. Was der Königin Zabo gestattet fortzufahren, immer noch mit aller Sanftheit:

«Und eine einigermaßen kinderreiche Familie, nicht wahr?»

«Ja», sage ich, «sie hat sich sogar gerade beachtlich vergrößert.»

«Ah! Ein glückliches Ereignis? Das freut mich ehrlich für Sie.»

Noch ein bißchen mehr, und sie fängt am andern Ende der Leitung an, auf beiden Beinen herumzuhüpfen und mit ihren ewigen Kleinmädchen-Patschhändchen zu klatschen.

«Soll ich Ihnen noch eine Auflistung meiner restlichen Gebrechen geben, Majestät?»

Schweigen. Ein langes telefonisches Schweigen. (Das sind die schlimmsten.) Dann:

«Hören Sie mal gut zu, Malaussène. Wir brauchen ungefähr

einen Monat, um dieses Buch wieder zusammenzustellen. Nun, Ponthard-Delmaire erwartet die Andrucke für den kommenden Mittwoch. Und der Erscheinungstermin war für den 10. vorgesehen.»

«Und jetzt?»

«Jetzt?... Jetzt klemmen Sie sich Ihr Neugeborenes unter den einen Arm, Ihren epileptischen Hund unter den andern, werden ihre Heilige Familie in Lumpen hüllen und sich am nächsten Mittwoch zu Ponthard-Delmaire schleppen, dem gegenüber Sie dann Ihre Arbeit als Sündenbock so gut verrichten werden, daß er uns, vom Mitleid gepackt, die unverzichtbare Galgenfrist von einem Monat gewährt. Heulen Sie, mein Lieber! Heulen Sie überzeugend: Seien Sie ein guter Sündenbock!»

(Zwecklos, darüber zu diskutieren.) Ich frage lediglich:

«Und wenn ich scheitere?»

Die Antwort folgt prompt, deutlicher geht es nicht:

«Wenn Sie scheitern, müssen wir diesen Haufen Geld zurückerstatten, den wir im übrigen längst wieder investiert haben, und ich hoffe stark, daß der Talion Verlag nicht gezwungen sein wird, einige der dicken Gehälter zu streichen.»

«Darunter meines?» (Idiotische Frage.)

«An erster Stelle.»

Klick und Ende der Durchsage. Ich muß ein komisches Gesicht machen, als ich meinerseits auflege, denn Thérèse, die immer noch damit beschäftigt ist, in der Hand der Vietnamesin zu lesen, richtet ihre Augen auf mich:

«Probleme, Ben?»

«Ja, Probleme, die du nicht vorausgesagt hast.»

24

Thian hatte einen unerklärlichen Schrecken verspürt, als die eisige Hand dieses langen Mädchens die seine ergriffen hatte. Er hätte sie beinahe zurückgezogen, wie man ein Knäuel Vipern fallen läßt. Aber der Polizist in ihm hatte sich rechtzeitig beherrscht. Er mußte so lange wie möglich in diesem Schlupfwinkel für Fixer bleiben – Gottogott, was die für Gesichter hatten! Selbst der Junge, der zwölf oder dreizehn war, zitterte wie Espenlaub. Er mußte die Telefongespräche verfolgen, kurz: Er wollte ein Maximum an Informationen sammeln, auch wenn er sich dafür von dieser Wahrsagerin die Hände streicheln lassen mußte. Und so lange wie möglich die Familie unten im Zaum halten, während Pastor oben Malaussènes Zimmer durchsuchte.

«Sie sind keine Frau, Sie sind ein Mann.»

Das waren die ersten Worte des Mädchens. Glücklicherweise nur geflüstert, aber mit einem sehr unangenehmen Unterton, wie eine alte Lehrerin, die im Zölibat ranzig geworden war. Thian runzelte die Stirn.

«Sie sind ein Mann, der sich aus leidenschaftlicher Wahrheitsliebe als Frau verkleidet hat», erläuterte die Lehrerin.

Trotzdem spürte Thian, wie ihre Augen – soweit es ihr möglich war – runder wurden.

«Sie haben die Wahrheit immer schon leidenschaftlich geliebt», fuhr die junge Alte im gleichen pädagogisch-jungfräulichen Tonfall fort.

Unterdessen fragte Malaussène am Telefon, ob es ‹denn so schlimm› sei? Thian beschloß, nicht mehr diesem ultrahellseherischen Skelett zuzuhören und statt dessen die gesamte Oberfläche seiner Ohren der Konversation am Telefon zu widmen. ‹Was ist passiert?› fragte Malaussène. In seiner Stimme lag etwas Ängstliches.

«Und trotzdem belügen Sie sich selbst», sagte die Wahrsagerin.

‹Ponthard-Delmaire, der Architekt?› fragte Malaussène ins Telefon. Der Bulle in Thian fuhr zusammen. Das war doch der Name des Mädchens, das auf Malaussènes Foto abgebildet war und deren Akte Pastor beim Drogendezernat aufgestöbert hatte: Edith Ponthard-Delmaire. Seit drei Tagen verfolgte er sie nun schon. Und in den drei Tagen hatte er genug mitgekriegt, um sie für zehn Jahre in den Kahn wandern zu lassen.

«Jawohl, Sie belügen sich selbst, weil Sie sich Krankheiten ausdenken, die Sie gar nicht haben», erklärte Thérèse.

Thians Ohren lösten sich für einen Moment vom Telefongespräch. (‹Die ich nicht habe, die ich nicht habe: Was weißt du denn schon davon?›)

«Abgesehen von den Schäden, die die Unmengen von Medikamenten verursachen, die Sie verschlingen, ist Ihr Gesundheitszustand tadellos», fuhr die unerschütterliche Miss Future fort.

(‹Soll ich mir etwa von diesem Drogenklüngel die Leviten lesen lassen?›) Der aufgescheuchte Hypochonder tobte im Herzen des Polizisten. Aber ein Satz aus dem Telefongespräch explodierte plötzlich in seinem Gehirn: ‹...ihm gestehen, daß unsere Boten am Steuer an einer Überdosis krepieren?› sagte Malaussène.

«Seit dem Tod Ihrer Frau glauben Sie, daß Sie krank sind.»

An dieser Stelle trafen sich die Blicke der Hellseherin und des Skeptikers. Sie las in seinem Gesicht eine Mischung aus Überraschung und Schmerz. Thérèse kannte den Moment gut, den sie als ‹Moment der Wahrheit› bezeichnete, wo sich ‹das, was nicht mehr da ist› plötzlich in dem ausdrückt, ‹was da ist› und was man das ‹Gesicht› nennt. Der Rest des Telefonats ging komplett an Thian vorbei. Die Hand des jungen Mädchens war nicht mehr kalt. Sie massierte sanft die Handflächen des alten Mannes, und zum erstenmal seit zwölf Jahren fühlte Thian, wie sich seine Hand ganz öffnete.

«Das passiert häufig», sagte Thérèse, «daß man sich nach einem Trauerfall Krankheiten einbildet. Das ist eine Möglichkeit, um sich weniger einsam zu fühlen. Man verdoppelt sich, wenn Sie so wollen. Man pflegt sich, als sei man ein anderer. Man ist wieder zu zweit: der, der ich bin, und der, den ich pflege.»

Immer noch dieselbe kratzbürstige Stimme und kein Lächeln. Aber die Worte setzten sich mit flockenartiger Sanftheit in Thian fest, um ihn ‹mit Wahrheit zu imprägnieren›. (Ich bin vollkommen blöd, sagte sich Thian, ich verkalke allmählich, ich täte besser daran, dem andern beim Telefonieren zuzuhören...)

«Aber Ihre Einsamkeit wird bald zu Ende sein», sagte Thérèse, «und ich sehe glückliche Jahre auf Sie zukommen, Jahre mit richtigem Familienglück.»

Nichts zu machen, das Telefongespräch war für Thian von nun an sehr weit weg. Thian fühlte, wie sich sein ganzer Körper der Hand des Mädchens überließ. Die gleiche Art von Beruhigung, die er damals immer verspürt hatte, wenn er von einer beschissenen Untersuchung völlig aufgerieben nach Hause kam und seinen winzigen Körper der großen, verliebten Pfote von Janine überließ. Wie sehr hatte er sie geliebt, seine Riesin!

«Aber zuvor müssen Sie noch eine richtige Krankheit erleiden. Eine sehr schwere und eine sehr wirkliche.»

Thian tauchte aus seinem Traum auf und spürte eiskalten Schweiß zwischen seinen Schulterblättern.

«Was für eine Krankheit?» fragte er, mit der exakt notwendigen, ironischen Distanz.

«Eine Krankheit, die durch Ihre Wahrheitssuche hervorgerufen wird.»

«Was heißt das?»

«Der Saturnismus wird Sie befallen.»

«Was ist das denn schon wieder?»

«Das ist die Krankheit, die für den Niedergang des Römischen Reiches verantwortlich war.»

◆

Jetzt knallte Thian seinen Kopf gegen die Wände seiner Witwenwohnung in der Rue de Tourtille. Der Charme war verflogen, und Thian tauchte wieder auf. Er erkannte das ganze Ausmaß seines Fehlverhaltens. Dem wahrsagerischen Mist dieser Vogelscheuche zuhören, während der andere, dieser Malaussène, ohne jeglichen Argwohn am Telefon offen seine Karten ausbreitete! Wie kann man nur so blöd sein, verdammte Scheiße, so sträflich dumm! Und dabei hat Malaussène auch noch von Dope geredet, mit seinem verheerenden Maul und den ganzen kaputten Kindern um ihn herum! Der Teenager, den er Clara nannte, zum Beispiel... Mein Gott, was für einen Kopf hatte dieses Kind! Dabei muß sie mal hübsch gewesen sein, VORHER! Und dieser schlaffe Junge mit dem Baby auf dem Arm! Und das Baby! Das Baby! Die Schreie, die dieser Säugling ausstieß, als Thian an die Tür klopfte. Und wie er sich gleich beruhigt hatte in seinem Arm! Thians Herz durchzog ein sauberer Riß. Schleunigst das Baby da rausholen und die Fürsorge auf den Fall ansetzen. Den Großvater einer Einrichtung anvertrauen, die das, was noch übriggeblieben ist, wieder repariert. Dieser sanfte Großvater mit so hohlen Augen und so weißen Haaren, der ganz schüchtern zu Thian kam, als er gehen wollte, und ihm ein rosarotes Buch überreichte: ‹Lesen Sie das, das ist gegen die Einsamkeit...›

Thian zog das kleine Buch aus der Tasche. ‹Stefan Zweig, Schachnovelle.› Er betrachtete lange den weichen, rosafarbenen Einband. ‹Das ist ein Buch über die Einsamkeit›, hatte der Großvater gesagt, ‹Sie werden sehen…›

Thian warf das Buch aufs Bett. ‹Ich werd mir von dem Jungen den Inhalt erzählen lassen…› Und Thian dachte an Pastor. Pastor hatte nicht auf ihn gewartet. Hatte er die Fotos in Malaussènes Zimmer gefunden? Thian hatte trotz allem dem Jungen heute abend ein paar hübsche Sachen für den Bericht zu erzählen. Malaussène ging beim alten Ponthard-Delmaire ein und aus, und sie mauschelten irgendwas mit Drogen, genau wie die Tochter Ponthard-Delmaires, das stand außer Zweifel. Immerhin konnte Pastor das seinem Bericht für Coudrier hinzufügen.

Aber Thian? Er, der alternde Inspecteur Thian, der sich von den Kristallkugeln durcheinanderbringen ließ (als hätte er niemals eine Zukunft gehabt!), was konnte er denn seinem Bericht noch hinzufügen, he? Nichts. SeitWochen war er nun schon dem Schlitzer hinterher, ohne Erfolg. Nicht mehr Ergebnisse als die Insulaner Cercaires auch. Ein Versager, ein verdammter alter idiotischer Versager war er, der Inspecteur Van Thian!

Plötzlich überlagerten sich zwei Bilder. Ganz deutlich sah er das Gesicht der Witwe Dolgorouki vor sich. Diese Frau war schön. Von besonderer Schönheit: eine starke Sanftmut, die nicht verwelkte, der das Leben keinen Abbruch tat. Thian sah das Gesicht der Witwe Dolgorouki vor sich, von Stojilkovic in die Hände von Malaussène getrieben. Der Jugoslawe mit dem Autobus… Dann sah er sich selbst, wie er mit seinem Bündel Geldscheine Malaussène vor der Nase herumwedelte. Eine eiskalte Wut packte ihn, und es zischte ihm durch die Zähne:

«Wenn du es bist, du Schwein, dann komm, komm und hol dir sofort die Kohle der Vietnamesin, komm, ich hab schon zu lange gewartet, komm, damit du für den Tod dieser Frau bezahlen kannst und für den der anderen, komm, laß mich nicht noch länger warten, komm, jetzt wird Kasse gemacht…»

Genau in dieser Sekunde hörte er, wie jemand an die Tür klopfte. ‹Jetzt schon?› Er spürte die gleiche Erleichterung wie vorhin in der Hand des Mädchens. ‹Jetzt schon?› Es hätte nicht viel gefehlt und er hätte sich bedankt bei dem, der da so leise und höflich an die Tür klopfte. Ohne Lärm zu machen, setzte er sich zusammengekrümmt an einen niedrigen, mit riesigen Drachen verzierten Tisch, unter dem er einen dicken Revolver versteckt hielt. Er war wunderbar entspannt. Er wußte, er würde erst schießen, wenn die Rasierklinge aufblitzte. Er empfand keine Abscheu vor dieser Elfmeter-Situation. Um so weniger, als er bei diesem Spiel bisher noch nie einen Treffer kassiert hatte.

«Gommen Sie lein!» rief er mit lächelnder Stimme.

Vorsichtig ging die Tür auf. Jemand hatte den Türknauf herumgedreht und trat die Tür jetzt mit dem Fuß auf. Jemand, der unentschlossen auf der Schwelle stehenblieb.

«Komm rein», flüsterte Thian, «komm, wenn du schon hier bist, komm näher...» Die Tür ging ein Stück weiter auf, und die kleine Leila trat ein. Sie stieß die Tür wieder mit dem Rücken zu, denn sie hielt ein Tablett in den Händen, auf dem sie, wie jeden Abend zur gleichen Zeit, der Witwe Hô ihr Couscous brachte.

Thian saß da wie eine chinesische Statue, während die Kleine das Tablett auf dem niedrigen Tisch abstellte.

«Heute hat Papa dir ein ‹Couscous-Brochettes› gemacht.»

Jeden Abend legte der alte Amar noch ein paar ‹Brochettes› (=Fleischspieße) dazu. Und jeden Abend betonte die Kleine das. Nachdem sie das Tablett abgestellt hatte, stand sie da und zappelte unruhig. Thian nahm sie nicht weiter zur Kenntnis, bis Leila schließlich sagte:

«Nourdine ist draußen. Er hat sich unten im Treppenhaus versteckt.»

‹Nourdine hat sich unten im Treppenhaus versteckt›, wiederholte Thian im Geiste, ohne zu begreifen, was sie ihm damit sagen wollte.

«Weil er mich befummeln will, wenn ich runterkomme», erklärte ihm Leila. Ihre Stimme klang wie ein Wecker.

Thian fuhr plötzlich hoch.

«Befummeln?»

Dann:

«Ach so, befummeln! Hihihi, befummeln!»

Und dann tat er, was das Mädchen von ihm erwartete. Er stand auf, ging an die große Büchse mit Süßigkeiten, die auf dem Geschirrschrank des kleinen Zimmers stand und nahm zwei rosarote, viereckige Lutschstangen heraus, die er dem Kind mit der üblichen Bemerkung in die Hand drückte:

«Fül jeden eins, ja? Fül jeden eins!»

Der kleine Nourdine war noch in einem Alter, in dem man sich nur auf ein Mädchen stürzte, weil man auf seine Süßigkeiten aus war.

25

Weder die Croissants noch der Kakao noch das Licht des Drugstores waren besser als die von gegenüber. Erst im dritten Anlauf wagte es Pastor, Coudrier nach dem Grund zu fragen, weshalb er den *Drugstore Saint-Germain* dem *Café de Flore* oder dem *Deux-Magots* bevorzugte.

«Weil man genau von dieser Stelle aus den besten Blick auf die beiden hat», antwortete der Divisionnaire.

Sie frühstückten weiter und schwiegen höflich, wobei sie ihre Croissants auf die Französische eintunkten, ohne jedoch auch nur die kleinsten Suckellaute von sich zu geben – ganz auf die Englische. Sie hielten ihre Rücken gerade und aufmerksam, so daß sie nicht die Stuhllehnen berührten. Der Drugstore unter ihnen füllte sich allmählich mit seiner Goldkettchenkundschaft. Vor noch gar nicht allzu langer Zeit, erinnerte sich Pastor, hatte dieser ganze Kitsch eine magische Anziehungskraft auf Bomben. Naivität der Überzeugungen: Sie bombardierten einen Spiegel des Reichtums, während auf den Terrassen gegenüber einem Publikum aus analysierenden Zuschauern der Espresso für fünfzehn Francs ausgeschenkt wurde. Pastor erinnerte sich: Der Drugstore mit seinem ganzen Spiegelspiel, das in blutige Splitter zersprungen war, glich letztendlich genau dem, was es eigentlich immer gewesen war und noch ist: ein Lagerhaus für zerbrechliche Waren und menschliche Naturen.

«Woran denken Sie, Pastor?»

Zwei Jungs von außerhalb (flaschengrüner Dufflecoat, mausgraue Bermudas, tadellose Burlingtons und eine kleine, blonde vaninische Bürste) betraten schüchtern den Drugstore und hielten ihr Taschengeld für die Woche fest in den kleinen Fäusten mit sauberen Fingernägeln.

«Ich war im Jahr der Bomben bei den Rettungsaktionen dabei, Monsieur. Das war noch während meiner Probezeit.»

«Ah ja?»

Coudrier trank einen letzten Schluck.

«Ich saß an jenem Morgen gegenüber.»

Sie bestellten zwei Espressos, um den ekelhaften Kakaogeschmack loszuwerden, danach eine Karaffe Wasser, die die durch den Kaffee entstandenen Schäden reparierte. Und als sich dann die letzten Croissantkrümel vom Zahnfleisch gelöst hatten, fragte Coudrier:

«Also, wie weit sind Sie gekommen?»

«Ein gutes Stück voran, Monsieur.»

«Einen Verdächtigen?»

«Starke Vermutungen. Ein gewisser Malaussène...»

«Malaussène?»

Pastor erzählte. Das Mädchen aus dem Lastkahn hatte vor einigen Monaten Malaussènes Kündigung provoziert. ‹Er war Angestellter im Kaufhaus, Monsieur.› Laut Aussage des Direktors des besagten Kaufhauses war Malaussène der Mann, dem man eine Rache zutrauen konnte – einer, der unter Verfolgungswahn litt und es liebte, die Rolle des Sündenbocks zu spielen. Nun, am Abend, als Julie Corrençon über Bord geworfen wurde, hatten Malaussènes Nachbarn einen Schrei, Türenschlagen und Reifenquietschen gehört. Außerdem hatte man vor Ort den Mantel des Opfers gefunden. Das würde zwar noch nicht besonders viel heißen, wenn nicht derselbe Malaussène auch noch im Verdacht stünde, mit Drogen zu handeln und vielleicht sogar die alten Damen in Belleville niederzuschlagen.

«Donnerwetter!»

«Commissaire divisionnaire Cercaire hält eine erdrückende Zeugenaussage bezüglich der Drogengeschichte in der Hand, fast so gut wie auf frischer Tat ertappt. Und Julie Corrençon war ja mit Drogen vollgepumpt, als sie überbrückt wurde.»

«Überbrückt?»

«Ein Neologismus, den ich mir erlaube, Monsieur, in Anlehnung an das Verb ‹durchfenstern›.»

«Ich bin mir nicht sicher, ob ich derartige Kühnheiten in meiner Dienststelle dulden kann, Pastor.»

«Vielleicht würden Sie ‹einschiffen› bevorzugen, Monsieur?»

«Und was ist bezüglich der alten Damen?»

«Zwei der letzten Opfer fuhren häufig mit dem Autobus eines gewissen Stojilkovic, ein Intimfreund Malaussènes. Sie waren außerdem regelmäßig bei Malaussène zu Gast.»

«Woher haben Sie das?»

«Van Thian hatte Kontakt zum letzten Opfer, der Witwe Dolgorouki; sie war seine Nachbarin vom gleichen Stockwerk. Sie hatte ihm von den Besuchen bei Malaussène erzählt.»

«Was beweist das?»

«Nichts, Monsieur. Jedenfalls, die Art und Weise, auf die sie getötet wurde...»

«Ja?»

«...deutet darauf hin, daß sie ihrem Mörder furchtlos die Tür geöffnet hatte. Aber abgesehen von Thian und Stojilkovic verkehrte die Witwe Dolgorouki nur bei diesem Malaussène. Zum Zeitpunkt des Verbrechens fuhr Stojilkovic mit seinem Bus, und wenn wir Thian außer Betracht lassen...»

«Bleibt Malaussène.»

«...»

«...»

«Na gut, Pastor, was meinen Sie: Mordversuch, Drogenhandel, mehrfacher Mord – nimmt man die Verdachtsmomente zusammen, haben Sie es dann hier nicht nur mit einem Verdächtigen als vielmehr mit einer ganzen Anthologie zu tun?»

«Allem Anschein nach, Monsieur... Zumal Thian diesem Malaussène einen Besuch abgestattet hat und für ihn keinerlei Zweifel bestehen, daß die gesamte Familie bis obenhin zugedrückt ist.»

«Der Anschein, Pastor...»

Den Ellenbogen auf die Rückenlehne gestützt, drehte Commissaire divisionnaire Coudrier seine Büste um eine halbe Umdrehung und ließ seinen Blick in den Spiegeln sich vervielfältigen.

«Apropos Anschein, fällt Ihnen in diesem Spiegelpalast nichts Besonderes auf?»

Er klang wie ein Psychologe, der einen Rorschachtest vorhatte. Pastor folgte nicht dem Blick seines Chefs. Er sah mal hierhin, mal dorthin, sekundenlang bisweilen. Fixe Idee. Er wollte, daß sich im Drugstore irgendwas tut. Zwei kleine Popos, die in viel zu enge Jeans gezwängt waren, bezogen in der Ecktür ihren Posten. ‹So früh am Morgen?› wunderte sich Pastor. Lesehungrige sprangen vier Stufen auf einmal zur Buchhandlung hinunter. Andere stiegen hinauf, weitaus ruhiger; sie waren versorgt für die Woche. Entmagnetisierte Literatur lasen sie, bequem in Augenhöhe aufgestellt. Einer von ihnen kletterte die drei Stufen des Ausgangs hoch, unmittelbar vor Pastors Nase, und drückte Saint-Simon an seine Brust. Trotz aller Anstrengungen konnte Pastor weder das Bild des Regierungsrates, das nicht in diesen Rahmen paßte, noch Gabrielles Stimme zurückdrängen, die dieser Band so überaus glücklich gemacht hatte: ‹Der Herzog der Stärke, der damals sein Leben lassen mußte, äußerte kein Bedauern... ungeachtet seiner Herkunft und seiner Würde.› Gabrielles Schwingungen, die mit lauter Stimme las, verliehen den Lippen des Regierungsrats das Lächeln des alten Duc de Saint-Simon. Diese Leseabende... und der kleine Jean-Baptiste Pastor, der seine Ohren im Dämmerlicht spitzte...

Pastor schüttelte sich, schloß für eine Sekunde die Augen, schlug sie anderweitig wieder auf und sah dann, was es zu sehen gab. Die beiden Jungs von eben (Bermudas, Dufflecoat und Burlingtons) plünderten schlicht und ergreifend die blonde Kassettenverkäuferin aus. Der eine von ihnen sorgte dafür, daß sich das Mädchen über die aufgeschlitzte Leiche eines kleinen Sony beugte, während der andere eine Vitrine leerräumte, von der er sich den Schlüssel besorgt haben mußte. Pastor war von den Socken. Es sah so aus, als wäre der Körper des Jungen magnetisch! Die Teile sprangen ihn förmlich an. Er stellte gleichzeitig wieder leere Schachteln an den Platz. Nichts gesehen, nichts gehört. Pastor konnte sich ein bewunderndes Lächeln nicht verkneifen. Die Vitrine schloß sich wie von selbst, und wie von selbst wanderte auch der Schlüssel wieder an seinen Platz – in die Tasche des Nylonkittels der Verkäuferin. Geräuschlos. Und immer noch die ordentliche, kleine blonde Bürste, die über dem Schauspiel stand.

«Haben Sie gesehen, Monsieur? Zwei Jungs haben gerade der Verkäuferin dort unten sämtliche Waren geklaut.»

«Gut beobachtet, mein Junge.»

Die beiden Bengel orientierten sich jetzt seelenruhig zum Ausgang.

«Soll ich sie abfangen, Monsieur?»

Coudrier hob desillusioniert eine Hand.

«Lassen Sie sie laufen.»

Wie gerade eben Saint-Simon, so kletterten jetzt auch die Blondschöpfe die drei Stufen zum Ausgang hoch, aber dann bogen sie plötzlich nach rechts ab und gingen schnurstracks auf den Tisch der beiden Bullen zu. Pastor warf Coudrier, der die Kinder nicht kommen sah, einen etwas verängstigten Blick zu. Und dann tippte derjenige, der am nächsten war, dem Divisionnaire auch schon auf die Schulter.

«O. K., Großvater, alles erledigt.»

Coudrier drehte sich um. Der Junge öffnete seinen Dufflecoat. Pastor stellte sich die Frage, wie ein so zierlicher Körper eine solche Menge Sachen mit sich schleppen konnte. Coudrier nickte schwer mit dem Kopf.

«Und du?»

Der zweite Mantel stand ein wenig offen, so daß Pastor für einen Sekundenbruchteil die Sammlung von Kassettenrecordern, Taschenrechnern und Uhren erkennen konnte, die an unzählig vielen Haken hingen, die wiederum an einem Gurtwerk befestigt waren.

«Wir machen Fortschritte, Großvater, findest du nicht?»

«So große nun auch wieder nicht. Inspecteur Pastor, der mir gegenübersitzt, hat euch beobachtet.»

Dann stellte er mit müder Geste Pastor die beiden vor:

«Meine Enkel, Pastor, Paul und Germain Coudrier.»

Pastor schüttelte den Jungen die Hand und gab dabei acht, daß er sie nicht zu kräftig schüttelte. Angesichts ihrer betretenen Mienen glaubte er, sich entschuldigen zu müssen:

«Ich habe euch nur deshalb gesehen, weil euer Großvater mich aufgefordert hatte, die Augen aufzumachen.»

«Mit geschlossenen Augen fällt einem überhaupt nichts auf», bemerkte Coudrier.

Und zu den Kindern:

«Jetzt stellt ihr mir alles wieder zurück an seinen Platz, aber versucht diesmal, weniger auffällig zu sein!»

Die Jungen trollten sich.

«Der Diebstahl, Pastor...»

Coudrier sah den Kindern hinterher.

«Ja, Monsieur?»

«Es gibt keine bessere Methode zum Erlernen der Selbstbeherrschung.»

Die Verkäuferin dort unten empfing die beiden Jungen mit einem freudigen Lächeln.

«Und in dieser Gesellschaft», schloß der Commissaire, «muß man sich verdammt gut beherrschen können, wenn man eine Chance haben will, ehrlich zu bleiben.»

In Pastors Kasten war jetzt nur noch Platz für ein einziges Bild: das Gesicht Coudriers. Ein Coudrier, der seinen Inspektor mit der konzentrierten Aufmerksamkeit fixierte, die allen Polizisten der Welt zu eigen ist.

«Ich brauche Ihnen wohl nicht zu sagen», sagte er langsam, «daß diese beiden Kinder lieber sterben würden, als 20 Centimes anzufassen, die ihnen nicht gehören.»

«Das steht außer Zweifel, Monsicur...»

«Nun, was den ‹Anschein› betrifft, wie Sie es nennen, seien Sie vorsichtig bei Ihrem Malaussène!»

Die Anweisung, die mit schwerer Stimme hinabfiel, konnte nicht deutlicher sein.

«Ich muß noch eine wichtige Sache überprüfen, Monsieur, eine gewisse Edith Ponthard-Delmaire, der wir auf der Spur sind, Thian und ich...»

Coudrier machte eine unterbrechende Handbewegung:

«Überprüfen Sie, Pastor, überprüfen Sie...»

«Mörder ist einer …

...der das Leben zu leicht nimmt», hat mal jemand gesagt. Eine ebenso treffende wie zynische Definition. Zum Glück gibt es andere Mittel und Wege, um sich das Leben etwas leichter zu machen: Man muß niemand beseitigen, nur etwas beiseite legen.

III
Pastor

«Sagen Sie, Pastor, wie schaffen Sie es bloß, aus diesen Halunken ein Geständnis herauszuholen?»
«Ich zeige ein wenig Menschlichkeit, Monsieur.»

26

«Sie heißen Edith Ponthard-Delmaire, sind 27 Jahre alt und vor fünf Jahren wegen Rauschgiftbesitzes und -handels verhaftet worden. Ist das richtig?»

Edith hörte, wie der junge, ungekämmte Inspektor mit einer Stimme zu ihr sprach, die so warm war wie sein alter Pullover, in dem er vermutlich schon zur Welt kam. Ja, sie hieß Edith Ponthard-Delmaire und war die widerspenstige Tochter des Architekten Ponthard-Delmaire und der großen Laurence Ponthard-Delmaire. Deren Körper war seinerzeit Chanel, anschließend Courrèges, aber niemals der einer Mama – obgleich sie die Mutter war. Ja, es ist richtig, Edith wurde 1980 verhaftet. Sie war keine Drogenlieferantin vor den Toren irgendeines Vorortgymnasiums, sondern vor denen des Gymnasiums Henri VI, denn es gab ihrer Meinung nach keinen Grund dafür, daß die Söhne der Reichen weniger Spaß haben sollten als die der Armen.

Edith setzte für den jungen Inspektor ein strahlendes Lächeln auf, dieses wundervolle Mädchenlächeln, das aus ihr eines Tages eine köstliche alte Schurkin machen würde.

«Das stimmt, aber es ist eine alte Geschichte.»

Pastor erwiderte ihr Lächeln, allerdings in einer nachdenklichen Variante.

«Sie waren sechs Wochen im Gefängnis und sechs Monate zur Entziehungskur in einer Klinik in Lausanne.»

Ja, der dicke Ponthard-Delmaire, er, der keine Flecken auf seiner Weste ertrug, ihm war es gelungen, seine Tochter aus dem Knast zu holen und sie unter allergrößter Diskretion in eine Schweizer Klinik zu schaffen.

«Diese Klinik war wirklich so weiß wie das reinste Heroin.»

Der Inspektor mußte über die Genauigkeit Ediths lachen. Ein richtig spontanes, kindliches Lachen. Der Inspektor fand, daß diese Dunkelblonde mit den klaren Augen von lebhafter Schönheit war. Der Inspektor faltete die Hände erstaunlich delikat über seiner alten Samthose. Er fragte:

«Kann ich mit Ihnen über Sie sprechen, Mademoiselle?»

«Bitte», sagte das junge Mädchen, «das ist mein Lieblingsthema.»

Also redete Inspecteur Pastor über sie – wenn es schon ihr Lieblingsthema war. Er begann damit, ihr zu erklären, daß sie kein Lüstling der Spritze war, sondern vielmehr eine Theoretikerin, eine Frau mit Prinzipien. Ihr zufolge (‹unterbrechen Sie mich, falls ich mich irre›) hatte der Mensch vom Alter der Vernunft an (etwa mit 7 oder 8 Jahren) das Recht, ‹auf eigenen Füßen die höchsten Gipfel zu erklimmen.› Man konnte also nicht behaupten, daß Ediths erster Liebeskummer (ein berühmter Schauspieler, der ihr gegenüber geschauspielert hatte…) sie in die Droge gestürzt hätte. Ganz im Gegenteil, dank der Droge gelangte sie zu so hohen Gipfeln, daß ihre Illusionen dort oben nicht mehr genügend Sauerstoff bekamen. ‹Denn frei zu sein (erklärte sie damals, als man sie verhaftete) heißt zunächst, sich von der Notwendigkeit des Verstehens zu befreien…›

«Ja, das ist wahr, solche Dinge hatte ich damals gesagt.»

Inspecteur Pastor lächelte ihr zu, da er offensichtlich zufrieden feststellte, daß sich Edith und er auf der gleichen Wellenlänge befanden.

«Dennoch schickte Sie Divisionnaire Cercaire ins Gefängnis, damit Sie überprüften, ob es nicht vielleicht trotzdem ein kleines Stückchen zu verstehen gäbe.»

Das stimmte, nach dem Gefängnis und dem Klinikaufenthalt war Edith so leergefegt, daß sie jeglichen Geschmack an intravenösen Aufstiegen verloren hatte.

«Denn jetzt drücken Sie ja nicht mehr, nicht wahr?»

Dies war keine Frage von Inspecteur Pastor, sondern eine Feststellung. Nein, sie fixte seit Jahren nicht mehr, sie faßte das Zeug nicht mehr an – mal hier und da eine Line, nur um ein bißchen zu lächeln, sonst nichts –, nein, jetzt waren es die ‹andern›, die sie klettern ließ. Nicht die gleichen andern wie damals. Man sah sie nicht mehr vor den Toren der Gymnasien. Im Gefängnis hatte sie begriffen – so dünn wie sie war –, daß die Jugend die Chance der Jugend hatte. Aber vor den Toren der Seniorenheime, he? Die Altenclubs? Auf den Gängen mit den möblierten Zimmern? Die Stockwerke, auf denen, einsam und schon kalt, diejenigen lebten, die nicht einmal mehr die theoretische Chance der Jugend hatten? Die Alten...

◆

Dieser junge Inspektor, der ihr gerade ihr Leben erzählte, ihr, Edith, als wäre sie ihre eigene Schwester – dieser junge Inspecteur Pastor mit seinen roten Backen, seinen ungekämmten Haaren, seiner sanften Stimme, seinem großen Pullover –, er hatte am Anfang so einen gesunden Gesichtsausdruck, der sich aber im Laufe der Erzählung nach und nach verschlechterte, bis sogar die Farbe aus seiner Haut gewichen war und sich unter seinen Augen unergründliche Höhlen wie Bleiminen gebildet hatten. Edith hatte zuerst geglaubt, er wäre noch ganz jung – ihr war das Strickmuster seines Pullovers aufgefallen, handgestrickt, ein Pullover von Mama –, aber je länger die Konversation dauerte, um so unsicherer wurde sie bezüglich seines Alters. Auch seine Stimme wurde immer trüber, klang wie ein zu oft gespieltes Tonband, mit plötzlichen Lähmungserscheinungen, und seine Augen wirkten in der Tiefe ihrer Höhlen wie in einer graugrünen Übermüdung erstarrt.

◆

Ja, ja, die Alten...

Edith hörte jetzt ihre eigenen Gedanken durch den Mund dieses blassen Inspektors. Sie hörte, wie sein weich und zögerlich gewordener Mund ihr noch einmal ihre Theorie über die Alten auftischte, derzufolge man sie bereits zweimal um ihre Jugend gebracht hatte. Einmal 1914, ein zweites Mal 1940, ohne Indochina und Algerien zu erwähnen, ohne die Inflation und die Pleiten mitzurechnen, ihre kleinen Geschäfte, die eines Morgens in den Rinnstein gespült worden waren, ohne von ihren Frauen zu sprechen, die viel zu früh gestorben waren, ihre vergeßlichen Kinder... Wenn nun die Venen dieser Greise kein Recht auf Trost und ihr Hirn kein Recht auf Blendung hätten... wenn diese Schattenleben nicht in der Apotheose zu Ende gehen dürften, nicht einmal in einer trügerischen, in einem Feuerwerk, dann hieße das, daß es wirklich keine Gerechtigkeit gäbe.

«Woher kennen Sie all meine Gedanken?»

Edith ließ diese Frage fallen, und der Bulle sah sie mit einem Gesicht an, das von einem bösen Fluch verwüstet zu sein schien.

«Es ist nicht das, was Sie denken, Mademoiselle, es ist das, was Sie sagen.»

Auch das war wahr. Sie konnte niemals ohne die Hilfe der Theorie leben: ein Alibi.

«Und darf man erfahren, was ich wirklich denke?»

Er ließ sich Zeit für seine Antwort, wie ein alter Mann, dem nicht mehr viel davon bleibt.

«Wie alle Psycho-Theoretiker Ihrer Generation hassen Sie Ihren Vater und strolchen herum, um sein Ansehen zu ramponieren.»

Er schüttelte den Kopf voller Bitterkeit.

«Amüsant ist dabei, daß Ihr Vater allem Anschein nach mit Ihnen Blinde Kuh gespielt hat, Mademoiselle.»

Und hier deckte der Inspektor etwas auf, das dem jungen Mädchen das Blut in den Adern gefrieren ließ. Sie hatte plötzlich die stechende Vision von einem Ponthard-Delmaire, der vor Lachen förmlich explodierte. Sie geriet unter diesem Schock ins Taumeln. Sie mußte sich hinsetzen. Ediths Emotionen rührten den Inspektor. Er schüttelte tief betrübt den Kopf.

«Mein Gott», sagte er, «all dies ist furchtbar einfach.»

Als sich Edith wieder ein wenig erholt hatte, zählte ihr Inspecteur Pastor (aber worunter litt er denn bloß, daß er so schlecht aussah?) alle Bezirksämter derjenigen Arrondissements auf, wo sie ihre Talente als verführerische Krankenschwester unter Beweis gestellt hatte. Er legte ihr Fotos vor, die eine Diskussion überflüssig machten (wie fröhlich sie aussah mit ihrem Beutel Kapseln in der Hand, im Bezirksamt des Elften!). Dann stellte Pastor eine Liste mit zehn in Frage kommenden Zeugenaussagen zusammen und begann die Namen derjenigen herunterzubeten, die Edith in den Teufelskreis mit hineingezogen hatten. Das Ganze wirkte so vollkommen natürlich, daß Edith von sich aus die andern bis auf den letzten preisgab.

Sodann zog Inspecteur Pastor eine vorgefertigte Zeugenaussage aus der Tasche, fügte die fehlenden Namen von Hand hinzu und bat das junge Mädchen höflich, bitte unterschreiben zu wollen. Edith war weit davon entfernt, Angst zu haben; sie empfand eine riesige Erleichterung. Eine vertragsmäßige Gesellschaft, scheiß der Hund drauf! Nichts auf dieser niederen Welt hatte Bestand ohne die bestätigende Unterschrift! Selbstverständlich weigerte sie sich zu unterschreiben.

Jawohl. Sie hatte sich in aller Ruhe eine Zigarette angezündet und sich geweigert zu unterschreiben.

Aber Pastor hatte etwas anderes als Edith im Kopf. Pastor hatte die Bahn des Streichholzes zum Ende der englischen Zigarette hin verfolgt und aufgehört, an das junge Mädchen zu denken. Er war sozusagen abwesend. Anwesend, abwesend... Irgendwo in seiner Vergangenheit. Er stand vor dem Regierungsrat, der mit gesenktem Haupt sagte: ‹Diesmal ist es soweit, Jean-Baptiste. Mit ihren drei Schachteln Zigaretten pro Tag hat sich Gabrielle nun endgültig eine Scheißkrankheit geholt. Irgendwas mit der Lunge. Flecken. Schon überall Metastasen...› Die Zigaretten waren ein alter Streit zwischen Gabrielle und dem Regierungsrat. ‹Je mehr du rauchst›, sagte er, ‹um so seltener kriege ich einen hoch.› Danach hatte sie es ein wenig reduziert. Aber eben nur ein wenig. Und jetzt stand er vor Pastor und murmelte: ‹Na, mein Kleiner, kannst du dir Gabrielle vorstellen, wie sie im Krankenhaus zerfällt? Kannst du dir mich als trotteligen Witwer vorstellen? Nein, nicht wahr?› Der alte Mann bat seinen Sohn um eine Erlaubnis. Um die Erlaubnis für einen doppelten Selbstmord, darum bat er ihn. Zumal er nicht ‹nein› sagen würde! Ein doppelter Selbstmord... Eigentlich konnte es ja gar nicht anders enden. ‹Gib uns drei Tage, komm dann wieder! Alle Papiere werden in Ordnung sein. Grab ein Loch für uns beide zusammen, irgendwas Einfaches, gib nicht unnötig viel von deiner Erbschaft aus!› Pastor hatte sein Einverständnis gegeben.

«Dieses Papier werde ich mit Sicherheit nicht unterschreiben», bestätigte Edith.

Der Inspektor sah sie mit dem Blick eines lebenden Toten an.

«Ich habe eine unfehlbare Methode, Sie dazu zu bringen, Mademoiselle.»

Jetzt hörte Edith, wie Pastor die Treppe hinunterkam. Mit sehr schweren Schritten, obwohl er eher eine zierliche Gestalt war. Sie hatte vor diesem Totenkopf alles, was sie wußte, ausgepackt; er ließ ihr keine Hoffnung. Und dann hatte sie unterschrieben. Die ‹Methode› des Inspektors hatte gewirkt, o ja! Sie hatte unterschrieben, doch er hatte sie nicht verhaftet. ‹Sie haben achtundvierzig Stunden, um Ihre Koffer zu packen und zu verschwinden; ich werde auf Ihre Zeugenaussage verzichten.› Sie nahm eine Tasche und packte alles ein, wovon sie glaubte, daß es ihre Person am genauesten wiedergab: einen Teddybär aus ihrer Wiege, die Tampons aus ihrer Jugendzeit, ein Kleid von heute und zwei dicke Bündel Geldscheine für morgen. Als sie die Türklinke bereits in der Hand hatte, besann sie sich noch einmal anders, setzte sich an ihren Schminktisch und schrieb auf ein großes weißes Blatt:

‹MEINE MUTTER HAT MIR NIEMALS EINEN PULLOVER GESTRICKT.›

Woraufhin sie, anstatt wieder zur Tür zu gehen, sich zum Fenster wandte, immer noch mit der Tasche in der Hand, und sich geradewegs am Fensterkreuz hochzog. Inspecteur Pastor lief unten, in der Tiefe des Abgrunds, in Begleitung einer sehr alten, ganz kleinen Vietnamesin die Straße entlang. Plötzlich erinnerte sich Edith, daß sie in letzter Zeit in Belleville ziemlich oft einer sehr alten und ganz kleinen Vietnamesin über den Weg gelaufen war. Inspecteur Pastor bog gerade um die Ecke. Und schlagartig kam Edith wieder die Vision des gewaltigen Ponthard-Delmaire in den Sinn, der seine unglaubliche Wampe in einem homerschen Lachanfall schüttelte, eine Art kannibalisches Lachen. Ein Menschenfresser, der ihr Vater gewesen war. Die Tochter des Menschenfressers... Sie stieß einen letzten Wunsch aus: Der Bulle sollte das Aufschlagen ihres Körpers auf dem Gehsteig ganz deutlich hören. Und dann sprang sie ins Leere.

◆

«Thian, bitte, erzähl mir 'nen guten Witz!»

Nachdem sie um die Ecke gebogen waren, erzählte die Vietnamesin:

«Da ist ein Typ, ein Bergsteiger, der abrutscht...»

«'nen guten, Thian, bitte...»

«Warte doch zwei Sekunden, Junge! Also, er rutscht ab, dieser Bergsteiger, er stürzt nach unten, immer tiefer, das Seil reißt, und er klammert sich mit den Fingerspitzen an einen vereisten Felsvorsprung. Unter ihm: zweitausend Meter Leere. Der Junge wartet einen Moment, seine Füße pendeln über dem Abgrund, und schließlich fragt er mit ganz leiser Stimme: ‹Ist da jemand?› ... Nichts. Er fragt noch mal, diesmal lauter: ‹Ist da jemand?› Irgendwoher aus dem Nichts steigt eine tiefe Stimme zu ihm empor: ‹Ja›, sagt die Stimme, ‹ich bin hier, Gott!› Der Bergsteiger wartet. Sein Herz schlägt, und seine Finger sind vereist. Und Gott spricht weiter: ‹Wenn du Vertrauen zu mir hast, laß diesen verdammten Felsvorsprung los! Ich schicke dir zwei Engel, die dich im Flug auffangen werden...! Der kleine Bergsteiger überlegt einen Augenblick, fragt dann in die wieder siderisch gewordene Stille: ‹Ist da noch jemand anders?»

Die Entladung, die Thian gut kennt, zieht sich quer über Pastors Gesicht. Als der Kopf des jungen Inspektors wieder einen Schein von Leben erlangt hatte, sagte Thian:

«Junge?»

«Ja?»

«Wir müssen uns den Jugoslawen Stojilkovic vorknöpfen.»

27

Wie Malaussène ihr empfohlen hatte, stand die Witwe Hô Punkt neun Uhr am Boulevard de Belleville/Ecke Rue de Pali-Kao. In derselben Sekunde stoppte vor ihr ein edler antiker Autobus, der mit gutgelaunten alten Damen gefüllt war. Ohne zu zögern, stieg sie ein und wurde mit Ovationen empfangen, wie man sie einer Thronfolgerin auf dem Weg zu ihrem Stier entgegenbringt. Umlagert, liebkost, gehätschelt – man hatte sie auf den besten Platz gesetzt, auf ein riesiges Sitzkissen mit einer Kaschmirdecke, das auf einer Art Podest neben dem Fahrer stand. Besagter Fahrer, Stojilkovic, ein älterer Herr mit pechschwarzem Haar, rief mit einer unglaublichen Baßstimme:

«Heute, meine Freundinnen, fahren wir Madame Hô zu Ehren durch den asiatischen Teil von Paris.»

Vom Innenraum her hatte der Bus nichts mehr mit einem Bus gemeinsam. Kleine Vorhänge aus Cretonne, die die Fenster erheiterten, an Stelle der Sitze tiefe Sofas entlang den veloursverkleideten Seitenwänden, Bridgetische und Rauchtischchen, die durch die dikken Teppiche hindurch am Boden angenietet waren, ein österreichischer Kachelofen, der die wohlriechende Wärme eines Holzfeuers verströmte, moderne Kerzenleuchter, die ein kupferfarbenes Licht verstreuten, ein dickbauchiger Samowar, der wie eine Aufforderung zum Träumen funkelte – alles Trödelkram, dem man ansah, daß er bei den Ausflügen zufällig vom Gehsteig aufgelesen worden war. Er verlieh dem Bus von Stojilkovic die Atmosphäre eines transsibirischen Freudenhauses, was die Witwe Hô nicht unbedingt beruhigte.

«Ich schwör dir, Junge, ich hab mir gesagt, wenn du nicht aufpaßt, bist du im Handumdrehen 'ne Nutte in 'nem Halbpuff in Ulan-Bator, Äußere Mongolei.»

Doch in Pastors Gesicht konnte man nichts weiter als eine berufsmäßige Aufmerksamkeit ablesen. In Pastors Kopf stürzte ein junges Mädchen ab. Ein blutiges Trottoir betonierte Pastors Kopf. Thian hielt ihm ein Glas Bourbon und zwei rosarote Kapseln hin. Pastor schob die Kapseln zur Seite und benetzte seine Lippen mit der nach Amber duftenden Flüssigkeit.

«Erzähl weiter!»

Nun, Thian war also in den Bus gestiegen und hatte immer noch

Wut im Bauch, denn er war davon überzeugt (‹Die Intuition, Junge, ist das Weibliche in jedem Bullen.›), daß Malaussène an der Ermordung der Alten die Schuld trug und daß der Jugoslawe mit der Bronzestimme sein Komplize war. Er ließ sich nicht durch die Atmosphäre im Bus aus der Fassung bringen. Gewiß, dank Stojilkovic schienen die ganzen Alten so glücklich zu sein, wie es viele junge Mädchen schon nicht mehr sein können. Und es schien auch so, als hätte keine der Frauen jemals weder unter Einsamkeit noch unter Armut noch unter dem geringsten Rheumatismus gelitten. Es schien auch so, als würden sich alle innig lieben. Gewiß würde der alte Stojilkovic, wie kein Gatte der Welt, auch nur dem kleinsten Wunsch zuvorkommen... gewiß...

«Aber wenn das alles nur deswegen ist, damit man als alte Gans unter dem Rasiermesser landet, Junge...»

Die Witwe Hô blieb also wachsam. Wachsam, als sie in Chinatown hinter dem Place d'Italie herumfuhren, wachsam, als man ihr saftige Mangos oder die äußerst seltene Mangostange reichte (Früchte, von denen sie zwar noch nie gekostet hatte und deren Namen sie folglich nicht kannte – aber die Witwe Hô stieß kleine Freudenschreie aus und flüchtete sich in ihr unverständliches Kauderwelsch), wachsam also, feindselig und wachsam, bis Stojilkovic, ohne es zu wissen, ihr einen schrecklichen Schlag versetzte, einen einzigen Schlag, der ihr ganzes Bollwerk einstürzen ließ.

«Mädchen, dies ist das moderne Chinatown», sagte er mit Bestimmtheit, inmitten der Wohlgerüche des Korianders und der ideogrammatischen Schaufenster der Avenue de Choisy, «aber es existiert noch ein anderes, sehr viel älteres, und ich werde es euch sofort zeigen, denn ich bin der Archäologe eurer jungen Seelen!»

An diesem Punkt seiner Erzählung angelangt, zögerte Thian einen Moment, raffte – wie ein Würfelspieler die Würfel – die beiden Kapseln auf, die Pastor abgelehnt hatte, ließ sie mit einem kräftigen Schluck Bourbon die Kehle hinuntergleiten, wischte sich mit dem Handrücken über die Lippen und sagte:

«Jetzt hör gut zu, Junge! Schluß mit dem fernöstlichen Shopping. Alle steigen wieder in den Bus, und Stojilkovic fährt mit uns in die Rue de Tolbiac, in Richtung der gleichnamigen Brücke, die, wie du vielleicht weißt, zu den Weinhallen führt, zu den neuen, meine ich, die nach 48 gebaut worden sind.»

Pastor zog eine seiner beiden Augenbrauen zusammen:

«Das ist das Viertel deiner Kindheit, nicht wahr?»

«Genau, Junge. Der Jugo biegt nach links ab zum Quai de Bercy, dann nach rechts über die Seine und bringt seinen Koloß voller alter Schachteln genau vor der neuen Radrennbahn Made in Chirac zum Stehen.»

«Seht ihr diesen gigantischen Maulwurfshügel, Mädchen?» Er fing an zu brüllen: ‹Diesen unterirdischen Auftrieb einer zeitgenössischen Architekturvorstellung, seht ihr den?› ‹JAAA!› schrie der Chor der Jungfrauen. ‹Und wißt ihr auch, wozu das dient?› ‹NEIIIN!› ‹Na, das dient allein dazu, daß junge Wahnsinnige auf hypermodernen Zweirädern im Kreis fahren, auf Zweirädern, die trotzdem immer noch vorsintflutliche Maschinen bleiben: Maschinen mit Pedalen!»

«Redet dieser Stojilkovic wirklich so?» fragte Pastor.

«Noch besser, Junge, und mit einem samtweichen serbokroatischen Akzent, aber ich bin mir nicht sicher, ob sie auch nur die Hälfte von dem verstehen, was er ihnen erzählt. Aber unterbrich mich nicht, hör mir weiter zu!»

«Das ist ein Verbrechen, Mesdames!» brüllte Stojilkovic. «Denn wißt ihr, was dort stand vor dieser Geschwulst?»

«NEIIIN!»

«Dort stand eine kleine Weinhandlung. Oh, nichts Besonderes, ein bescheidener ‹Gamay›, nicht der schlechteste, aber der Laden wurde von dem allergroßzügigsten Paar betrieben, das ich je kennengelernt habe!»

◆

Das Herz der Witwe Hô hatte aufgehört zu schlagen, und das Herz des Inspecteur Van Thian hatte sich im Herzen der Witwe Hô versteinert. Er hörte die Geschichte seiner eigenen Eltern.

«Sie, die Frau, hieß Louise», fuhr Stojilkovic fort, «und von allen wurde sie Louise die Tonkinesin genannt. Sie hatte im Verlauf eines kurzen Aufenthalts als Lehrerin in Tonkin begriffen, daß man nicht länger die Kolonialfarce spielen sollte. Sie war nach Hause zurückgekehrt und hatte in ihrem Gepäck einen winzigen Tokinesen mitgebracht, ihren Mann. Die beiden hatten dann zusammen die kleine

Firma von Louises Vater übernommen. Sie war als Weinhändlerin geboren, und sie lebte als Weinhändlerin – das sollte ihr wunderbares Schicksal sein! Und sie war die barmherzigste aller Weinhändlerinnen! Sie war der rettende Engel für abgebrannte Studenten und andere Opfer der Geschichte. Mädchen, für uns Jugoslawen war ‹Chez Louise et Thian› unsere Zuflucht, wenn wir völlig pleite waren. Es war unser Paradies, als wir dachten, wir hätten unsere Seelen verloren, es war unser Heimatdorf, als wir uns staatenlos fühlten. Und als die Nachkriegszeit unsere Köpfe verwüstet hatte, als wir wirklich nicht mehr wußten, ob wir nun die friedliebenden Studenten von heute oder die heldenhaften Mörder von gestern waren, da nahm uns der alte Thian, der Gatte von Louise, Thian aus Monkai (so hieß das Kaff, aus dem er kam) an der Hand und führte uns zur Fata Morgana seines Hinterzimmers. Vorsichtig setzte er uns auf Schilfmatten, wie Kinder – die wir ja waren –, reichte uns lange Pfeifen und rollte zwischen seinen Fingern kleine Opiumkügelchen, deren Knistern uns bald dorthin brachte, wohin uns der Gamay nicht bringen konnte.»

◆

«Und plötzlich hab ich sie wieder vor mir gesehen, Junge, diese kleine Bande von Jugos, die nach dem Krieg bei meinen Eltern verkehrt haben. Und er war auch dabei, dieser Stojilkovic, ja, ich hab ihn wiedererkannt, als wär's gestern gewesen – nach vierzig Jahren! Diese Popenstimme... die Phantasie, die er hatte... Er hat sich tatsächlich nicht die Bohne verändert... Stojilkovic, Stamback, Milojevic... so hießen sie. Meine Mutter löschte ihren Durst und ernährte sie kostenlos, das stimmt. Sie waren selbstverständlich völlig blank. Und ab und zu schläferte mein Vater sie mit Opium ein... Das fand ich weniger gut, soweit ich mich erinnere.»

«Sie haben gegen die Nazis gekämpft, sagte meine Mutter, sie haben die Wlassow-Armeen besiegt, und jetzt müssen sie auf die Russen aufpassen. Glaubst du nicht, daß sie sich hin und wieder ein Pfeifchen gönnen dürfen?»

«Man muß dazu sagen, daß ich damals bereits Bulle war, ganz jung mit Fahrrad und Pelerine, und daß mich dieses Hinterzimmer eher beunruhigte. Es hatte sich langsam herumgesprochen, und ein buntes Völkchen verkehrte dort. Damit niemand erschrak, zog ich immer meine Uniform aus, bevor ich nach Hause kam. Ich rollte sie zusammen und steckte sie in meine Satteltaschen, dann zog ich einen Blaumann an und schob meinen Drahtesel vor mir her. Es sah aus, als käme ich direkt aus der ‹Lumière›-Fabrik.»

Thian lächelte nostalgisch.

«Und heute verkleide ich mich als Chinesin. Merkst du, Junge, daß ich von Anfang an schon den Hang zum Untergrundbullen hatte? ... Aber ich wollte dir noch was anderes sagen...»

Thian strich sich mit der Hand über seine schüttere Bürste. Sofort stellte sich jedes Haar auf wie eine Feder.

«Das Gedächtnis, Junge... Eine Sache ruft die nächste wach... wie eine Vorstellung in die umgekehrte Richtung... Es ist verrückt.»

Pastor hörte zu. Er war jetzt ganz bei der Sache.

«Eines Tages», sagte Thian, «besser gesagt eines Abends, im Frühling, unter der Glyzinie vor dem Laden – ja doch, wir hatten eine malvenfarbene Glyzinie – saßen Mamas junge serbokroatische Helden am Tisch und waren schon ordentlich blau, als einer von ihnen rief (ich weiß nicht mehr, ob es Stojilkovic oder ein anderer war):

‹Wir sind arm, wir sind allein, wir sind nackt, wir haben noch keine Frauen, aber wir haben gerade ein verdammtes Stück Geschichte geschrieben!›

Dann kommt ein großer Typ vorbei, kerzengerade Haltung, ganz in Weiß gekleidet. Er bleibt vor dem Tisch stehen und läßt diesen Satz los:

‹Geschichte schreiben heißt: die Geographie durcheinanderbringen.›

Er war ein Kunde meines Vaters. Er kam jeden Tag zur selben Zeit zum Rauchen. Mein Vater nannte ihn liebevoll seinen ‹Drogisten›. Er sagte: ‹Diese alte, rheumakranke Welt wird immer mehr Ihre Drogen brauchen, Thian...› Und weißt du, wer dieser Typ war?›

Pastor schüttelte den Kopf.

«Corrençon. Der Kolonialgouverneur Corrençon. Der Vater deiner kleinen Corrençon, die im Krankenhaus Saint-Louis gerade schlafenderweise gegens Abnibbeln kämpft. Das war er. Ich hatte ihn komplett vergessen. Aber jetzt seh ich ihn wieder vor mir, wie er so aufrecht auf seinem Stuhl sitzt und meiner Mutter zuhört, die das

Ende des französischen Indochinas vorhersagt, dann das Ende des französischen Algeriens. Ich höre noch, wie er sagt: ‹Sie haben hundertprozentig recht, Louise: Die Geographie wird ihre Grenzen wiedererlangen.›»

◆

Die Flasche Bourbon stand jetzt leer vor dem Inspecteur Van Thian. Er schüttelte immerzu den Kopf von links nach rechts, als sähe er sich einer unmöglichen Vorstellung gegenüber.

«Ich bin in den Bus gestiegen, um diesen Jugoslawen Stojilkovic zu jagen, weil ich davon überzeugt war, daß er der Mann mit der Rasierklinge war oder zumindest dessen Komplize. Und jetzt erweckt er meine Mutter wieder in ihrer ganzen Schönheit zum Leben und meinen Vater in seiner ganzen Weisheit...»

Nach einer langen Pause fügte er hinzu:

«Und trotzdem, wenn wir gute Bullen sind, müssen wir ihn einlochen.»

«Warum?» fragte Pastor.

◆

«Und jetzt, Mädchen, was machen wir jetzt?»

Das war keine Frage, die Stojilkovic da stellte, eher ein Schrei, den er ausstieß, wie ein ritueller Ausruf von jugendlichen Kämpfern. Und alle alten Damen antworteten im Chor:

«AKTIVEN WIDERSTAND GEGEN DIE EWIGKEIT!»

Stojilkovic hatte den Bus in der Nähe von Montrouge geparkt, am inneren Ring, neben einem ehemaligen Bahnhof. Es war einer dieser verlorenen Orte am Stadtrand, wo das, was tot ist, noch nicht von dem vernichtet wurde, was dort einmal entstehen wird. Der Bahnhof hatte schon seit langem keine Türen und Fensterläden mehr; zwischen den Gleisen wucherten Hecken, das Dach lag eingestürzt über den zerbrochenen Steinplatten; alle Arten von Graffiti erzählten an seinen Wänden vom Leben, aber dennoch hatte er nicht diesen Ausdruck von Optimismus verloren – wie jene Bahnhöfe, die bereits an einen Tod der Eisenbahn glaubten. Die Alten stießen Freudenschreie aus, wie Kinder, wenn sie sonntags wieder in den Park dürfen. Sie hüpften vor Freude, und die Steine unter ihren Kreppsohlen knirschten. Eine von ihnen schob draußen Wache, während Stojilkovic eine Falltür anhob, die durch ein wurmstichiges Podest verborgen war. Es stand in einem viel zu kleinen Raum mit zu hohen Fenstern und hatte wohl zur Erhöhung des Chefbüros gedient, damit dieser die Bahnsteige überblicken konnte. Die Witwe Hô verfolgte das Ganze zögerlich, begab sich aber dann den andern hinterher in den Schacht, der durch die Falltür verdeckt war. Es war ein kreisförmiger Schacht, in den man Eisensprossen eingemauert hatte. Die alte Dame, die vor der Witwe Hô ging (sie trug einen großen Korb und ein Hörgerät hinter dem rechten Ohr), beruhigte sie und sagte, daß sie ihr Bescheid sagen würde, wenn sie die letzte Sprosse erreicht hätten. Die Witwe Hô hatte das Gefühl, als stiege sie in sich selbst hinab. Es war tiefschwarze Nacht. Die Witwe Hô sagte sich, daß ihr Jenseits feucht wäre.

«Achtung!» sagte die alte Dame mit dem großen Korb. «Wir sind da.»

Auch wenn die Witwe Hô ihren Fuß mit der allergrößten Vorsicht aufsetzte, so konnte sie dennoch nicht verhindern, daß sich die Haare des Inspecteur Van Thian unter der Perücke aufstellten. ‹Gottogott, in was bin ich da gerade reingetreten?› Es war gleichzeitig weich und hart, hart und pulvrig, fest und doch ohne richtige Konsistenz, es war weder fest noch flüssig noch schlammig, es war trocken und weich, es drang in die Holzsandalen der Witwe Hô, es war kalt, und ohne daß man gewußt hätte, warum, war es absolut entsetzlich. Es trug den ältesten Schrecken in sich, den es gibt.

«Das ist nichts Schlimmes», sagte daraufhin die Dame mit dem Korb, «das ist die Müllkippe des Friedhofs Montrouge, die ältesten Gebeine aus dem Massengrab.»

‹Jetzt ist nicht der Moment, zu kotzen›, versicherten sich Inspecteur Van Thian und die Witwe Hô gegenseitig. Und was ihnen ins Maul sprang, mußte runtergeschlungen werden.

«Habt ihr die Klappe oben wieder zugemacht?» fragte Stojilkovic.

«Klappe geschlossen!» bestätigte eine ganz junge Stimme einer alten Dame, von oben herab wie von einer U-Boot-Leiter.

«Gut, ihr könnt eure Lampen anmachen.»

Und so erfuhr die Witwe Hô eine ‹Erleuchtung› – könnte man sagen. Man hatte sie in die Katakomben geschleppt. Nicht in die nobel aufgeräumten Katakomben von Denfert-Rochereau mit ihren hübschen Schädeln, die schnurgerade in einer Reihe liegen, und den Schienbeinen, die sorgfältig der Größe nach sortiert sind, nein, richtig wild chaotische Katakomben, durch die die kleine Truppe einige hundert Meter hindurchwaten mußte, durch eine schlammige, trockene Masse von zermalmten Knochen, aus der hin und wieder ein Stück Oberschenkelknochen ragte, der aussah wie etwas Menschliches. ‹Das ist alles total widerlich!› Inspecteur Van Thian spürte, wie in ihm wieder die alte Wut gegen Stojilkovic aufstieg. ‹Halt dein blödes Maul!› schüchterte ihn die Witwe Hô ein, ‹mach lieber die Augen auf!› Er hielt sein Maul und machte die Augen um so mehr auf, weil Stojilkovic gerade verkündete:

«Aufgepaßt, Mädchen, wir sind da! Macht eure Lampen aus!»

Sie waren soeben in einer riesigen Halle angelangt. Der Witwe Hô war kaum Zeit geblieben, etwas zu erkennen. Sie schien vollkommen mit Sandsäcken ausgepolstert zu sein. Eine Sekunde lang herrschte Finsternis, aber dann:

«Licht!» rief Stojilkovic.

Plötzlich fiel ein gleißendes Licht von der Decke, das so hell war wie eine eisige Dusche. Alle alten Damen hatten sich links und rechts der Witwe Hô in einer Reihe aufgestellt. Kaum hatte sie das bemerkt, fiel ihr auch schon etwas anderes auf. Ungefähr zehn Meter vor ihr spritzte etwas, hüpfte über den Boden wie ein Springteufel, aber sie konnte das Ding nicht identifizieren, weil eine Detonation loskrachte und ‹das Ding› im selben Moment explodierte. Die Witwe Hô zuckte zusammen. Dann wanderten ihre Augen zu ihrer Nachbarin, der Dame mit dem Korb und dem Hörgerät. Den rundlichen Oberkörper über die lockeren Knie gebeugt, beide Arme nach vorne ausgestreckt, klammerten sich ihre Hände um eine P 38, die unbekümmert vor sich hin rauchte.

«Bravo, Henriette!» rief Stojilkovic. «Du bist eindeutig immer die Schnellste!»

Die meisten der anderen Damen hatten ebenfalls eine Waffe in der Hand, aber ihnen war nicht genügend Zeit geblieben, die Überraschungszielscheibe anzuvisieren.

«Wenn ich dir's sage, Junge, Stojilkovic hat diese Alten bewaffnet, damit sie sich gegen den Kehlenschneider verteidigen können. Und jeden Sonntagnachmittag trainiert er sie: instinktives Schießen, Scheibenschießen, liegend schießen, aus der Hüfte schießen – es ballert da unten, was das Zeug hält. Mit Munition wird nicht gespart, und sie ziehen blitzschnell blank. Glaub mir, unsere Jüngelchen von der Kripo könnten sich von denen 'ne Scheibe abschneiden.»

«Trotzdem hat das zwei von ihnen nicht davor bewahrt, sich die Kehle durchschneiden zu lassen», bemerkte Pastor.

«Das hämmert ihnen Stojilkovic auch immer wieder ein. Jetzt haben sie beschlossen, die Trainingsstunden zu erhöhen.»

«Ist es das, was sie den ‹Aktiven Widerstand gegen die Ewigkeit› nennen?» fragte Pastor, der endlich sein Lächeln wiedergefunden hatte.

«So ist es, Junge. Was hältst du davon?»

«Soviel wie du: Man muß dieses Spielchen stoppen, bevor sie auf alles ballern, was sich bewegt.»

Thian schüttelte traurig den Kopf.

«Wir machen's am Dienstag, wenn du mir dabei vielleicht helfen könntest. Sie treffen sich jeden Dienstag bei dieser verrückten Tauben, um ihre Waffen zu reinigen, sie gegenseitig auszutauschen und um ihre Patronen anzufertigen. Es ist eine Art Workshop, wenn du so willst, oder so etwas wie ein Tupperware-Treffen…»

Es gab eine Pause, dann:

«Hör zu, Junge, mir ist da was eingefallen.»

«Was denn?»

«Vanini, hat der sich nicht zufällig 'ne Kugel von 'ner alten Dame eingefangen?»

«Wahrscheinlich», sagte Pastor. «Das hat jedenfalls Hadouch Ben Tayeb ausgesagt.»

Thian schüttelte erneut lange den Kopf, dann lächelte er ins Leere und sagte:

«Die sind wirklich reizend…»

28

Sie setzten den drei Inspektoren nicht den geringsten Widerstand entgegen. Es war eher zum Erbarmen. Pastor, Thian und Caregga hatten weniger das Gefühl, eine Bande zu entwaffnen, sondern glaubten vielmehr, sie würden Waisenkindern ihr Spielzeug wegnehmen. Unbeweglich saßen sie um den großen Tisch herum, auf dem sie sorgfältig ihre kleinen Waagen, ihre Patronenhülsen, das Pulver und das Blei ausgebreitet hatten. (Sie waren gerade dabei, ihren Wochenvorrat an Munition herzustellen.) Sie hielten die Köpfe gesenkt. Und sie schwiegen. Sie waren nicht schuldig, auch nicht entsetzt oder auch nur beunruhigt, aber sie waren plötzlich wieder alt geworden, zurückgeworfen in ihre Einsamkeit und ihre Unentschlossenheit. Caregga und Pastor füllten einen ganzen Sack mit beschlagnahmten Waffen; Thian kümmerte sich um die Munition. Das alles spielte sich in der vollkommensten Ruhe unter den Augen eines Stojilkovic ab, von denen man den Eindruck hatte, als überwachten sie die Operation, so undurchdringlich war sein Blick.

Als Thian an ihm vorbeiging, hatte er Angst, der Jugoslawe würde zu ihm sagen: ‹Ach so, die Vietnamesin waren Sie? Herzlichen Glückwunsch!› Aber Stojil sagte nichts. Er erkannte ihn nicht. Thian empfand das als zusätzliches Schamgefühl. ‹Mein Gott, hör auf, dich zu quälen! Bist du denn völlig verrückt? Du kannst doch wohl nicht zulassen, daß diese Frauen auf alles ballern, was um die zwanzig ist! Ist dir Vaninis Tod noch nicht genug?› Thian konnte sich rechtfertigen, soviel er wollte, die Scham ließ nicht locker. ‹Und seit wann flennst du denn über diesen kleinen, halbstarken Vanini?› Auch dieser Gedanke war nicht dazu angetan, seine Laune zu bessern. Hätten sie Vanini einen Orden von der Brust geschossen, dann hätte er ihnen dafür sogar gerne einen verliehen, diesen alten Wachposten, die nun waffenlos dastanden. ‹Nicht nur, daß sie jetzt wieder Angst haben werden, sie warten wie Gänse, die in die Falle gegangen sind, darauf, daß einer kommt und ihnen die Kehle durchschneidet.› Thian sah sich ein weiteres Mal mit seiner eigenen Niederlage konfrontiert. Wenn dieser Wahnsinnige immer noch frei herumlief, dann war das immerhin seine Schuld! Er nahm ihnen die Waffen weg und war nicht einmal in der Lage, sie zu beschützen. Geschweige denn, daß er einen Verdächtigen hätte, denn seit er Stojilkovic kennengelernt hatte, hatte die Malaussène-These schlicht und einfach an Glaubwürdigkeit verloren. Ein Typ wie Stojilkovic konnte wahrhaftig nicht der Freund des Kehlenschneiders sein.

◆

Die drei Bullen hatten ihre Runde um den Tisch beendet. Vollbeladen standen sie an der Tür wie Gäste, die sich nicht verabschieden konnten. Schließlich räusperte sich Pastor und sagte:

«Man wird Sie nicht verhaften, meine Damen, Sie brauchen keine Angst zu haben. Ich gebe Ihnen mein Wort.»

Er zögerte:

«Aber wir können Ihnen diese Waffen nicht überlassen.»

Dann fügte er diesen Satz hinzu, dessen kindischen Charakter er auf der Stelle bereute:

«Es war gefährlich...»

Er wandte sich an Stojilkovic:

«Monsieur, wenn Sie uns bitte begleiten würden!»

Sämtliche beschlagnahmten Waffen stammten aus der Zeit vor dem Krieg. Die meisten waren Pistolen der unterschiedlichsten Herkunft: sowjetische Tokarev und deutsche Walther, italienische Glisenti, Schweizer S.I.G. Sauer Parabellum und belgische Browning; aber es gab auch automatische Waffen, amerikanische M 3 Maschinenpistolen oder gute alte englische Sten, sogar ein Winchester-Karabiner à la Joss Randal, bei der Lauf und Kolben abgesägt waren. Stojilkovic gab unumwunden zu, daß es sich hierbei um Waffen handelte, die er in den letzten Kriegsmonaten angeschafft hatte und die für seinen kroatischen Unterschlupf bestimmt waren. Aber am Ende der Kriegsoperationen hatte er beschlossen, diese Waffen so tief wie möglich zu vergraben.

«Es war nicht nötig, daß man sie zu neuen Massakern benutzt, um den Partisanen von Tito, Stalin oder Michailovic zu dienen. Ich hatte Schluß gemacht mit dem Krieg. Das heißt, ich *dachte*, ich hätte damit Schluß gemacht. Doch als man anfing, diesen Damen die Kehle durchzuschneiden...»

Anschließend erklärte er, daß das menschliche Gewissen eine seltsame Sache sei, vergleichbar mit einem Feuer, daß man ausgelöscht hat und das dann wieder neu entfacht wird. Nach seinem Krieg hätte er um nichts in der Welt diese Waffen wieder ausgegraben. Obwohl er in letzter Zeit über das Medium Fernsehen von einigen Ungerechtigkeiten erfahren hat, die es durchaus verdient gehabt hätten, mit Hilfe seines Arsenals bekämpft zu werden… Aber nein, diese Waffen waren eingegraben, endgültig. Und dann hatten ihn plötzlich diese Mörder der alten Frauen (‹zweifelsohne, weil ich selbst alt werde›) in fürchterliche Alpträume gestürzt, in denen unzählige Armeen von nervösen jungen Leuten diese Häuser stürmten (er machte eine undeutliche Handbewegung, mit der er Belleville hinwegfegte). Es war wie ein Rudel Wölfe, die man auf eine Schafherde losließ: ‹In meinem Land kennt man sich gut aus mit Wölfen.› Junge Wölfe, die ganz unbefangen den Tod liebten – denjenigen, den sie an andern verübten, und denjenigen, den sie sich in die Venen spritzten. Er kannte diese Leidenschaft für den Tod; sie hatte seine eigene Jugend bewegt. ‹Wissen Sie, wie vielen Gefangenen der Wlassow-Armee wir die Kehle durchgeschnitten haben? Ich betone ‹die Kehle durchgeschnitten›, mit dem Messer, weil wir nicht genügend Munition hatten oder unter dem Vorwand, sie verdienten keine Kugel, weil sie unsere Schwestern und Mütter vergewaltigt hätten. Wie viele, glauben Sie? Mit dem Messer… Nennen Sie eine Zahl! Und wenn Sie sich nicht vorstellen können, wie viele es insgesamt gewesen sein könnten, dann sagen Sie mir, wie viele ich selbst getötet habe! Unter ihnen waren auch alte Männer, die die Geschichte dorthin geworfen hatte – wie vielen von ihnen habe ich die Kehle durchgeschnitten? Ich, als junger Mann, der gerade aus dem Priesterseminar ausgetreten war. Wieviel?»

Da er keine Antwort erhielt, sagte er schließlich:

«Aus diesem Grund habe ich beschlossen, diese alten Damen zu bewaffnen: gegen den jungen Wolf, der ich einmal war.»

Er zog die Augenbrauen zusammen und fügte hinzu:

«Das nehme ich jedenfalls an…»

Doch dann sagte er plötzlich energisch:

«Aber sie hätten niemand etwas zuleide getan, diese Damen! Ein Unfall war ausgeschlossen, sie waren gut trainiert! Sie schossen schnell, aber sie durften erst schießen, wenn sie die Rasierklinge sehen würden…»

Der grün-blonde Schatten Vaninis zog schweigend vor den Augen der drei Bullen vorüber, die ihn jedoch ignorierten.

«So», sagte Stojilkovic, «das war meine letzte Schlacht.»

Ein halbes Lächeln stand in seinem Gesicht:

«Die besten Sachen haben ein Ende.»

Pastor sagte:

«Wir werden Sie verhaften müssen, Monsieur Stojilkovic.»

«Selbstverständlich.»

«Sie werden nur wegen unerlaubten Waffenbesitzes angezeigt.»

«Wieviel wird es dafür geben?»

«Nur ein paar Monate, in Ihrem Fall», antwortete Pastor.

Stojilkovic überlegte einen Augenblick und sagte dann, als sei es das Natürlichste von der Welt:

«Ein paar Monate Gefängnis werden nicht ausreichen. Ich bräuchte mindestens ein volles Jahr.»

Die drei Bullen sahen sich gegenseitig an.

«Warum?» fragte Pastor.

Stojilkovic überlegte weiter und schätzte gewissenhaft die Zeit ab, die er benötigte, und sagte dann mit seiner ruhigen Baßstimme:

«Ich habe eine Übersetzung von Vergil ins Serbokroatische begonnen; das dauert sehr lange und ist sehr schwierig.»

◆

Caregga nahm Stojilkovic in seinem Wagen mit, während Thian und Pastor unentschlossen auf dem Gehsteig herumstanden. Thian hatte den Kopf und die Fäuste zugeschnürt und betrachtete die Ruhe.

«Du bist außer dir vor Wut», sagte Pastor schließlich. «Soll ich dir eine gute Apotheke suchen?»

Thian winkte ab.

«Es wird schon gehen. Hast du Lust, ein Stück zu laufen?»

Die Kälte hatte sich wieder über die Stadt hergemacht.

Es lag etwas Wahres darin, selbst bei minus fünfzehn Grad. Belleville verlor nicht seine Farben, Belleville spiegelte immerzu Mittelmeer vor.

«Ich muß dir was zeigen», sagte Thian.

Er hielt Pastor seine Faust unter die Nase und machte sie auf. In seiner hohlen Hand entdeckte Pastor eine 9-mm-Kugel, deren Blei kreuzförmig eingeschmolzen war.

«Das hab ich der tauben Alten weggenommen, der die Wohnung gehört. Damit hat sie das Magazin ihrer P 38 geladen.»

«Und?»

«Unter der ganzen geklauten Munition ist das die einzige, die Vaninis Kopf wie eine Melone auseinanderspritzen lassen konnte. Das geschmolzene Blei dringt ein und dehnt sich im Innern. Ergebnis: Vanini.»

Pastor steckte abwesend die Hülse in seine Tasche. Sie waren in den Boulevard de Belleville eingebogen. Artig blieben sie vor einer Fußgängerampel stehen und warteten, bis sie von Rot auf Grün umschaltete.

«Sieh dir die zwei Idioten an», sagte Thian und machte eine kurze Bewegung mit seinem Kinn.

Auf der anderen Straßenseite standen zwei junge Männer mit sauberem Haarschnitt, der eine im Ledermantel, der andere im grünen Lodenmantel. Sie überprüften die Identität eines Dritten, der weitaus weniger adrett war. Die Szenerie spielte sich vor einem P. M. U.* ab, in dem alte Araber saßen und mit ihren Dominosteinen im Rhythmus des Flippers klapperten, an dem die Jungen rumwackelten.

«Hiwis von Cercaire», sagte Pastor.

«Idioten», wiederholte Thian.

Weil er außer sich vor Wut gegen sich selbst war und weil weder der Fahrer des Wagens noch der MP-Schütze eine solche Blitzreaktion bei einem so alten Mann vorhersehen konnten – deshalb rettete Thian an jenem Nachmittag sein Leben und auch das Pastors.

«Paß auf!» schrie er.

Und im selben Augenblick, in dem er die Waffe zog, stieß er Pastor hinter einen Berg Mülltonnen. Die erste Kugel zerfetzte die rote Ampel, an der noch vor einer Sekunde Pastor gestanden hatte. Die zweite flog direkt aus Thians Waffe in die rechte Schläfe des Fahrers, wo sie ein kleines Loch von extremer Sauberkeit bohrte. Der Kopf des Fahrers wurde zunächst nach links geworfen, prallte dann gegen die Windschutzscheibe und sackte anschließend aufs Lenkrad,

* Pari mutuel urbain = (meist Kneipe mit) Wettannahme für Pferderennen

während ein toter Fuß das Gaspedal bis zum Anschlag durchdrückte. Der Satz des BMW nach vorne lenkte die dritte Kugel um, die Thian an der rechten Schulter traf. Der Aufprall riß Thian herum, und seine MAC 50 glitt wie von selbst von seiner rechten in die linke Hand. Die Motorhaube des BMW klatschte gegen eine Litfaßsäule, und die hintere rechte Tür spuckte eine Form aus, die Thian mitten im Flug mit drei 9-mm-Parabellum-Kugeln spickte. Der Körper des Typen kam mit einem seltsam schwammigen Geräusch auf dem Gehsteig auf.

Thian blieb noch einen Moment lang mit ausgestrecktem Arm stehen, senkte dann langsam seine Waffe und drehte sich zu Pastor um, der sich erhob und leicht darüber frustriert war, daß er nichts gesehen hatte.

«Was soll bitteschön dieser Zirkus?» fragte Thian.

«Dieser Zirkus war für mich gedacht», antwortete Pastor.

Mit gezogener Waffe kamen die beiden Hiwis über den Boulevard gelaufen und brüllten:

«Halt, keine Bewegung, ihr zwei! Keine Bewegung, oder wir knallen euch nieder!»

Aber Thian hatte bereits seine Marke gezückt und hielt sie ihnen achtlos unter die Nase:

«Schön, daß ihr auch schon da seid!»

Und zu Pastor:

«Dein Vorschlag mit der Apotheke, gilt der immer noch?»

«Zeig mal her!»

Pastor machte vorsichtig Thians Schulter frei. Das Schulterstück der Jacke war von der Kugel zerfetzt, der Deltamuskel durchschossen, aber weder Schlüsselbein noch Schulterblatt waren gestreift worden. Pastor selbst hatte sich an den Scherben einer Flasche geschnitten.

«So lahm, wie ich dachte, sind meine Knochen doch noch nicht», bemerkte Thian. «Was wollten sie von dir, diese zwei Künstler?»

29

Ich, Benjamin Malaussène, ich möchte, daß mir jemand beibringt, das Menschliche rauszukotzen, etwas, das so sicher funktioniert, wie wenn man sich zwei Finger in den Hals steckt. Daß mir jemand das Mißtrauen beibringt oder den guten, großen bestialischen Haß, der blindwütig ein Massaker anrichtet. Ich möchte, daß eines Tages einer aufkreuzt, auf einen anderen zeigt und sagt: Der da ist das Oberschwein, scheiß ihm auf den Kopf, Benjamin! Laß ihn deine Scheiße fressen! Bring ihn um und seine Spezis gleich mit. Dazu möchte ich in der Lage sein, das ist kein Scherz. Ich möchte zu denen gehören, die die Wiedereinführung der Todesstrafe fordern, mit öffentlicher Hinrichtung und daß der Verurteilte mit den Füßen zuerst guillotiniert wird, daß man ihn anschließend pflegt, bis die Wunden vernarbt sind, und man ihn dann weiter guillotiniert – immer vom andern Ende her –, diesmal die Schienbeine, dann wieder pflegen, die Wunden heilen lassen und klack! – die Knie in Höhe der Kniescheibe, dort, wo es am meisten weh tut. Ich möchte zu der wahren Familie gehören, der unüberschaubar großen, die wirklich zusammenhält, zu all denen, die die Prügelstrafe fordern. Ich würde die Kinder zu dem Spektakel mitnehmen, ich könnte zu Jérémy sagen: ‹Siehst du, was mit dir passiert, wenn du noch mal deine Schule abfackelst?› Dem Kleinen würde ich sagen: ‹Guck mal, der verzaubert die Typen auch in Blumen!›, und sobald die kleine Verdun anfangen würde zu krähen, würde ich sie am ausgestreckten Arm über die Menge schwingen, damit sie auch das blutige Fallbeil sehen könnte: Abschreckung! Ich möchte zur großen, schönen menschlichen Seele gehören, die Stein und Bein auf das Exemplarische der Strafe schwört, die weiß, wo die Guten und wo die Bösen sind. Ich möchte gerne glücklicher Besitzer einer inneren Überzeugung sein, leck mich am Arsch, wär ich das gerne! Mein Gott, wieviel einfacher wäre dann mein Leben!

All diese Gedanken bewegen meinen Kopf in der Metro, als ich vom Talion Verlag zurückkehre, wo ich, blöd wie ich bin, versuchte, die Königin Zabo zur Rührung über mein Schicksal zu bewegen. Ich flehte sie im Namen meiner Kleinfamilie an, mich nicht rauszuschmeißen, falls ich morgen bei Ponthard-Delmaire versagen sollte.

«Hören Sie auf, so weinerlich rumzujammern, Malaussène! Sie müssen nicht mir gegenüber den Sündenbock spielen, sondern gegenüber Ponthard-Delmaire.»

«Aber warum muß ich unbedingt rausgeschmissen werden, wenn ich es nicht schaffe, den Erscheinungstermin hinauszuzögern, verdammt noch mal?»

«Seien Sie nicht so flegelhaft. Es ist ganz einfach: Wenn Sie scheitern werden, kann sich unser Verlagshaus, das seinem Namen verpflichtet ist (talion = Wiedervergeltung), sich nicht erlauben, Flaschen in seiner Mannschaft zu behalten.»

«Aber Sie, Majestät, Sie Rostfreie, Sie haben doch versagt, nicht wahr? Indem Sie die Druckvorlagen in dieser Karre verbrennen ließen!»

«Der Fahrer des Wagens hat versagt, Malaussène, und er ist tot, verbrannt in seiner persönlichen Hölle.»

Ich habe die Königin Zabo betrachtet. Dieser unwahrscheinliche Körper, dieses gigantische, vollkommen magere Gestell, dem man eine dicke Wassermelone aufgepflanzt hat, ihre langen Arme mit den Babyhänden, die so rundlich wie Fausthandschuhe sind. Ich habe ihrer fröhlichen Monstermädchenstimme gelauscht, die immer auf der Jagd nach der Bestätigung ihrer eigenen Intelligenz ist. Und ich habe mir zum x-ten Mal die Frage gestellt, warum ich sie nicht hasse.

«Hören Sie, Malaussène, damit wir uns richtig verstehen: Sowohl Sie als auch ich kümmern uns einen Dreck um die Ponthard-Delmairesche Architektur. Aber einerseits dürfen wir diese Subventionslawine nicht sausen lassen (sonst würden andere davon profitieren!), und andererseits...»

Ihr Mundwerk hat für eine Sekunde Ladehemmung, und sie wirft mir einen höchst überzeugenden Blick zu.

«Andererseits sind Sie für diese Art von Kampf wie gemacht. Den Sieg erflennen – das ist Ihr Genie! Es wäre sträflich von mir, Ihnen diese Schlacht zu ersparen. Denn das hieße, Sie um Ihre Daseinsberechtigung zu bringen, mein armer Alter.»

(Na klar, alles nur zu meinem Besten, wenn ich mir Prügel einfange.)

«Sie *sind* verdammt noch mal ein Sündenbock, hämmern Sie sich das in den Schädel, Sie sind Sündenbock bis ins Mark und so genial wie ich! Sie sind für alle an allem schuld, immer, und sie werden es dennoch schaffen, auch den schlimmsten Halunken ein paar Tränen rauszupressen, immer! Vorausgesetzt, daß Sie niemals an Ihrer Rolle zweifeln. Wenn Sie auch nur ein einziges Mal daran zweifeln, wird man Sie steinigen!»

Aber da ist mir dann doch der Kragen geplatzt:

«Was soll denn dieser ganze Quatsch, Herrgott noch mal! ‹Sie *sind* Sündenbock›, was heißt das denn?»

«Das heißt, daß Sie allen Ärger der Welt auf sich vereinigen, so, als würden Sie ihn lieben. Das heißt, daß es in der ganzen Stadt einen Haufen Leute gibt, die Sie nicht einmal kennen, aber die Sie in diesem Moment für eine Menge Dinge verantwortlich machen, die Sie gar nicht begangen haben und für die Sie in gewisser Weise sehr wohl verantwortlich sind, aus dem einfachen Grund, weil diese Personen *einen Verantwortlichen brauchen*!»

«Wie bitte?»

«Was heißt ‹wie bitte›? Stellen Sie sich nicht so dumm an, Sie verstehen ganz genau, was ich meine, sonst wären Sie nicht hier, im Talion Verlag, und würden diesen miesen Job des Sündenbocks machen, nachdem man Sie aus dem Kaufhaus gefeuert hat, wo Sie *dieselbe* Arbeit gemacht haben!»

«Stimmt, aber ich habe mich im Kaufhaus freiwillig rauswerfen lassen! Ich hatte die Nase gestrichen voll, mich für all die andern Idioten anschnauzen zu lassen!»

«Und warum waren Sie dann hier mit der gleichen Arbeit einverstanden?»

«Weil ich eine Familie ernähren muß! Ich verbringe mein Leben nicht damit, auf Sofas rumzuhängen, um herauszufinden, wie mein Getriebe funktioniert!»

«Familie, wenn ich das schon höre! Es gibt sechsunddreißig Arten, eine Familie zu ernähren. Angefangen damit, daß man sie überhaupt nicht ernährt; Rousseau konnte das sehr gut. Und er war mindestens so bekloppt wie Sie!»

Auf dieser Ebene hätte die Unterhaltung bis ins Unendliche fortgeführt werden können. Doch die Königin Zabo verstand es, einen Schlußpunkt zu setzen, absolut professionell.

«Sie werden also morgen, am Mittwoch, zu Ponthard-Delmaire gehen, und Sie werden die Erlaubnis für die verspätete Veröffentlichung seines Architekturbuchs erhalten. Wenn nicht, werden Sie gefeuert. Im übrigen habe ich Ihren Besuch bereits angekündigt: Punkt sechzehn Uhr.»

Dann streicht sie plötzlich mit ihrer Babyhand zärtlich über meine schlechtrasierte Backe.

«Sie schaffen das schon; Sie haben schon ähnlich delikate Situationen gemeistert.»

◆

Ich komme also mit meinem Kopf voller Guillotine-Träume nach Hause. Clara macht mir auf. Beim ersten Blick auf meine Lieblingsschwester spüre ich, daß ein Drama in der Luft liegt. Noch bevor sie den Mund aufmachen kann, wähle ich den beruhigendsten Ton, der möglich ist, um sie zu fragen:

«Ja, mein Liebling? Stimmt irgendwas nicht?»

«Onkel Stojil hat gerade angerufen.»

«Und?»

«Von der Polizei aus, Ben, er muß ins Gefängnis.»

«Weshalb?»

«Er sagt, es sei nicht schlimm. Er sagt, die Polizei hätte eine Waffensammlung entdeckt, die er bei sich in der Nähe versteckt gehabt hätte, in den Katakomben von Montrouge, seit Kriegsende.»

(Was?)

«Er sagt vor allem, wir bräuchten uns keine Sorgen zu machen, er würde sich wieder melden, wenn er sich in seiner Zelle eingelebt hätte.»

‹In seiner Zelle eingelebt›... das ist original Stojil! Angesichts des Knastes kommt der Mönch in ihm wieder zum Vorschein! So wie ich ihn kenne, ist er sogar bestimmt begeistert. (Das ist unsere Gesellschaft: Man knastet Hadouch und Stojil ein und läßt die Königin Zabo frei rumlaufen!)

«Was ist das für eine Geschichte mit der Waffensammlung in den Katakomben?»

Clara hat keine Zeit, mir zu antworten, weil mich Jérémy am Ärmel zieht.

«Das ist noch nicht alles, Ben, es gibt noch was.»

Er hat einen Gesichtsausdruck, der mir nicht gefällt und den ich gut kenne. Eine gewisse Befriedigung über sich selbst, die nichts Gutes verheißt.

«Was? Was gibt's denn noch?»

«Eine Überraschung, Ben.»

Bei dieser Familie bin ich äußerst mißtrauisch gegenüber allem, was einer Überraschung ähnelt. Ich werfe also schnell einen Panoramablick in den Raum. Die Opas und Kinder haben alle dieselben indifferenten Mienen aufgesetzt, so was wie Happy-Birthday-Geheimnis. Und dann schnall ich, glaub ich, plötzlich, was los ist: Eine ungewöhnliche Ruhe herrscht im Haus, die Ruhe einer eingetretenen Katastrophe. Ich frage:

«Wo ist Verdun?»

«Keine Angst, sie schläft», sagte Rognon.

Da ich seinem Tonfall nichts Genaues entnehmen kann, frage ich weiter:

«Ihr habt ihr nicht zufällig 'nen Schnaps gegeben?»

«Nein», sagt Jérémy, «die Überraschung ist was anderes.»

Ich sehe Julius an. Schiefes Maul mit heraushängender Zunge: undurchdringlich.

«Jedenfalls habt ihr Julius nicht gebadet. Das wär wenigstens 'ne nette Überraschung gewesen!»

(Aber das kann doch eigentlich nicht wahr sein, daß man meinen Stojil einlocht, oder?)

«Meine Überraschung ist noch viel besser», ergreift Jérémy wieder das Wort. Er ist allmählich sauer (und fügt böse hinzu:) «Aber wenn du sie nicht willst, bring ich sie wieder dorthin zurück, wo ich sie gefunden habe.»

O. K., ich gebe auf.

«Na los, Jérémy, was ist deine Überraschung? Ich würde gern wissen, was mir heute noch bevorsteht.»

Jérémys Gesicht blüht auf:

«Es ist oben, Ben, in deinem Zimmer. Es ist sehr schön und ganz warm. Ich an deiner Stelle würde schleunigst nachsehen.»

◆

Es ist Julia! Es ist Julie! Es ist meine Corrençon! Es ist in meinem Bett! Es hat ein Gipsbein, einen Tropf an den Venen, blaue Flecken im Gesicht, aber es ist Julia! Lebendig! Meine Julia, Mannomann! Sie schläft. Sie lächelt. Louna steht neben dem Bett und Jérémy davor. Er zeigt mit theatralischer Geste auf sie und verkündet:

«Es ist Tante Julia.»

Ich beuge mich über das Bett wie über eine Wiege und stelle sämtliche Fragen gleichzeitig:

«Was ist mit ihr? Wo habt ihr sie gefunden? Ist es schlimm? Wer hat sie so zugerichtet? Sie hat abgenommen, stimmt's? Die Spuren dort im Gesicht, was ist das? Und das Bein? Aber wieso ist sie überhaupt hier? Wieso ist sie nicht im Krankenhaus?»

«Eben», sagt Jérémy.

«Eben... Was heißt hier eben, Gott noch mal?»

«Eben, sie war im Krankenhaus, Ben, aber dort wurde sie nicht gepflegt.»

«Was? Welches Krankenhaus?»

«Saint-Louis, sie war im Krankenhaus Saint-Louis; man hat sich überhaupt nicht um sie gekümmert», wiederholt Jérémy und funkt mit den Augen SOS an Louna.

Ruhe. Ein Schweigen, das ich endlich beende, indem ich mehr tot als lebendig sage:

«Und weshalb wacht sie nicht auf, wenn wir reden?»

Nun kommt Louna Jérémy endlich zu Hilfe:

«Sie steht unter Drogen, Ben, sie wird nicht sofort aufwachen. Sie stand schon unter Drogen, als man sie ins Krankenhaus gebracht hatte, und dort hat man ihr weiter Drogen verabreicht, damit der Schock des Aufwachens nicht so brutal ist.»

«Resultat: Wenn wir sie im Krankenhaus gelassen hätten, wäre sie überhaupt nicht aufgewacht», fügt Jérémy hinzu. «Das hat jedenfalls Marty neulich gesagt.»

Der Blick, den ich ihm diesmal zuwerfe, bringt ihn dazu, mir schleunigst eine Erklärung zu liefern:

«Erinnerst du dich daran, wie sich Marty und der andere Doktor angeschnauzt haben – Berthold hieß er –, als du und ich zum Sterbebett von Verdun gingen, Ben, weißt du noch? Daß Marty brüllte: ‹Wenn ihr sie weiterhin so mit Drogen vollpumpt, bringt ihr sie noch um!› Na ja, auf dem Rückweg hab ich mal ein Auge in das Zimmer riskiert, auf das Marty gezeigt hatte – und im Bett lag Tante Julia, Ben. Sie war's!»

Zum Beweis zeigt er auf meine Julia in meinem Bett.

Und so haben sie es gemacht, Jérémy und Louna, ohne jemand um Erlaubnis zu fragen. Sie haben Julie ganz einfach rausgeholt. Sie haben sie unter dem Vorwand, sie müßte zum Röntgen, aus dem Krankenhaus gefahren. Sie haben sie auf eine fahrbare Bahre geladen und sind mit ihr durch kilometerlange Gänge gerollt. Louna war im Schwesterndress, und Jérémy spielte Familie (‹mach dir keine Sorgen, Mama, es ist nicht schlimm, du wirst schon sehen›). Dann sind sie rausgefahren, schön langsam, haben sie schlafend in Lounas Auto verfrachtet und dann ruckzuck in mein Zimmer hochgetragen. Eine von Jérémys Ideen. Und jetzt sind sie stolz drauf und ganz zufrieden und warten auf die Glückwünsche des großen Bruders, denn ihrer Meinung nach verdient die Entführung eines Patienten aus dem Krankenhaus einen Orden… Andererseits haben sie mir meine Julia wiedergebracht. Getreu meiner selbst, zögere ich also zwischen zwei Extremen: ihnen die Ohrfeige ihres Lebens zu verpassen oder sie an meine Brust zu drücken. Ich begnüge mich mit der Frage:

«Habt ihr eine Idee, wie das Krankenhaus darauf reagiert?»

«Das Krankenhaus war gerade dabei, sie umzubringen!» schreit Jérémy.

Der große Bruder schweigt lange und denkt nach. Dann der Satz:

«Ihr beide seid Engel, ihr habt mir die größte Freude meines Lebens gemacht… und jetzt macht, daß ihr wegkommt, wenn ihr nicht wollt, daß ich euch auf der Stelle erschlage!»

In meiner Stimme muß etwas Überzeugendes mitgeschwungen sein, denn sie gehorchen sofort und trollen sich rückwärts aus dem Zimmer.

◆

«Mein lieber Alter, was Sie da haben, ist keine Familie, sondern eine Landplage!»

Doktor Marty amüsiert sich am andern Ende der Leitung.

«Das Gesicht, das mein Kollege Berthold gemacht hat! Einer seiner Patienten ist verschwunden! Er wird gerade dabei sein, eine Pressekonferenz zu seiner eigenen Rechtfertigung einzuberufen, Sie können beruhigt sein!»

Ich lasse ihn diese kleine berufsmäßige Freude einen Augenblick genießen, dann frage ich:

«Und was halten Sie davon, Doktor?»

Er weiß immer eine präzise Antwort, dieser Marty.

«Ich denke, daß sich die Vorgehensweise Ihres Jérémy unter einem streng therapeutischen Gesichtspunkt vertreten läßt. Was das Krankenhaus betrifft, so ist das ein ärgerliches Verwaltungsproblem, aber mir scheint, daß Sie den größten Ärger mit der Polizei haben werden!»

«Mit der Polizei? Wieso denn mit der Polizei? Werden Sie sie benachrichtigen?»

«Nein, aber Ihre Julie Corrençon wurde von der Polizei zu uns gebracht. Wußten Sie das nicht?»

(Nein, wußt ich nicht.)

«Nein, wußt ich nicht. Schon länger her?»

«Vor vierzehn Tagen circa. Ein junger Inspektor kam ab und zu vorbei und setzte sich zu ihr ans Bett. Er redete mit ihr, als würde sie ihm zuhören – schöne Dinge übrigens. Deshalb war er mir in ihrem Zimmer aufgefallen.»

«Zwei Wochen im Koma?»

(Meine Julie... Vierzehn Tage, ohne aufzuwachen. Aber was haben sie mit dir gemacht, Gott noch mal?)

«Ein erzeugtes Koma, ja, um den Schock des Aufwachens zu vermeiden, was in diesem Fall meiner Ansicht nach blödsinnig ist. Sie muß jetzt so schnell wie möglich aufwachen.»

«Besteht dabei ein Risiko? Beim Aufwachen, ich meine, kann da was schiefgehen?»

«Ja. Sie kann verblöden, Halluzinationen haben...»

«Kann sie daran sterben?»

«Darüber gehen die Meinungen zwischen Berthold und mir auseinander. Ich denke nicht. Sie ist kräftig, das wissen Sie ja!»

(Ja, das weiß ich, sie ist kräftig, jawohl.)

«Kommen Sie vorbei, Doktor? Kommen Sie vorbei, um sie anzuschauen?»

Die Antwort läßt nicht auf sich warten.

«Selbstverständlich, Monsieur Malaussène, ich werde es aus der Nähe überwachen, aber zuerst muß das Problem mit dem Krankenhaus geklärt und die Polizei informiert werden, damit sie nicht auf die Idee kommt, man würde einen Verdächtigen verstecken oder irgendwas in der Richtung.»

«Was können wir bezüglich der Polizei unternehmen?»

Ich bin nicht mehr so ganz auf dem Teppich und überlasse mich vollkommen diesem Typen, den ich erst zweimal in meinem Leben gesehen habe: letztes Jahr, als man Jérémy zu ihm gebracht hatte, der in Stücke geschnitten und wie ein Hähnchen gegrillt war, und an dem Tag, als Verdun starb. Aber so ist das Leben: Wenn ihr ein menschliches Wesen in der Menge erspäht, folgt ihm... folgt ihm!

«Ich werde diesen Inspecteur Pastor anrufen, Monsieur Malaussène, der ihr immer ins Ohr geflüstert hat. Ja, ich werde diesen Inspektor um Rat fragen.»

30

«Komm rein, Pastor, komm rein, mein Junge, komm nur!»

Mitten in der Nacht war das Büro des Divisionnaire Cercaire, wie zu jeder beliebigen Tageszeit, hell erleuchtet. Immer dasselbe homogene Licht, das aus den Wänden und der Decke hervorquoll, das die Schatten annullierte und kalt im Raum die Konturen der wahren Wahrheit tranchierte.

«Pastor, ich stelle dir Bertholet vor. Bertholet, das ist Pastor, der Knacker von Chabralle, du erinnerst dich?»

Der große Bertholet warf ein kurzes Lächeln zu Pastor hinüber, der in seinem alten Wollpullover dastand und eher schüchtern wirkte, ein wenig weich und im Licht schwamm. Und daß diese Latex-Reproduktion des Kleinen Prinzen Chabralle ein Geständnis abgetrotzt haben soll – das konnte der große Bertholet immer noch nicht glauben.

«Pastor, ich hab gehört, man wollte dich abknallen? Schwein gehabt, daß der alte Thian dabei war, so wie's aussieht.»

Cercaires Formulierung enthielt keinerlei Ironie. Er begnügte sich damit, den Bericht der beiden Männer vor Ort zur Kenntnis zu nehmen.

«Es war schon alles vorbei, bevor ich auch nur meine Waffe ziehen konnte», sagte Pastor.

«Ja», sagte Cercaire, «ich hab Thian schon mal schießen sehen, das ist der Hammer. Daß so ein kleiner Typ so schnell mit 'ner großen Knarre hantieren kann, echt, das haut mich um!»

Dann zeigt er auf die verbundene Hand:

«Was abgekriegt?»

«Eine Glasscherbe, als ich in eine Mülltonne fiel», sagte Pastor, «ehrenvolle Verwundung!»

«Einmal ist immer das erste Mal, mein Junge.»

Das Licht in diesem Büro hatte noch einen anderen Effekt. Es kam aus dem Nichts und annullierte die Zeit. Der Divisionnaire hatte gelernt, mit Hilfe dieses Effekts die Kerle, die er verhörte, auszuspielen. Es gab kein Fenster in diesem Büro, das dennoch vollkommen gläsern erschien. Keine Uhr an den Wänden. Und keine Uhr an den Handgelenken der Bullen, die während eines Verhörs den Raum betraten.

«Arbeitet ihr?» fragte Pastor leise. «Ich hätte euch gerne ein wenig Zeit gestohlen.»

Der große Bertholet lächelte kurz. Er drückte sich so nett aus, Pastor. Seine sanfte Stimme und alles.

«Alle Zeit, die du für dich brauchst, Kleiner.»

«Ein persönliches Problem», sagte Pastor entschuldigend und sah dabei Bertholet an.

«Bertholet, mein Großer, hau ab und sag Pasquier, daß er die Posten in der Merlotti-Geschichte verdoppelt. Ich will nicht, daß dieser Scheißithaker auch nur einen Neger abseilt, ohne daß ich's erfahre!»

Die Tür schloß sich hinter Bertholet, dem Weisungsträger. Es war eine dicke Tür aus Rauchglas mit Alurahmen.

«'n Bierchen, Junge?» fragte Cercaire. «Bei der Nummer ist dir doch sicher ganz schön die Muffe gegangen?»

«Ja, doch», gab Pastor zu.

Cercaire nahm zwei Bier aus dem Wandkühlschrank, machte sie auf, reichte eins dem jungen Inspektor und ließ sich ins weiße Leder seines Sessels fallen.

«Setz dich, mein Sohn, und erzähl mal!»

«Ich muß Ihnen etwas zeigen, das Sie interessiert.»

Das Bier war ein Sozialgetränk par excellence. Cercaire mochte Pastor. Er mochte ihn noch mehr, als Pastor ihm eine 9-mm-Patrone hinlegte, deren Bleigeschoß kreuzförmig eingeschnitten war.

«Diese Kugel stammt aus der Waffe, die Vanini getötet hat. Sie wurde in Handarbeit gefertigt.»

Der Divisionnaire wog lange seinen Kopf und rollte dabei die Kugel zwischen Daumen und Zeigefinger.

«Und hast du die Waffe?»

«Ich habe die Waffe, ich habe den Mörder, und ich habe das Motiv.»

Cercaire heftete den Blick auf den jungen Mann, der ihm ein halbes Dutzend Schwarzweißfotos hinhielt. Man sah darauf Vanini im Einsatz, wie er mit dem Schlagring auf am Boden liegende Demonstranten drosch. Auf einem der Fotos war das zerfledderte Gesicht eines der Typen zu sehen. Das Auge hing aus der Höhle.

«Wo hast du die aufgegabelt? Ich hab sämtliche Kumpels von Ben Tayeb durchsucht und nichts gefunden.»

«Sie waren bei Malaussène», sagte Pastor. «Diskreter Einbruch», präzisierte er. «Er hat nicht einmal meinen Besuch bemerkt.»

«Und die Waffe?»

«Genauso», sagte Pastor, «eine P 38, Sie hatten recht. Ebenfalls bei Malaussène.»

Cercaire betrachtete diesen Jüngling, der ihm gegenübersaß, der Knacker von Chabralle, der ihm auf dem Tablett das servierte, wonach er persönlich und seine gesamte Mannschaft seit langer Zeit suchten.

«Wie bist du auf die Spur gekommen, Kleiner?»

«Durch Sie. Ich hatte mir gesagt, daß Sie recht hatten und Ben Tayeb mich an der Nase herumgeführt hatte. Das mag ich nicht. Außerdem ermittle ich wegen eines Mädchens; Malaussène hatte versucht, sie zu töten. Also war ich gezwungen, einen Abstecher in Ihr Revier zu machen.»

Cercaire nickte mit dem Kopf.

«Und weiter?»

Pastor lächelte verlegen.

«Wie Ihnen sicherlich aus meiner Personalakte bekannt ist, bin ich reich. Eine große Erbschaft, die es mir gestattet, für Höchstprämien die besten Tipgeber zu engagieren, das heißt diejenigen, die am wenigsten bestechlich sind.»

«Simon der Kabyle?»

«Zum Bespiel. Und Mo der Mossi.»

Cercaire nahm einen kräftigen Schluck Bier. Als sich das letzte Schaumflöckchen von seinem Oberlippenbart verflüchtigt hatte, fragte er:

«Und, wie siehst du das Ganze?»

«Ganz einfach», sagte Pastor. «Sie hatten recht mit Ben Tayeb, er hatte seine Finger in Drogengeschäften. Aber der Kopf heißt Malaussène, der sich hinter dem Alibi des unantastbaren Familienoberhaupts verschanzt. Tayeb und er hatten eine geniale Idee: den Drogenmarkt der Jugend für die Alten zu erweitern. Sie fingen an in Belleville mit der festen Absicht, sich eines Tages auszudehnen. Doch Vanini – dem man alles vorwerfen konnte, aber nicht, daß er blöd war – hatte andere Möglichkeiten als ich, ebenfalls wirkungsvolle, um seine Tipgeber zum Reden zu bringen. Er hat von der Sache Wind bekommen. Also hat man ihn umgelegt. Sie dachten, daß ihr nicht viel Wirbel macht, solange ihr nicht die Fotos habt, die für Ihre Abteilung ja ziemlich kompromittierend sind.»

Pastor trank sein Glas leer und schloß:

«Aber jetzt haben Sie die Fotos. Und die Negative dazu.»

Im Büro des Divisionnaire Cercaire existierte die Zeit tatsächlich nicht. Pastor hätte nicht sagen können, wie viele Sekunden verstrichen waren, bis Cercaire ihn fragte:

«Und du kommst an und servierst mir das einfach so auf dem Tablett, kostenlos...»

«Nein», sagte Pastor, «eine Gegenleistung.»

«Ich lausche.»

Inspektor Pastor setzte ein erstaunlich kindliches Lächeln auf.

«Ein zweites Bier.»

Cercaire platzte vor Lachen und fand sich vor seinem Kühlschrank wieder. Der Mann stand mit dem Rücken zu Pastor, und die leuchtenden Eingeweide des Minikühlschranks, der über der Alu-Bibliothek eingebaut war, machten aus ihm einen gelb schimmernden Torso im Gegenlicht, während der übrige Körper im leeren Glanz des Büros lag. Cercaire hielt in jeder Hand ein Bier und stand immer noch mit dem Rücken zu Pastor, als jener mit tonloser Stimme sagte:

«Es war nicht nötig, daß du versucht hast, mich umzubringen, Cercaire.»

Der Mann drehte sich nicht um. Er blieb stehen, wo er war, die

Flaschen hielten seine Hände fest. Die Kühlschranktür war wieder geschlossen, er stand in diesem unzeitlichen Licht, völlig regungslos, und drehte seine Rücken in die Richtung der Gefahr.

Pastor zeigte ein Lachen voll wahrer Freude.

«Drehen Sie sich um! Ich richte keine Waffe auf Sie! Ich sage lediglich, daß Sie nicht hätten versuchen sollen, mich umzubringen.»

Als Cercaire sich umdrehte, richtete sich sein Blick zuerst auf Pastors Hände. Nein, er bedrohte ihn nicht mit der Waffe. Ein langer und langsamer Seufzer der Erleichterung.

«Ich mache Ihnen nicht einmal einen Vorwurf, weil Sie es versucht haben. Ich versuche Ihnen gerade nur zu erklären, daß es ein Irrtum war.»

Irgend etwas Infantiles huschte über Cercaires Gesicht.

«Ich war's nicht!» sagte er.

Kinder schreien laut, wenn sie lügen. Noch lauter, als wenn sie die Wahrheit sagen. Pastor glaubte dem, der da vor ihm stand.

«Ponthard-Delmaire also?»

Cercaire nickte zustimmend.

«Seine Tochter hinterließ einen Brief, der dich identifiziert hat. Ponthard wollte sie rächen. Ich hatte ihm gesagt, daß das Blödsinn wäre.»

Pastor stimmte mit einem langen Kopfnicken zu.

«Ihr Ponthard macht ausschließlich Blödsinn. Was ist, trinken wir nun Bier?»

Als die Flaschen endlich offen sind und sich in die Gläser entleeren, geben sie ein langes freudiges Rauschen von sich.

«Als erstes: Einen Bullen umzulegen ist dumm, nicht wahr?»

Pastor richtete diese Frage lächelnd an einen Cercaire, der ohne zu lächeln mit dem Kopf nickte.

«Zweitens: Dafür zwei Idioten anzuheuern ist noch dümmer.»

Cercaires Glas blieb voll.

«Nicht miteingerechnet, daß diese beiden – ich lege meine Hand dafür ins Feuer, daß es dieselben sind – bei der ersten Abmachung bereits versagt haben.»

Pastor konnte ganz deutlich erkennen, wie sich zwei Ohren ins Innere von Cercaires Kopf drehten. Er, die große schnurrbärtige und muskelprotzende Maske, hatte seine Fassung wiedererlangt.

«Sie haben die Journalistin Corrençon verfehlt, Cercaire. Sie haben sie vollgepumpt und in die Seine geworfen. Sie landete auf einem Lastkahn, und sie haben es nicht einmal bemerkt!»

«Diese Idioten», sagte Cercaire.

«Das ist auch meine Meinung. Und wissen Sie, über welche Brücke sie sie geworfen haben?»

Kopfschütteln.

«Über die Pont-Neuf, genau gegenüber von uns. Natürlich hatte sie jemand beobachtet. Es war in der Nacht, als Vanini erschossen wurde.»

Pastor ließ seine Sätze einen nach dem andern fallen. So fanden sie Zeit, die Gehirnzellen seines Gegenübers zu tränken, die sich spürbar mitten im Manöver befanden. Es gibt Lebensumstände, in denen sich der Mensch effektiv wie ein Computer fühlt: Nach außen hin ist alles glatt, aber die Neuronen blinken rasend schnell. Als sich Cercaire der Tragweite dessen bewußt wurde, was er soeben erfuhr, brachte er die für ihn einzige Lösung ins Spiel:

«Hör zu, Pastor, hör auf mit deinem Theater, okay? Sag mir lieber, was du weißt, wo du es her hast und was du willst. Einverstanden?»

«Einverstanden. Ich habe mit den Ermittlungen wegen dieses Mädchens begonnen, das man in den Lastkahn geworfen hat und das bis heute im Koma liegt. Ich habe herausgefunden, daß sie Journalistin ist. Angesichts der Art von Reportagen, die sie bevorzugte, habe ich mich gefragt, ob sie nicht ihre Nase zu tief in eine Geschichte gesteckt hatte und jemand sie zum Schweigen bringen wollte. Können Sie mir bis hierhin folgen?»

Kopfnicken.

«Als ich ihre Wohnung durchsuchen wollte, traf ich auf einen Malaussène, der so schnell wegrannte, daß er den alten Thian dabei umstieß und vor Schreck einen Stapel Fotos fallen ließ. Das waren die Abzüge von Edith Ponthard-Delmaire.»

Pause. Kopfnicken von Cercaire.

«Als guter Bulle bin ich zu den Drogenleuten rübergegangen und habe über dieses Gesicht etwas herausgefunden. Ich habe die Kartei konsultiert und festgestellt, daß Sie dieses Mädchen freundlicherweise 1980 verhaftet hatten. Und dann dachte ich, daß sie wieder angefangen hat zu dealen und diese Fotos Beweisstücke gegen sie sein könnten. Brachte also Malaussène diese Fotos zur Corrençon, oder hatte er sie ihr gerade geklaut? Das war's, was ich noch nicht wußte. Und an dieser Stelle haben Sie mir geholfen, ohne es zu wissen.»

Ein Blick in der Art: Ich? Wie denn?

«Als Sie mir Hadouch Ben Tayeb überließen. Sie waren durch Vaninis Tod wie besessen. Sie wollten Tayebs Kopf um jeden Preis. Doch als ich Ihnen sagte, daß die verfallenen Medikamente, mit denen Sie ihn erwischt hatten, aus einem Bezirksamt stammten und eine Krankenschwester sie einem kleinen Alten bei einer Ordensverleihung gegeben hatte, wollten Sie mir nicht glauben, erinnern Sie sich?»

Ein Nicken des Kopfes, der allmählich kapiert.

«Ihre Weigerung war zu überstürzt. Warum glaubt er mir nicht? Was ist denn daran so Unwahrscheinliches? Ich sagte mir, daß ich das aus reiner Neugierde herausfinden wollte. Und ich habe es herausgefunden.»

Pause. Schlückchen. Das Bier ist gut.

«Und ich habe etwas Seltsames entdeckt. Dieser Orden zum Fünfzigjährigen wurde im Bezirksamt des Elften an einen Senior durch Arnaud Le Capelier verliehen, den Staatssekretär für ältere Menschen.»

Aufmerksame Augenbrauen, in etwa: ‹Worauf will er hinaus? Wie weit geht er?›

«Nun, auf einem der Fotos war Edith Ponthard-Delmaire in der ersten Reihe zu sehen und Arnaud Le Capelier auf dem Podium im Hintergrund, verstehen Sie? Mit seinen schönen glatten Haaren, die durch einen Mittelscheitel geteilt werden, der genau auf seine Nasenwurzel und seine Kinnspalte fällt.»

(O. K., O. K. ...)

«Der Rest lief von alleine. Ich verfolgte die kleine Edith einige Tage lang. Sie tauchte bei allen Seniorenveranstaltungen auf, die von Arnaud Le Capelier, dem Staatssekretär für ältere Menschen (Funktion verpflichtet), organisiert worden waren. Alles ganz offiziell, sehr sauber, vollkommen unverdächtig. Und jedesmal verführte sie ein Häufchen kleiner Alter, und jedesmal wanderte ein Päckchen Kapseln diskret von ihrer Tasche in die der Alten.»

Schweigen, Schweigen und die Zeit, die im durchsichtigen Licht der Wahrheit hing.

«Und trotzdem», sagte Pastor ernsthaft überrascht, «gab es in jedem Saal mindestens einen Bullen. Einer aus dem Rauschgiftdezernat, Sie wissen schon: grüner Lodenmantel oder Ledermantel. Nach dem Vorbild des Chefs.»

Der Chef verstand mehr und mehr. Es war wie ein Kartenhaus, das in Zeitlupe zusammenfiel.

«Ich fand es seltsam, daß sie ihnen nicht auffiel. Um so mehr, da sie keine besondere Vorsicht walten ließ. Und dann sagte ich mir: Am Ende sind sie sogar dazu da, um sie zu beschützen, dieses Kind, um ihr Berufsrisiko zu mindern... Wie denken Sie darüber, Cercaire?»

«Schon gut, mach weiter.»

«Also stattete ich Edith Ponthard-Delmaire einen Besuch ab, bestärkt durch diese Hypothesen, die ich ihr selbstverständlich wie Gewißheiten präsentierte. Sie hat sie bestätigt. Sie machte reinen Tisch. Sie sträubte sich ein wenig, ihr Geständnis zu unterschreiben, aber dagegen verfüge ich über eine Methode. Eine Methode, deren Ergebnis Sie im Fall Chabralle sehr wohl zu schätzen wußten.»

Kein einziges Schaumkrönchen mehr auf Cercaires Bier. Und dieses Bier, das vor sich hin stagnierte, litt an tragischem Sauerstoffmangel. Pastors Stimme:

«Bevor ich Edith Ponthard-Delmaire aufsuchte, tat ich etwas anderes, etwas ganz Einfaches, nämlich pure Verwaltungsarbeit. Routine. Ich wollte wissen, wessen Tochter dieses charmante Kind war. Vater Ponthard-Delmaire: Architekt. Schöner Beruf. Schöne Reden außerdem. ‹Einheit des Menschen und des architektonischen Raumes› ... Diese Überschrift trug einer seiner Vorträge. ‹Daß jede Wohnung der rhythmische Ausdruck des in ihr schwingenden Körpers sei.› (sic) Das klingt schön, nicht wahr?»

«Mach weiter.» (Das Glas ist voll, die Stimme trocken.)

«Ja. Ich habe bei der Stadtverwaltung von Paris angerufen. Katasteramt. Ich erkundigte mich nach den Baustellen von Ponthard-Delmaire in der Stadt. Ich erfuhr, daß er Paris nicht dadurch umbauen wollte, indem er neue Hochhäuser konstruierte. (Dafür muß man ihm dankbar sein, wenn man sich ansieht, was er aus Brest und Belleville gemacht hat.) Nein, seine Architektur ist ein ‹inneres Modellieren›. Mit anderen Worten: die äußeren architektonischen Formen von Paris erhalten und die Wohnungen, die von einer Filiale seines Büros angekauft wurden, von innen her erneuern. Ich habe diese Wohnungen registriert. Insgesamt 2800. (Augenblicklicher Stand.) Ich versuchte, die früheren Mieter kennenzulernen. Zu 97 % handelte es sich um alleinstehende Senioren, die ohne Angehörige im Krankenhaus verstorben waren. Ich rief mehrere Krankenhäuser an und versuchte herauszufinden, woran diese Leute gestorben waren. Fast alle an geistiger Umnachtung. In der psychiatrischen Klinik. Leere Wohnungen...»

Diesmal klang die Ruhe wie die Ruhe der Ewigkeit. Der alterlose junge Mann, der da stand, war der Eigentümer der Zeit.

«Darf ich zusammenfassen?» fragte er.

Schweigen. Selbstverständlich Schweigen.

«Gut, ich fasse zusammen. Den Fall in seiner ganzen Einfachheit: Paris beherbergt in seinen Wänden eine eindrucksvolle Zahl an alleinstehenden, hoffnungslosen älteren Menschen. Wenn man nun die Wohnungen dieser Alten zu Niedrigstpreisen ersteht und sie nach den Normen der menschlichsten Architektur instandsetzt, das heißt: nach der intimen Architektur Ponthard-Delmaires, und wenn man sie dann wieder zu einem Preis verkauft, der der Arbeit des Meisters gerecht wird, beläuft sich der Gewinn in der Regel auf 500 bis 600 %. Man muß nur die Wohnungen entmieten. Woran stirbt ein älterer Mensch? An Altersschwäche. Diese Altersschwäche beschleunigen, ihn die letzte Kurve seiner Senilität schneller kratzen zu lassen – ist das etwa ein Verbrechen? Diskutabel. Man kann es ebenso als ein humanes Werk betrachten. Das gehört zum geschützten Bewußtsein, und so kann man endlich die Brieftaschen der Rentner für den Drogenmarkt öffnen. Ich rede viel. Ich möchte noch ein drittes Bier.»

Ein Roboter steht auf. Ein Roboter öffnet die Tür des kleinen Kühlschranks. Ein Roboter macht die Flasche auf. Ein Roboter setzt sich wieder hin.

«Diese Umstellung des Drogenmarktes von der Jugend hin zu den Alten ist beinahe eine moralische, dazu eine Quelle von enormen Profiten. Unverdächtige Kundschaft, Schutz durch den Divisionnaire Cercaire, dem das Rauschgiftdezernat untersteht, ausgestattet mit dem Segen des Staatssekretärs für ältere Menschen – ein goldener Markt. Und die Dealer? Leicht zu beschaffen. Es genügt, diejenigen zu benutzen, die schon mal Ärger hatten und die man im Griff hat. Striktes Verbot, wieder zur Nadel zu greifen. Sichere Leute. Wie Edith Ponthard-Delmaire zum Beispiel. Und sie korrekt zu bezahlen. Die Möglichkeiten hierfür sind vorhanden.»

Immer noch dasselbe schweigende Licht und die immer wahrere Wahrheit.

«Und dann steckt auf einmal eine Journalistin ihre Nase ins Geschäft... Der erste Schlag ins Kontor.»

O ja, ein satter Schlag ins Kontor, das ewig beschissene Sandkorn.

«Voilà», sagte Pastor, «das ist alles, was ich weiß. Ich bin fertig.»

Er stand nicht auf. Er blieb sitzen und trank sein drittes Bier, wie ein Rodeoreiter vor dem schönen schwarzen Mustang, der für immer besiegt war.

«O. K., Pastor, was willst du?»

Zunächst keine Antwort. Dann mit gewohnter Präzision:

«Mein Vorgesetzter Coudrier weiß nichts davon. Er fährt auf der Schiene Malaussène wegen Mordversuchs an der Corrençon, wegen Mordes an mehreren Rentnern und wegen Drogenhandels.»

Es ist schön, ein Gesicht anzuschauen, das sich entspannt. Es gibt nichts Beruhigenderes auf der Welt als das Schauspiel der Erleichterung. Divisionnaire Cercaire bereitete dem jungen Pastor ein Geschenk, als er vor ihm sitzend ausrief:

«Mist, mein Bier ist warm!»

Erneuter Trip zum Kühlschrank, hin und zurück.

«Also, Kleiner, was willst du?»

«Zunächst mal, daß Sie damit aufhören, mich ‹Kleiner› zu nennen. Es scheint mir, daß ich ein bißchen gewachsen bin in letzter Zeit.»

Das Ende einer Idylle.

«Einverstanden, Pastor, was willst du?»

«Ich will 3 Prozent vom Gewinn. 3 Prozent.»

«Spinnst du?»

«Ich habe einen klaren Verstand. 3 Prozent. Und vergessen Sie nicht, daß ich rechnen kann. Ich verwalte sehr gut mein eigenes Vermögen. Ich möchte morgen ein Treffen mit Ponthard-Delmaire, damit wir die Vertragsmodalitäten vereinbaren.»

Eine Armee von Buchhaltern begann hinter der Stirn des Divisionnaire zu wirbeln.

«Rechnen Sie nicht, Cercaire, ich komme nicht mit leeren Händen. Ich habe sogar eine ordentliche Mitgift! Zunächst mal habe ich Sie in der Hand, und die Wahrheit für 3 Prozent erscheint mir doch sehr preisgünstig. Aber vor allem bringe ich Ihnen Malaussène, der bis zum Hals überall drinsteckt, wie ich es Ihnen vorhin gezeigt habe: Ermordung Vaninis, der Mörder der Alten, Drogenlieferant der Alten: der Traum-Sündenbock. Darüber hinaus wird ihn das glücklich machen, denn wie es scheint, entspricht diese Rolle seiner tiefsten Natur.»

Daraufhin klingelte das Telefon.

«Was ist?» grummelte Cercaire in den Hörer.

«Ja, er ist da.»

Dann:

«Für dich, Pastor.»

Das Telefon wechselte die Hand.

«Ja?» sagte das Kind Pastor. «Ja, Doktor, ich bin's. Nein? Warum haben sie das getan? Ach so! Gut, ich verstehe, ja, ich verstehe... Nein, sie ist wegen nichts angeklagt, nein, ich denke nicht, daß es etwas Schlimmes ist. Ja, das läßt sich bestimmt in Ordnung bringen... Aber ich bitte Sie, Doktor, keine Ursache... Nein, nein, ich bitte Sie... Genau, ja, guten Abend, Doktor.»

Pastor legt sanft wieder auf und lächelt verträumt.

«Und ich mache Ihnen als Zugabe ein kleines Geschenk, Cercaire. Malaussène hat Julie Corrençon aus dem Krankenhaus Saint-Louis abholen lassen, weil er glaubte, daß sie dort schlecht behandelt würde. Sie ist seine Freundin, stellen Sie sich das mal vor. Im Moment ist sie bei ihm. Und wenn Sie meine Meinung hören wollen: Es wäre hervorragend, wenn sie dort sterben würde.»

Ein letztes Lächeln. Diesmal stand er auf.

«Aber das werden wir auch morgen bei Ponthard-Delmaire regeln. Gegen fünfzehn Uhr dreißig, paßt Ihnen das? Und vergessen Sie nicht: 3 Prozent.»

31

Der Witwe Hô tat die Schulter weh. Die Witwe Hô hatte sich das bißchen Fett, das ihre Knochen noch umhüllte, durchbohren lassen und sah darin eine große Ungerechtigkeit des Schicksals. Wenn dieser Gangster ein paar Millimeter daneben geschossen hätte, zum Körperinnern hin, dann gäbe es keine Witwe Hô mehr, und die Witwe Hô hätte darüber eine große Erleichterung verspürt. Aber statt dessen lebte die Witwe Hô, voll und ganz gegenwärtig mit dieser durchlöcherten Schulter, und sah mit an, wie Belleville um sie herum einstürzte, roch, wie aus dem Treppenhaus der Gestank von Pisse nach oben stieg und der Kotgestank der Ratten, die sich immerzu Kämpfe lieferten; der Gestank mischte sich mit ihrem eigenen Parfum ‹Tausend Blüten Asiens›. Appetitlos betrachtete die Witwe Hô das Couscous-Brochettes des alten Amar, das auf seinem Teller kalt wurde. Die Witwe Hô haßte die kleine Leila, die sich mit dem letzten Lutscher in der Hand von ihr abgewandt hatte. Die Witwe Hô wußte, daß sie dem kleinen Mädchen gegenüber ungerecht war, aber dieser Haß erlaubte ihr, die Schmerzen in ihrer Schulter zu ertragen. Die Witwe Hô wollte nicht länger ein alter, verwitweter Bulle sein, ein einsamer Versager. Es stank ihr um so mehr, als dieses Verkleidungsprojekt ihre eigene Idee gewesen war, die sie ganz offiziell ihrem geschätzten Vorgesetzten unterbreitet hatte: dem Commissaire Divisionnaire Coudrier. ‹Als Köder, Thian? Keine schlechte Idee. Ich lasse Ihnen unverzüglich ein Konto einrichten – auf wessen Namen? ...auf... Ho Chi Minh.› Thian wußte nichts vom Indochina seiner Vorväter, von seinem Vietnam, und das war der erste Name, der ihm in den Sinn gekommen war, zusammen mit dem des Generals Giap. Aber die Witwe Hô wollte nicht die Witwe Giap sein. Die Witwe Hô hatte sich auf einem Gipfel begraben und wartete auf denjenigen, der Mitleid mit ihr hatte und kommen würde, um ihr die Kehle durchzuschneiden. Die Hälfte der Wohnungen war bereits leer und vernagelt, und der Killer war nicht gekommen. Mit Tabletten voll bis zu den Augenrändern (eine Art chemiegetränkte Watte hüllte ihren Schmerz in einen undeutlichen Mullverband ein), sah die Witwe Hô klarer als je zuvor. Sie hatte sich selbst enttäuscht. Wahrscheinlich hatte sie auch ihren Chef enttäuscht, und noch schlimmer: Sie gab nicht einmal ein Beispiel an Tüchtigkeit für diesen jungen, umgekämmten Inspektor ab, mit dem sie ihr Büro zur nächtlichen Stunde teilte, wenn sie wieder zum Inspecteur Thian wurde. Die Witwe Hô hätte jetzt sehr gerne die Überlegungen Pastors gehört, dessen unzeitgemäße Sanftheit sie mochte und dessen Aufrichtigkeit sie schätzte. Aber auch das hatte sie verpaßt. Und so fand sie sich an diesem Abend plötzlich alleine mit sich selbst. Und mit der Erinnerung an seinen Verrat. Denn das einzige, was der Witwe Hô in der letzten Zeit gelungen war, war der Verrat an einem guten Mann, einem Serbo-Kroaten mit blauer Seele, der die alten Damen von Belleville mit größerer Selbstlosigkeit als sie verteidigte und wahrscheinlich auch wirkungsvoller. Die Witwe Hô hatte die Ermordung ihrer Freundin Dolgorouki zugelassen, ihrer Nachbarin vom gleichen Flur. Eine Art Judas im Thaikleid, genau das war die Witwe Hô.

Die Witwe Hô begann vor sich hin zu dösen. Bald hatte sie durch die Spalten eines nervösen Traums, der von Schmerzstichen zerrissen wurde, wieder das Bild ihrer Mutter vor sich, das der Serbo-Kroate wieder zum Leben erweckt hatte, und das ihres winzigen, lächelnden Vaters, der in einer Wolke aus Honigdüften schwebte. Dann sah sie ein blondes Gesicht, einen Mittelscheitel, der schnurstracks in die Furche eines runden Kinns hinabfiel. Dieses Gesicht war Zeuge beim Prozeß gegen seine Eltern. Es war das höfliche Gesicht des Staatssekretärs für die Kriegsveteranen, ein ganz junger Eliteschüler, der wußte, wovon er sprach. Und als er sagte, daß diese heimliche Opiumraucherei eine Schmach für alle ehemaligen Indochinakämpfer wäre... er hieß... wie hieß er denn gleich noch mal? Irgendwas mit ‹Chapeau› oder ‹Cellier›. Er war jetzt Staatssekretär für ältere Menschen... Man hatte die Eltern der Witwe Hô ins Gefängnis gesteckt, und der Inspecteur Van Thian hatte diese Katastrophe nicht verhindern können. Der Vater, der alte Tonkinese aus Monkai, war in seiner Zelle zerfallen. Sein Körper war so leicht, daß Thian, als er ihn auf der Krankenstation des Gefängnisses ein letztes Mal in die Arme schloß, dachte, es wäre ein Schmetterling. Und es war sehr wohl wahr, daß die Hände dieses Mannes zu seinen Lebzeiten die schillernde Leichtigkeit eines Schmetterlings besaßen. Dann hatte man die Mutter, von nun an die Witwe Louise, freigelassen und hatte sie und das, was von ihrem Kopf übriggeblieben war, zur endgültigen Beruhigung in eine psychiatrische Klinik verfrachtet.

Sie war an einer Überdosis Medikamenten gestorben, die sie irreführenderweise in der Krankenhausapotheke hinuntergeschlungen hatte. ‹Obwohl sie abgeschlossen war, Monsieur. Sie können sich selbst davon überzeugen.› Erst einige Jahre später hatte Thian die Firma verkauft, und dann hatte man diese Art Golfplatz, der zu lange im Backofen war, dorthin gebaut, diesen grünen, velodramatischen Mehrzweckklumpen. Die Witwe Hô hörte nicht auf, das Unglück des Witwers Thian zu beweinen, dessen Geheimnissen sie Schutz bot und der außer seinen Eltern auch seine Frau verloren hatte, Janine die Riesige, die mit ihren Expertenhänden das übermäßig groß gemacht hatte, was bei ihm am kleinsten war. Janine war tot. Unvorstellbar von einem solch riesigen Wesen. ‹Aber dir bleibt ja noch Gervaise.› Ein ungewisses Lächeln lag in Janines letzten Worten. Es stimmte, ihm blieb Gervaise, die Tochter, die die Riesige ihm auf der Erde zurückgelassen hatte. Sie war nicht von Thian, aber das spielte keine Rolle. Man hatte ihr einen Namen gegeben, den man aus einem Buch hatte, das als rot galt. Das hatte Gervaise aber nicht daran gehindert, dem Glauben zu verfallen. Sie hatte ihre schönen Locken unter dem Schleier plattgedrückt. Kleine Schwester für die Armen. Wie kann man in dieser Welt dem Glauben verfallen? Für Thian war das letzten Endes schlimmer als die tödliche Krankheit der Riesigen. Noch dazu Gervaise. Ganz ihrer Sache ergeben. Helden haben keine Eltern. Das alles, um in einem Heim in Naterre die Nutten mit dem lieben Gott zu versöhnen. Nutte war der Beruf ihrer Mutter, Janine der Riesigen, bis Thian anfing, sie anzuhimmeln und die ganze Touloner Zuhälterfamilie in den Knast brachte. Schwager und Cousins, die auf Korsisch schworen, daß sie mit dem kleinen gelben Bullen noch abrechnen würden. Es half nichts: ab in den Knast! Und wenn man jetzt Bilanz ziehen würde: Die einen waren tot, die andern immer noch im Gefängnis, Gervaise war bei Gott und die Witwe Hô einsam. In sich trug sie diesen gescheiterten Witwer, der selbst so einsam war, daß er ihr nicht einmal Gesellschaft leisten konnte. Und die Witwe Hô ertappte sich dabei, wie sie für ihn betete. Völlig fertig. Sie betete zwischen seinen brennenden Lippen: Mein Gott, schick mir den Kehlenschneider, damit das Lachen ein Ende hat! Schick ihn zu mir, und ich verspreche dir, den Bullen Van Thian in mir einzuschläfern. Ich schalte ihn ab. Ich vernichte seine gefährlichen Reflexe. Du glaubst mir nicht? Sieh nur, mein Gott, ich ziehe meine Pistole aus der Tasche und nehme das Magazin heraus. So. Ich werfe das Magazin und die Waffe weit weg. Und jetzt, mein Gott, flehe ich dich an, sende meinen Befreier zu mir!

So murmelte sie vor sich hin und befand sich zum erstenmal in ihrem langen Leben fast in einem Zustand von Schwerelosigkeit. Und wie jeder weiß, kann Glaube Berge versetzen. Als sie die Augen wieder öffnete, stand er vor ihr, der Kehlenschneider von Belleville, und richtete eine Llama 27 auf sie, genau die, die er in der Tasche der Witwe Dolgorouki gefunden hatte. Er hatte die Wohnung durch die Tür betreten, die die Witwe Hô immer offenstehen ließ, weil sie seinen Besuch erwartete. Er hatte ihr eine ganze Zeitlang zugeschaut, wie sie unverständliche Worte vor sich hin nuschelte, und er hatte geduldig gewartet, bis sie die Augen wieder öffnete, um seinen Triumph vollends auszukosten. Als sie endlich ihre vom Fieber geröteten Lider wieder auseinanderzog, sagte er:

«Guten Abend, Inspektor.»

Mit einem Schlag war es der Inspecteur Van Thian, der aufwachte. Im Schneidersitz hinter dem niedrigen Tisch hockend, war sein erster Reflex, die Anwesenheit der Pistole mit dem Knie zu ertasten. Keine Pistole. Und der andere dort stand vor ihm und richtete seine Llama mit aufgesetztem Schalldämpfer auf ihn.

«Ich bitte Sie, lassen Sie Ihre Hände auf dem Tisch!»

Keine Pistole, verflucht! Thian sah plötzlich die Witwe Hô vor sich in ihrem mystischen Delirium, sah, wie sie die Waffe entlud und das Magazin wegwarf – ja, er hatte es dort hinten unter den Schrank geschoben und die Knarre in die andere Ecke. Mannomann, leck mich doch am Arsch! Thian hatte noch niemals eine Person so gehaßt wie die Witwe Hô in diesem Augenblick. Es würde ihm nie im Leben gelingen, seine Artillerie zusammenzusuchen, bevor der andere abdrückte. Du saublödes Hurenweib von einer Witwe! Vorbei. Er war fertig. Und erst nachdem er sich davon überzeugt hatte, interessierte er sich für die Identität seines Besuchers. War er's denn wirklich? Unglaublich... Er baute sich kerzengerade vor Thian auf. Er war sehr alt und trug einen samtweichen Heiligenschein aus weißen Haaren um seinen heiligen Kopf. Er war die Erscheinung des Gottvaters persönlich, die von den unbedachten Gebeten dieser dreckigen alten Witwengans Hô herbeigerufen worden war. Aber es war nicht Gottvater, es war der Bedröhnteste unter seinen abgehalfterten Engeln. Es war der alte Risson, der ehemalige Buchhändler, den die Witwe Hô bei Malaussène getroffen hatte.

«Ich bin hergekommen, um mir mein Buch wiederzuholen, Monsieur Inspecteur.»

Der alte Risson lächelte liebenswürdig. An der Art, wie er den Revolver hielt – den Kolben mit allen Fingern fest umschlossen –, konnte man sehen, daß ihm dieses Werkzeug vertraut war.

«Haben Sie es gelesen?»

Er winkte mit dem kleinen rosa Büchlein von Stefan Zweig, ‹Schachnovelle›, das vor dem Bett auf dem Boden gelegen hatte, wo Thian es hingeworfen hatte, ohne jemals hineingeschaut zu haben.

«Sie haben es nicht gelesen, stimmt's?»

Der Greis schüttelte mitleidig den Kopf.

«Ich bin außerdem hergekommen, um mir die drei- oder viertausend Francs anzueignen, die Sie mir neulich unter die Nase gehalten haben, als Sie bei Malaussène die Rolle der wohlhabenden Witwe spielten.»

Er zeigte ein wirklich gutes Lächeln.

«Wissen Sie eigentlich, daß Sie in den vergangenen Wochen die Lieblingsunterhaltung der Belleviller Jugend waren? Ein alter Bulle transvestiert zur vietnamesischen Witwe – alle jungen Leute wollten Sie zumindest einmal gesehen haben, damit sie es ihren Nachkommen erzählen können.»

Er redete, aber die Llama wackelte nicht. Er richtete sie mit großer Sicherheit auf ihn.

«Der Clou war allerdings heute nachmittag, als Sie diese beiden Gangster abgeschossen haben. Da haben Sie die Abzeichen einer Legende errungen, Monsieur Inspecteur.»

Mit dem Daumen spannte er den Hahn. Thian sah, wie sich die Trommel um eine Kammer weiterdrehte.

«Deswegen müssen Sie sterben, Monsieur Inspecteur. Diese Jungen lieben Sie so sehr, seit sie Sie heute nachmittag gesehen haben. Sie noch länger am Leben zu lassen, hieße, sie zu enttäuschen. Man muß die Legende erschaffen.»

Die Kugeln waren in den Kammern perfekt zu sehen – sie sahen aus wie kleine Penisse in ihrem Etui. Thian dachte an den roten Lippenstift der Witwe Hô; das war für ihn ein guter Vergleich.

«Und außerdem tue ich Ihnen damit einen Gefallen, denn unter uns gesagt sind Sie doch eher ein mittelmäßiger Bulle, nicht wahr?»

Thian dachte, daß die Situation diese Meinung eher bestätigte.

«Haben Sie geglaubt, daß Malaussène in der Lage wäre, alten Damen die Kehle durchzuschneiden?»

Ja, das hatte er geglaubt.

«Welch ein Irrtum! Dieser Malaussène ist ein echter Heiliger, Monsieur Inspecteur, wahrscheinlich der einzige in dieser Stadt. Möchten Sie, daß ich Ihnen seine Geschichte erzähle?»

Er erzählte. Er hatte die Waffe, also hatte er Zeit. Er erzählte, weshalb Malaussène ihn, Risson, und drei andere Greise beherbergte. Alte Ruinen, die von ‹Appartementbeschaffern› fast zu Tode gefixt worden waren. Er erzählte, wie Malaussène und die Kinder sie pflegten und kurierten, wie diese unglaubliche Familie ihnen wieder einen Daseinsgrund und einen Geschmack am Leben gab, wie er selbst, Risson, von Thérèse wiederauferweckt worden war, wieviel Glück er in diesem Haus gefunden hatte und wie er jeden Abend von der Freude der Kinder überwältigt wurde, wenn er ihnen Romane erzählte.

«Und auch deswegen bin ich gezwungen, Sie zu töten, Monsieur Inspecteur.»

Ich muß dran glauben, weil dieser alte Depp den Kindern Romane erzählt? Das verstand Thian nicht.

«Diese Romane schlummern in meinem Kopf. Ich war mein ganzes Leben lang Buchhändler, wissen Sie, ich habe viel gelesen, aber mein Gedächtnis funktioniert nicht mehr einwandfrei. Diese Romane schlafen, und ich muß sie jedesmal aufwecken. Nun, das geht nicht ohne eine kleine Spritze. Hierfür benutze ich das Geld der ungebildeten Witwen: um Stoff zu kaufen, der durch meine Venen die Literatur wieder wachruft, damit sie wiederum den Geist dieser Kinder anregt. Begreifen Sie wenigstens dieses Glück? Können Sie es wenigstens nachvollziehen?»

Nein, Thian verstand nicht, daß man alten Damen die Kehle durchschneiden mußte, um Kindern Geschichten erzählen zu können, nein, das nicht. Aber Thian war hingegen vollkommen klar, daß dieser Mann mit weißen Haaren, dessen Augen zu leuchten und dessen Hände zu zittern begannen, der gefährlichste Verrückte war, dem er in seiner ganzen langen Bullenlaufbahn begegnet war. ‹Und wenn ich nicht sehr bald eine Lösung finde, macht er mich kalt, ohne mit der Wimper zu zucken.›

«Heute abend zum Beispiel werde ich ihnen Joyce erzählen. Kennen Sie James Joyce, Monsieur Inspecteur? Nein? Nicht mal den Namen?»

Das Magazin der Pistole lag unter dem Schrank und die Pistole selbst unsichtbar hinter dem Bett...

«O ja, ich werd ihnen Joyce erzählen! Dublin und Joyce' Kinder!»

Rissons Stimme war ein wenig angestiegen... Er leierte jetzt wie ein Priester...

«Sie werden Flynn kennenlernen, der den Kelch zerschlägt, sie werden mit Mahonny in der Vitriolfabrik spielen, ich werde ihnen den Duft herholen, der im Wohnzimmer des toten Priesters schwebte, sie werden Evelyne entdecken mit ihrer Angst, in allen Weltmeeren zu ertrinken, ich werde ihnen Dublin zeigen, und schließlich werden sie genau wie ich den Ungarn Villona rufen hören, der am Steuer seines Bootes steht: ‹Morgengrauen, meine Herren!›»

Der Schweiß perlte unter den weißen Haaren hervor, die Hand zitterte immer mehr und krallte sich um den Kolben.

«Aber um dies alles mit der ganzen lebendigen Kraft wieder wachzurufen, brauche ich DAS LICHT, Monsieur Inspecteur, dasjenige, das Ihr Geld in meine Venen streuen läßt!»

Thian hörte nicht das ‹Plopp›, aber ihm war der Stoß bewußt, der ihn gegen die Wand schleuderte. Er spürte, wie sein Kopf zurücksprang, und begriff, daß er plötzlich auf den Beinen stand und nach vorne abtauchte in der absurden Absicht, den andern zu entwaffnen. Dann gab es einen zweiten Stoß, wieder die Wand, der gellende Schrei seiner bereits verletzten Schulter, dann wurde es Nacht... Gleichwohl mit einem letzten Bild: das eines zwitschernden Säuglings in den Armen einer alterslosen Vietnamesin.

32

Sofort als er sah, daß der große Alte mit den weißen Haaren hinaufging, kam der kleine Nourdine aus seinem Versteck heraus. Er schoß aus dem Treppenhaus und fing an zu rennen, zehnmal schneller, als wenn er Leila und ihren Freundinnen nachjagte. Er lief zu *Loula*, zum *Lumières de Belleville*, zum *Saf Saf* und zur *Goulette*, und überall fragte er nach Sim dem Kabylen, habt ihr Sim den Kabylen gesehen? Ich muß unbedingt Simon den Kabylen treffen.

Er rannte in das Brutzeln der Merguez, durchquerte Wolken von Pfefferminz, er lief an den Regalen vorbei, ohne daran zu denken, Datteln zu klauen, er machte zwei oder drei Abstecher in die Tiefe der Hausflure, wohin sich die Schwarzen in der Dunkelheit verflüchtigen, und in dieser Nacht trommelte er gegen die Bauchmuskeln von Mo dem Mossi.

«Was willst du denn von Sim?»

«Er hat mir nicht geglaubt», schrie der kleine Nourdine, «er hat mir nicht geglaubt, als ich ihm gesagt hab, daß die Rasierklinge ein Alter ist, er hat mir nicht geglaubt, aber jetzt kann er sich selbst davon überzeugen, derselbe Alte mit den weißen Haaren ist gerade zur Witwe Hô raufgegangen.»

«Zum Transi?»

«Ja, zu dem Bullen, der auf Witwe macht. Er ist raufgegangen, der alte Killer, ihr könnt hingehen und euch davon überzeugen, daß er's ist, die Rasierklinge, ihr werdet schon sehen! Er war auch bei der Witwe Dolgorouki.»

Mo der Mossi drehte sich um in die Dunkelheit:

«Mahmoud, paß mal 'ne Minute auf, ich komm gleich wieder!»

Dann schnappte er den Jungen am Ellenbogen.

«Komm, Nourdine, wir holen Sim ab, und wenn du uns Märchen erzählt hast, schreiben wir sie dir anschließend auf den Hintern!»

«Nix auf den Hintern, ich versteck mich schon seit vierzehn Tagen unter der Treppe, um ihn zu schnappen! Die Rasierklinge, das ist der Alte! Und kein anderer!»

Sie fingen den großen Alten mit den weißen Haaren in dem Moment ab, als er aus dem Haus kam. Fieberhafte Augen, Gänsehaut, schweißglänzendes Gesicht – es bestand kein Zweifel: Der Alte war auf Turkey. Simon erleichterte ihn um seine Llama 27 und zog ihn in den Keller, während der Mossi die Stockwerke hinaufhechtete, um der Witwe Hô den Blutdruck zu messen. Nourdine verdrückte sich wieder unter der Treppe. Wachposten.

Der Alte dachte zuerst an Dealer, die ihm aufgelauert hätten. Er zückte sein Geld und hielt die andere Hand auf. Normalerweise dauert der Wechsel nur ein paar Sekunden. Diesmal war es länger. Simon lehnte das Geld ab, beinahe höflich. Der Keller stank nach ranziger Pisse und Lederpilzen. Ein schwammiger Sessel streckte seine Armlehnen der Nacht entgegen. Simon setzte den Alten hinein.

«Du brauchst deinen Stoff, he Alter? Du kriegst ihn schon.»

Aus seiner Jacke zog er eine Spritze, die so lang war wie Alptraum, einen Löffel und einen kleinen Beutel mit einem weißen Pulver.

«Kostenlos.»

Ein Schatten fiel in die Kellermitte: Es war Mo der Mossi, der aus seinen Höhen wieder hinabgesteigen war.

«Er hat den Transi umgelegt.»

Der Kabyle riß den Beutel mit den Zähnen auf. Er nickte langsam mit dem Kopf.

«Ein Bulle, der in Belleville fällt, Alter – darüber werden sich die Jungs hier aber mächtig freuen. Warum tust du uns das an?»

Die Antwort drang bis hinauf zu den Jungs, die von ihr so überrascht waren, als hätte der Sessel von alleine angefangen zu reden:

«Um die Literatur zu retten!»

Der Kabyle ließ sich nichts anmerken. Ein langer Faden Spucke verband sein beißendes Lachen mit dem kleinen Pulverberg, der sich auf dem Löffelboden erhob. Das Pulver prasselte wild. Es fauchte wie eine Katze.

«Und die ganzen Alten, die du abgemurkst hast – alles nur für die Literatur?»

Mo der Mossi glaubte, alles gehört zu haben, vom Père Lachaise bis zur *Goutte d'or*.

«Für die ganze Literatur, für meine wie auch für deine!»

Der Alte war aufgeregt, aber er versuchte nicht auszuweichen. Er krempelte nervös seinen Ärmel hoch. Seine Stimme schwoll an, aber er blieb artig in seinem Sessel sitzen. Sein bleicher Arm schwang durch die Nacht.

«Das Geld dieser ungebildeten Alten hat die Meisterwerke aus der Vergessenheit emporgeholt, die jetzt in jungen Herzen wieder aufleben. Dank meiner! Der Baron Corvo... Kennt ihr den Baron Corvo?»

«Kenne keinen Baron», sagte Mo der Mossi ernst.

Simon hatte die Nadel in den kleinen geschmolzenen Berg getaucht. Er brauchte niemals Tageslicht zum Verrichten von Präzisionsarbeit.

«Und kennst du wenigstens Imru-Al-Qays, den Prinz vom Stamme der Kinda, junger Mann? Er ist aus deiner Kultur, aus der ältesten Kultur, der vorislamischen!»

«Kenne auch keinen Prinz», gestand Mo der Mossi. Aber der Alte fing ohne Vorwarnung an zu leiern:

«Qifa, nabki min dikra habibin oua manzili...»

Simon übersetzte es dem Mossi und zog dabei sachte den Kolben der Spritze zurück. Er lächelte.

«Laßt uns aufhören, laßt uns weinen wegen einer Geliebten oder einer Wohnung, die wir verlassen haben...»

«Ja!» schrie der Alte mit einem schallend euphorischen Lachen. «Ja, das ist eine der möglichen Übersetzungen. Und du da, sag, kennst du die Gedichte von Mutanabbi? Seinen Dithyrambus von der Mutter des Saif-Al-Dawla, kennst du den?»

«Ja, den kenne ich», sagte Simon und beugte sich über den Alten, «aber ich möchte ihn gerne noch mal hören, bitte!»

Er hatte soeben den Bizeps des Alten mit einem Stück Fahrradschlauch abgebunden. Er fühlte, wie die Venen unter seinen Fingern anschwollen. Er hatte ganz ruhig gesprochen.

«Nouidou L – machrafiataoua L – aouali...» rezitierte der Alte.

Simon drückte die Nadel hinein und übersetzte dabei:

«Wir halten die Schwerter und Lanzen bereit...»

Und er rezitierte weiter und drückte dabei auf den Kolben.

«Oua taqtoulouna L-manounoubilla qitali.»

Die Mischung aus Spucke und weißem Pulver begab sich in die Vene. Als sie am Herzen angelangt war, wurde der Alte aus seinem

Sessel gerissen und schoß in den Raum. Er fiel vor die Füße der beiden Jungs und krümmte sich mit gebrochenen Knochen über sich selbst, wie eine tote Spinne.

«Übersetzung?» fragte der Mossi.

«Doch es tötet uns der Tod ohne Schlacht», rezitierte der Kabyle.

Die Augen an der Decke, lag Pastor ausgestreckt auf seinem Feldbett und ließ die Nacht ins Büro dringen. ‹Ich werde den Boulevard Maillot verkaufen›, beschloß er. Er sagte ‹den Boulevard Maillot›, als würde er Monopoly spielen, dabei handelte es sich um das Haus von Gabrielle und dem Regierungsrat. ‹Jedenfalls wage ich es nicht mehr zu betreten.› – ‹Ich werde den Boulevard Maillot verkaufen und etwas Kleines in der Rue Guymer kaufen, mit Blick auf den Jardin du Luxembourg oder in der Nähe des Canal Saint-Martin, in diesen Neubauten...›

Er bräuchte sich nicht einmal mehr um das Haus zu kümmern; er würde es einer Agentur überlassen. ‹Belaste dich nicht mit sentimentalem Erbe, Jean-Baptiste, verkaufe, verscherbel, wirf weg, bau etwas Neues!› ‹Und such dir eine Gabrielle!› – ‹Das, Regierungsrat, steht auf einem andern Blatt...›

Pastor fragte sich, ob er tatsächlich seinen Triumph über Cercaire genossen hatte. Nein. Worin liegt dann der Spaß? Dann erschien erneut der Regierungsrat in Pastors Kopf. Der Regierungsrat saß auf dem schrägen Fensterbrett in der Bibliothek. Er strickte seinen letzten Pullover für Pastor. Er dozierte maschenzählend. ‹Meine Sozialversicherung ist von Natur aus defizitär, Jean-Baptiste, aber es scheint, daß eine Bande von Gaunern diese Natur ein wenig forcieren.› – ‹Und wie stellen sie das an?› hatte Pastor gefragt. ‹Mein Kleiner, es fehlt eigentlich nicht an Mitteln, aber die Zwangseinweisungen zum Beispiel, vor allem die Einweisungen von alten Leuten. Hast du eine Vorstellung davon, wieviel den Steuerzahler eine Unterbringung in einer psychiatrischen Klinik kostet?› – ‹Wieso schickt man einen rüstigen Rentner auf seine alten Tage in eine psychiatrische Klinik?› – ‹Weil man ihn quält, indem man ihn zum Alkoholiker macht, oder ihm zu viele Medikamente verordnet, ihn unter Drogen setzt – diese Schweine besitzen Phantasie...› Dann dieser Satz: ‹Es gibt darüber eine Akte.› Nachdem die Maschen gezählt waren, widmeten sich die beiden langen Nadeln wieder ihrem friedlichen Starrsinn. ‹Ich habe vor einigen Monaten dieses Problem der Kontrollkommission vorgetragen, und wenn Gabrielle und ich uns nicht entschlossen hätten, uns nächste Woche das Leben zu nehmen, hätte ich diese Affäre gerne zu Ende geführt.› Genau in dem Moment betrat Gabrielle die Bibliothek. ‹Letztendlich erspare ich ihm eine lästige Arbeit›, sagte sie. Sie war noch nicht von der Krankheit gezeichnet. Aber aus ihrem Mundwinkel hing keine Zigarette mehr. ‹Dennoch habe ich ein paar Notizen gemacht›, fuhr der Regierungsrat fort, ‹du wirst sie in meinem Sekretär finden.› Dann: ‹Streck bitte mal deinen Arm aus!› Pastor tat, was man von ihm verlangte, und der Regierungsrat streifte über seinen Arm einen Ärmel, an dem noch ein paar Maschen fehlten. ‹Um dir alles zu sagen, Jean-Baptiste, der kleine Capelier – du weißt schon, der Sohn meines Freundes Le Capelier, der Stellvertreter des Präfekten –, nun, der Junge ist nicht ganz koscher, wie Gabrielle es ausdrücken würde.› Pastor und der Regierungsrat amüsierten sich über Arnaud Le Capelier mit seiner Kinnfurche, seiner geraden Nase, seinem Mittelscheitel und der Steifheit eines kleinen hohen Tieres. Er hatte einen immensen Respekt vor dem Regierungsrat. ‹Ein Tumor unter seinesgleichen›, sagte der Regierungsrat, ‹ein Eliteschüler zwar, aber nur gerade eben so durchgekommen. Als solchen hatte man ihn zunächst für die Kriegsveteranen abgestellt, wo er sich eine unheilbare Krankheit zuzog: den Haß gegen die Alten. Und siehe da, jetzt ernennen ihn seine politischen Freunde zum Staatssekretär für ältere Menschen...› Der Regierungsrat schüttelte seinen länglichen Glatzkopf: ‹Nein, dieser kleine Capelier wird sich gewiß nicht über die Zwangseinweisungen beschweren.›

Während der Regierungsrat redete, hatte sich Gabrielle mit einem Fensterleder bewaffnet. Sie hatte begonnen, den Schädel ihres Mannes blank zu putzen. ‹Es muß glänzen, wenigstens das muß sauber sein.› Der Schädel war spitz. Im Licht der untergehenden Sonne fing er an zu leuchten wie ein Stück Salz, an dem eine Herde Ziegen leckte. ‹Die Strukturen sind eine Sache›, sagte der Regierungsrat, ‹aber so sicher sie auch sind, es bleibt das Vertrauensproblem. Wem kann man noch vertrauen, sobald es um Geld geht?›

«Niemand, Herr Regierungsrat, niemand...» murmelte Pastor in die Nacht seines Büros. Er hatte sich hingesetzt, ans äußerste Ende seines Feldbetts. Er saß zusammengekrümmt da, das Kinn auf den Knien. Und bis über die Knie hatte er den letzten Pullover des Regierungsrates gezogen, hatte die Maschen bis zu den Knöcheln auseinandergezogen, wie es die jungen träumenden Mädchen machen oder die mageren Kinder.

Wie so oft, wenn Pastor in posthumer Konversation mit dem Regierungsrat stand, läutete das Telefon in seinem Büro.

«Pastor? Cercaire. Sie haben Van Thian umgelegt. Derselbe anonyme Anrufer, der mir diese Nachricht übermittelte, sagte, man würde den Kehlenschneider im Keller desselben Hauses finden, ebenfalls tot.»

◆

Inspecteur Van Thian war nicht tot. In seinem blutdurchtränkten Kleid war Inspecteur Van Thian zwar nicht viel mehr wert, aber er lebte noch. Er plapperte eigenartig. Man hätte meinen können, es sei eine uralte Amme, die mit einem Säugling spielt. In dem Augenblick, als man ihn in den hell erleuchteten Bauch des Krankenwagens schob, erkannte Inspecteur Van Thian Inspecteur Pastor. Er stellte ihm eine medizinische Frage:

«Sag mal, Junge, der Saturnismus, was ist das genau? Was für eine Krankheit ist der Saturnismus?»

«Exakt das, was du hast», antwortete Pastor, «ein Überschuß an Blei im Organismus.»

◆

Der Kehlenschneider hingegen war sehr wohl tot. Man fand ihn in der Ecke eines Kellers, der fermentierten Urin ausschwitzte. Entgegen allen Erwartungen war es kein junger Mann, sondern ein Greis mit weißen Haaren. Sein Gesicht war fürchterlich violett. Er lag zusammengekrümmt da, als hätten Krämpfe seinen ganzen Körper durchgeschüttelt. In seiner Tasche fand man an die 3000 Francs, eine Llama Modell 27 und eines dieser Rasiermesser, wie sie die guten Friseure zu der Zeit benutzten, als die Preise es einem noch erlaubten, sich rasieren zu lassen. Diese Dinger rasierten gründlich, man wetzte sie an einem Ledergürtel, und man nannte sie einen Säbel. Als man darauf zu sprechen kam, wie er ums Leben gekommen war, hatte Cercaire die Diagnose schon parat:

«Ein ordentlicher Schuß Soda. Wo ist die Spritze?»

Ein großer Bulle, der auf den Namen Bertholet hörte, sagte: «Hier, da ist sie», und seine Kehle schnürte sich unter dem Einfluß des nicht zurückzudrängenden Entsetzens zusammen. Alle anwesenden Personen blickten zu der Stelle, auf die der große Inspektor zeigte, und glaubten zuerst an eine kollektive Sinnestäuschung. Dort lag eine große zerbrochene Spritze aus Glas, eine von denen, die man früher benutzte, wenn man Blut in großen Mengen abzapfte. Und sie bewegte sich. Sie bewegte sich von ganz alleine. Plötzlich richtete sie sich auf, drehte sich um die eigene Achse und schoß, Nadel voraus, auf die Bullen zu. Alle drängten zum Ausgang, bis auf den jungen Pastor und den kräftigen Cercaire, der mit einem Fußtritt diesen Reiter zermalmte, der aus der Tiefe des Schreckens gekommen war und eine letzte Runde gedreht hatte.

Angelockt durch das Blut, war eine kleine graue Maus in die Spritze gekrochen; der Stoff hatte sie so verrückt gemacht, daß sie auf ihren Hinterbeinen kreuz und quer durch die Gegend gezischt war.

33

Und dann kam der große Tag. Ich will damit sagen: dieser fabelhafte Mittwoch, der Tag, an dem ich bei Ponthard-Delmaire auf die beiden Bullen treffen sollte, die mir so gerne was angehängt hätten. Wenn zwei Wege zusammenlaufen, ist es nur natürlich, wenn das Ganze mit einer Kollision endet. ‹Wir waren dazu bestimmt, einander zu begegnen›, könnte man sagen. Na ja, aus meiner reichhaltigen Erfahrung hat sich eine Überzeugung herauskristallisiert: ‹Es ist besser, nicht zu etwas bestimmt zu sein.›

◆

Ich hatte die Nacht neben Julia verbracht. Mit einem ganz simplen Vorhaben war ich an ihre Seite gekrochen: sie wieder zum Leben zu erwecken. Die Schweine, denen sie in die Hände gefallen war, hatten mit Zigaretten ihre Haut verbrannt. Man konnte die Spuren noch erkennen. Sie sah aus wie ein großer, schlafender Leopard. Auch wenn sie zum Leoparden wird, so bleibt sie doch meine Julia. Sie hatten weder den Duft ihrer Haut noch ihre Wärme verändern können. Sie mußten stark auf ihr Gesicht eingedroschen haben, aber sie hat ein kräftiges Gesicht wie ein Bergbewohner, meine Corrençon, und wenn ihre Wangenknochen immer noch blau waren, so hatten sie doch dem Knüppel nicht nachgegeben, ebensowenig wie der Fels ihrer schönen Stirn. Sie hatten es nicht geschafft, ihr die Zähne einzuschlagen. Ihre Lippen waren geplatzt, hatten sich aber wieder geschlossen und schenkten mir jetzt ein fleischiges Lächeln (‹lieben heißt auf spanisch essen›). Sie hatten ihr ein Bein gebrochen, das der Gips bis zu den Hüften statufizierte, und am anderen Fußgelenk trug sie einen Ring aus Narben, als hätte man ihr Fußeisen angelegt. Dennoch lag in ihrem Lächeln so etwas wie eine spöttische Gewißheit. Sie hatte ihr Ding durchgezogen; es war ihnen nicht gelungen, sie zum Reden zu bringen. (Dafür leg ich die Hand ins Feuer!) Mit Sicherheit hat sie ihren Artikel fertig und ihn irgendwo versteckt. Das war's, was die Klempner gesucht hatten, als sie ihre Wohnung enthäuteten. Aber ihr Lächeln sagte diesen Dummköpfen, daß sie nicht die Schreiberin war, die ihre Unterlagen über eine solche Affäre bei sich zu Hause rumliegen ließ. But where? Wo hast du deine Papiere bloß versteckt, Julia? Eigentlich war ich nicht sonderlich auf die Antwort erpicht. Wer Wahrheit sagt, sagt Prozeß, wer Prozeß sagt, sagt Zeugenaussagen, sagt eine ganze Armee von Bullen, von Anwälten, die sich damit beschäftigen, meine Großväter mit den Beinen in die Luft zu halten und zu schütteln, bis sie all das ausspucken, womit die Kinder und ich soviel Mühe hatten, es sie vergessen zu lassen. Andererseits, wenn man die Sache laufen läßt, gibt man diesen Scheißkerlen die Möglichkeit, noch mehr Opas anzufixen, und weder ist meine Wohnung groß noch mein Ruf gut genug, sämtliche alten Junkies der Hauptstadt bei mir unterzubringen. Ein Opa pro von Mama produziertem Balg – dies scheint mir ein Verhältnis zu sein, das nicht überschritten werden sollte.

Ich lag also neben Julia und schaukelte so zwischen diesen widersprüchlichen Gedanken hin und her, als ich beschloß, sie durch eine einfache Maßnahme zu bekämpfen: Julia ins Königreich der Lichter zu entführen. Um das tun zu können, mußte man Julia kennen, wie ich sie kenne, und ich wußte, daß es nur eine Möglichkeit gab: der charmante Prinz. Ja, ja, ich weiß, das ist schamhaftes Ausnutzen der Situation, aber Julias und mein größtes Vergnügen war eben genau, daß einer den andern mißbraucht, ohne sich selbst zu mißbrauchen. Wenn sie mich an ihrer Stelle gefunden hätte und ich seit vierzehn Tagen im süßlichen Koma läge, dann hätte sie sich schon längst ‹an die Arbeit gemacht› (wie die Verantwortlichen sagen würden), um mir wenigstens ihren wundervollen Körper wieder bewußt zu machen. Na schön, soweit kenne ich sie. Also habe ich beschlossen, sie im Schlaf zu lieben, weil sie so lieblich ist, wenn sie aufwacht. Als erstes haben ihre Brüste mich wiedererkannt. Dann folgte der Rest (langsam und stetig wuchs das Vergnügen, dessen Geheimnis sie kannte), und als ich merkte, daß mein Haus offen war – mein Gott, bin ich halt reingegangen.

Wir haben zusammen gespielt, dann geschlafen, bis heute morgen plötzlich jemand an meine Zimmertür klopft und Jérémys Stimme zu grölen anfängt:

«Ben! Ben! Mama ist aufgewacht!»

Das sind so die Sachen, die ausgerechnet mir passieren: Ich vögel mit meiner Schönen, und wer aufwacht, ist meine Mutter... Denn Julia neben mir schläft immer noch, da gibt's nichts dran zu rütteln. O ja! Selbstverständlich kann ich ihre innere Wachheit beweisen, aber das hübsche Gesicht bleibt geschlossen. Immer noch dieses Schurkenlächeln auf den Lippen, das ich gestern abend so feinsinnig analysiert habe.

«Und es gibt noch was, Ben!»

«Was denn noch?»

«Der alte Risson ist heute nacht nicht heimgekommen.»

(Scheiße, das gefällt mir nicht!)

«Was heißt nicht heimgekommen?»

«Überhaupt nicht heimgekommen, sein Bett ist immer noch gemacht und alles. Und Krach gab's auch keinen gestern abend.»

Ich rolle aus dem Bett und falle in die Hose, meine Füße schleppen sich zu den Latschen, und meine Arme rutschen in die Ärmel. Und ich bin gerade mal eben angezogen, da denke ich auch schon. Risson ist nicht nach Hasue gekommen. Seit wir die Großväter untergebracht hatten, ist das der erste Ausreißer. Früher waren sie nachts hinter dem Dope her und schwebten tagsüber, aber seit sie bei uns sind, gab es nie Rückfälle. Keinen einzigen. Außer jetzt Risson. Was tun? Warten oder losgehen und ihn suchen? Aber wie soll man ihn finden? Kommt überhaupt nicht in Frage, den Bullen Bescheid zu sagen, logo. Scheiße, Risson, Scheiße! Was hat dich bloß geritten?

«He, Ben! Bist du wieder eingepennt, oder was?»

Doppelte Schlagzahl an der Tür. Wenn ich es nicht geschafft habe, Julia aufzuwecken, dann wird's Jérémy bestimmt schaffen.

«Ich zieh mich an, Jérémy, ich zieh mich an und denke nach. Mach schon mal die Flasche für Verdun fertig, und sag Merlan, er soll herkommen und mich rasieren.»

◆

Die Klinik der Friedenswächter am Boulevard Saint-Marcel, außen schwarz, aber innen frisch erleuchtet, steht in dem Ruf, alle Bullen zusammenzuflicken, die von einer Kugel durchlöchert, einem Messer durchtrennt oder vom Feuer verbrannt wurden, die Opfer der Straße waren und meistens noch an einem weitverbreiteten Bullenleiden krankten: nervliche Depressionen. Die Klinik der Friedenswächter pflegte unter ihrem Dach ein altes, depressives Sieb, den Inspecteur Van Thian. Pastor fiel es schwer zu sagen, ob er nun gegen den Tod kämpfte oder ob das Gegenteil der Fall war: das bißchen Leben, das jetzt noch im Bett lag, aus seinem Gerippe rauszuschmeißen.

«Kann ich irgendwas für dich tun, Thian?»

Mit den Schläuchen, die tief in seinem Körper steckten, sah Thian aus wie ein heiliger Sebastian, der sein langes Leben am Pfahl verbracht hatte. Pastor las in seinen Augen nichts anderes als die Befriedigung darüber, daß er nunmehr an der Endstation angelangt war. Er stand auf, und als er schon an der Tür stand, war er überrascht, plötzlich noch einmal die Stimme des alten Inspektors zu hören:

«Junge?»

«Thian?»

«Ich möchte trotzdem gerne noch mal dieses Mädchen sehen: Thérèse Malaussène.»

Thians Stimme pfiff. Pastor nickte mit dem Kopf, machte die Tür hinter sich zu, lief den äthergeschwängerten Gang und dann die

Außentreppe hinunter, an deren Fuß ihn Divisionnaire Cercaire am Steuer seines Privatjaguars erwartete.

«Und?»

«Sieht nicht gut aus», sagte Pastor.

Das Liebhaberstück fuhr an mit einem Hauch und glitt den Boulevard de l'Hôspital hinunter, in Richtung Bastille. Erst nachdem sie die Pont d'Austerlitz überquert hatten, war Pastor damit einverstanden, die innere Ruhe des Motors zu stören.

«Ich habe ein weiteres kleines Geschenk für Sie», sagte er.

Cercaire warf einen kurzen Blick zu ihm rüber. Seit gestern abend hat er gelernt, den Enthüllungen seines neuen Teilhabers nicht vorzugreifen. Pastor lachte kurz auf. Dann schwieg er.

Cercaire wartete jetzt vor der roten Ampel an der Zufahrt zum Hafen de la Roquette.

«Der Mörder der Alten wohnte bei Malaussène», erklärte Pastor.

Die Ampel sprang auf Grün, aber Cercaire fuhr nicht los. Durch die Überraschung war der sonst so phlegmatische Motor ausgegangen. Hinter ihm taten Hupen ihren Unmut kund. Cercaire begann unter dem amüsierten Blick seines Beifahrers, seinen Anlasser zu quälen.

«Ich merke, daß Sie schon genau abschätzen, wieviel wir aus der Sache rausholen können», sagte Pastor.

Der Jaguar machte einen Satz nach vorne und ließ die Hupen hinter sich zurück.

«Mannomann», sagte Cercaire, «bist du dir da sicher?»

Er wußte, daß er mit einem Typ wie Pastor von jetzt an dazu verdammt war, unnütze Fragen zu stellen.

«Thian hat es mir soeben gesagt. Der Mörder wohnte bei Malaussène, und drei weitere alte Fixer wohnen auch noch da.»

Pastor lächelte. Cercaire war nicht klar, warum er dieses Engelslächeln nie richtig einschätzen konnte. Dem mächtigen Cercaire war so, als hätte man ihn neben den Großen Weisen gesetzt. Er war hin- und hergerissen zwischen pennälerhafter Bewunderung und einem abgrundtiefem Haß, der durch seine Angst genährt wurde. Es bestand eine gewisse Gefahr darin, sich mit einem solchen Gehirn zu verbinden... Am Place Voltaire gab Pastor erneut ein glucksendes Lachen von sich.

«Unglaublich, daß die Corrençon und die alten Junkies unter seinem Dach zu Hause sind. Er arbeitet für uns, dieser Malaussène!»

Pause.

«Und man könnte sogar sagen, besser als Sie, Cercaire, oder?»

(‹Eines Tages bring ich dich um, du kleiner Scheißer! Eines Tages machst du bestimmt einen Fehler. Also, ich werde dich umbringen.›) Die Gewalt dieses Gedankens raubte Cercaire den Atem und löste sich dann in einem wunderbaren Gefühl von Zufriedenheit auf. Cercaire lächelte Pastor zu.

«Was macht deine Hand?»

«Es zieht.»

Sie schossen jetzt auf den Eingang vom Père Lachaise zu. Der Jaguar rutschte auf den Radkappen um die Kurve, aus der vor einigen Wochen Julie Corrençons Mantel geflogen war. Eine alterslose Frau, die am Fenster hing, tippte sich mit dem Zeigefinger auf die mit Lockenwicklern betonierte Stirn. Vielleicht die, die Thian neulich in die Mangel genommen hat, sagte sich Pastor.

«Und Van Thian, was weiß der denn Genaues?» fragte plötzlich Cercaire.

«Ein paar Details, bruchstückhaft», antwortete Pastor.

Er fügte hinzu:

«Er wird auf keinen Fall die Nacht überleben.»

Eiskalt wie eine Klinge, jawoll, dachte Cercaire. Mit Freuden werde ich dich umbringen, mein Junge. Wenn's soweit ist, werde ich nicht danebenzielen.

Von der Place Gambetta bog der Jaguar in die Rue des Pyrénées, die er blitzartig hinaufschoß, dann im rechten Winkel in die Rue de la Mare abtauchte, um sich schließlich in eine Parklücke zu bohren, genau vor dem Haus des Architekten Ponthard-Delmaire.

◆

Ich mußte Risson wiederfinden. Ich habe die Familie zum Mittagessen weggeschickt, die einen zu *Saf-Saf*, die andern ins *Lumières de Belleville* und mich zu Amar. Mission: keine einzige Frage zu stellen, sich damit begnügen, Belleville zu belauschen. Warum übrigens Belleville? Warum macht es einer so distinguierten Person wie Risson eigentlich Spaß, in meinen Süden abzuhauen? Weil man davon ausgehen kann, dort Dope zu finden? Ich kann mir schlecht vorstellen, daß mein Risson sämtliche Dealer abklappert, um sich 'ne Dröhnung zu verpassen. Und trotzdem, trotzdem ist genau das der Gedanke, der mir im Kopf rumgeht. Es gibt nicht sechsunddreißig Gründe für einen ehemaligen Fixer, sich einfach aus dem Staub zu machen. Es sei denn, Risson hätte sich aus Nostalgie lebend in eine schöne große Buchhandlung einschließen lassen. ‹La Galaxie Gutenberg› zum Beispiel. Vielleicht hat er die ganze Nacht hindurch geschmökert. Irgendwann muß er ja seine Quellen wieder auffrischen, oder? Seine Romanvorkommen sind nicht unerschöpflich. Er zieht sich vielleicht das neueste Buch rein, das gerade im Gespräch ist. ‹Das Parfum› von Süskind, um es heute abend den Kindern zu erzählen? Hör auf zu spinnen, Benjamin, hör auf! Und wenn er 'ne Freundin hat, unser Risson? Diese Wiegenliedvietnamesin zum Beispiel? Ich hatte den Eindruck, daß sie ihm nicht gleichgültig war. Risson und die Vietnamesin... Benjamin, ich hab dir gesagt, du sollst aufhören! Also hörst du jetzt bitte schön auf? Gut, ich gehorche mir, ich höre auf. Ich habe gelauscht. Und ich habe gehört, daß man heute nacht die Vietnamesin umgelegt hat. Das hat mir einen Schock versetzt. Ein egoistischer Kummer übrigens, denn mein erster Gedanke war, daß man so schnell niemand wiederfinden wird, der in der Lage ist, Verdun zum Schweigen zu bringen. Und dann habe ich erfahren, daß die Vietnamesin ein Vietnamese war (was mich in Belleville nicht wundert) und daß dieser Vietnamese, der zusätzlich noch Bulle war, ein paar Stunden zuvor zwei Typen kaltgemacht hat, zwei echte Bösewichte, die als erste geballert hatten. Anscheinend hat er einen im freien Flug erschossen. Jérémy hat alle Details zusammengesucht; daß der Vietnamese, als er an der Schulter verletzt wurde, seine Knarre von der rechten in die linke Hand geworfen hatte, um den fliegenden Schützen abzuknallen wie beim Tontaubenschießen. Jérémy war vor Bewunderung ganz aus dem Häuschen! Nicht zu fassen, daß dieser Bursche vor ein paar Tagen Verdun in den Armen hielt und mit ihr plapperte und sich dann von Thérèse einlullen ließ... Plötzlich ist mir ein witziger Gedanke gekommen: Nehmen wir an, Risson wäre tatsächlich auf das abgefahren, was er für eine echte ‹Miss Südost› hielt. Er hätte sich ganz zaghaft an sie rangemacht und im entscheidenden Moment entdeckt, daß sein Superschatz ein Superflop war... Risson wäre romantisch genug, sie deswegen umzubringen.

(Benjamin, zum letztenmal, hör auf!) Am Ende: gar nichts! Keine Nachricht von Risson. Wir sind mit hängenden Köpfen nach Hause zurückgekehrt. Verdun schlief. Julia auch. Aber nicht das Telefon.

«Hallo, Malaussène? Ich hoffe, Sie haben Ihren Termin nicht vergessen?»

«Darf ich Sie beschimpfen, Majestät?»

«Wenn Sie das formvollendet schaffen, brauchen Sie sich nicht zu genieren.»

So ist sie, die Königin Zabo. Ich habe nur gesagt:

«Nein, Ihren Ponthard-Delmaire habe ich nicht vergessen; ich bin schon auf dem Weg.»

◆

«Sie haben meine Tochter getötet.»

Pastor erhielt eine Sorte von Blick, die er gut kannte. Dieser dicke Ponthard-Delmaire, der auf der ganzen Welt Häuser aus der Erde sprießen ließ, war nicht nur Architekt. Er war auch kein schmerzerfüllter Vater – und er wünschte nicht einmal, so auszusehen. Vor allem aber war dieser fette Typ, der hinter einem riesigen Eichenschreibtisch saß, dem er bizarrerweise die einnehmende Form einer Gebärmutter gegeben hatte – war dieser Typ ein Mörder.

«Sie haben sie getötet», wiederholte Ponthard-Delmaire.

Eine astreine Konversation (für einen kurzen Moment hatte Pastor Gabrielles Lockenkopf vor Augen), deren erste Wortwechsel Cercaire völlig unvorbereitet trafen.

«Beim nächstenmal werde ich Sie nicht verfehlen.»

Der dicke Mann sagte das, ohne die Stimme anzuheben. Mit einem angedeuteten Lächeln fügte er hinzu:

«Und ich verfüge über die Mittel, unzählige ‹nächste Male› zu schaffen.»

Pastor blickte lasch zu Cercaire hinüber:

«Cercaire, sind Sie doch so nett und erklären diesem vom Kummer zugrunde gerichteten Vater, daß er keinerlei Mittel hat.»

Kurzes Beipflichten Cercaires.

«Es stimmt, Ponthard, dieses Jüngelchen, das nach nichts aussieht, hat uns in der Hand. Je schneller du dich davon überzeugen läßt, um so mehr Zeit sparen wir.»

Der Blick, der auf Pastor ruhte, verfärbte sich zu ungläubiger Neugierde.

«Ah ja? Jedenfalls hat er aus Edith nichts rausgekriegt, als er sie in die Mangel genommen hat. Sie wußte nicht mal, daß ich mit drinstecke.»

«Fürwahr», sagte Pastor. «Und es hat ihr einen gehörigen Schock versetzt, als ich ihr das gesagt habe.»

Zitterndes Fett. Kaum wahrnehmbar, aber es war ein Zittern.

«Ihre Tochter war auf ihre Art ein Idealist, Monsieur Ponthard-Delmaire. Indem sie den Alten Drogen verkaufte, dachte sie, sie könnte wirkungsvoll gegen ihren eigenen Alten revoltieren; sie wollte, daß das ‹Bild des Vaters› verblaßt – wie man heutzutage sagt. Als sie erfuhr, daß Sie letzten Endes ihr Arbeitgeber waren...»

«Mein Gott...»

Diesmal wurde er käseweiß. Pastor trieb den Nagel tiefer.

«Jawohl, Ponthard, Sie selbst haben Ihre Tochter getötet; ich war lediglich der Unglücksbote.»

Pause.

«Nachdem wir dieses Problem nun geklärt haben, kommen wir zu den ernsthafteren Dingen, wenn Sie einverstanden sind.»

Das Haus war aus Holz. Aber es war als Holzhaus nicht zu erkennen. Alle Substanzen, alle Farbschattierungen, alle Wärme des Holzes inmitten einer steinernen Stadt. Es war eine dieser abstrakten Architektenideen, die zu abstrakten Häusern werden.

«Pastor will uns einen Vorschlag machen», nahm Cercaire den Dialog wieder auf. «Und wir haben keine Möglichkeit, uns zu weigern.»

Woraufhin es zweimal diskret an die Tür klopfte. Sie öffnete sich, und herein trat ein Diener mit bienengestreifter Weste. Auch er hatte eine hölzerne Farbe.

«Monsieur, hier ist ein Monsieur Malaussène, der behauptet, mit Ihnen einen Termin zu haben.»

«Er soll machen, daß er wegkommt!»

«Nein!» schrie Pastor. (Dann verdaute er seine Überraschung und fügte hinzu:) «Er soll warten.»

Und breit lächelnd sagte er zu dem Diener:

«Und was Sie betrifft, nehmen Sie getrost Ihren freien Nachmittag, das wird Ihnen äußerst guttun. Nicht wahr, Ponthard?»

Der Diener warf seinem Herrn einen fragenden Blick zu. Der Herr gab ein kurzes Zeichen der Einwilligung und bedeutete mit der anderen Hand, die Biene solle in Paris Honig sammeln gehen.

«Wir werden diesen Malaussène gleich brauchen», erklärte Pastor kurz, «und jetzt – ich will mich nicht wiederholen – werden Sie mir zuhören.»

Aus einem umgeschlagenen Ärmel seines alten Pullovers holte er ein winziges Tonbandgerät hervor, das er auf den Schreibtisch stellte. Der kleine Kassettenrecorder wiederholte Ponthard-Delmaire treu und brav das Gespräch zwischen Pastor und Cercaire vom Vorabend.

34

Und ich stehe mir im Nebenzimmer in der Zwischenzeit wie ein Blöder die Beine in den Bauch, anstatt sie in die Hand zu nehmen, meine Familie unter den Arm zu klemmen, loszurennen und mich in die hinterste Ecke von Australien zu verkriechen. Und koche immer noch vor Ungeduld! Denn mit Risson auf Achse, Julia im Dschumm, Verdun auf dem Lande bin ich lieber zu Hause als sonstwo. Außerdem: Die Nummer, die der Obermacker gerade abzieht, mich warten läßt, damit ich das genaue Ausmaß seiner Wichtigkeit begreife, die kenne ich bereits. Zu oft erlebt. Und schließlich bin ich da, um mich anschnauzen zu lassen, oder etwa nicht? Je eher, desto besser. So was ist wie 'ne Spritze: Je länger man wartet, um so mehr tut es weh. Warnung an alle Sündenbocklehrlinge: Ein guter Sündenbock muß dem Aufbrausen zuvorkommen, die Bastonade für seine Schuld verlangen, noch bevor man ihn überhaupt anklagt – das ist eine Grundregel. Vor das Erschießungskommando treten und eine Show abziehen, damit die Gewehre verschwinden. (Deswegen braucht man Handwerkszeug. Ich habe es.)

Anstatt nun also blitzartig den Abgang zu machen, stehe ich auf, beuge prophylaktisch den Rücken, lasse die Backen leicht hängen und bewege mich mit schrägem Blick, zitternder Unterlippe und tattrigen Fingern auf das Büro Ponthard-Delmaires zu, um ihm zu gestehen, daß sein großartiges Werk nicht zum erhofften Termin erscheinen wird und daß alles meine Schuld ist, jawohl, ganz allein meine Schuld, daß es von mir unverzeihlich ist, ich aber nichtsdestotrotz eine Familie ernähren muß und ich rausgeschmissen werde, wenn er Krach schlägt, was dazu führt, daß wir hinterher alle am Bettelstab gehen müssen… Und wenn er von dieser Perspektive begeistert ist (was längst noch nicht heißt, daß ich es geschafft habe), wird ihn die zweite Seite meiner professionellen Platte vom Stuhl reißen: ‹Ja, ja, Sie haben recht, wenn Sie mich fertigmachen, ich hab noch nie was getaugt, schlagen Sie fester zu, hierhin, wo's am meisten weh tut, in die Eier, ja, ja, weiter!› Wenn die erste Tour nicht zieht, ist es im allgemeinen so, daß die zweite den Gegner entwaffnet. Er läßt irgendwann von dir ab, weil er Angst hat, das Massaker könnte dir am Ende noch gefallen. In beiden Fällen liegt das abschließende Gefühl nahe am Mitleid. Mitleid mit der Seele: ‹Gott, wie ist dieser Mensch unglücklich, und wie lächerlich klein sind meine Probleme im Vergleich zu seinen.› Oder ein klinisches Mitleid: ‹Wer hat mir bloß einen solchen Maso ins Haus geschickt? Ich will ihn nie wiedersehen, er deprimiert mich zu sehr.› Und wenn es mir gelingt, mit einer der beiden Versionen dem allmächtigen Ponthard beizubringen, daß er bezüglich einer baldigen Veröffentlichung seines Buches mit dem Talion Verlag in jedem Fall am besten fährt, angesichts der Tatsache, daß wir es schon auswendig können (so sehr lieben wir ihn), wenn mir das gelingt, habe ich die Partie schon gewonnen. Im Grunde hatte die Königin Zabo recht: Es sieht eigentlich gar nicht so schlecht aus.

Genau das rede ich mir gerade ein, als ich die Hand auf die Türklinke lege. Die Tür steht übrigens einen Spalt weit offen: ‹Es sieht gar nicht so schlecht aus!› Und wie ich gerade diese verdammte Tür einfach aufstoßen will, läßt mich ein hochgradig erschreckender Ausruf wie angewurzelt stehenbleiben:

«Was, diese alten Fixer sind bei Malaussène!?»

«Zwei sind schon tot», antwortet eine Stimme (die ich schon mal irgendwo gehört habe), «das heißt: Zwei sind noch übrig.»

«Einer der beiden Toten ist der Altenmörder von Belleville. Ein gewisser Risson. Er hat sie umgebracht, um sich Stoff besorgen zu können.»

(Was? Mein Risson? Gottogott, wie werden die Kinder darauf reagieren, wenn sie das erfahren?)

«Herrgott noch mal, und ich hab sie überall gesucht!»

Dies ist die Stimme des Architekten. Sie fügt hinzu:

«Ich wußte, daß die Journalistin sie ausfindig gemacht hatte, aber es war unmöglich, aus ihr rauszuholen, wo sie sie versteckt hielt!»

Dritte Stimme, unbekannt:

«Sie haben sie gekidnappt, um sie das zu fragen?»

«Ja, aber sie hat keinen Ton ausgespuckt. Ein stures Luder. Obwohl meine Jungs Spezialisten waren.»

«Ihre Jungs sind erbärmliche Würstchen. Sie haben das Mädchen und mich nicht erledigen können, und die Art, in der sie die Wohnung gefilzt haben, deutete nur allzu klar darauf hin, daß sie aus der Baubranche kamen. Ein schwerer Fehler, Ponthard.»

Der Mensch ist eigenartig. Eben noch hatte ich Gelegenheit, den Rückzug anzutreten und dem Gott des Zufalls zu danken. Aber eine der unzähligen Eigenheiten, die den Menschen vom Tier unterscheidet, ist, daß er mehr will. Und selbst wenn er es in ausreichender Menge erhält, verlangt er obendrein noch Qualität. Er begnügt sich nicht mit harten Fakten allein, er braucht außerdem die ‹Warums› und ‹Wies› und die ‹Wieweits›. Hosenscheißenderweise habe ich die Tür ein Stückchen weiter aufgemacht, damit ich die Szenerie in ihrer Gesamtheit besser verfolgen kann. Drei Typen sitzen da drin. Zwei von ihnen kenne ich: Cercaire, den großen Lederbullen mit dem säbelförmig geschwungenen Schnurrbart, und den gewaltigen Ponthard-Delmaire hinter seinem Schreibtisch in Form einer Riesenbohne. Den dritten kenne ich nicht, ein junger Typ mit einem weiten Wollpullover à la Birkenstock, aber eher einer von der tragischen Sorte, seinem verwüsteten Gesicht nach zu urteilen. (Ich sehe ihn im Profil: Sein rechtes Auge ist so tief in seine schwarzumränderte Höhle gesunken, daß ich nicht mal sagen könnte, welche Farbe es hat.)

«Hören Sie, Pastor», sagt plötzlich Ponthard-Delmaire. (Pastor? Pastor? Der Bulle Pastor? Der, mit dem Marty telefoniert hat?) «Wie Cercaire schon gesagt hat, haben Sie uns in der Hand, darüber sind wir uns einig. Wir können nicht anders, als mit Ihnen zu verhandeln, einverstanden, aber das ist noch lange kein Grund, zu mir nach Hause zu kommen, um mir zu sagen, wie ich meine Arbeit zu machen habe.»

Lederschnurrbart versucht es auf die Konziliante:

«Ponthard...»

Der Gewaltige erwidert trocken:

«Du, halt's Maul! Dieser Deal funktioniert schon seit Jahren auf nationaler Ebene, Pastor. Wenn Sie nicht so verdammt Schwein gehabt hätten und Ihnen dieser Mädchenkörper über den Weg gelaufen wäre, hätten Sie überhaupt nichts spitzgekriegt. Auch wenn Sie sich für pfiffig halten, ein bißchen Bescheidenheit, bitte! Vergessen Sie nicht, daß Sie noch ganz frisch sind in Ihrem neuen Job und daß Sie noch viel lernen müssen. Sie verlangen drei Prozent? O. K., drei Prozent. Der Preis ist korrekt für einen neuen Mitarbeiter Ihres Schlags, aber übertreiben Sie's nicht, mein Junge, wenn Sie noch lange dabeibleiben wollen!»

«Ich will nicht mehr drei Prozent.»

Schwer zu sagen, wie diese einfachen Worte des jungen Mannes mit dem Totenkopf bei den beiden andern einschlugen. Der große Bulle in Leder reagiert als erster. Der Ausruf aller Ausrufe:

«Was? Du willst mehr!»

«In gewisser Weise ja», antwortet der alte Wollpullover mit völlig ermatteter Stimme.

◆

Während der kleine Kassettenrecorder sein Band der Lügen und Wahrheiten reibungslos abspulte, passierte vor Pastors Augen ein anderer Film noch einmal Revue. ‹Mein Gott, wie oft muß ich das noch erleben?› Eine Wohnung, die mit der gleichen methodischen Roheit verwüstet worden war wie die der Journalistin Corrençon. Eine Bibliothek von Originalausgaben lag auf der Erde, sämtliche Bücher waren in Stücke gerissen. Die gleiche professionelle Art, um alle Hohlräume des Hauses zu inspizieren ... mechanische Sturheit. Doch diejenigen, die über die beiden Körper von Gabrielle und dem Regierungsrat hergefallen waren, mußten Raubtiere gewesen sein. Pastor war über eine Stunde lang vor der Tür ihres Zimmers stehengeblieben. Man hatte sie so sehr gefoltert, daß der Tod dieser beiden Körper, die jetzt regungslos auf dem Boden lagen, keinerlei Erleichterung gebracht hatte. Sie lagen da, vor Schmerz und Grauen wie versteinert. Pastor hatte sie zunächst nicht wiedererkannt. ‹Ich werde sie nie mehr wiedererkennen.› Unter verzweifelter Anstrengung war er dort geblieben, um die Erinnerung wieder zusammenzusetzen, aber in den drei Tagen drang der Tod überall hindurch, und man konnte nichts mehr tun, um diesen Schrecken abzuschwächen. ‹Sie wollten sich selbst umbringen›, sagte sich Pastor in einem fort. ‹Gabrielle war krank, sie hätte sterben müssen. Sie wollten sich gemeinsam das Leben nehmen, und jetzt hat man ihnen das angetan!› Andere Sätze folgten: ‹Man hat ihnen das Leben genommen, man hat ihnen den Tod genommen, und man hat ihre Liebe getötet.› Pastor war damals noch jung; er glaubte noch an Sätze, die fähig wären, das Unbeschreibliche zu vermindern. Er besoff sich an Worten, an Rhythmen, als er in diesem Türrahmen stand wie ein Jugendlicher nach seinem ersten Liebeskummer. Einer seiner armen Sätze klammerte sich besonders fest an ihn: SIE HABEN DIE LIEBE GETÖTET. Es war ein seltsamer Satz, er klang nach veralteter Romantik und schien aus einem Buch in Herzform zu stammen. SIE HABEN DIE LIEBE GETÖTET – das war durch seine Haut gedrungen wie eine Dornenhecke, und es riß ihn nachts mit einem rostigen Brüllen aus dem Schlaf, aus seinem Feldbett im Büro: SIE HABEN DIE LIEBE GETÖTET! Die Körper von Gabrielle und dem Regierungsrat sah er nun vor sich, als stünden sie noch auf der Schwelle zu ihrem Zimmer. Er sah diese Körper, die er nicht mehr wiedererkannte, er mußte gegen diese Vorstellung ankämpfen, daß die Liebe nicht allem widerstehen könne, daß ihre Liebe *dem* nicht hatte widerstehen können. SIE HABEN DIE LIEBE GETÖTET! Er stand dann auf, setzte sich an seinen Schreibtisch, las ein Protokoll durch oder ging hinaus in die Nacht. Der kalte Wind der Quais blies den Satz manchmal hinweg. Aber meist war das Gegenteil der Fall: Die beiden gemarterten Körper begleiteten seinen Spaziergang, der dann zur Flucht wurde.

Pastors Kollegen hatten die Ermittlungen geführt. Da Gabrielles Schmuck und das Bargeld, das der Regierungsrat in einem kleinen Wandsafe aufbewahrt hatte, verschwunden waren, unterschrieb Pastor hastig die Einbruchsthese. Ja, ja, Einbruch, denn die Folterungen betrachtete man als notwendiges Mittel, um die beiden Alten zum Reden zu bringen. Aber Pastor wußte, daß man sie eliminiert hatte. Er wußte auch, warum. Und eines Tages würde er auch wissen, wer. Die Notizen des Regierungsrates über die Zwangseinweisungen waren verschwunden. Technische Anmerkungen, die für alle außer den Fachleuten unverständlich waren. Pastor hatte die Information für sich behalten. Ein geheimer Garten. Ein Garten, der von einer einzigen und gigantischen Brombeerhecke überwuchert wurde: SIE HABEN DIE LIEBE GETÖTET! Eines Tages würde er diese Hecke rausreißen; er würde diejenigen finden, die DAS getan haben.

Dieser Tag war endlich gekommen.

◆

«Was quatschst du da für 'ne Scheiße, Pastor, drei Prozent reichen dir nicht?»

«Nein, ich will keine drei Prozent mehr, und Malaussène werdet ihr auch nicht kriegen.»

Besagter Malaussène (meine Wenigkeit) kauert hinter der offenstehenden Tür und empfindet ein Gefühl der Erleichterung.

«Was soll das denn schon wieder, Pastor? Was genau willst du?»

In Cercaires Stimme schwingt eine gewisse Unruhe mit.

Berechtigte Unruhe. Pastor zieht ein kleines Bündel maschinengeschriebener Blätter aus der Tasche und legt sie auf den Schreibtisch.

«Ich will, daß ihr mir diese Aussagen unterschreibt. Damit erkennt ihr eure Schuld an oder eure Mittäterschaft in verschiedenen Affären, angefangen beim Drogenhandel bis hin zu Mord, Folterungen, Mordversuch, Bestechung und anderen Lappalien. Ich will eure beiden Unterschriften in fünffacher Ausfertigung, sonst nichts.»

(Ich, der ich eher zu den Schwätzern gehöre, rede gerne über die Stille. Wenn die wahre Stille sich dort einstellt, wo man es nicht erwartet, spürt man, wie der Mensch grundlegend wieder über den Menschen nachdenkt. Ist das schön!)

«Aha», sagt Cercaire schließlich halblaut, um nicht die ganze Stille zu zerstören, «du willst also, daß wir das unterschreiben? Und darf man erfahren, wie du es anstellen wirst, um uns dazu zu zwingen?»

«Ich habe eine Methode.»

Pastor ließ diesen Satz mit einer extremen Lässigkeit fallen, als hätte er ihn schon hundertmal ausgesprochen.

«Das stimmt», schreit Cercaire, «die berühmte Methode! Dann

führ sie uns doch mal vor, deine Methode, und wenn du uns überzeugst, werden wir unterschreiben, versprochen. Was, Ponthard?»

«Versprochen», sagt der dicke Ponthard und fläzt sich behaglich in seinem Sessel.

«Also», erklärt Pastor: «Wenn ich solchen Schweinen wie euch gegenübersitze, setze ich ein Gesicht auf wie gerade jetzt und sage zu ihnen folgendes: Ich habe Krebs und höchstens noch drei Monate zu leben, es gibt für mich also keine Zukunft mehr, weder bei der Polizei noch woanders. Somit ist die Sache ganz einfach: Entweder Sie unterschreiben, oder ich töte Sie.»

Erneute Stille.

«Und das funktioniert?» fragt schließlich Ponthard und wirft einen spöttischen Blick zu Cercaire hinüber.

«Bei Ihrer Tochter hat das sehr gut funktioniert, Ponthard.»

(Es gibt eine Stille, die wäscht noch weißer. Ponthard-Delmaires breiter Kopf ist soeben mit diesem Waschpulver gewaschen worden.)

«Na schön, aber mit mir kannst du das nicht machen», erklärt Cercaire mit einem breiten Grinsen.

Das Grinsen ist zu breit, denn Pastor hat ihm gerade den Lauf einer Knarre hineingeschoben, von der man nicht weiß, woher er sie hat. Es gab ein komisches Geräusch, als sie in den Mund des Divisionnaire drang. Pastor muß ihm auf dem Weg ein oder zwei Zähne abgebrochen haben. Cercaires Kopf klebt an der Rückenlehne seines Sessels wie festgenagelt. Von innen her.

«Wir werden's versuchen», sagt Pastor ganz ruhig. «Hören Sie mir gut zu, Cercaire: Sehen Sie meinen Kopf? Ich habe Krebs und höchstens noch drei Monate zu leben, es gibt für mich also keine Zukunft mehr, weder bei der Polizei noch woanders. Somit ist die Sache ganz einfach: Entweder Sie unterschreiben, oder ich töte Sie.»

(Meiner Meinung nach hat dieser Junge tatsächlich Krebs. Unmöglich, daß er sonst so einen Kopf hätte.) Anscheinend stellt der Commissaire Divisionnaire Cercaire nicht die gleiche Diagnose wie ich. Nachdem er eine Weile mit der Antwort gezögert hat, begnügt er sich damit, den Mittelfinger seiner rechten Hand auszustrecken und Pastor unter die Nase zu halten. Nämlicher Pastor drückt auf den Abzug seiner Waffe, und der Kopf des Divisionnaire explodiert. Schon wieder ein Typ, der in eine Blume verwandelt wurde. Es macht keinen außergewöhnlichen Lärm, aber es tapeziert alle verfügbaren Flächen rot. Übrig bleibt nur ein Kiefer, der auf Cercaires Schultern ruht, ein Unterkiefer, der gar nicht begreift, daß er dem Massaker entkommen ist – wenn ich seinen Ausdruck höchster Überraschung richtig beurteile.

Als Pastor sich erhebt und die blutige Waffe auf Ponthard-Delmaires Schreibtisch fallen läßt, sieht er ohne Übertreibung toter als tot aus. Ponthard hingegen ist äußerst lebendig. Mit aller Behendigkeit, die ihm seine Korpulenz gestattet, greift er die Pistole und unternimmt den Versuch, das Magazin auf Pastor abzufeuern. Aber ein bereits leeres Magazin zu entleeren, hat noch nie größeren Schaden angerichtet. Pastor macht nun seinerseits Cercaires Jacke auf, zieht dessen Waffe aus dem Halfter – ein schönes Teil, Divisionnaire special, verchromt, perlmuttglänzend, mit allem Drum und Dran – und richtet sie auf die großflächige Person des Architekten.

«Danke, Ponthard. Ich habe Ihre Fingerabdrücke auf dieser P 38 benötigt.»

«Ihre sind auch drauf», stammelt der Kloß.

Pastor zeigt seine verbundene Hand, deren Zeigefinger sorgfältig mit Heftpflaster verklebt ist.

«Dank Ihrer Killer hinterläßt meine Hand seit gestern abend keine Fingerabdrücke mehr. Was ist, Ponthard, unterschreiben Sie nun diese Aussage, oder soll ich Sie töten?»

(Na schön, das heißt, einerseits hätte er lieber nicht unterschrieben, aber andererseits...)

«Hören Sie, Ponthard, überlegen Sie nicht zu lange, die Dinge liegen einfach: Wenn ich Sie töte, dann mit Cercaires Waffe. Ich werde irgendwo in der Nähe Ihres Herzens abdrücken, dann werden Sie sich gegenseitig in einem etwas brutalen Handgemenge getötet haben. Wenn Sie unterschreiben, wird Cercaire ganz einfach Selbstmord begangen haben. Verstanden?»

(Die wahren Probleme sind immer deshalb aufgetreten, weil man nur allzu gut versteht.) Der Sitz, auf den sich Ponthard-Delmaire schließlich fallen läßt, scheint eigens dafür ausgelegt zu sein, die Verzweiflung dicker Babys aufzufangen: Er hält tapfer stand. Nachdem er noch eine lange Minute nachgedacht hat, streckt Ponthard-Delmaire endlich eine resignierende Hand in Richtung Aussage. Während er sie unterschreibt, wischt Pastor sorgfältig den Lauf und den Kolben der P 38 ab, ersetzt die fehlenden Kugeln im Magazin und drückt die Waffe in Cercaires Hand, deren Mittelfinger sich jetzt wieder einklappen läßt.

Daraufhin bittet Pastor – reine Routinesache – telefonisch einen gewissen Caregga, er möge besagten Arnaud Le Capelier dingfest machen, in seiner Wohnung oder im Sekretariat für ältere Menschen, falls er sich dort aufhalten sollte.

«Caregga, du sagst zu Arnaud, daß Edith Ponthard-Delmaire alles über ihn ausgespuckt hat, daß Ediths Vater, der Architekt, die Karten auf den Tisch gelegt und daß Cercaire Selbstmord begangen hat. Ja, ja, Caregga, Selbstmord... Ach so, hab ich beinahe vergessen: Sag ihm, daß ich ihn heute abend persönlich verhören werde. Und wenn ihm mein Name nichts sagt, erklär ihm, daß ich der Adoptivsohn des Regierungsrates Pastor und seiner Frau Gabrielle bin; das wird seinem Gedächtnis ein bißchen nachhelfen. Er hat sie alle beide ermorden lassen.»

Pause. Und dann mit ganz sanfter Stimme:

«Caregga, laß ihn nicht aus irgendeinem Fenster springen oder ein Kügelchen verschlucken, ja? ‹Ich will ihn lebend›, wie es in den Western heißt. Ich will ihn lebend, Caregga, bitte...»

(Die Sanftheit dieser Stimme... Armer Arnaud, mit seinem hübschen Mittelscheitel, der die blonde Scholle seines Haars in zwei Hälften teilt, armer Arnaud, unersättlicher Opafresser...)

«Caregga? Schick mir hierher noch einen Krankenwagen und einen Transporter. Und informiere den Divisionnaire Coudrier über Cercaires Tod, machst du das?»

Klick. Aufgelegt. Dann, ohne sich auch nur zur Tür umzudrehen, hinter der mir keine Sekunde des Mordes und dem ganzen Rest entgangen ist:

«Sind Sie immer noch da, Malaussène? Gehen Sie nicht, ich muß Ihnen noch etwas zurückgeben!»

(Mir zurückgeben? Er? Mir?)

«Hier!»

Immer noch ohne mich anzusehen, hält er mir einen Umschlag hin, der den Namen des Inspektors VANINI trägt!

«Ich mußte mir diese Fotos ausborgen, um diese Herren zu ködern. Nehmen Sie sie, Ihr Freund Ben Tayeb wird sie brauchen können. Man wird ihn freilassen.»

Ich fasse die Fotos mit Fingerspitzen an und verziehe mich schleunigst auf leisen Sohlen. Aber:

«Nein, gehen Sie nicht! Ich muß mit zu Ihnen kommen, um noch ein paar Kleinigkeiten zu regeln.»

35

«Na, sehen Sie, schöne Frau: Es ist vorbei!»

Pastor kniet am Fußende des Bettes. Er spricht zu Julia, als sei sie glücklich darüber, daß sie die Augen geschlossen hat.

«Die Bösen sind tot oder im Gefängnis.»

Selbstverständlich gibt Julia keinen Mucks von sich. (Das wär ja noch schöner!)

«Ich hatte Ihnen versprochen, sie zu verhaften, erinnern Sie sich?»

Die Stimme ist sanft. (Diesmal wirklich sanft.) Man könnte meinen, er hielte die Hand eines Kindes fest, das in einen tiefen Alptraum gestürzt ist.

«Sehen Sie, ich habe mein Wort gehalten.»

Die ganze Familie ist versammelt und schmilzt förmlich dahin vor Liebe zu diesem Inspektor in Engelsgestalt, der so jung aussieht und dessen Stimme so friedlich klingt...

«Sagen Sie, schöne Frau, Sie müssen ihnen gehörig Schiß eingejagt haben, damit sie derartige Fehler begehen!»

Es stimmt tatsächlich, daß er im Augenblick wie ein Engel aussieht...

Sein Gesicht hat wieder normale Züge angenommen. Eher ein rosarotes und pausbäckiges Gesicht, dessen Augen sich nicht in ihre Höhlen vergraben haben und dessen Locken eine Leichtigkeit besitzen, die nur ganz kleinen Kindern zu eigen ist. Wie alt wird er wohl sein?

«Na, sehen Sie, Sie haben Ihre Schlacht gewonnen!»

(Immerhin hab ich gesehen, wie er vor noch nicht mal einer Stunde einen Typen glatt in eine Blume verwandelt hat!)

«Ihnen haben wir es zu verdanken, daß man jetzt zweimal hinschaut, bevor man weitere Zwangseinweisungen vornimmt!»

Es ist ein langes Gespräch zwischen den beiden, das merkt man.

Sie hat sich hinter ihrem rätselhaften Halblächeln verschanzt, und er redet geduldig mit ihr, redet alleine, gar nicht so, als sei sie eingeschlafen, im Gegenteil, als sei sie vollkommen wach und mit ihm absolut einer Meinung. Ich höre da eine kleine intime Musik, die mir das Blut vergiftet.

«Ja, es wird einen Prozeß geben; die Opfer, die Sie gerettet haben, werden als Zeugen aussagen...»

Doktor Marty, hergekommen, um Julia zu Hause zu behandeln, zieht ein komisches Gesicht. Er wird sich fragen, ob das eine Gewohnheit des Hauses ist, Konferenzen mit Todgeweihten und Bewußtlosen abzuhalten.

«Aber es fehlt noch ein wichtiges Stück in meiner Akte, schöne Frau...»

(Ehrlich gesagt, fängt er an, mir auf die Nerven zu gehen, dieser mondäne Killer mit seinem ‹schöne Frau›, das er meiner wehrlosen Julia ins Ohr säuselt.)

«Mir fehlt Ihr Artikel», flüstert Pastor und beugt sich noch weiter über sie.

Julius der Hund läßt Kopf und Zunge hängen und macht den Eindruck, als würde er an einem Lehrgang teilnehmen, der für ihn ein bißchen zu schwierig ist. Er konzentriert sich so angestrengt, daß man seinen Dampf um ihn herum aufsteigen sehen kann.

«Ich müßte meine Untersuchung mit Ihrem Artikel vergleichen. Ich hoffe, Sie haben nichts dagegen?»

Dann wird die Unterhaltung eine Runde professioneller.

«Es versteht sich von selbst, daß ich mit keiner anderen Journalistin darüber reden werde, Sie haben mein Wort.»

Ihr müßtet mal Mamas Gesicht und das der Mädchen sehen: Die reinste Ekstase! Bei den Jungen: Ehrfurcht! Den Alten: die Bewunderung des Magiers! (He! Familie, nicht ausrasten! Der Typ hat eben einem Kerl den Schädel weggeblasen, ohne mit der Wimper zu zucken, so, als würde er sich 'ne Wassermelone einverleiben!)

«Und dann möchte ich gerne noch etwas wissen.»

Jetzt ist er ganz dicht bei Julia.

«Weshalb haben Sie diese Risiken auf sich genommen? Sie wußten, daß man Sie beobachtet hatte, sie wußten, daß man es auf sie abgesehen hatte, warum haben Sie nicht die Finger davon gelassen? Was hat Sie getrieben? Diesmal war es nicht nur der Beruf, nicht wahr? Woher kam Ihr Bedürfnis, diese Alten zu verteidigen?»

Thérèse zieht professionell die Augenbrauen zusammen. Wenn ich ihren Blick richtig einschätze, glaubt sie, daß der Junge was draufhat. Was soll's, die Fortsetzung gibt ihm recht.

«Also dann», sagt Pastor ein wenig lauter, mit einer flehenden Sanftheit, «ich brauche Ihren Artikel WIRKLICH. Wo haben Sie Ihren Artikel versteckt?»

«In meinem Auto», antwortet Julia.

(Ja, ganz genau, Sie haben soeben gelesen, was ich gehört habe: ‹In meinem Auto›, ANTWORTET JULIA!) ‹Sie hat geredet!›, ‹Sie hat geredet!›. Freudenschreie, alles stürzt Hals über Kopf durcheinander, und ich bin so erleichtert, so glücklich, so aufgerieben von der Eifersucht, daß ich wie angewurzelt stehenbleibe, als hätte ich mit dieser jubelnden Menge nichts zu tun. Ich höre gerade noch, wie Doktor Marty zu mir sagt:

«Malaussène, tun Sie mir doch bitte einen Gefallen: Wenn ich mal im Krankenhaus ein echtes Wunder benötige, schicken Sie mir einen von Ihrer Sippe!»

◆

Sie redete jetzt schon lange; ihre Stimme kam von irgendwoher, von außerhalb, von sehr weit weg oder von ganz oben, aber es waren doch ihre Worte, genau die gleichen. Als Pastor sie gefragt hatte, wo er ihr Auto denn finden könnte, hatte sie mit dieser seltsamen, ein wenig schleppend klingenden Feenstimme geantwortet:

«Sie sind doch Bulle, oder? Dann müßten Sie es eigentlich wissen: beim Abschleppdienst natürlich, wie immer…»

Dann folgten die Erklärungen zu den Gründen ihrer Verbissenheit in diesem Kampf. Pastor hatte recht gehabt: Da war nicht nur die berufsbedingte Dickköpfigkeit. Julias Wunsch, Untersuchungen über diese alten Drogenabhängigen zu machen, kam von weiter her. Nein, sie kannte keinen der Chefs der Bande, weder den Architekten noch den Commissaire divisionnaire noch den schönen Arnaud Le Capelier. Wer auch immer, sie hatte mit niemandem eine Rechnung zu begleichen, höchstens mit Seiner Durchlaucht, dem Opium. Ja, ganz einfach, mit Seiner Durchlaucht, dem Opium, und all seinen Derivaten.

◆

Das ist eine alte Geschichte, die zwischen dem Opium und Julie; beide hatten sich um denselben Mann gestritten. Es hatte während ihrer Kindheit begonnen (man könnte heulen, wenn man hört, wie sie uns das mit der Stimme eines kleinen Mädchens erzählt, eine ganz kleine Stimme, die aus diesem großen Leopardenkörper dringt).

Julie war wieder in den Bergen des Vercors, in Begleitung ihres Vaters, dem Exkolonialgouverneur Corrençon, der ‹Mann der Unabhängigkeiten› – wie ihn die Zeitungen damals nannten, oder auch den ‹Totengräber des Empire› – je nachdem. Vater und Tochter besaßen dort einen seinerzeit flott wieder hergerichteten alten Bauernhof, ‹Les Rochas›, auf den sie sich so oft wie möglich zurückzogen. Julie hatte Erdbeeren angepflanzt. Sie ließen dort Rosenstöcke wachsen. ‹Der Mann der Unabhängigkeiten›... ‹Der Totengräber des Empire›... Corrençon war der erste gewesen, der mit den Vietminh verhandeln konnte, als die Massaker noch vermeidbar waren, und er war auch der Kunsthandwerker der Tunesischen Selbständigkeit gewesen, Mendès' Mann, dann der de Gaulles, als man Schwarzafrika an sich selbst zurückgeben mußte. Aber für das kleine Mädchen war er ‹Der große Geograph›.

(Julie liegt in diesem Bett, ist umgeben von einer Familie, die nicht die ihre ist, und erzählt mit ihrer Kinderstimme.)

Sie zählte die Namen all derer auf, die in diesem Hof ‹Les Rochas› vorbeigekommen waren und die für die Unabhängigkeit ihrer Nationen gesorgt haben. Ihre Kinderstimme nannte die Namen von Farhat Abbas, Messali Hadj, Ho Chi Minh und Vô Nguyen Giap, Ybn Yûsuf und Bourguiba, Léopold Sedar Senghor und Kwame Nkrumah, Sihanuk, Tsiranana. Sie fügte noch weitere Namen hinzu, mit lateinamerikanischen Konsonanten, die aus der Zeit stammten, als Corrençon den Konsul auf dem afrikanischen Zwillingskontinent spielte. Die Vargas, Arrães, Allendes, Castros und Ches (Che! Ein strahlender Bärtiger, dessen Porträt sie ein paar Jahre später in allen Jungmädchenzimmern wiederfinden sollte).

Irgendwann mal in ihrem Leben war die Mehrzahl dieser Männer in ‹Les Rochas›, in diesem abgelegenen Bauernhof in den Bergen des Vercors, vorbeigekommen, und Julie erinnerte sich genau an die leidenschaftlichen Argumente, die sie gegen ihren Vater vorbrachten.

«Versucht nicht, die Geschichte zu schreiben, begnügt euch damit, der Geographie ihre Rechte zu überlassen!»

«Die Geographie», antwortete Che lauthals lachend, «das sind Tatsachen, die sich bewegen.»

Meistens waren diese Männer hier im Exil. Manche hatten die Polizei auf den Fersen. Aber in Gesellschaft ihres Vaters besaßen sie alle diese auffällige Fröhlichkeit von Bauarbeitern. Sie redeten ernsthaft, und manchmal fingen sie an zu spielen.

«Was ist eine Kolonie, Schüler Giap?» fragte Corrençon im Ton eines Koloniallehrers.

Und Vô Nguyen Giap, um die kleine Julie zum Lachen zu bringen, Vô Nguyen Giap, der einmal der Sieger von Dien Bien Phû sein sollte, antwortete und stotterte dabei absichtlich wie ein kleiner Schüler:

«Eine Kolonie ist ist ein Land, dessen Funktionäre zu einem andern Land gehören. Beispiel: Indochina ist eine französische Kolonie, Frankreich ist eine korsische Kolonie.»

Es gab eine Gewitternacht, in der der Blitz direkt neben ‹Les Rochas› einschlug. Die Glühbirne in der Küche explodierte und spuckte dabei Feuersterne, genau wie eine Leuchtrakete. Es regnete wie aus Kübeln, als wollte sich der Himmel auf einen Schlag ausweinen. In dieser Nacht waren Farhat Abbas und zwei andere Algerier da, deren Namen Julie vergessen hat. Farhat Abbas sprang plötzlich auf, rannte nach draußen in dieses apokalyptische Gewitter und schrie:

«Ich werde mit meinen Leuten nicht mehr Französisch reden, ich rede mit ihnen Arabisch! Ich werde sie nie mehr ‹Kameraden› nennen, ich nenne sie ‹Brüder›!»

Julie saß zusammengekauert am Kamin und hörte den Männern zu, die nächtelang redeten.

«Geh ins Bett, Julie», sagte Corrençon, «die Geheimnisse der zukünftigen Staaten sind noch sehr geheim.»

Aber sie bettelte darum, bleiben zu dürfen, und immer fand sich einer, der zu ihren Gunsten intervenierte:

«Lassen Sie Ihre Tochter ruhig zuhören, Correnςon, Sie werden nicht ewig sein.»

Alle diese Besucher waren Freunde ihres Vaters. Die Überschwenglichkeit dieser Nächte war gewaltig. Leider fiel der Gouverneur Correnςon immer in sich selbst zusammen, nachdem sie sich verabschiedet hatten; dann war er plötzlich vom Alter gebeugt. Er zog sich in sein Zimmer zurück, und das Haus fing an, nach gebakkenem Honig zu riechen, ein Geruch, der einem das Herz verklebt. Julie machte den Abwasch während der einsamen Zeremonie des Opiums, dann ging sie schlafen. Am nächsten Morgen traf sie ihren Vater erst sehr spät, seine Pupillen waren geweitet, er war leichter als Luft und noch trauriger.

«Ich führe ein komisches Leben, Mädchen, ich predige die Freiheit und zerlege unser Kolonialreich. Das ist die gleiche Begeisterung, als würde man einen Käfig öffnen, und es ist auch deprimierend, als würde man an einem losen Faden eines alten Pullovers ziehen. Im Namen der Freiheit werde ich ganze Familien ins Exil schicken. Ich arbeite an den acht Ecken des Empire.»

In Paris verkehrte er häufig in einer Opiumhöhle, an deren Stelle heute eine Radrennbahn steht. Der Laden wurde geführt von einer ehemaligen Koloniallehrerin, die mit Vornamen Louise hieß und ihrem Mann, einem winzigkleinen Tonkinesen, den Correnςon seinen ‹Drogisten› nannte. Man machte den Weinladen dicht, der diesem Pärchen als Tarnung diente; es gab einen Prozeß. Correnςon wollte eine Zeugenaussage zu Gunsten von Louise und ihrem Tonkinesen machen. Er tobte gegen die ‹Ehemaligen aus Indochina›, die für diesen juristischen Akt verantwortlich waren.

«Kriminelle Seelen mit dem Gewissen katholischer Mönche.»

Er wurde prophetisch:

«Ihre Kinder werden an der Nadel hängen, um zu vergessen, daß ihren Vätern nichts eingefallen war.»

Aber er war zu dieser Zeit selbst so sehr von der Droge gezeichnet, daß die Strafverteidiger ihn zurückwiesen.

«Ihr Gesicht wird sich gegen die Argumente Ihrer Zeugenaussage wenden, Monsieur Correnςon, das würde unserem Mandanten schaden.»

Anschließend wechselte er vom Opium zum Heroin, von der langen Pfeife zur kalten Spritze. Es waren jetzt nicht mehr seine eigenen

Widersprüche, die er sich in die Venen trieb, sondern die jener Welt, zu deren Entstehung er beigetragen hatte. Kaum waren die Unabhängigkeiten verkündet, zog die Geographie die Geschichte nach sich, wie eine unheilbare Krankheit. Eine Epidemie, die Leichen auf dem Weg zurückließ. Lumumba von Mobutu hingerichtet, Ben Barka von Oufkir die Kehle durchgeschnitten, Farhat Abbas ins Exil vertrieben, Ben Bella ins Gefängnis gesteckt, Ybn Yûssuf von den Seinen umgelegt, Vietnam stülpt seine Geschichte einem blutleeren Kambodscha über. Die Freunde des Hauses im Vercors wurden gehetzt von Freunden des Hauses im Vercors. Selbst Che wurde in Bolivien ermordet; wie einige munkeln, unter verschwiegener Mithilfe Castros. Die von der Geschichte unendlich gequälte Geographie... Corrençon war nur noch ein vom Tod durchlöcherter Schatten. Er schlackerte in seiner alten Uniform des Kolonialgouverneurs, die er immer noch trug, aus Hohn, wenn er im Garten arbeitete. Er legte in ‹Les Rochas› Erdbeerbeete an, damit Julie, die im Juli kommen würde, die Früchte ihrer Kindheit vorfände. Den Rest ließ er von Rosen überwuchern. Er werkelte im Garten zwischen seinen Pflanzen umher, die höher waren als er; seine weiße Uniform flatterte um sein Skelett wie eine Fahne, die sich um ihren Mast verwickelt hatte.

Und dann kam Julie eine absurde Idee, um ihren Vater zu retten. Einwände und Liebe genügten nicht; sie beschloß, ihm Angst einzujagen. Sie hat immer noch die Nadel vor Augen, die sie sich an jenem Abend in die Armbeuge gestochen hatte, wobei sie wußte, daß er jeden Moment zur Tür hereinkommen würde; die Spritze war schon halb leer, als die Tür aufging. Und sie hört noch das wütende Gebrüll, das er ausstieß, als er sich auf sie stürzte. Er hatte ihr die Nadel und die Spritze aus der Hand gerissen und fing an, auf sie einzuschlagen. Er schlug sie, wie man sich an einem Pferd rächt, mit der ganzen Manneskraft. Sie war kein Kind mehr. Sie war eine große, kräftige Frau, eine Journalistin und ein alter Haudegen, der einmal mehr einem harten Schlag ausweichen konnte. Sie wehrte sich nicht. Nicht aus töchterlichem Respekt, sondern weil sie ein plötzliches Entsetzen paralysierte: Die Schläge, die auf ihr Gesicht hagelten, taten überhaupt nicht weh! Er hatte keine Kraft mehr. Seine Hand hatte kein Gramm Gewicht mehr. Man hätte meinen können, ein Phantom versuchte wieder Gestalt anzunehmen, indem es einen Lebenden umklammert. Er schlug sie, so sehr er konnte. Er schlug sie schweigend mit einer Art gewissenhafter Wut.

Dann starb er.

Er starb.

Sein Arm blieb in der Luft hängen wie eine Abschiedsgeste, dann starb er. Er fiel lautlos seiner Tochter zu Füßen.

◆

Und jetzt ruft sie nach ihm mit ihrer Mädchenstimme. Sie sagt: ‹Papa…› – mehrere Male. Doktor Marty, der die Polizei bis zu einem gewissen Limit erträgt, schiebt den jungen Inspektor rücksichtslos beiseite und setzt dem großen halluzinierenden Kind die Spritze des Vergessens.

«Sie wird jetzt schlafen. Morgen wird sie richtig aufwachen, und ich bitte Sie, sie in Ruhe zu lassen.»

IV
Die Fee mit dem Schießgewehr

Der Winter lag über Belleville, und es gab fünf Figuren. Sechs, wenn man das Glatteis mit hinzurechnet.

36

Die Stadt hatte den Ton leiser gedreht, und die doppelten Vorhänge des Divisionnaire Coudrier hatten sich zur Nacht hin geöffnet. Die letzte Kanne Kaffee, die Elisabeth gebracht hatte, war noch warm. Inspecteur Pastor saß aufrecht auf einem Empirestuhl und hatte soeben die zweite Version seines mündlichen Berichtes beendet. Sie war in allen Punkten identisch mit der ersten. Aber an diesem Abend schien der Verstand des Divisionnaire Coudrier ein Opfer des Nebels zu sein. Insgesamt betrachtet schien ihm diese Affäre recht klar zu sein. Divisionnaire Coudrier bemerkte, wie das Ganze verschwamm zu einem See von mustergültiger Klarheit, in den ein Witzbold nur einen einzigen Tropfen Unwahrscheinlichkeit geschüttet hatte, der aber phantastisch konzentriert war.

COUDRIER: Pastor, seien Sie so nett und halten Sie mich für blöde.
PASTOR: Dürfte ich Sie vielleicht fragen, warum, Monsieur?
COUDRIER: Erklären Sie mir alles, ich verstehe nichts.
PASTOR: Sie verstehen nicht, daß ein Architekt ein Interesse an renovierungsbedürftigen Wohnungen hat, die er zu Niedrigstpreisen kauft und sie hinterher wieder zu Höchstpreisen verkauft, Monsieur?

COUDRIER: Doch, das kann ich verstehen.

PASTOR: Sie verstehen nicht, daß sich ein Staatssekretär für ältere Menschen in Geschäfte mit Zwangseinweisungen verwickeln läßt, wenn er dafür ordentlich kassiert?

COUDRIER: Zur Not.

PASTOR: Sie verstehen nicht, daß ein Divisionnaire, Spezialist im Rauschgiftdezernat, zum Drogenhändler wird, um sich eine goldene Pension zu gönnen?

COUDRIER: Das soll vorkommen, doch.

PASTOR: Und daß diese drei (der Divisionnaire, der Staatssekretär und der Architekt) ihre Kräfte vereinen und ihren Gewinn teilen – erscheint Ihnen das unwahrscheinlich, Monsieur?

COUDRIER: Nein.

PASTOR: ...

COUDRIER: Es ist nicht das. Es ist eine Fülle von winzigen Details...

PASTOR: Zum Beispiel?

COUDRIER: ...

PASTOR: ...

COUDRIER: Warum hat diese alte Dame Vanini getötet?

PASTOR: Weil sie zu schnell war, Monsieur. Eine gewisse Anzahl von Kollegen geht Jahr für Jahr aus dem gleichen Grund über den Jordan. Deshalb schlage ich vor, sie nicht weiter zu behelligen, jetzt, wo sie ja waffenlos ist.

COUDRIER: ...

PASTOR: ...

COUDRIER: Und dieses junge Mädchen, Edith Ponthard-Delmaire, die Tochter des Architekten, warum hat sie sich das Leben genommen? Daß ein Cercaire sich angesichts seiner Niederlage erschießt, ist verständlich (vielleicht sogar wünschenswert), aber ich habe noch keinen Dealer gesehen, der sich aus dem Fenster stürzt, bloß weil er verhaftet wurde!

PASTOR: Sie war kein gewöhnlicher Dealer, Monsieur. Sie dealte, um die Ehre ihres Vaters zu beschmutzen, weil sein Bild ihr zu fleckenlos erschien. Doch dann hat sie plötzlich entdeckt, daß sie lediglich die Angestellte des besagten Vaters war. Doch um die Ehre eines solchen Lumpen zu beschmutzen, mußte man schneller sein. Sie nahm sich das Leben, um damit ihre ganze töchterliche Verachtung zum Ausdruck zu bringen. Die jungen gebildeten Leute tun so etwas, seit die Psychoanalyse den Papa erfunden hat.

COUDRIER: Das ist wahr, es gibt heutzutage zwei Arten von Delinquenten: diejenigen, die keine Familie haben, und diejenigen, die eine haben.

PASTOR: ...

COUDRIER: ...

PASTOR: ...

COUDRIER: Und dann, sagen Sie, Pastor... wenn ich mich nicht täusche, haben Sie dieses Wirrwarr dank einer Fotografie auseinanderklamüsert, die Sie zufällig gefunden haben?

PASTOR: In der Tat, Monsieur, ein Foto von Edith Ponthard-Delmaire, auf dem sie einem Greis Amphetaminkapseln zusteckt. Wenn Sie dem nun hinzufügen, daß vier Fälle, die scheinbar nichts miteinander zu tun haben (der Mord an Vanini, der Mordversuch an Julie Corrençon, das Massaker an den alten Belleviller Damen und die Drogengeschäfte mit den Greisen), in einem direkten Zusammenhang standen, dann kann man sagen, daß der Zufall für uns gearbeitet hat.

COUDRIER: Besser als ein Computer, ja.

PASTOR: Daher kommt der romanträchtige Ruf unseres Berufes, Monsieur.

COUDRIER: ...

PASTOR: ...

COUDRIER: Einen kleinen Schluck Kaffee?

PASTOR: Gern.

COUDRIER: ...

PASTOR: ...

COUDRIER: Pastor, da ist etwas, das ich Ihnen schon lange sagen wollte.

PASTOR: ...

COUDRIER: Ich hatte eine große Hochachtung vor dem Regierungsrat, Ihren Vater.

PASTOR: Sie kannten ihn, Monsieur?

COUDRIER: Er war mein Lehrer für Verfassungsrecht.

PASTOR: ...

COUDRIER: Er hielt seine Vorlesungen ab und strickte dabei.

PASTOR: Ja, und meine Mutter wischte seinen Schädel mit einem Fensterleder blank, jedesmal, wenn er aus dem Haus ging.

COUDRIER: In der Tat, der Schädel des Regierungsrates glänzte wie Spiegel. Manchmal zeigte er ihn uns und sagte: ‹Im Zweifelsfall, Messieurs, kommen Sie her und überprüfen Sie hier den Spiegel Ihres Gewissens.›

PASTOR: ...

COUDRIER: ...

PASTOR: ...

COUDRIER: Trotzdem... Eine Welt, in der serbokroatische Latinisten in den Katakomben Killerinnen ausbilden, in der alte Damen Polizisten erschießen, die zu ihrer Sicherheit da sind, wo pensionierte Buchhändler zum Ruhme der schönen Bücher tüchtig Kehlen durchschneiden, wo sich ein böses Mädchen aus dem Fenster stürzt, weil sein Vater noch böser ist als sie... Es wird Zeit, daß ich in Pension gehe, mein Junge, und daß ich mich voll und ganz der Erziehung meiner Enkel widme. Man wird meinen Platz ersetzen müssen, Pastor. Sie scheinen mir übrigens besser als ich dafür geeignet, die Widersprüchlichkeiten dieses Fin de siècle zu verstehen.

PASTOR: Dennoch wird sich dieses Fin de siècle meinem Scharfblick entziehen müssen, Monsieur. Ich bin gekommen, um Ihnen meine Kündigung zu überreichen.

COUDRIER: Von mir aus! Langweilen Sie sich bereits, Pastor?

PASTOR: Nein, das ist es nicht.

COUDRIER: Darf man erfahren, was es ist?

PASTOR: Ich habe mich verliebt, Monsieur, und ich kann mich nicht um zwei Sachen gleichzeitig kümmern.

37

«Sie sind weggefahren, Benjamin.»

Thérèse verkündet mir die Nachricht mit der bittersten Kälte der Welt. Thérèse, meine kleine klinische Schwester, schneidet mit einem sauberen Skalpellschnitt mein Herz entzwei.

«Sie sind vor einer Stunde abgefahren.»

Clara und ich bleiben in der Tür stehen.

«Sie haben einen Brief hinterlassen.»

(Haargenau. Ein Brief, in dem sie mir verkünden, daß sie weggefahren sind. Haargenau...) Clara flüstert mir ins Ohr:

«Du willst mir doch nicht sagen, daß du das nicht geahnt hast, Ben?»

(O ja! Und ob ich's geahnt habe! Aber glaubst du etwa, meine Clarinette, die vorhergesehenen Unglücke sind erträglicher als die andern?)

«Los, komm rein, hier zieht's!»

Tatsächlich, da liegt der Brief, auf dem Eßzimmertisch. Wie viele Briefe in wie vielen Filmen auf wie vielen Kommoden, Tischen, Kaminen habe ich in meinem Leben schon gesehen? Jedesmal sagte ich mir: ein Klischee! Pah, ein schlechtes Klischee!

Heute erwartet mich dieses Klischee, ein rechteckiges, ganz weißes, auf dem Eßzimmertisch. Und wieder sehe ich Pastor vor mir, wie er vor Julias Bett kniet... Es ist schändlich, eine Schlafende auszunutzen! Was hat er ihr nur für leere Versprechungen in ihren Gehörgang geschüttet, als sie dalag und sich nicht wehren konnte... Widerlich!

«Mein Herz blutet, Thérèse. Hast du nicht ein Pflaster oder so was Ähnliches?»

(Ich werde niemals den Mut finden, diesen Brief zu öffnen...)

Clara muß es gespürt haben, denn sie nähert sich dem Tisch, nimmt den Umschlag, öffnet ihn (nicht mal zugeklebt haben sie ihn), faltet den Brief auseinander, überfliegt ihn, läßt geistesabwesend den Arm sinken, und dann sieht man auch schon, wie in ihrem jugendlichen Mädchenblick kleine, wertlose Schneeflocken wie in Zeitlupe hinunterpurzeln.

«Er hat sie nach Venedig mitgenommen, zu Danieli!»

«Hat sie sich etwa den Gips abgemacht?»

Das ist alles, was ich sagen kann, um die Bresche zu zementieren. (‹Hat sie sich den Gips abgemacht?› Ich schätze, das klingt gut. Nein?) Vielleicht... Aber wenn ich den doppelten Blick richtig beurteile, den mir meine Schwestern zuwerfen, kann es so deutlich nicht gewesen sein. Sieht ganz so aus, als würden sie nichts schnallen. Doch dann plötzlich kapiert Clara. Sie bricht in schallendes Gelächter aus:

«Aber Pastor ist doch gar nicht mit Julia weggefahren, sondern mit Mama!»

«Wie bitte? Sag das noch mal, zur Sicherheit!»

«Hast du geglaubt, er wär mit Julie weggefahren?»

Thérèse hat diese Frage gestellt. Sie lacht kein bißchen. Sie fügt hinzu:

«Und das ist deine Reaktion darauf? Ein Mann verschwindet mit der Frau deines Lebens, und du bleibst in der offenen Tür stehen und rührst nicht mal den kleinen Finger!»

(Scheiße, diese Anschnauzerei!)

«Und das ist also dein ganzes Vertrauen, das du in Julie hast? Aber was für eine Art von Liebe empfindest du denn, Ben? Was bist du überhaupt für ein Typ?»

Thérèse fährt fort, mir ihren Rosenkranz von mörderischen Fragen runterzubeten, aber ich bin schon auf der Treppe, nehme vier Stufen auf einmal zu meiner Julie hinauf, springe zu meiner Corrençon wie ein Kind, dem man schon verziehen hat. Ja, meine Thérèse, ich bin ein zweifelnder Verliebter, ich habe das Herz, das zweifelt. Und warum sollte man mich dann lieben? Warum mich gerade und nicht einen andern? Kannst du mir das beantworten, Thérèse? Jedesmal ist es ein Wunder, wenn ich feststelle, daß ich es bin! Sind dir die muskulösen Herzen lieber, Thérèse? Die großen Pumpen der Gewißheit?

Gut ein paar Stunden später, nachdem uns Clara unser Omelette ans Bett gebracht hat, gut ein paar Stunden später, nachdem Julius seinen Napf, Julie und ich unsere Teller ausgeschleckt haben, gut ein paar Stunden später, nachdem der Kadaver unserer zweiten Witwe Cliquot in die Bettritze gerollt ist, gut ein paar Stunden später, nachdem Körper und Herzen übersatt, völlig erschossen, fertig und ausgelaugt sind, fragt mich meine Julie (meine Julie, die mir gehört, verdammt noch mal!):

«Was war denn nun mit dem Besuch bei Stojil?»

Und ich höre mich mit dem letzten Atem, der mir geblieben ist, antworten:

«Er hat uns rausgeschmissen.»

Doch, doch, das stimmt... Unser alter Stojil hat uns rausgeworfen, Clara und mich. Weil Pastor uns reingeschleust hat, haben wir ihn nicht im Sprechzimmer getroffen, sondern direkt in seiner Zelle: eine Minibude, vollgestellt mit Wörterbüchern, und überall auf dem Fußboden zusammengeknüllte Blätter.

«Seid so nett, Kinder, und haltet euch an die Anweisung: kein Besuch für den alten Stojilkovic.»

Es roch nach frischer Tinte, nach Gitanes, nach doppeltem Schweiß aus Füßen und Neuronen. Es roch nach guter Kopfarbeit.

«Keine Minute für mich, meine Kleinen. Publius Vergilius Maro läßt sich nicht einfach so ins Serbokroatische übersetzen, und ich habe nur drei Monate bekommen.»

Er schob uns zur Tür.

«Selbst die Bäume da draußen stören mich...»

Es knospte heftig gegen Stojils Fenster.

«In drei Monaten werde ich nicht einmal mit den Vorbereitungen fertig sein.»

Stojil stand in seiner Zelle, bis zu den Knien in seinen Entwürfen, und träumte von einer lebenslänglichen Freiheitsstrafe, um Vergils Gesamtwerk übersetzen zu können...

Er hat uns rausgeschmissen.

Er selbst hat die Tür hinter sich zugemacht.

◆

Noch viel später, nach einem zweiten Omelette, einer dritten Witwe und erneuten Wiedersehensfreuden, bin ich es, der fragt:

«Was meinst du, warum ist Pastor mit Mama weggefahren?»

«Weil er schon immer darauf gewartet hat.»

«Darauf? Was, darauf?»

«Auf eine Erscheinung. Nach dem, was er mir erzählte, als ich im Dschumm war, konnte er sich nur in eine Erscheinung verlieben.»

«Darüber hat er mit dir geredet?»

«Er hat mir sein Leben erzählt. Er hat mir viel von einer gewissen Gabrielle erzählt, die wohl die Erscheinung seines Vaters gewesen war.»

◆

«Also, was gab's heute noch, außer daß Pastor und Mama weggefahren sind?»

«Thérèse war in der Klinik der Friedenswächter.»

«Und?»

«Ich glaube, sie hat beschlossen, den alten Thian wieder zum Leben zu erwecken.»

38

In der Klinik der Friedenswächter am Boulevard Saint-Marcel fühlte sich die Krankenschwester Magloire mit dem Fall des Inspecteur Van Thian überfordert. Die Friedenswächter waren nie vollkommen bettlägerige Patienten. Sie warfen dem Frieden vor, daß er sie in ein Krankenhausbett gelegt hatte. Verletzt durch Übungspatronen oder Gummimesser, träumte die Mehrzahl von ihnen von einer Rache, die das Tragen der Uniform ihnen nicht erlaubte. Das wußten sie auch. Sie haßten den Frieden, und das verschlimmerte ihren Zustand. Bis zu dem Moment, wo sie der Krankenschwester Magloire in die Hände fielen. Mit ihrer gesunden Portion Mütterlichkeit und der Sanftheit eines Kolosses war Schwester Magloire die Inkarnation des Friedens. Wenn sie den Frieden auf diese Weise wiedergefunden hatten, wurden die Wächter wieder gesund. Wenn sie nicht wieder gesund wurden, sondern dennoch starben, geschah dies immer noch in den titanischen Armen des Friedens. Schwester Magloire wiegte sie so lange, bis sie kalt wurden.

Doch dieser Inspecteur Van Thian, das war so 'ne Sache für sich. Theoretisch hätte er schon bei seiner Einlieferung sterben müssen. Ein Organismus, der so kraftlos und durchlöchert war, daß man keinen Pfifferling mehr drauf geben konnte. Aber eine seltsame Kraft hielt den Inspecteur Van Thian am Leben. Diese Kraft – wie die Schwester Magloire schließlich begriff – war der Haß in Reinform. Inspecteur Van Thian lag nicht alleine in seinem Bett. Inspecteur Van Thian teilte sein Bett mit einer vietnamesischen Witwe, der Witwe Hô. Da sie Gefangene des gleichen Körpers waren, schienen die Witwe und der Inspektor schon seit ewigen Zeiten ihre Scheidung anzustreben. Jeder der beiden wünschte brennend den Tod des anderen. Das war es, was sie am Leben hielt.

Die Schrecken, die sich die beiden gegenseitig erleiden ließen – Schwester Magloire hatte noch nie etwas Schlimmeres gesehen.

Unter anderem warf die Witwe Hô Inspecteur Van Thian vor, daß er lange Winterabende damit verbracht hätte, seinen Arm in die Schiebekiefer der Geldautomaten zu stecken. Was wohlbemerkt genauso gefährlich war, wie im Maul eines Haifisches nach einem verlorenen Trauring zu fischen. Doch der alte Bulle grinste nur höhnisch und erinnerte die Witwe an die klammheimliche Freude, die sie empfunden hatte, als sie mit den Geldbündeln vor der Nase der armen Leute herumwedelte.

«Lügnel!» schrie die Witwe. «Dleckigel Lügnel!»

«Hör auf, du gehst mir auf die Eier! Hau ab und verkauf wieder Sojasauce in Cholon!»

Das war auch so ein hervorragendes Thema, ihre Nationalitäten... Inspecteur Van Thian hielt der Witwe ihre Herkunft vor, zumal sie gemeinerweise nie darauf verzichtete, ihn daran zu erinnern, daß er ja überhaupt keine Wurzeln hätte.

«Un du? Wo gommst du denn hel? Du gommst nilgendwo he! Isch bin floh, daß isch aus Tchoalon bin!»

«Ich bin im Rotwein geboren, und du kannst mich am Arsch lekken!»

Aber diese Antwort ließ Thian unbefriedigt. Der Schlag der Witwe hatte gesessen. Der Inspektor sackte für ein paar Stunden in eine Depression, die der Schwester Magloire Erholung verschaffte. Dann ging die Diskussion wieder los, ohne Vorwarnung.

«Du brauchst nicht um den heißen Brei rumzureden, du hast doch ganz klar versucht, mich umzubringen.»

«Isch lach misch glang!»

Wer hatte denn nun die Witwe Hô wochenlang durch die Straßen gescheucht? Wer hatte denn die Wohnungstür Tag und Nacht offengelassen und auf den Kehlenschneider gewartet? Wer hatte denn die Witwe gezwungen, mit den abgebranntesten aller Junkies ein Schwätzchen zu halten? Wer hatte denn die Idee, sie in einen Köder zu verwandeln, wo er doch nicht mal dazu in der Lage war, seine eigene Nachbarin zu beschützen? Wer denn? So behandelt man doch kein menschliches Wesen!

«Und wer hat die Pistole entladen? Ich vielleicht? Wer hat denn zum lieben Gott gefleht, daß der andere aufkreuzen möge und mir den Rest gibt? Wer hat das Magazin in die eine Ecke geworfen und die Knarre in die andere?»

Auch nur die geringste Unterhaltung der beiden führte in eine Sackgasse. Sie haßte Couscous, und er hatte sie wochenlang mit Couscous-Brochettes vollgestopft. Woraufhin er antwortete, daß der entsetzliche Gestank ihres Parfums ‹Tausend Blüten Asiens› seine Dosis an Tranquilizern verzehnfacht hätte.

«Die gleinen Billen blauch isch nisch!» protestierte sie. «Isch hab Dschanine!»

Er schimpfte:

«Laß ja Janine aus dem Spiel!»

«Dschanine die Liesige, dafül sin deine gleinen Billen!»

Er wiederholte:

«Laß ja Janine aus dem Spiel!»

Aber sie merkte, daß sie damit richtig lag.

«Sie is dohd!»

Inspecteur Van Thian stürzte sich auf die Witwe Hô, schrie sie an, sie solle gefälligst ihr Maul halten, und riß schließlich mit beiden Händen die unzähligen Fangarme aus, die nicht aufhörten, aus seinem Körper zu sprießen, um nach den Flaschen dort oben zu greifen oder nach den blinkenden Maschinen da unten.

«Du wirst auch sterben müssen!»

Das Blut spritzte. Kleine Hautstücke flogen durch die Gegend. Die Alarmglocke läutete automatisch, und Schwester Magloire drückte den Doppelkörper von Witwe und Inspektor mit der ganzen Autorität ihres Sumoringerkörpers nieder. Dann forderte sie Hilfe an. Man reparierte den Schaden. Man wischte das Blut auf. Man pflanzte neue Schläuche ein. Man schaltete das Leben wieder ein. Und man füllte den kleinen Körper mit so viel Blut, als wären es tatsächlich zwei. Reduziert auf die physische Kraftlosigkeit, schwiegen Inspecteur Van Thian und die Witwe Hô. Sie wurden ein mustergültiger Todgeweihter. Sie stritten sich nicht mehr, nicht einmal mehr in Gedanken. Sie schliefen friedlich. Ruhe, Ruhe... Irgendwann lockerte man nach und nach den Druck der Gurte, bis man dann diesem Körper wieder vollständig seine Freiheit zurückgab, ein Körper, der übrigens von Stunde zu Stunde schwächer wurde und nicht mehr auch nur zur geringsten Handbewegung fähig zu sein schien. Aber im Halbdunkel des Zimmers zeichnete sich ein böses Lächeln auf den Lippen des Inspecteur Van Thian ab. Ein strahlendes Lächeln, das Hintergedanken verriet. Der pure Wunsch, Schaden anzurichten. Er nutzte die Abwesenheit von Schwester Magloire aus und grummelte:

«Hast du dir deine Brüste mal angesehen?»

Die Witwe Hô verstand nicht sofort. Sie blieb in der Defensive.

«Zwei Hackfleischbuletten.»

Sie blickte nicht durch.

«Und dein Hintern? Hast du dir schon mal deinen Hintern angesehen?»

Sie schwieg. Er nuschelte.

«Schlabbrig. Du hast einen schlabbrigen Hintern.»

Die Spannung im Halbdunkel stieg an.

«Eins wollte ich schon immer mal wissen...»

Schweigen.

«Wo sind deine Schultern? Hast du keine Schultern?»

Sie hielt durch. Er bombardierte sie pausenlos, aber sie machte einen Katzenbuckel.

«Janine hatte Brüste, Arschbacken und Schultern. Janine lebte nicht eingeschlossen in einer Parfumflasche. Janine roch nach Frau. Janine war in die Erde gepflanzt; sie flog nicht gleich beim leisesten Lufthauch davon. Janine war ein Baum. Janine trug Früchte.»

Das hatte sie nicht erwartet. Sie ertrug die Beschimpfungen, aber wie jeder Frau war ihr der Name einer anderen Frau eine Qual, den sie sowenig ertrug wie ein Mann den Namen eines anderen Mannes.

«Janine...»

Eine der Maschinen, an die man sie angeschlossen hatte, begann gefährlich zu blinken; ihre Nadel schlug bis in die tiefrote Zone hinein aus. Dann flog ein Ventil weg, und die schrille Stimme der Witwe kläffte:

«Dann geh doch zu ihl, zu deinel Dschanine!»

Mit den herausgerissenen Schläuchen in seiner kleinen verkrampften Faust sah er aus wie ein Asiate bei der Sojaernte. Die Alarmglocke läutete, und die Krankenschwester Magloire stürzte mit einem Helfer ins Zimmer. Sie warfen sich auf den Verletzten, der sich sofort beruhigte. Sie hatten den Eindruck, sie würden eine Leiche festbinden.

Schwester Magloire verstand nichts mehr. Ein Beweis dafür, daß es für sie noch immer etwas zu lernen gab, und das nach vierzig Jahren Berufserfahrung. Aber wer konnte ihr beibringen, diesen Schmerz zu beruhigen?

◆

Es war einmal ein großes knöchernes Mädchen.

Eines Nachmittags im Frühling, als es draußen nieselte, betrat sie das Zimmer des alten, gelben und verrückten Bullen. Sie setzte sich ganz steif an das Bett des Patienten, der nicht mehr Regung zeigte als gegenüber andern Besuchern auch – einem jungen ungekämmten Inspektor im dicken Wollpullover und einem diskreten hohen Tier, dem Divisionnaire Coudrier. Aber Inspecteur Van Thian machte seinen Besuchern keine Ehre. Er beantwortete keine Frage und würdigte sie keines Blickes. Als das große junge Mädchen mit dem Gesicht einer Ausgegrabenen sich über seine Gurte beugte, gab er auch nicht mehr Laute von sich. Die Schwester Magloire verstand nicht, welcher Art die Autorität war, die von diesem Mädchen mit der trockenen Haut ausging. Das Mädchen lockerte die Ledergurte, als wäre sie von Gott dem Vater persönlich entsandt worden; Schwester Magloire ließ sie gewähren. Als sie den Körper des Inspecteur Van Thian befreit hatte, rieb sie ihm lange die Handgelenke, massierte den Arm bis zur Armbeuge und erzeugte, wieder weiß Gott was für einen, Strom. Tatsache ist, daß die Augen des alten Polizisten, die an der Decke klebten, schließlich zur Seite fielen und das lange Mädchen schweigend anblickten. Das Mädchen bot diesem wie durch ein Wunder Geheilten kein Lächeln und stellte dem Verletzten keine Fragen. Sie nahm nur seine Hand, die sie mit ihrer eigenen Handkante in einer Art professioneller Brutalität glattstrich. Als die Hand vollkommen entspannt war, schaute sie ihn an. Dann endlich redete sie:

«Der erste Teil des Programms wäre also erledigt. Sie waren ein Opfer des Saturnismus: eine Überdosis Blei in Ihrem Organismus.»

Ihre Stimme entsprach genau ihrem Körper: gerade und trocken. Darüber zeigte sich die Schwester Magloire erstaunt, war doch ihre eigene Stimme eher rund. Das Mädchen fuhr fort:

«Ich sagte Ihnen bereits, daß diese Krankheit zum Untergang des Römischen Reiches geführt hatte. Exakt diese Krankheit. Eine

Form des Wahnsinns. Der Saturnismus führt zum Wahnsinn. Zu exakt Ihrer Art von Wahnsinn. Cäsars letzte Generationen verbrachten ihre Zeit damit, sich gegenseitig umzubringen, Männer gegen Frauen, Brüder gegen Schwestern, Väter gegen Söhne – genau wie Sie sich im Augenblick in Ihrem Innern selbst umbringen. Aber man hat die Kugeln aus Ihrem Körper entfernt, und Sie werden es überstehen.»

Mehr sagte sie nicht. Sie erhob sich ohne Vorankündigung und verließ das Zimmer. Auf der Türschwelle drehte sie sich um zu Schwester Magloire.

«Binden Sie ihn wieder fest.»

Sie kam am nächsten Morgen wieder. Sie band den alten Inspektor wieder los, massierte ihn, strich mit ihrer Hand seine Handfläche glatt, schaute ihn an und redete. Der Verletzte hatte eine relativ friedliche Nacht hinter sich. Die Schwester Magloire hatte gehört, wie er flüchtige Versuche zu zanken unternommen hatte, aber diese inneren Auseinandersetzungen wurden sofort von einer mysteriösen Autorität im Keim erstickt.

«Ich sehe, daß wir uns verstehen», sagte das lange, trockene Mädchen, ohne auch nur im geringsten die Materie zu vertiefen. «Ab heute werden Sie Ihre Rekonvaleszenz in Angriff nehmen.»

Sie redete, ohne den Verletzten dabei anzusehen. Sie massierte mit beiden Daumen die Erhebungen und die Täler dieser Hand, und das Gesicht des Inspektors wurde seidenweich wie ein Babypopo. Schwester Magloire hatte noch nie etwas Vergleichbares erlebt. Doch das Mädchen äußerte sich weiterhin ohne die geringste Zärtlichkeit:

«Aber das ist noch nicht alles. Wenn Sie damit fertig sind, sich selbst zu bemitleiden, werden wir ernsthaft miteinander reden können.»

Das war das Ende der zweiten Visite. Sie ging und verlangte nicht, daß man den Patienten wieder festband. Am nächsten Tag kam sie wieder.

«Ihre Janine ist tot», sagte sie ohne Umschweife in die offene Hand. «Was Ihre Witwe Hô betrifft, so existiert sie nicht.»

Der Verletzte erhob wegen keiner der beiden Schläge Anklage. Zum erstenmal seit seiner Einlieferung in die Klinik sah Schwester

Magloire, wie er sich auf irgend etwas konzentrierte, das außen mit ihm sprach.

«Aber meine Mutter hat sich mit Ihrem Kollegen Pastor aus dem Staub gemacht, und ich habe ein Baby auf dem Arm, das Sie ganz dringend braucht», fuhr die Besucherin fort. «Es ist ein kleines Mädchen. Dieser Dummkopf von Jérémy hat ihr den Namen Verdun gegeben. Sie schreit, sobald sie aufwacht. Sie trägt alle Erinnerungen an den Großen Krieg in sich: eine Zeit, in der man glaubte, man sei Deutscher, Franzose, Serbe, Engländer, Bulgare, eine Zeit, die als Hackbraten in den großen Ebenen des Ostens zu Ende gegangen ist – wie Benjamin sagen würde. Das ist es, was unsere kleine Verdun vor Augen hat, sobald sie sie aufmacht: das Schauspiel des kollektiven Selbstmordes, verübt im Namen der Nationalitäten. Nur Sie wären in der Lage, sie zu beruhigen. Ich könnte zwar nicht erklären, weshalb, aber es ist eine Tatsache; in Ihrem Arm hört sie auf zu weinen.»

Daraufhin verschwand sie und kehrte am nächsten Morgen wieder zurück. Sie hielt sich nicht an die Besuchszeiten.

«Und außerdem werden wir Risson ersetzen müssen, denn es muß jemand den Kindern Geschichten erzählen. Nach Risson ist mein Bruder Benjamin nicht mehr gefragt. Aber Sie, Sie könnten diese Rolle übernehmen. Man hat nicht einfach so zwölf Jahre seines Lebens damit verbracht, sich selbst Geschichten zu erzählen, man hat nicht die Witwe Hô erfunden, ohne dabei zum ausgezeichneten Erzähler zu werden. Und Ihre Geschichten haben mehr als einmal den Inspecteur Pastor wieder zum Leben erweckt. Sie können es sich aussuchen: Sterben oder Erzählen. Ich werde in einer Woche wiederkommen. Aber ich warne Sie gleich: Meine Familie ist kein Zuckerschlecken!»

◆

Schwester Magloire wohnte in den darauffolgenden sieben Tagen etwas bei, das man schlicht und ergreifend als Wunder bezeichnen konnte. Man konnte zusehen, wie die Narben des Verletzten verheilten. Er fing an, für vier zu essen, seit man ihm die Sonden herausgezogen hatte. Die Wichtigtuer defilierten an seinem Krankenbett vorbei. Die Studenten schwärzten ihre Notizbücher.

Am siebten Tag zog er sich bereits im Morgengrauen an, setzte sich aufs Bett, hatte seinen kleinen Koffer gepackt und wartete auf das junge, magere Mädchen. Sie kam um sechs Uhr abends. Im Türrahmen sagte sie:

«Das Taxi wartet auf uns.»

Er ging hinaus, ohne sich auf ihren Arm zu stützen.

39

‹Der Winter lag über Belleville, und es gab fünf Figuren. Sechs, wenn man das Glatteis mit hinzurechnet. Sogar sieben mit dem Hund, der den Kleinen zum Bäcker begleitet hatte. Ein epileptischer Hund, dem die Zunge zur Seite raushing.›

Und bei uns war es Nacht. Clara hat soeben den Kaschmirschal über die Lampe gedeckt, der das Licht im Kinderzimmer ein wenig dämpft... Die Schlafanzüge und Nachthemden duften nach frischen Äpfeln. Die Pantoffeln fliegen in der Gegend herum. Van Thian sitzt auf Rissons Hocker und erzählt. Die kleine Verdun schläft friedlich in seinem Arm. Die Augen der Kinder sind nicht sofort auf Reisen gegangen. Sie spähen auf den alten Bullen. Der konnte was erleben! Wer ist das, dieser Typ, der behauptet, er könne Risson ersetzen? Beobachtungsrunde. Aber der alte Thian gehört nicht zu denen, die sich so leicht aus der Fassung bringen lassen. Und außerdem hat er eine Stimme wie Gabin. Das hilft.

«Ich werde euch die Geschichte von der Fee mit dem Schießgewehr erzählen.» So fängt er an.

«Ist das die Fee, die die Typen in Blumen verzaubert?» fragt der Kleine.

«Ganz genau», sagt der alte Thian (und fügt hinzu:) «Paßt gut auf, denn es ist eine Geschichte, in der jeder von euch mitspielt.»

«Ich bin aus dem Alter mit den Feen raus», sagt Jérémy.

«Es gibt kein Alter», antwortet Thian.

Und er erzählt.

Julies Kopf ruht auf meinen Knien und hat das gute Gewicht der Wiedersehensfreude.

Die Augen der Kinder lassen schließlich von Thian ab. Sie sind davongeflogen. Und als sich am Ende des ersten Kapitels die alte

Dame mit dem Hörgerät umdreht, um den Blondschopf abzuknallen, zucken alle zusammen. Danach tritt wieder Ruhe ein: eine Überraschung, die sanft herunterfällt.

Aber Jérémy hat beschlossen, den Trotzkopf zu spielen. Als schließlich alle wieder auf den Beinen sind, sagt er:

«Da haut was nicht hin.»

«Was haut nicht hin?» fragt Thian.

«Dieser Blondschopf da, dieser Vanini, das ist doch ein dreckiges Rassistenschwein, he?»

«Ja.»

«Er schlägt den Arabern mit seinem Schlagring die Schädel ein, oder?»

«Doch.»

«Und warum hast du dann aus ihm so 'nen lustigen Typen gemacht?»

«'nen lustigen Typen?»

«Wenn er denkt, daß das Glatteis eine Form wie Afrika hat, wenn er denkt, daß die Alte bis in die Mitte der Sahara gekommen ist und daß sie abkürzen könnte über Eritrea oder Somalia, aber daß das Rote Meer im Rinnstein fürchterlich zugefroren ist – das sind doch ganz schön witzige Gedanken, oder nicht?»

«Doch, eher ja.»

«Das ist es, was nicht hinhaut, daß so ein Scheißkerl so lustige Gedanken hat.»

«Ehrlich nicht? Und warum?»

(Uh, là, là, ich merke, daß wir jetzt in eine Grundsatzdebatte verfallen...)

«Darum!»

Angesichts der Macht dieses Arguments überlegt Thian. Erzählen können ist eine Sache, Jérémys Überzeugungen zu verändern eine andere.

Schweigen.

Was wird er jetzt sagen? Hält er eine feinsinnige Rede über die menschliche Ambivalenz? Wonach man das allerletzte Schwein sein kann, ohne jedoch dabei auf einen ausgeprägten Sinn für Humor verzichten zu müssen.

Schweigen.

Oder gar ein Plädoyer für die Freiheit des Autors, eine Freiheit, die darin besteht, daß man die Gedanken, die man haben will, in einen Schädel seiner Wahl wirft...

Aber nein. Wie alle großen Strategen wählt Thian eine dritte Variante: das Unverhoffte. Er wirft Jérémy einen gefühlsneutralen Blick zu, der das ganze Kind abmißt. Dann sagt die Stimme à la Gabin ganz friedlich:

«Hör zu, kleiner Mann, wenn du mir jetzt noch weiter auf den Wecker gehst, überlasse ich das Wort Verdun.»

Woraufhin er Verdun mit beiden Armen hochhält, direkt ins schwache Licht des Zimmers, genau gegenüber von Jérémy. Verdun öffnet ihre feurigen Augen, ihr Mund wird zum Krater, und Jérémy brüllt:

«NEIIIIN! Los, Onkel Thian, mach weiter, verdammt noch mal, ERZÄHL WEITER!»

Nachwort

Sigrid Brinkmann

Bekannt geworden ist Daniel Pennac als Kinderbuchautor, doch hat er sich für die nächste Zeit gänzlich einem anderen Genre verschrieben. Der erste Kriminalroman *La vie duraille**, den er gemeinsam mit zwei Freunden schrieb, entstand aus einer Spielerei; den zweiten, *Im Paradies der Ungeheuer* (rororo thriller Nr. 2922), schrieb er dann allein – um eine Wette zu gewinnen. Wie verträgt sich nun der Kinderbuch- mit dem Krimiautor?

Tatsächlich rührt Pennacs Interesse am Krimi daher, daß dieses Genre dem der Kindererzählungen ähnelt. Sie erscheinen als grundverschiedene Gattungen, doch sind sie aufgrund der Themen und Figurenkonstellationen einander verwandt. In beiden ist der Tod gegenwärtig; der Held ist stets einsam, umgeben von feindlichen Elementen (der Däumling zum Beispiel ist im Wald verloren, der Detektiv im Dickicht der Städte), und Armut bildet das Gerüst für die meisten Handlungen. Für Pennac beruhen beide Gattungen auf der Zweideutigkeit der Identität. Man wisse nie genau, wer die einen und wer die anderen seien, wie eindeutig die Schuld verteilt sei, sagt er. – Immer wieder der Bezug zu Kindern. Die sagenhafte Familie Malaussène ist einzigartig in der Kriminalliteratur. Ben Malaussène ist der erste Held, der eine Horde aufsässiger Geschwister, eine ewig schwangere Mutter, vier alte Rentner und einen epileptischen Hund versorgen muß. Siebenundfünfzig Romanfiguren behaupten sich in *La fée carabine* (Wenn nette alte Damen schießen...) – auch dies ein Rekord innerhalb des Genres.

In *Im Paradies der Ungeheuer* erzählt Ben seinen Geschwistern die eigenen verworrenen Erlebnisse als abgewandelte Gutenachtgeschichten, und in *La fée carabine* sitzt ein Liebhaber der Literatur

* (Pennac/Pouy/Raynal «Machtspiele», erscheint im Sept. 1990, rororo thriller Nr. 2961)

am Bett der Kinder. Auch gemordet wird letztlich um der Literatur willen: der alte Risson tötet und raubt, um sein Buchhändler- und Märchenonkelgedächtnis mit Drogen auffrischen zu können. Er mag die Malaussène-Kinder nicht durch Wiederholungen ermüden. Die in Belleville an alten Frauen begangenen Raubmorde über einen Zeitraum von drei Jahren sind übrigens tatsächlichen Vorfällen entlehnt. Erfahren hat Pennac davon aus der Zeitung. Vehement verteidigt er die Leute, die die aus dem Leben gegriffenen vermischten Meldungen mit großem Interesse lesen. In ihrer Neugier erkennt er zuerst das Bedürfnis zu erzählen. Ein Mord oder Raub zum Beispiel sei lediglich Anlaß, um die Vorgeschichte und Konsequenzen des Vorfalls neu zu erfinden. Als Krimiautor geht Pennac im Grunde vom gleichen Prinzip aus. Dabei interessiert ihn nicht eine Apologie des Mordes, sondern das Wiedererleben desselben als möglichen Stoff für eine Phantasie. Und die Abschweifungen interessieren ihn allemal.

Die Idee, mit dem Phänomen des Sündenbocks zu spielen, kam Pennac nach der Lektüre des französischen Historikers René Girard. Ihm zufolge liegt jeder Kultur ein Konzept des Ausschlusses zugrunde, und das Vehikel der Ablehnung ist der Sündenbock. Er wird zur lebendigen Erklärung für ein Geschehen, das einen Schuldigen braucht. «Wir sind alle irgend jemandes Sündenbock, sobald wir in hierarchischen Verhältnissen arbeiten», sagt Pennac, «und dieses Jemanden-zum-Sündenbock-Machen erfüllt eine sehr weit verbreitete soziale Funktion.» Also kam ihm die Idee, diese diffuse, verzerrte Funktion zu einem Beruf zu machen. Ben Malaussène wird übrigens gut bezahlt. Pennac sagt, er habe früh erkannt, daß sich das Sündenbockthema so leicht nicht erschöpfen läßt. In insgesamt vier Romanen will er Ben als professionellen Sündenbock in private oder staatliche Institutionen schicken: in einen Kaufhauskonzern, einen Buchverlag, die Polizeibehörde sowie die Massenmedien. Eine Art «Belleville-Quartett» schwebt ihm vor, denn dieser Pariser Stadtteil ist bzw. wird der Spielort seiner vier Kriminalromane sein. Aus dem einfachen Grund, weil Pennac sich in diesem heruntergekommenen Viertel mit seiner Bevölkerung aus den Mittelmeerländern zu Hause fühlt. Pennacs Handhabung des Phänomens zeigt deutlich, daß es ihm zuallererst um das literarische Spiel geht, und das besteht darin, gewöhnliche Stereotypen umzukehren. Fängt man erst einmal an, Klischees (junge Leute nehmen Drogen, alte Menschen sind friedfertig) in ihr Gegenteil zu verkehren, komplizieren sich die Situationen sozusagen von allein. Zwei geradezu idealtypische Einzelkämpfer gibt es dennoch in *La fée carabine*. Julie Corençon und Pastor, beide persönlich von Ungerechtigkeit und Gewalt betroffen, decken unnachgiebig politische Affären auf. Die Schlußfolgerung, daß man persönliche Gründe haben muß, um ein kämpferisches Temperament zu entwickeln, will Pennac deshalb keinesfalls ziehen. Seine Lieblingsfigur ist übrigens weder Julie noch Pastor, sondern Thérèse; die Art Mädchen, die allein mit ihren Blicken fähig sind, Dinge in Bewegung zu setzen. Zwar kann man seinen Romanen eine antirassistische, antitotalitäre Dimension geben, aber er versteht sich keineswegs als militanten Fürsprecher für irgend etwas. Das überläßt er anderen Autoren, deren Kriminalromane sich denn eher wie politische Reportagen lesen. Oft mischt sich darin Augenzeugenbericht, Mythos und nostalgische Schwärmerei – was den Alltag in geschichtsträchtigen Teilen von Paris betrifft. Überhaupt ist dies eines der Hauptmerkmale der zeitgenössischen Kriminalliteratur in Frankreich: Spielort ist die mörderische Metropole Paris mit ihren «Inseln» – Stadtteile, die «wegsaniert» werden, und Vororte, die zu «Ghettos aus Kaninchenställen, abgestotterten Autos und Leihfernsehern» (Jean Vautrin) verkommen.

Viele zeitgenössische Krimis entbehren völlig des Humors, und es ist kein Zufall, daß sie fast ausschließlich zur Schwarzweißmalerei neigen. So findet Pennac wenig gute Worte für Jean-Francois Vilar beispielsweise, dessen «enragierter», pathetischer Ton ihm schlicht zu aufdringlich ist: moralische Entrüstung, gepaart mit einem guten Teil politischer Paranoia. Didier Daeninckx, der wohl derzeit bekannteste französische Kriminalschriftsteller, ist nicht nur in seinen Romanen eindeutig auf seiten der Schwachen und als unermüdlicher Ankläger institutioneller Gewalt bekannt. Stets politischen Skandalen auf der Spur, ist er so etwas wie ein moderner Musketier. Daeninckx gesteht jedem Menschen – folglich auch seinen Romanfiguren – das Recht auf Veränderung zu; schon aufgrund dessen genießt er Pennacs Sympathie. Für beide spielt der Gerechtigkeit suchende Sympathisant im Staatsdienst keine unerhebliche Rolle. Wer hätte schon etwas an Pastor und Van Thian auszusetzen?

Nach seinen literarischen Vorlieben gefragt, zählt Pennac gleich eine ganze Reihe unterschiedlichster Autoren auf: vorweg die Freunde Jean-Bernard Pouy und Jerôme Charyn, dann Chester Himes, Raymond Chandler, Donald E. Westlake, Dostojewski, Gogol, Nabokov, Joyce, Gadda, Dickens, Faulkner, Flannery O'Connor, García Márquez, Vargas Llosa, und viele mehr. Keinen einzigen zeitgenössischen französischen Erzähler nennt er – außer Pouy eben. (Jerôme Charyn ist Amerikaner.)

Worauf kommt es ihm also beim Schreiben an? – Auf keinen Fall will er Krimis schreiben, in denen der Detektiv zu guter Letzt einer reichen, hübschen Erbin begegnet, um mit ihr glücklich zu werden. Einer solchen Auflösung setzt er vielmehr das offene Ende entgegen. Man hat keine Vorstellung davon, wie das Leben seiner Protagonisten weitergeht. Den Hintergrund für die kriminellen Aktionen seiner Romane bilden meist «große» Themen. In seinen ersten Büchern war es die Aufteilung Europas nach dem Zweiten Weltkrieg (Les enfants de Yalte) oder die weltweite Legende vom Weihnachtsmann (Père Noel). Mit *Im Paradies der Ungeheuer* wollte Pennac einen Roman über die Jugend schreiben, mit *La fée carabine* einen über das Altern. Das Altern von Menschen, von Institutionen, von Denkweisen, Bräuchen – mit all den Verlusten, die damit einhergehen: das Aufgeben von Lebensgewohnheiten, Energieschwund, Vergeßlichkeit. Keiner der Gestalten kann sich mit dem Altern und der zunehmenden Hilflosigkeit abfinden. Sie wollen alles, nur nicht Opfer sein. Pennacs Darstellung menschlicher Beziehungen entbehrt gänzlich klischeehafter Vorstellungen, weil seine Romane mit Leben «gesättigt» sind. Darüber hinaus figurieren in ihnen häufig Menschen, die ihm nahestehen. Ein serbischer Poet taucht in *La fée carabine* als Dinko Stojilkovic auf; Jean und Germaine, denen der Roman gewidmet ist, tragen Züge des Conseiller und Gabrielles. Bei ihnen hatte Daniel Pennac als Kind, wenn er unglücklich war, Trost gefunden. Beide wollten kinderlos bleiben, um ihre Liebe nicht teilen zu müssen. Sie beschlossen, nicht mehr zu arbeiten, um nur noch füreinander dazusein, lebten bescheiden in einem kleinen Haus, verbrachten ihre Zeit im Garten und lasen sich gegenseitig aus Büchern vor.

Aber was ist schließlich ein guter Krimi für Pennac? «Eine Sammlung stimmiger Bilder.» Schon der Anfang von *La fée carabine* gibt ihm, wie ich finde, recht. Das Glatteis auf der Straße, das der Form nach dem afrikanischen Kontinent gleicht, ist ein Stück Süden in Belleville, wo annähernd 30 Prozent Einwanderer aus Mittelmeerländern wohnen. Die größte Randgruppe bilden die Maghrebiner, natürlich in der Zuschauerrolle. Subtil dargestellt ist auch das Denken und Gebaren des «frontal national» eingestellten Polizeiinspektors Vanini. Seine Haare so blond wie die von Le Pen (der allerdings hat sie sich gefärbt), Leitfigur der rechtsextremen «Front National», die gerade in Belleville viele Wähler fand. Pennac klagt diese Tendenzen nicht offen an. Er unterläuft ausländerfeindliches Denken eher, indem er es der Lächerlichkeit preisgibt. Und diese Waffe ist wirksam, weil politisch Fanatisierte jedweder Couleur in der Regel keinen Sinn für Humor und Ironie haben. Hier setzte er an, und das unterscheidet ihn von fast allen zeitgenössischen Kriminalautoren, Jean Vautrin ausgenommen. Naturalistischen Gewaltdarstellungen hat Pennac weitgehend abgeschworen. Infernalische Blowups mit viel Blut sind eben kaum geeignet, herrschende Gewalt zu desavouieren.

Die Kriminalliteratur gilt gemeinhin als zweitklassige Literatur, weshalb sich Kriminalschriftsteller allerorten aufgerufen fühlen, das Genre vehement zu verteidigen. Viele Autoren tendenziöser, erfolgreicher Politkrimis (Jean-Pierre Manchette und Frédéric H. Fajardie beispielsweise) schmücken ihre Bücher mit Mottos von Hegel, Heidegger und Nietzsche. Ich sehe darin weniger persönliche Vorlieben oder thematische Anspielungen als das offenkundige Bemühen, das Genre aufzuwerten.

Daniel Pennac hingegen rühren diese Vorurteile wenig. Beim Schreiben, sagt er, habe er keinerlei Kategorien, Gattungen oder ähnliches im Kopf. Er denke lediglich daran, seine Geschichte zu erzählen. Natürlich gibt es strukturelle und somit stilistische Zwänge: Ein Krimi darf nicht langweilig sein und kann sich deshalb keine psychologischen Abschweifungen erlauben. Diesen Mangel müsse man, so Pennac, durch eine stark metaphorische Sprache ausgleichen. Bilder zu erfinden bleibt eines seiner größten Vergnügen. Also, noch einmal: Was ist ein guter Krimi? «Eine Sammlung stimmiger Bilder.»

Serientäter

Horst Bieber
Jede Wahl hat ihren Preis (2820)
Scherenschnitte (2881)
Sein letzter Fehler (2756)
Wrozeks Meineid (2704)

Robert Brack
Blauer Mohn (2886)
Die Spur des Raben (2906)

Bob Cook
Arrivederci Roma (2870)
Figuren im Zwielicht (2821)

Howard Engel
Es kommt alles ans Licht (2745)
Mord stand nicht im Drehbuch (2691)
Ticket für einen Toten (2833)

Georg Feil
Das Gesetz (2722)
Todsicher (2803)

B.M. Gill
Herzchen (2818)
Othellos letzte Probe (2827)
Seminar für Mord (2775)
Zündstoff für das Parlament (2667)
Der zwölfte Geschworene (2738)

Jan Michelet
Tod im Vorüberfahren (2749)
Weiß wie Schnee (2790)
Zwischen Hammer und Amboß (2755)

thriller rororo

C 2115/11

Serientäter

Jerry Oster
Dschungelkampf (2773)
New York Babylon (2758)

Poul Ørum
Der Schatten neben Dir (2657)
Die letzte Flucht (2822)

Jean-Bernard Pouy
Feuer für Jeanne (2852)
Geld für kleine Engel (2861)
Volle Dröhnung (2856)

J. William Reynolds
Eiskalt in Omaha (2836)
Nebraska in der Unterwelt (2779)

Fernando Schwartz
Die Falken (2829)
Die Verschwörung am Golf (2838)

Julian Symons
Ein irres Lachen (2844)
Der 31. Februar (2871)

Werner Waldhoff
Ende der Autobahn (2737)
Das Gesicht unter Wasser (2793)
Querschläger (2730)

L. R. Wright
Die Galerie der Toten (2825)
Tiefer Grund (2847)

Killer-Ladies

Paula Gosling
Töten ist ein einsames Geschäft (2533)
Blut auf den Steinen (2826)
Tod auf dem Campus (2858)

Christine Grän
Ein Brand ist schnell gelegt... (2901)
Weiße sterben selten in Samyana (2777)
Nur eine läßliche Sünde (2865)

Patricia Highsmith
Venedig kann sehr kalt sein (2202)

Jane Johnston
Gesucht wird Ricky Foster (2785)

Faye Kellermann
Geh nicht zur Mikwe! (2812)

Anne D. LeClaire
Die Ehre der Väter (2902)
Herr, leite mich in Deiner Gerechtigkeit (2783)

Barbara Neuhaus
Ich bitte nicht um Verzeihung (2747)
Tatmotiv Angst (2824)

Helga Riedel
Einer muß tot (2656)
Wiedergänger (2682)
Ausgesetzt (2715)

Patricia Roberts
Gebrochene Flügel (2702)

thriller rororo

C 2165/6

Klugmann/Mathews

«Da werden endlich wieder Geschichten erzählt, die so intelligent wie spannend sind, die zum Zittern und zum Lachen bringen. Allererste Empfehlung: die subtil anarchistischen Polizeikomödien der beiden Hamburger Norbert Klugmann und Peter Mathews» LIU

Beule oder wie man einen Tresor knackt
(2675)

Ein Kommissar für alle Fälle
(2700)

Flieg, Adler Kühn
(2734)

Die Schädiger
(2771)

Herausgegeben von Klugmann/Mathews:

Schwarze Beute
Stories, Fälle, Täter, Autoren
thriller-Magazin 1 (2753)
thriller-Magazin 2 (2802)
thriller-Magazin 3 (2888)
thriller-Magazin 4 (2933)

thriller rororo

C 2307/3

Janwillem van de Wetering

Outsider in Amsterdam
(2414)

Eine Tote gibt Auskunft
(2442)

Der Tote am Deich
(2451)

Tod eines Straßenhändlers
(2464)

Ticket nach Tokio
(2483)

Der blonde Affe
(2495)

Massaker in Maine
(2503)

Ketchup, Karate und die Folgen
(2601)

Der Schmetterlingsjäger
(2646)

Der Commissaris fährt zur Kur
(2653)

Die Katze von Brigadier de Gier
Kriminalstories (2693)

Der Feind aus alten Tagen
(2797)

Rattenfang (2744)

Inspektor Saitos kleine Erleuchtung
Kriminalstorie (2766)

So etwas passiert doch nicht!
Stories (2915)

thriller rororo

C 979/7